Paul Bussières est né en 1943 au Québec où il vit toujours. Il a passé sept ans chez le peuple Inuit qui lui a inspiré ce premier roman. Paul Bussières est aujourd'hui responsable aux Affaires gouvernementales pour le compte de la Société Makivik, un regroupement d'Inuit du Canada.

Photo : D.R.

L'homme qui apparaît sur la couverture de ce livre s'appelait Sanikiluaq, un vieil Esquimau mort depuis longtemps.

Si nous avons choisi son beau visage ravagé par la vie, c'est qu'il est en tous points identique à celui de Mingo, le chamane de notre récit : c'est le même regard pénétrant, si terriblement déterminé, celui du courage irréductible : les mêmes yeux qui ont l'air d'avoir vu toutes les horreurs ; et ce front plissé aussi, le lourd poids d'une vie d'inquiétudes refoulées.

Des hommes comme ceux-là en effet ne se plaignent jamais, quoi qu'il arrive. Ils sont trop occupés à survivre, ils ne cherchent même pas à comprendre. C'est pourquoi le père Gaillard avait raison, lui qui adressait cette prière à son Créateur : «Mais si toi, Seigneur, tu ne fais rien, qui donc alors pourra consoler Mingo ?»

PREMIÈRE ÉDITION

MAIS QUI VA DONC CONSOLER MINGO?

PAUL
BUSSIÈRES

Mais qui va donc consoler Mingo ?

ROMAN

ROBERT LAFFONT

© Éditions Robert Laffont, S.A., Paris, 1992
ISBN 2-221-07297-9

Aux Inuit de Kuujjuaq, de Salluit et d'ailleurs,
à leur tranquille courage,

À tous les miens,

À la mémoire de mon père.

Je tiens à remercier les personnes suivantes : en premier lieu, mon épouse, Madeleine Laurent, pour n'avoir jamais douté ; Paule Lamarche, pour son aide précieuse ; ce fier Abénaki, Jean O'Bomsawin, pour n'avoir rien dévoilé des « mauvais coups » de la police ; Eva Lapage-Koperqualuk, qui m'a fait entrevoir un peu de l'imaginaire des siens ; et ce bon vieux Mc Goldrick, Michael ; il sait pourquoi ; et tous les autres encore.

Il faut toujours un lieu où
l'homme puisse trouver la pitié.

DOSTOÏEVSKI

Première partie

YOUGUINI CHEZ LES INUIT
L'ÉMERVEILLEMENT

1

SUR LE *VERACRUZ*

Ce matin, nous avons croisé un iceberg. Le *Veracruz* remontait lentement les côtes du Labrador lorsque soudain, sorti de derrière un large banc de brouillard, une montagne de glace a surgi droit devant nous. J'ai tout de suite pensé qu'on allait sombrer, mais pas les hommes du *Veracruz*. Ces grands enfants n'avaient pas l'air de réaliser le danger. Plutôt que de s'inquiéter, ils se sont mis à danser et à courir sur le pont du navire. Ils parlaient tous en même temps. J'ai compris à leurs exclamations que le *Veracruz* pouvait bien couler, avec sa p... de mère en plus, s'il le fallait, mais ils allaient s'approcher de cet iceberg. À ce moment-là, le mur de glace était si près de nous qu'on pouvait presque le toucher. L'air était soudainement devenu froid et il faisait sombre.

Alors, les hommes ont mis à l'eau une embarcation qu'ils ont fait descendre sur de longs câbles, et je les ai vus s'éloigner en faisant des gestes de conquistadores, comme s'ils allaient débarquer sur un continent nouveau. Ensuite, ils se sont mis à piocher sur la paroi scintillante de l'iceberg et, quand ils sont revenus, ils portaient fièrement d'énormes glaçons qu'ils montraient à ceux qui étaient restés à bord, comme des trophées de guerre.

Un tonnerre d'applaudissements salua leur retour, et je

me retrouvai au milieu de ce fracas, surpris d'en rire. Les hommes du bateau accoururent à leur tour sur le pont, portant en riant des bouteilles de rhum brun qui sentait le miel. Les éclats de glace volaient de tous côtés et les matelots faisaient tant de bruit que j'ai dû m'écarter.

Alors maintenant, je m'arrange pour ne plus remonter sur le pont. Je n'aime pas le désordre, et puis ce vieux navire est si bas du ventre qu'à chaque fois les vagues menacent de le submerger. C'est inquiétant.

Heureusement qu'il y a Chalá, le capitaine. Il est si près de ses hommes, et pourtant si différent. Je vois bien qu'il leur permet tous les excès, mais lui a plutôt l'air d'un monsieur rangé, délicat et un peu triste. Et s'il ne manquait que cela pour les rendre heureux, il laisserait volontiers ses hommes couler le navire, et je m'imagine qu'il regarderait ailleurs, comme il fait lorsqu'on lui parle. Quand je lui ai demandé pourquoi ses hommes étaient comme ça, il a seulement souri. J'ai dit : « Il n'y a rien de sérieux avec eux ! C'est pas possible ! » Alors, il a fermé les yeux un instant, il a incliné la tête puis, de la main, il m'a fait signe de le suivre. C'était la première fois qu'il me faisait voir sa cabine. Nous avions quitté Halifax deux jours plus tôt et je le connaissais à peine.

Il entra devant moi et se dirigea droit vers un petit comptoir où il déposa sa part de glace. Il la cassa, en mit quelques morceaux dans deux verres qu'il arrosa de rhum. Il faisait tout avec des gestes vifs. Il revint alors vers moi, me tendit un verre et leva le sien. Là, je le vis me faire cet espèce de regard que je lui trouve déjà coutumier : les paupières closes, il pointa son visage vers le mien, le front haut, le sourire malicieux et triste à la fois. Derrière la peau brune de son visage, transparente comme un papier fin, je croyais voir s'agiter sa pensée. Je devinai qu'il allait me parler.

« Tu entends ce murmure », qu'il demanda en montrant du regard la glace qui roulait au fond de nos verres. Chalá parle français avec un agréable accent, et ne dit jamais que peu à la fois. « Cette glace est vieille de plusieurs milliers d'années, et ce bruit qu'elle fait en déglaçant, on croirait entendre un lointain gémissement, n'est-ce pas. » Il porta le verre à ses lèvres et je fis de même. « C'est peut-être bien l'écho ancien de toutes nos misères... » Il sourit. Moi je pensai que c'était là sa manière de répondre à ce que je lui avais dit plus tôt, sur le pont, et j'attendis la suite.

« J'ai fait la guerre, Eugenito », qu'il me dit. « Mes hommes aussi. Hé ! Tu vois comme c'est bête, nous sommes restés inconsolables d'avoir tué d'autres hommes, mais je t'assure que nous serions prêts à recommencer si cela pouvait changer le monde. Ou si cela pouvait encore changer les hommes ; parce que c'est bien pour ça qu'on les tue, n'est-ce pas. » Il s'arrêta et esquissa un vague sourire. Son regard usé se referma un instant, lourd de souvenirs. « Tu vois, Eugenito », reprit-il, « les hommes ont cette fâcheuse habitude de se reprocher tout le mal qui existe, mais c'est pourtant Dieu qui a fait cet horrible chaos... »

Chalá ne tient pas vraiment en place. Quand il parle, il regarde ailleurs avec l'air de chercher quelque chose. Parfois, son regard croise le mien, brièvement, de façon oblique, mais avec quelle justesse. On dirait qu'il sait déjà tout de moi. Souvent, je ne suis pas certain de comprendre ce qu'il dit mais je n'oublie rien. Et toujours ce sourire secret, juste un peu grave.

« Tiens, regarde », dit-il, « voilà ce que je cherchais, c'est pour toi. » Il fit alors tomber dans mes mains le cahier dans lequel j'écris présentement. Je crois qu'il s'agit d'un cahier de marine. Il a une couverture rigide, en cuir noir, avec une belle inscription en lettres d'or qui dit : *República de Cuba.* C'est une sorte de manifeste maritime.

Chalá revint à nouveau, cette fois avec un livre qu'il venait de tirer de sa bibliothèque. Il le feuilleta un instant puis pointa du doigt un paragraphe qu'il me fit lire. C'était le premier paragraphe du tome 1 du *Journal* de Stendhal que je pris soin de noter :

J'entreprends d'écrire l'histoire de ma vie jour pour jour. Je ne sais si j'aurai la force de remplir ce projet, déjà commencé à Paris. Voilà déjà une faute de français ; il y en aura beaucoup, parce que je prends pour principe de ne me pas gêner et de n'effacer jamais.

Bien sûr, j'avais compris où Chalá voulait en venir, mais que pouvais-je dire à cet homme tant de fois plus cultivé que moi. À sa manière, il me disait que je devais écrire. Cela l'intriguait de voir un jeune comme moi partir chez les Inuit, et il ne pouvait se résigner à l'idée que je n'écrive rien de cette aventure. Mais, comment lui dire ? Écrire n'est pas si simple, pensai-je. De ma vie, je n'ai presque pas lu, je n'ai jamais écrit, et voilà que même en le relisant je ne peux trouver la faute de français dont parle Stendhal. Mais, je ne sais comment, ce vieux monsieur avait touché quelque chose en moi. Et, alors que je me retrouvai seul dans la petite pièce, je me surpris soudain à serrer fort contre moi le gros cahier noir gravé de ses jolies lettres d'or. C'est à partir de cet instant que j'entrepris d'écrire, aussi assidûment que possible, l'histoire de ce voyage chez les Inuit.

J'ai rejoint le *Veracruz* qui m'attendait dans le port d'Halifax, et je suis monté à bord le jour même. C'était le 11 septembre 1957. Mes bagages déjà m'y avaient précédé et on n'attendait plus que moi. Je me sentais coupable de faire attendre après moi par tout un équipage, et ce sentiment désagréable qui m'accablait, venait s'ajouter à l'impression que j'avais de fuir quelque chose. Pour dire la vérité, je m'explique mal cette décision que j'ai prise à la hâte. Ce voyage dans l'Arctique ne me dit rien de bon.

Pour commencer, je ne sais pas vraiment pourquoi on m'envoie là-bas ! J'ai compris seulement que le Canada est pressé d'affirmer sa souveraineté sur les territoires arctiques, ce que ses propres alliés lui contestent. Alors il affrète le premier rafiot qui passe et y embarque des jeunes comme moi, avec pour mission de hisser bien haut le drapeau et d'occuper le territoire. À Ottawa, les fonctionnaires s'affairaient autour de nous avec un air préoccupé et nous disaient : « Faites de votre mieux, les amis, soyez visibles ! On retournera vous chercher l'été prochain. » Je suis donc parti sans en savoir plus. Je regrette tant cette manie que j'ai de faire tout ce qu'on me dit !

Or, comme il restait peu de temps avant la reprise des glaces, on m'a fait prendre le premier train pour la côte est où je suis arrivé tout confus, et pas certain de m'embarquer sur la bonne galère... Un détail me revient cependant : en arrivant à Taqralik, j'aurai à construire cette petite maison qui doit servir d'infirmerie. Voilà au moins une idée qui ne me déplaît pas, puisque j'aurai ainsi quelque chose à faire. Alors, demain, j'irai vérifier dans la cale si tous les matériaux y sont, de même que mes bagages.

Le temps a mal tourné maintenant. Nous sommes partis depuis quatre jours, mais j'ai cru qu'on n'en finirait plus de remonter ces désolantes côtes du Labrador. Au détour de la pointe Killiniq, la mer s'est soudainement agitée et, depuis, on croise d'interminables bancs de brouillard qui ont l'air de fuir les lieux où précisément nous allons. Pendant ce temps, le *Veracruz*, le pauvre vieux, est secoué de toutes parts, et les hommes, le teint livide, se sont perdus sous le pont. Misère ! Je n'ai plus le goût de rien. Je suis descendu dans la cale pour vérifier l'inventaire de mes bagages et des matériaux qu'on destine à Taqralik. Là, j'ai vu un rat si gros que cela m'a suffi. De toute façon, que je me dis, il manquerait quelque chose que je n'y pourrais rien maintenant.

Alors, je suis revenu dans la cabine du capitaine où je peux venir autant qu'il me plaît. Je ferme les yeux un instant, et déjà je me sens mieux. Les portes des autres cabines sont entrouvertes et laissent s'écouler de beaux airs de musique latine qui se mêlent doucement au bruit des machines. Il y a aussi la cuisson qui, du fond du couloir, répand ses odeurs d'épices ; le goût salin de la mer s'y mêle aussi, et les autres parfums âcres de tabac, de rhum et de sueur dont sont imprégnés les murs de ce vieux navire. Cela finit par me rassurer.

La cabine du capitaine, d'où j'écris présentement, est toute petite ; elle ne compte qu'un hublot. On y trouve un lit simple, une table minuscule, quelques rayons chargés de livres et, sur les murs, des photos que je ne me lasse pas de regarder, avec des noms pleins de mystère. Il y a là un Mate Zalka que je ne connais pas, mais quel nom ! Au bas de sa photo, une inscription : « Le légendaire général Lucasz, chef de la XIIe Brigade internationale. » Près de lui, je reconnais Chalá, plus jeune, avec le sourire que je lui connais. Ce sont des souvenirs de la guerre d'Espagne. Il y a cette autre photo que j'aime beaucoup, prise en pleine campagne espagnole : on y voit une maison de pierre toute blanche, inondée de soleil et, devant, il y a Chalá, l'écrivain américain Hemingway et un certain Mijail Koltzov, un journaliste soviétique.

Je ne connais rien de ces gens-là, mais quand je viens ici chaque fois je fais le tour des photographies et des livres. J'envie Chalá. Lui, il a un passé, ça se voit à son regard usé, et à toutes ces photos qui pendent au mur, silencieusement. Et cela finit toujours par m'attrister, moi qui n'ai rien fait de ma vie.

Il a tellement lu. Misère ! Quel ignorant je suis ! Je peux prendre tous les livres, qu'il me dit. Cet homme est si justement ce que j'aimerais être. Avec lui, je ne m'ennuie jamais, mais c'est bien différent lorsqu'il n'est pas là. Dès qu'il disparaît, il y a tout un peloton de remords qui serrent les rangs devant moi. J'entends des ordres, le son dur de ma propre voix, le bruit sec des culasses, et je vois tous ces canons qui pointent vers moi. Ça devait être comme ça l'Espagne. Alors, feu ! Misère de c..., je ne mérite pas mieux. Il y a déjà tant de choses que je regrette de moi.

Ce matin, un peu après l'aube, nous avions déjà pris le café quand le navire a franchi un court bras de mer, et, prudemment, les moteurs au ralenti, il est entré dans une petite baie au fond de laquelle on devait trouver le village de Taqralik.

Taqralik est un mot esquimau qui veut dire du côté de l'ombre, c'est-à-dire du côté nord. On m'avait donné à choisir entre trois petits villages Inuit, mais comment aurais-je pu décider ? Alors les fonctionnaires ont montré sur une carte le village de Taqralik qui avait l'air tout perdu dans l'immensité de l'Arctique.

Je ne connais rien de cet endroit, et si peu de ceux qui l'habitent. On les appelle les Esquimaux parce que c'est le nom que les Indiens leur ont donné. Cela me rappelle un des rares moments où j'ai vu mes fonctionnaires s'animer. Pour les uns, le mot indien « esquimau » voulait dire mangeurs de viande crue. « Mais bien sûr que non ! » disaient les autres. « Cela veut seulement dire : ceux qui vivent encore plus haut, si loin au nord qu'on ne sait même pas s'ils sont des êtres humains. »

J'ai par ailleurs appris que, dans leur langue à eux, les gens de Taqralik se nomment simplement les Inuit. Le mot Inuk, et son pluriel Inuit, veut dire « être humain ». Cela m'intrigue. Je me demande bien ce que nous sommes à leurs yeux, si eux se considèrent comme « les êtres humains ». Cette pensée me fait sourire et me réconcilie un peu avec le voyage.

Je sais encore que les Inuit n'habitent pas toujours Taqralik, et qu'ils y reviennent à l'occasion pour se ravitailler au magasin. Pour ces nomades, donc, c'est un lieu de rencontre. Sur place, il y a un traiteur de la Compagnie de la Baie d'Hudson qui prend leurs fourrures en échange de fusils, munitions, farine, tabac et je ne sais quoi d'autre. Il y a aussi un missionnaire oblat dont je ferais bien de me rappeler le nom puisqu'il a consenti à me loger, le temps de bâtir l'infirmerie. Tiens, ça me revient, le père Gaillard. Jules Gaillard, un Français, missionnaire Oblat.

Le vieux navire s'est donc avancé prudemment, avec l'air de chercher, et on s'est remis à bouger un peu sur le pont. Les hommes sont venus nous rejoindre, la mine un peu dégoûtée, grelottant sous le brouillard qui traversait la baie et qui s'en allait se perdre dans les collines derrière ce qui semblait être Taqralik. On n'y voyait presque rien. On a jeté l'ancre et le navire a tourné lentement autour de celle-ci. Il s'est alors immobilisé, le nez dans la marée montante et le flanc droit donnant sur la rive, prêt pour le déchargement. Aussitôt, les moteurs se sont tus. À bout de souffle, le vieux rafiot venait de rendre l'âme et, pour la première fois depuis le départ, j'ai pu apprécier le silence qui nous entourait, de même que la rude beauté des lieux.

Le banc de brouillard qui courait vers les collines venait alors de se déchirer comme un rideau usé, faisant apparaître devant nos yeux un spectacle d'une grande désolation : on ne voyait plus qu'un ciel opaque et bas, qui semblait serrer de près les collines au fond de la baie, comme une angoisse qui vous prend à la gorge. Sous ce lourd ciel, au bout de la vue, les collines monotones formaient en ondulant une longue ligne d'horizon, aux couleurs confuses de pierre et de terre où subsistaient, ici et là, quelques taches formées d'une neige jaunie que le bref été n'avait pu déloger.

Et voilà que plus bas on aperçut le village : d'un côté, deux bâtiments de couleur imprécise, en toile mouillée ou en bois défraîchi, qui se découpaient sur le fond sombre des collines, avec l'air de se coller l'un sur l'autre. Près de là débouchait une petite rivière dont le parcours allait se perdre derrière une falaise. À l'autre extrémité de ce qui semblait former toute la baie de Taqralik, à pas plus de cent mètres, on apercevait un dernier bâtiment, celui-là tout blanc, avec un clocher qui dressait dans cet univers sombre une modeste croix de bois. Et puis, tout au milieu de ces bâtiments, des choses qui battaient lourdement sous la bourrasque, de longues peaux mouillées montées sur des pieux dont on voyait dépasser les extrémités. Voilà donc Taqralik, me dis-je, plutôt déçu.

La vue s'anima alors qu'apparurent devant nos yeux les premiers hommes, les uns courant vers la plage, des enfants sans doute, qu'une meute de chiens accompagnaient en bondissant de joie, et d'autres, le dos courbé, les mains qui se perdaient dans de larges pantalons, se tenant tout près de leurs abris. On aurait dit qu'ils sortaient d'une longue torpeur, surpris, inquiets peut-être devant l'étonnant spectacle que nous devions leur offrir.

« Eugenito » ! me cria le capitaine, « es-tu certain de vouloir toujours débarquer dans ce désert ? » Chalá s'était approché de moi et, lui aussi, il regardait droit devant sur le rivage qu'un banc de brouillard traversa à nouveau. « Si la révolution n'a pas encore triomphé », qu'il me dit, « alors je serai de retour l'été prochain et je te ramènerai. Sinon, il faudra que tu viennes à Cuba, je compte bien revoir mes livres, tu sais ! »

Voilà qui est bien de lui. C'est sa manière à lui de montrer son affection, il ne fait qu'insinuer les choses. Quant aux livres, je savais trop bien qu'il plaisantait, je pouvais les garder tous. Une fois il m'a dit : « Je serais prêt à piller toute une bibliothèque, rien que pour le plaisir d'écrire un seul livre ! » Il devait ajouter aussitôt, en riant cette fois : « Mais dis donc, est-ce bien moi qui ai dit cela ? N'est-ce pas plutôt ce Scott Fitzgerald ? » Et il a ri doucement. Il est comme ça, Chalá, il aime bien rire de lui-même.

Je savourai ce dernier moment avec lui, regardant silencieusement vers la rive. Je sentais qu'il éprouvait de bons sentiments à mon égard, et j'aurais voulu être capable, comme lui, de suggérer ainsi les choses, sans avoir à les dire.

Je me retournai pour le remercier, en quelque sorte, ne sachant trop comment faire, et alors, derrière lui, du côté de bâbord, j'aperçus un petit navire pas plus gros qu'un bateau de pêche, qui semblait nous épier. Chalá avait deviné ma surprise.

« Alors, tu vois maintenant ce que je disais. Je n'ai jamais réussi un seul débarquement. Il y a toujours la police ou l'armée qui m'attend ! »

Pendant la traversée, quand il voulait m'amuser, il me racontait en effet les nombreux débarquements que lui et ses hommes avaient tentés contre les dictateurs de son pays, et qui s'étaient tous terminés au cachot ou dans l'exil. Ce n'était jamais pour se plaindre, il en riait plutôt.

« J'ai aperçu ce bateau tout à l'heure à la jumelle », qu'il dit, « c'est celui de la Gendarmerie royale du Canada. Je crois, Eugenito, que tu vas voir de l'action dans ton désert ! » Je regardai à nouveau le petit navire qui dansait devant nos yeux puis, l'instant d'après, tel un mystère, un banc de brouillard le déroba à notre vue...

2

TAQRALIK, L'ARRIVÉE EN TERRE ÉTRANGÈRE

On n'allait pas se préoccuper bien longtemps du bateau de la Gendarmerie. Pressé par la marée, Chalá fit procéder tout de suite au déchargement. La barge fut donc mise à l'eau et, dès qu'elle fut remplie, elle s'éloigna lentement du *Veracruz*. On la perdit un instant dans le brouillard, puis on la vit accoster pendant que la foule se pressait autour d'elle.

Alors je sus que mon tour était venu. Je devais y aller. En bas, collée sur le flanc du navire, une petite embarcation dansait doucement sur la mer et nous attendait. J'y suis descendu, accompagné de Chalá, en regardant une dernière fois le *Veracruz*. Puis je m'efforçai à ne regarder que devant.

Sur la plage, il y avait une grande animation, et il semblait que pour l'occasion tous les gens de Taqralik s'y étaient rassemblés. Dans la confusion, des hommes et des femmes dessinaient une longue file, depuis la barge jusqu'au sommet de la grève, et se passaient de l'un à l'autre les caisses que le navire venait d'apporter. Le travail allait ainsi bon train lorsque je suis arrivé. J'ai d'abord mis un pied hésitant sur la rive, encore étourdi par le voyage, puis, tout d'un coup, je me suis retrouvé entouré de toutes parts.

J'avais imaginé un accueil plus distant. Ce fut tout le contraire. Il y avait là beaucoup d'enfants et une bande de chiens qui s'amenaient de partout pour sentir les nouveaux venus. Rompant la chaîne, les hommes et les femmes s'amenèrent à leur tour, avec de larges sourires et le regard pétillant de curiosité. J'étais embarrassé mais encore plus étonné. Tous, même les chiens, avaient les yeux en amande et des regards vifs qui me parurent presque moqueurs. Ils me regardaient ainsi, sans gêne, leurs chiens aussi, la bouche ouverte, et ils semblaient ricaner. Je devais leur paraître en effet bien étrange avec mes souliers de toile et le teint pâle.

Ils se pressèrent donc autour de moi et, l'un après l'autre, y compris les petits qui remuaient sur le dos de leur mère, ils me tendirent une main vigoureuse en souriant de toutes leurs dents. Chacun avait pour moi un mot que je ne pouvais comprendre, mais bientôt apparut un jeune esquimau que les autres semblaient pousser vers moi, et qui se mit en frais de traduire ce qu'ils disaient. Hésitant et souriant à la fois, il se présenta et devint ainsi le premier Inuk que je connus.

Il s'appelait Tania. Il devait avoir un peu plus de quinze ans et ressemblait à l'image que je me suis toujours faite de Gengis Khan : une allure fière et hautaine, très orientale ; une tête noble qu'il portait bien droite et qu'il bougeait avec des gestes brusques, en soulevant une chevelure abondante. « Ces gens-là veulent seulement savoir qui tu es », qu'il me dit en haussant les épaules. Il esquissa un sourire puis, montrant du doigt une femme qui venait de s'adresser à moi, il dit : « Il y a celle-là aussi qui se demande bien ce que tu viens faire ici... »

Tania se mit à bouger sur ses jambes et il me sembla qu'il lui déplaisait de traduire. « Je ne sais pas », reprit-il en haussant à nouveau les épaules, « elle tient à savoir si tu seras un ami des Inuit, ou si tu n'es qu'un autre policier... » Je regardai un moment la fille que Tania m'avait pointée du doigt. Son visage s'éclaira aussitôt et je vis à son regard qu'elle ne manquait pas d'audace ni de charme. Mon traducteur fit alors un geste de la main pour s'excuser. « C'est elle qui le dit... »

Je répondis seulement que je m'appelais Eugène. Je regardai autour de moi ces visages souriants et, la main sur la poitrine, je répétai mon nom. « Eugène », dis-je lentement, « je m'appelle Eugène ». Pendant ce temps, ils me dévisageaient sans aucune retenue et ils échangeaient entre eux, juste sous mon nez, des commentaires qui les faisaient rire, et qui me concernaient manifestement. Je les vis alors se consulter un instant puis, à la fin, ils me firent comprendre que ça les arrangerait de m'appeler Youguini. « C'est leur manière de prononcer Eugène », m'expliqua Tania, « c'est plus facile pour eux ». Je leur fis signe que j'étais d'accord, et le travail reprit alors au milieu des exclamations, les plus vieux formant à nouveau la chaîne.

Je me sentis soulagé. Je me souviens que le soleil avait alors fait une percée entre les bancs de brouillard et inondait abondamment la plage. L'air était bon tout à coup. J'étais arrivé. On m'avait baptisé séance tenante et je me sentais vaguement rassuré.

Je cherchai un moment parmi tous ces visages celui du père Gaillard que je pensais pouvoir reconnaître sans peine. Il n'était pas là. Alors, j'entrepris de récupérer un à un mes bagages, pour les déposer plus haut sur la plage, à l'abri de la marée.

J'étais bien un peu inquiet mais je devais sourire tout le temps, rien que pour répondre aux Inuit que je croisais et qui se trouvaient partout sur la plage. Les chiens aussi n'arrêtaient pas de me suivre, et les plus petits, qui devaient se faire les dents, mordillaient effrontément les plus gros.

Le plus étonnant de cet accueil, c'est qu'il n'avait rien de comparable avec le milieu qui nous entourait. En effet, j'avais beau chercher, je ne voyais autour que des roches et de la vase stérile. Pas un arbre, rien que de la désolation.

Et quelle surprise encore de trouver ici des gens si rieurs. Avant le départ, on nous avait prévenus des ravages qu'avait causés parmi eux la famine, et je m'attendais à rencontrer des êtres misérables, affaiblis et tristes.

J'étais encore sous le coup de l'étonnement lorsque le petit bateau que nous avions aperçu plus tôt, derrière le *Veracruz*, s'était à nouveau dégagé du brouillard et, après une lente manœuvre qui n'avait échappé à personne, était venu s'amarrer à l'embouchure de la rivière. Déjà l'animation avait cessé et le silence était tombé sur la petite assemblée.

Alors apparut sur le pont un grand gaillard costumé de gendarme dont le regard sombre me parut si terriblement obstiné que j'en éprouvai un malaise. J'entendis alors un long murmure parmi les Inuit et, pendant un moment, il me sembla que l'inquiétude venait de chasser leur gaieté naturelle.

3

LA MISSION DU PÈRE GAILLARD

Le jour de mon arrivée, le père Gaillard n'avait pu venir sur la plage. Une petite fille s'était blessée au bras en jouant sur les premiers caissons qu'on venait de décharger, et c'est lui qui dut faire office de médecin. Je sais maintenant qu'il fait tout ici, celui-là ! Il est curé, professeur, infirmier, maître de poste.

Après l'agitation du déchargement, donc, j'avais aperçu Chalá qui rassemblait les câbles sur la barge et qui s'apprêtait à retourner au bateau. Je voulais le saluer une dernière fois. Le temps pressait, il voulait profiter de la marée baissante pour sortir de la baie et me fit vitement ses dernières recommandations : « N'oublie pas d'écrire, Eugenito », qu'il me dit. « Et rappelle-toi surtout qu'il faut écrire pour les bonnes raisons, c'est ce qui compte ! » Il sauta sur la barge en tirant avec lui le dernier bout de câble. « Allez, je ne te dis plus rien maintenant. On se reverra ici, ou à Cuba. Adiós, compadre... »

Et il partit. Je regardai la barge s'éloigner en direction du navire et je sentis alors un frisson me parcourir le corps. J'étais inquiet. Un an dans ce désert, me dis-je, avec tous ces étrangers. J'essayai cependant de me ressaisir et je me tournai du côté de la mission, et du petit clocher qui se dressait dans le ciel.

Le père Gaillard habite une cabane plutôt modeste, mais ici c'est un véritable château. Un bâtiment bas en forme de « L » : d'un côté, la chapelle avec son clocher que j'avais aperçu du large et, à l'autre bout de l'angle, la maison du missionnaire. Chalá parti, c'est là que je m'étais dirigé avec, à mes trousses, une bande d'enfants aussi bruyants qu'une meute de petits loups.

Du côté de la mission, la porte était restée entrouverte et, à l'entrée, la tête appuyée contre la cloison, j'aperçus un énorme chien gris et blanc, le museau court et le regard doux. Il avait l'air de monter la garde, paresseusement. J'hésitai un instant, mais les enfants, avec leurs petites mains rondes qu'ils pointaient vers la maison, me faisaient signe que je pouvais entrer. Certains, plus hardis, me parlaient comme s'ils m'avaient connu depuis toujours. « Atii, Youguini, Atii ! » Je les trouvais irrésistibles.

Alors je suis entré. Je passai par-dessus le chien qui ne bougea que pour me suivre du regard et, pendant que je posai la main sur le poil dense de son cou, je jetai un premier coup d'œil sur la pièce. À l'intérieur, personne. Mais dans la pièce d'à côté j'entendais des bruits confus de voix et de pas agités. Puis, tout au fond, une porte s'ouvrit et je vis apparaître un homme dont je ne pouvais discerner les traits. « Ah, mais nom de pie ! » qu'il disait, « quel vieux singe je suis ! Où donc ai-je bien pu mettre cette aiguille, nom de pie ? »

Je le vis fouiller fébrilement dans les tiroirs d'une commode qui se trouvait là, puis s'en retourner vitement sans avoir trouvé. Il grommelait encore des « nom de pie » quand il retourna dans l'autre pièce, sans m'avoir aperçu. Un moment passa et les voix reprirent. Je reconnus à nouveau celle de l'homme que je venais d'apercevoir, cette fois dans la langue des Inuit, et je pensai que ce devait être le père Gaillard.

Je me retournai vers le chien qui continuait de me dévisager le plus paisiblement du monde, la bouche ouverte, comme s'il me souriait. Il avait tout l'air d'une bonne bête, confortablement étendu sur le seuil de la porte, une des pattes de devant repliée sur elle-même. « Alors toi, le loup », lui dis-je, « tu n'as pas l'air si méchant ! Crois-tu aussi que je peux passer ? »

Un éclair traversa son regard et je me crus autorisé à m'approcher de l'autre pièce. Au même instant, le soleil qui, ce jour-là, paraissait courir entre les bancs de brouillard se dégagea à nouveau et inonda d'un coup toute la pièce où je me trouvais. Tout y était d'une grande simplicité : une table de bois collée au mur et, juste au-dessus, une large fenêtre qui s'ouvrait sur la baie. Là, j'aperçus le *Veracruz* avec sa coque rouge que le soleil faisait briller au-dessus de l'eau sombre. Puis, la commode devant laquelle, l'instant d'avant, j'avais entrevu le père Gaillard ; plus loin, un fauteuil et une berceuse, juste à côté d'un tapis en peau de phoque. Une modeste cabane, pensai-je, mais qui avait l'air si confortable, et qui sentait bon le bois, l'air salin qui venait du large et quelque chose encore qui cuisait au milieu de la pièce.

C'est alors que, dans la pièce d'à côté, j'aperçus les autres : d'abord une jeune fille au regard inquiet qui considérait gravement son bras. Elle jetait parfois un regard confiant vers l'homme qui se tenait devant elle. Ce dernier, que j'avais aperçu plus tôt devant la commode, parlait à la jeune fille avec affection, pendant qu'il s'affairait à mettre un pansement sur son bras. Je compris que, faute d'aiguille, il n'avait pu recoudre la blessure et qu'il s'était contenté de ficeler les morceaux de chair. « Ce ne sera pas aussi beau que je l'aurais voulu », qu'il semblait lui dire, « mais ça ira... »

À côté de la fille, il y avait une femme d'âge mûr qui fut

la première à noter ma présence et dont la beauté me frappa. Quand elle posa sur moi son regard étonné, je fus saisi par la douceur de ses traits ainsi que par la tranquille autorité qui émanait de sa présence. Je fus si surpris que je suis resté là un moment, incapable de la quitter des yeux...

C'est donc ainsi que je fus reçu ce jour-là dans ma nouvelle demeure, et que je fis la connaissance de mon hôte, le père Gaillard, et de son inséparable chien Dragon. La petite fille s'appelle Mitiarjuk. Je l'ai aperçue depuis, alors qu'elle jouait avec d'autres jeunes, et je l'ai reconnue à son regard timide et au pansement qu'elle portait encore sur le bras.

Quant à la femme qui m'a fait tant d'effet, elle s'appelle Kinalik. Je n'oublierai jamais son beau visage tranquille. Ses yeux, si joliment creusés dans ses joues en saillie, me suivent jusque dans mon sommeil. Misère ! Je la guette partout, mais je ne l'ai pas revue depuis.

4

NOUDAPIE

Le père Gaillard n'est pas un homme riche et il se voit forcé d'économiser le chauffage. Alors, quand j'écris, le soir, j'ai les doigts gelés, et il me semble que tout me vient lourdement. Je n'arrive pas à suivre le fil de ma pensée. Je n'aime pas ce que j'écris, et puis je ne parviens pas à me faire une idée; j'écris des bouts au passé, d'autres au présent, et je me tortille vingt fois le derrière chaque fois que j'ai à choisir un adjectif. Mais je suis toujours résolu à poursuivre. Il y a, chaque fois que je doute, cette image de Chalá qui me revient et qui m'exhorte à continuer...

Pour le reste, le père Gaillard est un hôte idéal. Nous étions tous les deux ce matin à parler des Inuit lorsque je lui fis remarquer qu'il devait être merveilleux de les connaître autant que lui. Il a d'abord hoché la tête puis, avec tout le sérieux du monde, il m'a répondu : « Ah ! ça oui, pour les connaître, je les connais bien ! » Il fit alors une pause puis, sourire en coin, il reprit : « Le problème, c'est que plus je les connais moins je les comprends ! » Et il s'était mis à rire doucement, bien calé dans son fauteuil, les deux mains sur le ventre.

À mon avis, le père Gaillard ressemble à un gros ours et je m'entends bien avec lui. Tôt le matin, il se met à bouger dans la maison comme un fauve en cage. Il n'a pas assez de la journée et il rebondit jusque tard dans la nuit où, comme son chien Dragon qui le suit partout, il tombe littéralement sous le poids de la besogne. Alors, aussi bien s'attacher, en moins d'une minute il fait vibrer les murs d'un retentissant ronflement.

Il a son horaire. Ainsi, chaque jour, c'est le craquement sec de sa radio qui m'éveille. L'odeur de café monte alors lentement le long des cloisons froides et, peu à peu, la maison se réchauffe. Pendant un moment, le père Gaillard s'agite devant son poste de radio et s'amuse à faire la ronde des autres missions de l'Arctique.

« Alors, père Julien », qu'il crie de sa voix forte, « est-ce que vous m'entendez ? Et vous là-bas, à Igloulik, vous allez vous réveiller, nom de pie ! » Ces derniers temps, il est plus animé que d'habitude. Il est à préparer un prochain voyage, et je suis avec intérêt la conversation qu'il tient avec les autres missionnaires. « C'est bien ça, des andouilles, que j'ai dit ! Est-ce que je dois épeler maintenant ? Vous êtes des andouilles ! Ah, mais vous comprenez seulement quand ça vous convient, nom de pie ! Alors j'irai, c'est bon, c'est encore moi qui irai... »

Lui et ses collègues des autres missions ont entrepris de traduire la Bible en inuttitut et, l'hiver venu, ils se réunissent chez l'un d'entre eux. Parfois, rien que pour se rencontrer, ceux-ci doivent parcourir plusieurs centaines de kilomètres en traîneau à chiens, dormant dans des iglous, comme les Inuit, et se nourrissant comme eux de chasse. La vie de missionnaire n'est donc pas facile. Ils ont dû apprendre la langue, bâtir de leurs propres mains la mission et, chaque jour, travailler, se nourrir, ne comptant que sur leurs propres moyens pour survivre.

Ils doivent de plus nourrir leurs chiens. Ce matin, alors que le père Gaillard et moi étions occupés à finir la toiture de l'infirmerie, je l'ai vu soudain se redresser d'un bond.

Le corps figé, il a retenu son souffle pendant qu'il balayait du regard la baie en face. Puis sa poitrine s'est soulevée et il s'est écrié, la main qui pointait vers le large : « Les baleines, nom de pie ! Les baleines sont là ! » Il descendit fébrilement, criant encore pour alerter les autres, et laissant derrière lui une traînée de buée blanche.

C'est qu'il lui faut jusqu'à sept bélugas par année, rien que pour nourrir son attelage de chiens. Cette année cependant, on a fini par lui promettre un avion, en prévision de son voyage, et il a dû se défaire de ses chiens, ne gardant que son fidèle Dragon. S'il chasse, c'est pour ne pas perdre la main, qu'il dit.

Les Inuit l'appellent « Noudapie », à cause de l'habitude qu'il a de répéter tout le temps ses « nom de pie ». Ils le visitent souvent, et je vois à leur façon de lui parler qu'ils ont une grande affection pour lui. Sauf Mingo. Ce fier sorcier garde en effet ses distances. Puisqu'il joue ici le rôle de chamane, je comprends que lui et le père Gaillard se font une certaine concurrence sur la question de la religion, l'un et l'autre ayant pour mission de s'adresser aux esprits et de sauver les âmes.

Mais, plus encore que la présence du père Gaillard et de son influence croissante sur la petite communauté, c'est celle de la gendarmerie qui gêne Mingo en ce moment. En effet, celle-ci fait présentement enquête sur une affaire de meurtres qui s'est passée au cours du dernier printemps, et c'est précisément sur Mingo que pèsent les soupçons. Une vieille querelle de famille, dit-on, avec meurtres et vengeances qui remontent loin dans le temps.

En dépit de cette affaire toutefois, et de tous les bruits qui courent à ce propos dans le village, je n'ai jamais entendu le père Gaillard dire du mal de lui. Je crois même qu'il est très inquiet pour le chamane. Il n'aime pas ce qui se passe. « Si seulement je pouvais faire quelque chose pour lui », qu'il dit en hochant la tête.

Quand il est enfin revenu de chasser la baleine, lui et moi avons repris le travail, et Kinalik, qui s'amenait par là, a fait un détour pour lui dire un mot. Je l'ai reconnue tout de suite. J'étais si content de la revoir. L'expression de son visage était grave et elle m'apparut encore plus belle que la première fois. Ses yeux doux et si ronds, entourés d'une délicate couronne de cils ; ses prunelles ondulées par une légère fossette et pareilles à des pêches mûres. Ah, misère ! Son regard timide, ses cheveux noirs et la douce harmonie qui émane de son corps. Quelle femme, me dis-je ! Je la regardai ainsi et j'étais si frappé par sa beauté que j'ai bien failli échapper le marteau...

Pendant ce temps, le père Gaillard était descendu près d'elle, et tous les deux s'échangèrent de graves secrets, le regard inquiet. Quand elle posait sur lui ses yeux confiants, pendant un instant le regard du père s'illuminait, puis il baissait la tête.

Je sais qu'ils parlaient de Mingo et de ce qui se passait dans le village. La malheureuse Kinalik, qui est en fait la sœur du chamane, paraissait si inquiète quand elle parlait de son frère que le père Gaillard, une fois, est venu bien près de lui prendre la main. Je l'ai vu faire un mouvement vers elle, puis il s'est retenu. Au même moment, Kinalik avait baissé les yeux, le visage empreint d'une douce résignation.

Quant à moi, je regrette de comprendre si peu ce qui se passe autour de moi, et, chaque jour, je m'efforce d'apprendre un peu plus la langue de ce pays. Je me suis promis que bientôt plus rien ne m'échapperait.

5

LE COMMIS DU MAGASIN

S'il n'en tient qu'au gouvernement, les Inuit ne connaîtront plus jamais la famine. En effet, quand nous étions à Ottawa, les fonctionnaires disaient que ce n'était pas digne de notre pays de grandir parmi les nations, alors que ce petit peuple du Nord subissait encore les pires assauts de la nature. Ils ont donc conçu pour le bénéfice de ceux-ci un régime spécial d'aide alimentaire. Un régime très simple que je suis chargé d'appliquer et pour lequel il me faut le concours du commis du magasin.

Seulement voilà, depuis mon arrivée j'ai voulu terminer au plus tôt l'infirmerie. Il y a le froid qui me presse et cette envie aussi que j'ai de m'installer chez moi. Ce matin, j'ai quand même résolu de ne plus attendre et, laissant au père Gaillard les détails de la finition, je suis allé au magasin de la baie d'Hudson.

C'était au milieu de la matinée, et déjà il y avait beaucoup de gens. Tania, qui s'est fait interprète le jour de débarquement, et qui est aussi devenu mon professeur d'inuttitut, m'aperçut le premier et fit quelques pas pour me saluer. Les autres aussi, hommes et femmes me saluèrent à leur façon coutumière, en écarquillant les yeux. « Youguini ai ! » Je suis toujours content de les revoir et chaque fois plus à l'aise dans mes rapports avec ces êtres étonnants de simplicité.

Depuis l'arrivée du bateau, Jim, le commis du magasin, avait eu le temps de remplir les tablettes de toutes les nouveautés de la saison, et les gens se pressaient autour de celles-ci avec avidité. Ils passaient d'un rayon à l'autre en échangeant parfois un rire étouffé, ou une brève exclamation : « Ouaii ! Mais regarde ça... takuvit ! Est-ce que t'as vu ? »

Au fond du magasin, il y avait un comptoir derrière lequel j'aperçus Jim, un petit rouquin écossais aux gestes nerveux, que j'avais aperçu à la mission. Il était alors occupé à évaluer les peaux de renard et de phoque qu'un chasseur venait de déposer devant lui. Silencieux, l'air sévère, il fouillait de ses mains les fourrures pour en apprécier la souplesse, pendant que l'autre demeurait impassible, un coude appuyé sur le comptoir.

Quand il fut décidé, Jim fit bouger ses longs sourcils. Il ouvrit alors un grand livre, trouva la page qui correspondait à son client puis, s'adressant à celui-ci, il laissa tomber sa décision : « Ce sera sept dollars pour tout. » L'autre s'était redressé et bougeait nerveusement sur ses jambes, évitant soigneusement de croiser le regard du commis. Ce n'était pas une affaire de sentiment. À la fin, il mit à son tour le doigt sur la page blanche et fit signe au commis d'inscrire le montant. « Atii ! » lui dit-il. Le marché était conclu.

Du temps où les Français de la Révillon frères étaient là, ils faisaient une forte concurrence aux Anglais de la baie d'Hudson, et les affaires étaient bonnes pour les Inuit. Mais depuis leur départ le prix des fourrures s'était effondré, provoquant une grave famine que les Inuit ne sont pas près d'oublier. Aujourd'hui, les chasseurs savent bien qu'ils n'obtiennent pas le prix qu'ils méritent pour leurs fourrures, mais que peuvent-ils y faire ? Ils sont bien forcés de composer avec le seul magasin présent. Par contre, ils ne sont pas dupes et, quand le commis décide son prix, ils ne vont tout de même pas lui dire merci.

Mais ils évitent tout autant de se mettre en colère parce qu'il est très important d'entretenir de bons rapports avec la « Kuppani ». C'est qu'il ne s'agit pas que d'un magasin. C'est aussi un lieu d'échange, et même une banque. Ainsi, quand le chasseur a donné son accord, Jim a inscrit le montant de son crédit sur une colonne de la page qui lui est réservée. Une autre colonne sert à débiter les achats. C'est ainsi qu'on fait le commerce ici.

Bientôt donc, les autres allaient partir et je restai seul avec Jim. Déjà, celui-ci savait comment allait fonctionner le système d'aide sociale. Il avait en main un de ces bons d'achat que le gouvernement avait fait imprimer, et paraissait ravi de la chose. Sur chacun, un espace où je devais indiquer le nom du bénéficiaire puis, en dessous, les trois entrées prévues pour le montant destiné aux achats : la nourriture, les vêtements, ou les autres biens. Avec ce billet signé de ma main, celui dont la chasse n'aura pas comblé les besoins pourra quand même se prévaloir de l'essentiel. Ce billet a donc la même valeur qu'un chèque, et le magasin qui l'honore pourra se faire rembourser par le gouvernement.

Contrairement au père Gaillard qui craint que cette nouveauté rende les Inuit dépendants, Jim considère que tout cela est très bon et il ne cache pas son intérêt. « Ça va marcher », qu'il dit. Il m'assura aussi qu'il avait de tout en grande quantité : des sacs de farine qui faisaient tout un pan de mur, des caisses de thé là-bas au fond, plusieurs barils de lard, du tabac et des carabines qu'il exhibait avec fierté.

Le magasin n'était pas chauffé, et quand Jim parlait, le menton bien en l'air, il faisait avec la bouche une succession de petits nuages qui allaient se perdre au-dessus. « Tu peux imprimer tout ce que tu veux de monnaie », qu'il dit en se frottant les mains, « j'ai ce qu'il faut pour les contenter ! »

Ainsi, pour sceller notre accord, il tira de sous le comptoir une bouteille de scotch et j'en reçus un plein verre. Il se servit à son tour et vida son verre d'un seul trait. Jim n'aime pas traîner en affaires. On raconte sur lui des histoires de femmes et de boissons, mais c'est un homme qui m'inspire une certaine admiration. Il ne craint pas les longs voyages et il passe une partie de l'hiver à parcourir seul de vastes étendues. Malgré sa petite taille, il est fort et courageux.

Un jour, celui que les Inuit appellent Yimie s'était retrouvé face à face avec un ours blanc, aussi surpris que lui de le voir là. Il n'avait que son couteau et choisit bien sagement de retraiter. Curieux, l'ours se mit à ses trousses, mais Jim parvint à se réfugier chez lui. Aussitôt arrivé, il empoigna sa carabine et s'avança de nouveau jusqu'à l'ours qui n'était plus sûr de rien maintenant. Il se planta fermement devant l'animal, le visa en plein entre les deux yeux et pressa la gachette sans perdre un instant. Clic ! Le bruit ne trompait pas. L'animal quant à lui était resté debout devant lui, sans broncher, car dans sa hâte Jim avait oublié de charger la carabine. Furieux contre lui et la bête, il se mit alors désespérément à faire tourner la carabine sous le nez de celle-ci, en criant de toutes ses forces : « Sale bête, tu vas me f... le camp ! »

La bête était si surprise de ce traitement qu'elle n'a pas demandé son compte, et Jim s'en est tiré. Les gens ont bien ri de lui, mais ils le respectent à cause de ses humeurs qui sont bien imprévisibles.

« Tu vois », qu'il me dit, « moi je ne sais pas plus de vingt mots en inuttitut, et je ne tiens pas à en savoir plus.

Ces gens-là sont trop rusés ; ce sont des chasseurs, tu te rends compte ! Ouais, des chasseurs. Si je savais parler leur langue, alors ils me comprendraient et sauraient vite comment j'opère. Ils n'ont qu'une idée en tête : te posséder ! C'est les gens les plus malins que j'ai vus de ma vie ! »

Il avala d'un trait une large portion de scotch et il branlait la tête, bien certain qu'il venait d'affirmer une règle de première importance en matière de conduite avec les Inuit. Je n'allais pas tarder à en connaître une autre, tout aussi importante.

« Si tu veux coucher avec la femme d'un de ces chasseurs », qu'il ajouta, « alors rien de plus simple ! Mais je t'avertis, il y a des règles à suivre. Rappelle-toi bien, ce sont des Orientaux, ils ne doivent jamais perdre la face ! Ici, mon gars, tout est permis, même ça, mais un vrai chasseur ne doit jamais perdre la face. »

Il engloutit une autre bonne gorgée de boisson et sembla se calmer un moment. Puis, sur un ton de confidence cette fois, et en pointant du doigt la porte derrière lui, il reprit : « T'as vu cette espèce de grand pied à McCormick ? Hé ! Il pense vraiment qu'il aura la peau de Mingo. Pouah ! Il me fait rire, ce pauvre flic. Il n'a aucune chance contre Mingo. Moi je les connais, les autres, ils ne parleront jamais ! »

Jim est un petit homme sec, et quand il s'anime on voit saillir un gros nerf le long de son cou. Il devient alors tout rouge et, sous ses longs sourcils, ses petits yeux vifs se mettent à rouler.

« Tu veux dire que les autres n'oseront pas dénoncer Mingo parce qu'ils ont peur de lui, n'est-ce pas ? » Cette histoire commençait à m'intriguer et j'espérais en savoir plus.

« Quoi ? »

« Les autres ne diront rien au policier parce qu'ils ont peur de Mingo. Mais si le chamane devait partir », insistai-je, « tu ne penses pas qu'ils se mettraient alors à parler ? »

Pour toute réponse, je ne devais obtenir qu'un vague grognement. Son idée était faite et il ne cachait pas son mépris pour McCormick.

Pour ma part, je ne sais quoi penser de cette affaire. Je ne connais ni le policier ni Mingo, pas plus que les victimes de cette invraisemblable tuerie, et je n'arrive pas à croire qu'elle ait pu seulement se produire, tellement ces gens me semblent paisibles.

6

UNE HISTOIRE DE MEURTRES

Ils étaient trois ce jour-là, parmi les meilleurs chasseurs du village, qui revenaient de la mer lorsque, soudain, sur une banquise qui s'amenait vers la rive, ils aperçurent ce qu'ils croyaient être des phoques. Au printemps, ce n'est pas rare en effet que des phoques montent ainsi sur la glace et qu'ils s'y reposent un moment, sous les chauds rayons du soleil.

Bientôt cependant, les chasseurs pressentirent que quelque chose n'allait pas car les phoques, contrairement à leurs habitudes, restaient là sans bouger. De plus, il y avait dans l'air quelque chose que les trois hommes n'aimaient pas, une sorte de silence lourd et inhabituel. Ils hésitèrent un moment puis décidèrent de s'approcher. Quand, à la fin, ils furent en mesure d'y mieux voir, ce qu'ils aperçurent était si inattendu que pas un d'entre eux ne put dire le moindre mot. La peur les cloua sur place et ils furent incapables de monter sur la banquise.

C'est qu'il y avait là, entassés les uns sur les autres, les cadavres nus et gelés de cinq des leurs, trois hommes et deux femmes, tous du clan des Amassalik. Leurs yeux, crevés par la glace, étaient restés ouverts et portaient encore la marque de l'horreur. Pour ajouter au mystère, il n'y avait aucune trace de violence sur les corps. Les trois hommes étaient sidérés, mais, puisque les victimes s'étaient auparavant converties à la religion du père Gaillard, ils coururent chercher ce dernier qui se précipita aussitôt sur les lieux, et de là l'histoire fit tant de bruit que la Gendarmerie dut s'en mêler.

Quant aux Inuit, ils se sont tus, parce que c'est comme ça qu'ils sont, et aussi parce qu'il y avait quelque chose de ténébreux dans cette affaire. Ils savaient tous cependant que Mingo avait fait le coup, car depuis toujours la famille de celui-ci était dressée contre celle des victimes, les Amassalik, les meurtres et vengeances se succédant d'une génération à l'autre ; une querelle qui durait ainsi depuis si longtemps que même les plus vieux ne savaient plus qui des deux familles avait fait le mal en premier.

Chacun prit ainsi pour acquis que c'était Mingo le coupable, mais quant à moi, pour connaître cette histoire, il m'a fallu vaincre la discrétion naturelle des gens, surtout celle de mon ami Tania qui n'aime pas parler des affaires de son père, et qui a dû, bien malgré lui, servir d'interprète au cours de l'interrogatoire que le policier a fait subir à ce dernier. Il y a Jim aussi qui continue de pester contre la présence chez lui du gendarme, et qui de cette façon m'en apprend autant que tous les autres réunis.

J'avais cependant résolu de parler de cette affaire avec le père Gaillard parce que j'ai pensé que lui seul pouvait en percer le mystère. Ainsi, au début de la soirée, je suis allé le rejoindre dans la petite pièce au bout de la cuisine où il a mis son fauteuil favori. De là, par la fenêtre, il a une vue sur toute la baie et il aime bien s'y reposer, le soir venu. Quand je suis arrivé, il venait de poser près de lui un livre et se frottait les yeux, avec sa grosse main burinée.

Dehors, la nuit tombait lentement. Au fond de l'horizon, une lueur blanchâtre opposait une pâle résistance aux derniers assauts de l'obscurité. Ainsi, avec l'hiver qui s'en vient, de jour en jour la nuit gagne du terrain sur la clarté, et déjà les replis des collines s'étaient perdus dans la nuit où seuls apparaissaient les sommets enneigés.

Le père Gaillard me sembla songeur et j'ai cru bon de parler le premier. « Je n'arrête pas de penser à cette histoire », lui dis-je, « et je n'arrive pas à m'expliquer comment une personne seule aurait pu tuer tant de gens. C'est tellement incroyable ! Je me demande aussi ce que je pourrais faire pour aider ces malheureux... ils me paraissent tellement dépassés par les événements. Après tout », concluai-je, « je suis le représentant du gouvernement, ici. »

Le père Gaillard sembla approuver. « Cette histoire m'embête aussi, tu sais. Si seulement je pouvais faire quelque chose. Depuis cette affreuse tragédie, Mingo a l'air bien désemparé en effet, et je voudrais tellement l'aider... »

« Vous pensez donc aussi que c'est lui qui a fait le coup ? » Ma question sonna un peu brusquement et je la regrettai aussitôt. Quant à lui, il a préféré ne pas y prêter attention, me rappelant en cela Chalá, avec sa façon d'ignorer mes questions. Il s'est alors levé et, silencieusement, s'est mis à marcher en travers de la pièce, prenant bien soin de contourner Dragon qui, à cette heure-là, était étendu de tout son long au centre de la cuisine. Il alla jusqu'au fond de la pièce, pivota lentement devant la commode puis revint jusqu'à la fenêtre du salon où il s'arrêta. Son regard alla se perdre dans l'obscurité.

Dehors, la nuit était maintenant tombée et le silence régnait sur la petite communauté. Par là s'alignaient les tentes, une dizaine en tout, la plus grande appartenant à Mingo. Parfois, à travers les peaux jaunies de leurs abris que léchait une pâle lueur de lampe à huile, on voyait s'agiter des ombres d'Inuit. Pendant tout l'été jusque tard en automne, ces abris sont indispensables, mais il faut tant de peaux pour les fabriquer que seuls les meilleurs chasseurs y parviennent. Les premières peaux vont en priorité à la confection des vêtements, et seulement quand il en reste peuvent-ils alors posséder un abri. Après viennent les embarcations : d'abord le kayak, le légendaire canoë esquimau, puis l'umiaq, une embarcation plus grande, capable d'accommoder la famille et qui requiert une grande quantité de peaux. À Taqralik, il y a cinq kayaks mais seulement trois umiaqs, dont celui de Mingo.

Le père Gaillard venait de s'arrêter maintenant devant la commode où, au milieu d'un certain désordre, traînaient bon nombre d'objets. Il tendit la main puis se retourna avec la pochette d'un disque. « Voilà », dit-il, « c'est le meilleur moment pour écouter la Piaf, pas vrai, Dragon ? » Je sais maintenant que ce rituel fait partie de sa routine quotidienne. Il tira donc de la pochette le disque qu'il posa délicatement sur l'appareil, et là il se redressa avec un air recueilli. La musique venait de percer le silence.

« Ah ! nom de pie », s'exclama-t-il. « Quelle voix elle a, cette petite ! Chaque fois je ressens la même émotion ! Quand je pense à tous ces chialeurs qui nous empoisonnent l'existence avec leurs faux sanglots. On devrait leur interdire de chanter, à ces fraudeurs de sentiments. Avec la Piaf, c'est pas pareil ! C'est rien que du pur. Pas de mièvrerie, nom de pie ! Et cette voix qui tranche dans le vif de l'émotion. La pauvre petite ! Quand j'y pense, un être aussi sensible doit souffrir beaucoup... »

J'acquiesçai d'un geste de la tête pendant que Dragon, qui avait l'habitude de ce rituel, bâillait à s'en détacher la mâchoire. Le silence revint, puis le père Gaillard, le dos un peu courbé, remit le disque sur l'étagère, et je sentis qu'il allait parler. « Mingo », reprit-il en hochant la tête, « ce pauvre Mingo ! Ce malheureux fou de chamane... si seulement nous avions pu devenir des amis, nous aurions pu éviter cet affreux drame. Il était bien trop fier, ce fou de sorcier, pour adopter la nouvelle religion. Il n'a pas voulu accepter le changement... Quelle tragédie, nom de pie ! Il est si seul maintenant, plus personne ne pourra l'aider... Je le connais bien, il mourrait plutôt que de venir à moi... Et moi, je ne sais pas comment faire non plus. »

Il reprit sa marche lentement, le dos courbé, le regard assombri. Quel monde étrange, pensai-je. Les hommes d'ici sont fatalistes et ils ont l'air de se dire que, si les choses sont comme ça, alors ils n'y peuvent rien. « Piusilik ! Si c'est comme ça », qu'ils disent, « c'est donc bien ! » Peut-être sont-ils sages, à la fin, de cette sagesse résignée que des siècles de vie misérable ont imposée. En effet, à quoi servirait-il à ces malheureux de se plaindre ? La révolte ne serait-elle pas qu'un accablement de plus ? Quand on y regarde d'un peu plus près, on a le sentiment qu'ici la mort est la règle, la vie n'étant rien de plus qu'une exception que les éléments déchaînés ne tolèrent jamais plus qu'un instant. Quoi qu'il en soit, les hommes d'ici montrent un courage et une résignation sans faille. Je les admire.

Mais leur sort est si cruel ! Je pense aux chamanes, ces sorciers-guérisseurs dont le rôle était d'intercéder auprès des esprits et qui ont pu, grâce à leur courage, guider les Inuit au cours de leur périlleuse conquête de l'Arctique. Que les chamanes soient aujourd'hui les premières victimes du changement montre à quel point la vie est ici cruelle. Ceux dont la mission était de consoler les autres sont désormais condamnés à mourir seuls, comme des héros obscurs. Leur temps est fait et il n'y aura personne pour les pleurer. En effet, qui donc pourrait consoler ces surhommes ? Personne ; ils vont mourir comme ils ont vécu, seuls.

Je ne m'étais pas trompé. Le père Gaillard était profondément tourmenté par cette affaire et je croyais savoir ce qu'il pensait. Le temps avait fait son œuvre et, à cause des nombreux changements, l'influence des chamanes s'était peu à peu estompée. Dans tout l'Arctique, il n'en reste présentement que très peu, et on dit que Mingo est le dernier des grands.

« C'est bien dommage que ça se passe ainsi... Je crains le pire... Ils ont vécu de la même façon pendant tant de siècles, c'est incroyable comme ces gens-là ont été façonnés par la vie ! Tu peux t'imaginer ce que doit signifier quatre ou cinq mille ans d'épreuves ? Et voilà qu'on arrive, avec notre religion, nos bateaux, nos lois, l'aide gouvernementale et tout... Quel changement ! C'est trop et trop vite. Comme je les plains, ces malheureux. Je crains vraiment que le malheur ne fasse que commencer... »

Je regardai le père Gaillard qui me parut vieilli tout à coup. Il était debout au milieu de la pièce, immobile. « Je sais que Mingo n'est pas étranger à ce qui s'est passé », dit-il, la voix lasse, « mais je sens aussi qu'il n'a pas voulu ce qui est arrivé. C'est pour ça qu'il est si désemparé. Je ne peux vraiment rien faire pour lui. Personne ne pourra l'aider désormais... Il sera bien seul, incapable de comprendre ce qui lui arrive. Et il devra payer pourtant. » Il s'arrêta un moment, puis ajouta en branlant la tête : « Avec tous ces changements, je me demande comment les Inuit vont s'en sortir. Malheureusement pour eux, je vois venir beaucoup de confusion. Pour s'adapter, ils s'adapteront. J'ai confiance. Ils finiront par tout absorber, mais avant il y aura beaucoup de confusion. »

7

LA CARABINE D'ANGUTINGUAK

Comme il le fait régulièrement depuis quelque temps, Tania était venu nous rendre visite, mais cette fois il n'était pas seul. Il était accompagné ce soir-là d'une espèce de grand efflanqué à qui il manquait quelques dents, et qui resta figé près de la porte jusqu'à ce que le père Gaillard lui dise d'enlever ses bottes et de s'approcher.

Le nouveau venu fit alors rouler nerveusement ses bottes par-derrière et s'approcha de la table où Tania, déjà, était venu nous rejoindre. Il me parut bien pauvrement vêtu. Sous ses bottes, il portait de longs feutres que l'usure avait troués et décolorés. En bien des endroits, ses vêtements graisseux et détrempés ne tenaient plus que par la peau, la fourrure ayant disparu avec le temps. Quand il s'approcha de la lampe, j'aperçus ses yeux étrangement vides au milieu d'un visage noir et osseux. C'était Angutinguak, l'aveugle du village, que je venais de reconnaître.

Je l'avais déjà aperçu au magasin et je savais que les gens, pour le taquiner, faisaient courir de drôles d'histoires à son propos. Le pauvre homme n'a pas de femme et cela constitue un inconvénient dans ce rude pays. Si le chasseur apporte les peaux, c'est la femme qui prépare les vêtements de la famille. Pour ajouter à ses malheurs, Angustinguak souffre par ailleurs d'une cataracte qui est en voie de gruger peu à peu ce qui lui reste de la vue. Il proteste quand les autres en parlent, mais le malheureux ne voit presque plus et ce n'est qu'une question de temps avant qu'il ne soit complètement aveugle.

Le rêve le plus cher d'Angutinguak est donc de se dénicher une femme. Or, cette année, il croyait bien avoir trouvé la solution. En effet, pour compléter la gamme de ses fournitures, le magasin a fait distribuer un catalogue illustré. De cette manière, les gens peuvent choisir maintenant de nouveaux produits que la compagnie leur fera livrer par courrier au moment du rassemblement d'hiver. Cette innovation fait évidemment grand bruit en ce moment, d'autant plus que les bons d'achat du gouvernement, que j'ai commencé à distribuer, viennent ajouter quelques ressources à l'économie locale.

Quand Angutinguak s'est présenté devant Jim pour lui faire connaître son choix, on raconte qu'il a fait longuement tourner les pages du catalogue avant de trouver. À la fin, il s'est redressé, a mis un long doigt crasseux sur un joli mannequin en petite tenue et fait tomber son choix sans hésiter. Le malheureux paraissait au comble de l'excitation. Il respirait nerveusement et fort, et ceux qui se trouvaient là ont même aperçu une étincelle de vie dans ses yeux. « Voilà ce que je veux », annonça-t-il à Jim, « combien de peaux il te faut pour cette femme ? »

Quand on raconte cette histoire, Angutinguak rit autant que les autres, mais ce soir-là je vis que quelque chose le préoccupait vivement. Il n'était pas d'humeur à rire et toussait nerveusement en regardant Tania. « Celui-là », fit ce dernier, en le pointant du doigt, « est venu pour dire quelque chose à Youguini. Je ne sais pas ce qu'il veut, c'est une histoire de carabine... »

Tania me paraît le plus malheureux des hommes quand on lui demande de traduire et, chaque fois que cela se présente, il commence par bien établir ses distances avec chacun. Dans ce cas-ci, il avait pris un air hautain, presque dédaigneux à l'endroit d'Angutinguak. Je pensai aux paroles du père Gaillard qui avait l'habitude d'appeler Tania le pauvre gosse. « Il n'est plus Inuk, et il n'est pas Blanc non plus. Je ne sais pas comment il va pouvoir se débrouiller dans la vie, celui-là. » Le jeune homme revient en effet d'un long séjour dans un hôpital du Sud où il a dû soigner une tuberculose. Pendant son absence, il a appris la langue des Qablunat mais il a perdu le goût pour la chasse, si bien que, depuis son retour, il ne s'entend plus avec son père Mingo. Ce dernier l'a même frappé l'autre jour, après un interrogatoire de McCormick, et le jeune homme en porte encore la marque, au-dessus de l'œil.

Je regardai à nouveau Angutinguak qui bougeait nerveusement sur sa chaise, et je vis qu'il avait une de ces bonnes têtes dont on a envie de se moquer. « Alors, Tania, tu peux lui dire de parler, j'écoute. »

« Celui-là dit qu'il ne comprend pas pourquoi tu l'as laissé tomber. Tu as donné une carabine à tous les autres, mais lui, tu l'as ignoré. Il n'est pas content. C'est tout. »

C'était donc ça qui le préoccupait. Je m'étais en effet entendu avec Jim pour distribuer des carabines aux chasseurs valides, mais cela excluait expressément Angutinguak qui recevait par ailleurs une pension mensuelle pour son invalidité. Le malheureux n'avait donc pas compris qu'il ne pouvait pas bénéficier des deux à la fois. Je ne pouvais tout de même pas donner une carabine à un aveugle : qu'est-ce qu'on penserait de moi à Ottawa ? leur dis-je.

J'expliquai tout cela à mon homme qui s'obstinait à

regarder ailleurs, sans doute pour garder intacte sa colère. Tania fit la traduction, sans conviction, et sans grand succès puisqu'à la fin Angutinguak n'était toujours pas satisfait. Pour bien montrer qu'on ne le possédait pas facilement, ce qui me semblait être précisément le contraire, il se leva et fit en partant cette dernière remarque : « Il y a quelqu'un qui ment ici, mais ça ne fait rien. Rouyannaaluk ! dit-il fièrement, le menton bien haut. Je n'ai pas besoin du gouvernement ! Je vois parfaitement et je suis bien capable de m'acheter un fusil tout seul ! »

Angutinguak partit brusquement sans me laisser le temps de répondre. J'essayai alors de reprendre l'explication avec Tania, mais ce dernier me fit comprendre que toute cette histoire n'avait aucune importance. « C'est seulement Angutinguak », dit-il avec une sorte de mépris, « qu'est-ce que ça peut bien faire ? »

Je n'étais pas encore revenu de ma surprise lorsque la porte s'ouvrit à nouveau, lentement, et qu'une main hésitante vint récupérer les bottes que le malheureux, dans sa sortie précipitée, avait oubliées. Il essaya de rester dans l'obscurité mais je pus reconnaître Angutinguak. Ce pauvre homme, me dis-je, a quelque chose de bon et de pitoyable à la fois, et, s'il y a un domaine où sa bonne nature n'a aucune chance, c'est bien dans celui de la colère. Alors, pendant que Tania feignait d'ignorer toute l'affaire, le père Gaillard et moi avons échangé un sourire entendu, mais je me suis promis que je ferais quelque chose pour lui. En vérité, ce qui est pour moi une simple décision gouvernementale, tout à fait justifiable, doit lui apparaître au contraire comme bien injuste, et je ne veux pas qu'il en souffre.

8

UNE VISITE CHEZ MINGO

Les jours passaient et j'avais beau me dire que, comparée aux malheurs de Mingo, cette histoire de carabine n'avait pas d'importance, j'imaginais néanmoins qu'Angutinguak devait être bien malheureux et que je me devais de faire quelque chose. L'idée m'était donc venue d'aller chez Mingo mais j'hésitais à le faire, car la pensée de rencontrer le chamane soulevait en moi encore plus de crainte que de curiosité. À la fin, c'est le désir de revoir Kinalik qui m'en a donné le courage, et l'intention de réparer le tort que, malgré moi, j'avais causé à Angutinguak.

Il faisait un bien mauvais temps ce soir-là. Une pluie glaciale et des vents en forte bourrasque tombaient lourdement sur Taqralik, si bien que les gens avaient dû se réfugier sous leurs abris. Je suis donc arrivé chez Mingo, trempé, et là, au milieu de la pénombre, j'ai aperçu ces regards surpris qui, à première vue, me parurent aussi maussades que le temps qu'il faisait dehors. J'ai pensé qu'ils devaient être tristes pour quelque raison mais, la surprise de ma visite étant passée, j'ai vu leurs visages s'éclairer et ils m'ont reçu avec beaucoup de chaleur.

Mingo n'était pas chez lui. Peut-être à cause du

gendarme qui le poursuit sans cesse de ses questions, il se tient presque toujours dans les collines et, ce jour-là, il était parti chasser l'outarde, avec son fils Nuluki *. Mais les autres étaient là et, après les salutations, on m'a servi une tasse de thé bien chaud. C'est Kinalik qui me l'a apportée, mais je n'ai pas osé la regarder. Après, le silence est revenu qui m'a paru long, et je me suis senti gêné car je croyais déranger. Je gardai ainsi les yeux sur la tasse de thé fumant, mais bientôt je ne pouvais plus supporter le silence.

« Je voulais seulement voir Angutinguak », leur dis-je alors, en faisant un visible effort pour parler leur langue. « Je suis vraiment désolé pour cette histoire de carabine. Je n'y peux rien, c'est le règlement. Mais j'ai décidé que je lui prêterais ma carabine à moi aussi souvent qu'il le voudra, et même tout le temps s'il le veut... » Tania avait dû venir à ma rescousse, car tout cela dépassait mes moyens. Mais je venais de surprendre mes hôtes et surtout le pauvre Angutinguak qui m'a semblé fort embarrassé. Je l'ai vu qui bougeait sur son derrière, puis il a dit, en toussotant : « Rouyanna, Youguini ! Ça ne fait rien, je ne te blâme pas, et je m'arrangerai bien... »

Son regard blanchi par la cataracte a croisé le mien un instant, et il a dû sentir que j'étais sincère. Alors j'ai compris qu'il était très ému et que je m'étais fait un ami. Cela me soulageait beaucoup et je lui ai souri. « Je t'assure, Angutinguak, tu pourras prendre ma carabine tant que tu voudras, je ne suis pas vraiment un chasseur, tu sais. » Il a baissé la tête et le silence est revenu.

Pendant ce temps, les autres en avaient profité pour me

---

* J'écris ainsi Nuluki, comme le fait le père Gaillard, mais le nom se prononce Noulouki.

dévisager furtivement. Des gens si simples, pensai-je. Ils me paraissent si merveilleux et si bons ; adoucis, je me dis, par les rudes épreuves de la vie, et pas plaignards. Quand ils se croient seuls, leur visage est marqué par une sorte de lassitude, mais, dès qu'ils vous surprennent à les regarder, il s'illumine et devient tout sourires.

Autour du feu, en plus de Tania et Angutinguak, il y avait Kinalik qui se faisait bien discrète. À côté, il y avait Aputik, la femme de Mingo, que Jim appelle la reine boule de neige, à cause de l'autorité qu'elle exerce sur la communauté, et parce que son nom veut dire flocon de neige. J'ai aussi aperçu le vieil Ittuk, le mari de Kinalik, qui dormait au fond de la tente, et Ukpik * le sculpteur, dont Jim m'a tant vanté les qualités d'artiste. Et Itsaya ! Celle-là me regarde avec des yeux ! Je l'ai vue rôder autour de la maison de Jim et je m'en méfie. Elle est la femme de Nuluki, le fils aîné de Mingo, et je la trouve plutôt insolente. C'est elle, le jour de mon arrivée, qui m'a demandé ce que je venais faire ici.

C'est elle encore qui allait briser le silence. « Tu veux savoir, Youguini, ce qu'on disait avant que tu entres ? » Cette Itsaya parle avec autorité. C'est une fille décidée, qui a un regard bien moqueur, pétillant d'intelligence et joli en plus. « On était à se dire que bientôt il ne restera plus de vrais Inuit ici. Il y a maintenant un policier blanc qui fait la loi ; il y a aussi le gouvernement qui nous nourrit. On se dit que bientôt on n'aura plus besoin de chasser et qu'on ne gardera plus nos chiens. Alors tu vois, ce jour-là, il n'y aura plus d'Inuit, c'est comme ça, Ayurnamat ! On n'y peut rien ! »

---

* Ukpik se prononce Oukpik, le u en inuttitut se prononçant toujours ou.

Voilà donc pourquoi, me dis-je, je les avais trouvés si tristes. Ça non, je ne pouvais le permettre. Misère! Des gens qui venaient de si loin et qui avaient connu de si terribles épreuves; comment des hommes si endurcis peuvent-ils se mettre à douter d'eux-mêmes! J'allais m'élever de toutes mes forces contre le destin s'il le fallait, mais je me porterais à la défense de ces malheureux. « Tania », dis-je en protestant, « dis-leur que les Inuit ont survécu à tout, que le pire est passé et que plus rien ne pourra leur arriver. Dis-leur que dans mille ans encore il y aura des Inuit ici, qu'ils ne doivent pas désespérer... » Dans mon élan, je m'étais levé, le dos collé à la paroi humide de la tente, pendant que Tania, surpris, traduisait avec peine le flot de mes paroles.

« Allez, Tania, rappelle-leur aussi toutes les souffrances qu'ils ont dû surmonter pour arriver jusqu'ici; rappelle-leur d'où ils viennent, ça va les remonter... » Mais Tania avait cessé de traduire et me regardait avec étonnement : « Mais je leur dis quoi, Youguini? Je ne comprends pas ce que tu me dis! » C'est donc ainsi que j'allais découvrir que les Inuit ne savaient même pas d'où ils venaient. Je ne pouvais pas le croire! Une aventure si extraordinaire, me dis-je. De toutes les grandes migrations humaines, celle des Inuit fut certainement la plus périlleuse et la plus célèbre, et voilà que j'allais découvrir que les Inuit eux-mêmes n'en savaient rien.

« Mais tu es sûr de ça, Tania? » Ce dernier étendit les mains en signe d'impuissance, et tout de suite je me mis en frais de leur donner un cours d'histoire, avec l'aide de mon interprète qui avait l'air maintenant de s'amuser de la chose, et d'une carte rudimentaire que je traçai sur le sol. « Tu vois », dis-je avec conviction, « ici c'est la Chine. C'est très, très loin d'ici. Tellement que même en avion c'est bien long. Là, il y a la mer; après, c'est le détroit de

Béring, et puis l'Alaska ; là, ce sont les territoires de l'Arctique canadien, et ici, Taqraliq. »

Je me déplaçais sur les genoux autour du cercle et j'attendais en le pressant que Tania termine la traduction. « Les Inuit viennent de très loin, Tania, des hauts plateaux de la Chine ; tu vois, c'est là-bas, très loin d'ici. Ils ont d'abord traversé une partie de la Sibérie, en suivant les grands troupeaux d'animaux qui s'en venaient par ici. Quand ils sont passés là, il y a cinq mille ans, le détroit de Béring était à sec et ils ont pu arriver sur notre continent. Tu te rends compte, Tania, il y a de ça cinq mille ans ! »

Le pauvre Tania suait maintenant à grosses gouttes, et il me fit savoir qu'il ne savait pas comment traduire un tel chiffre en inuttitut. Ce chiffre en effet n'existe pas dans leur langue, et Tania dut utiliser toutes ses ressources pour leur faire comprendre au moins l'idée. « Je suis content », leur dis-je, « maintenant vous savez d'où vous venez ; c'est très important. Vous pouvez être fiers de vous. C'est un véritable miracle que vous ayez survécu car vous avez dû affronter les éléments les plus hostiles qui soient. Quand j'y pense, misère, pour vous réchauffer vous n'aviez que des maisons de neige ! Je vous dis que pas un peuple sur la terre n'a connu un pareil destin », leur affirmai-je sur un ton solennel.

Il fallut que Tania m'arrête, il en avait plus à traduire qu'il ne pouvait. Et moi, j'en avais tellement à leur dire que ma tasse de thé tremblait dans ma main. Si je pouvais seulement leur apprendre qu'ils sont des héros, me dis-je, j'aurai été utile à quelque chose. « Vous êtes une véritable légende, vous savez, pour le reste de l'humanité ! » Autour de moi, les regards incrédules et amusés suivaient tous mes gestes. Même Angutinguak s'était avancé pour mieux y voir, et il se tenait près de moi, la bouche ouverte, comme si nous avions été les meilleurs amis depuis toujours.

« Mais comment sait-il, celui-là, que nous venons de Chine ? » C'est Aputik, la femme de Mingo, qui venait de parler. Elle n'avait pas l'air contente. « Ces Qablunat disent n'importe quoi », reprit-elle. « Au début, ils ne disent que du bien de nous, mais après ils se retournent vite contre nous. C'est comme ce policier... Il était notre ami, lui aussi, regardez-le maintenant ! »

J'avais bien compris et mon enthousiasme se refroidit un peu, mais je fis semblant de rien et, à ma surprise, Itsaya se porta à ma défense. « Ça n'a rien à voir », dit-elle à l'endroit d'Aputik, « ce qu'il dit est quand même amusant ! »

« Mais alors comment sait-il que nous venons de Chine ? » Aputik avait baissé le ton mais restait encore opposée à l'idée. « À mon avis », conclut-elle, « ce sont peut-être les Chinois qui viennent d'ici... » Itsaya me regarda alors d'un air enjoué et me demanda ce que je pensais de la dernière remarque. C'était bien sûr embêtant. Je me suis mis à bredouiller je ne sais quoi. Puis, de la main, je montrai à nouveau l'endroit sur la carte où j'avais dessiné la Chine. « Voilà d'où vous venez ! C'est ce que disent les gens qui s'y connaissent... »

Itsaya avait pris la relève d'Aputik qui s'était finalement calmée. Elle m'interrompit d'un grand éclat de voix : « Ah ! Mais ce que tu montres là, Youguini, ce n'est pas la Chine, c'est seulement le derrière de Kinalik... et tu as bien raison, c'est de là que viennent les Inuit ! » Sans attendre la réaction des autres, elle s'est alors mise à rire bruyamment. Bientôt cependant, les autres enchaînèrent et la tente fut secouée tout à coup par une grande clameur. On aimait bien l'humeur un peu salée de cette femme. Kinalik riait autant que les autres, mais je vis néanmoins à la couleur de ses joues qu'elle devait se sentir fort embarrassée.

« Excuse-moi, Youguini », reprit alors Itsaya, « je n'ai pas voulu rire de toi. Je n'ai pas fait exprès. Ça nous plaît que tu racontes des histoires, même si ce n'est pas vrai. On t'aime bien, tu sais. Les gens d'ici t'appellent " inuliriyi " parce que tu aides les Inuit. Alors vraiment, tu n'es pas comme ce policier. Je crois même que tu devrais venir avec nous chasser le caribou, tu es si amusant... C'est vrai », insista-t-elle, « tu devrais venir avec nous... »

Ça m'a ému qu'elle me dise ces choses-là. Vraiment, j'étais prêt à faire beaucoup pour ces gens. « Je suis avec vous, les assurai-je, et je vous défendrai s'il le faut... » Et puis, je ne sais pas comment l'idée m'est venue, mais j'ai encore ajouté que ça me plairait beaucoup d'aller avec eux chasser le caribou. Je ne savais pas ce que cela impliquait pour moi, mais dès que j'eus répondu ainsi j'ai eu un mauvais pressentiment. J'ai pensé que je n'aurais pas dû leur dire cela, à cause de l'histoire de Mingo.

Je suis quand même resté là jusque tard dans la nuit. Je leur ai dit de vingt manières ce que le monde pensait d'eux. Il fallait qu'ils le sachent. Même leurs iglous sont des chefs-d'œuvre et ils n'en savent rien. Quand je leur ai dit cela, Ukpik, le sculpteur, qui a le sourire lumineux d'un artiste, m'a fait une bien drôle de proposition : « Si nos iglous te plaisent vraiment, alors je t'en donnerai un chaque fois que tu en voudras », qu'il me dit, « mais en retour tu me donnes la petite maison que tu viens de construire, parce que ça », insista-t-il, « c'est une vraie maison ! » Tous les autres l'approuvaient et répétaient l'un après l'autre : « Il a bien raison, c'est une vraie maison ! »

Il y eut encore des moments de silence auxquels je commençais à m'habituer. Je me sentais bien au milieu de ces gens. À la fin, Itsaya, cette insolente que je commençais à trouver bien sympathique, me demanda si mes ancêtres à moi venaient aussi de Chine. J'ai dû expliquer que dans mon cas les choses étaient un peu plus compliquées, ayant parmi mes ancêtres des gens qui étaient venus de France et d'autres, comme cette arrière-grand-mère indienne de la nation des Montagnais, qui venait, elle aussi, de Chine.

« Alors, quant à moi », dus-je conclure, « je ne sais pas vraiment d'où je viens... » Ils se sont alors mis à rire bruyamment, sans que je sache trop pourquoi ; car ils sont comme ça, un rien les porte à rire. La tente de Mingo était gonflée sous le vacarme et les commentaires fusaient de partout. Puis Itsaya fit une remarque qui provoqua une nouvelle explosion de rires. Ce devait être encore quelque chose de salé, me dis-je, puisque les femmes s'étaient caché le visage derrière les mains et s'échangeaient par en dessous des regards qui en disaient long. Tania vint à ma rescousse et me chuchota à l'oreille que c'était Itsaya en effet qui avait demandé si c'était ma partie d'en bas qui venait de Chine...

On a parlé encore un moment, puis je me suis résigné à partir, en me disant qu'une fois chez moi je pourrai écrire tout l'émerveillement que m'inspirent ces êtres exceptionnels. Plus que tout, c'est leur grande innocence qui m'étonne. Ils ne savent même pas où ils sont sur notre planète, ni d'où ils viennent ; il ne leur est jamais venu à l'idée qu'ils étaient nomades ! Pire, n'ayant jamais connu autre chose, ils ne peuvent pas s'imaginer à quel point la vie est difficile ici, à mon avis impossible. Et ils survivent, comme si cela était tout naturel, alors qu'autour d'eux rien ne pousse et rien ne bouge. Misère ! j'écris et j'en

Mais qui va donc consoler Mingo ?

tremble ! Jamais, je me dis, vraiment jamais je ne serai contre ces gens, et, s'il le faut, j'irai jusqu'à me mêler de cette affaire de meurtres ! Après tout, pourquoi ce gendarme ferait-il la loi ici ?

9

KAMIALUK

À une des extrémités de ma nouvelle demeure, il y a une fenêtre qui donne sur les bâtiments de la Compagnie de la baie d'Hudson. Maintenant que je suis chez moi, j'observe à mon gré ce qui se passe dehors. Ainsi, quand McCormick s'affaire autour des bâtiments, je ne peux manquer de le voir. Il est si grand. Il va et vient, disparaît un moment puis revient ; il paraît toujours pressé et, pourtant, rien ne se passe. Il tourne en rond. Cet homme est un vrai mystère pour moi.

McCormick est en poste à Frobisher Bay depuis plusieurs années, mais il est connu dans toute la partie orientale de l'Arctique canadien qu'il a patrouillé de long en large. Taqralik fait donc partie de son territoire, et il a pris sur lui de régler l'affaire Mingo. Les autres ne sont pas de son avis. Ils disent que le chamane est bien trop malin et que Kamialuk, parce que c'est ainsi qu'ils appellent le gendarme, ne pourra jamais l'arrêter. Le père Gaillard, qui connaît bien les deux, ne sait pas comment se terminera cette histoire. Il est inquiet.

Pour l'instant, McCormick n'a pas l'intention d'abandonner sa proie et, Taqralik étant si petite, il devenait inévitable qu'un jour ou l'autre je le rencontre. Ce soir-là pourtant, j'allais être surpris, et plus encore déçu. J'étais allé comme d'habitude chez le père Gaillard qui, à cette heure-là, profitait de l'obscurité pour afficher à tous les bienfaits de l'électricité. En effet, l'armée canadienne lui a fait don d'une petite éolienne qui lui permet d'alimenter en courant deux ampoules électriques et, surtout, ce qu'il appelle sa boîte à musique.

Il y avait donc du courant, ce soir-là, chez le père Gaillard. Dehors, une ampoule qui se balançait faisait dans la nuit un grand cercle jaune. Un haut-parleur pendait sous le porche et, de là, la voix claire et pure de la Piaf, qui taillait dans le silence de l'Arctique, allait se perdre aux extrémités de la nuit.

À cette heure-là, d'habitude, il n'y a personne chez le père Gaillard, mais quand je suis entré je n'ai pas manqué de voir les bottes blanches dont on m'avait déjà parlé. C'était les bottes du gendarme. À côté de celles faites de peau de phoque dont se servent les Inuit, celles-ci me parurent en effet démesurées, de véritables bottes de géant. Et j'ai compris alors pourquoi les Inuit avaient baptisé McCormick « les grandes bottes ». C'est ce que veut dire en effet Kamialuk *, et si le mot ressemble à McCormick, pour les Inuit il est bien plus commode à prononcer.

« Allez, entre », me fit le père Gaillard, « sers-toi du thé et viens nous rejoindre. » Ils étaient tous les deux au salon, et, sans regarder, je sentis que l'autre m'observait. Quelque chose me déplaisait et je pensai que ce devait être l'effet de la surprise. Me montrant l'autre de la main, le père Gaillard s'adressa à nouveau à moi : « Vous vous êtes déjà rencontrés, n'est-ce pas, nous sommes si peu nombreux ici... »

---

* Kamialuk se prononce Kamialouk.

Le policier, que je n'avais pas encore regardé, s'était levé, et semblait retourner dans ses mains quelque chose que je ne pouvais voir. « C'est vrai », dit-il, « nous sommes bien peu nombreux ici, et pourtant, vous savez, nous arrivons quand même à nous nuire... » Surpris, je relevai la tête et le regardai pour la première fois. Il était plus grand que moi, et son regard sombre et déterminé plongea dans le mien avec force. Je déposai la tasse de thé sur la table devant moi, prenant bien mon temps. J'affrontai à nouveau son regard, sans cacher mon irritation, et je dis alors quelque chose que je regrettai aussitôt. « Pourrais-je savoir, monsieur, comment j'aurais pu vous nuire sans même vous connaître ? » Je voulais paraître sûr de moi, mais le ton de ma voix me trahissait.

« La meilleure façon de nuire à l'enquête », me répondit-il, « vous l'avez trouvée, c'est de protéger Mingo. » Il paraissait maître de lui, et parlait d'une voix autoritaire mais retenue. « Ou mieux », ajouta-t-il, « de couvrir sa fuite ! »

Je m'offusquai. « Mais je ne connais même pas ce Mingo ! Je ne sais pas de quoi vous parlez ! » Il y eut alors un moment de silence pendant lequel son regard croisa le mien. Je me détestai d'être ainsi en colère alors que lui paraissait si sûr de lui.

« Je parle de ce voyage vers l'intérieur », reprit-il sur le même ton. « Les gens disent que vous allez partir avec Mingo chasser le caribou. Vous ne pouvez pas ignorer que cela me complique les choses. Quand je pense que nous travaillons tous les deux pour le gouvernement. Ce fumier de Mingo doit bien rire maintenant ! »

Je me laissai tomber sur ma chaise. J'étais surpris mais encore plus déçu. L'autre soir, chez Mingo, nous avons parlé en effet de ce voyage, mais juste comme ça. Les Inuit m'ont dit que si je voulais ils en parleraient à Mingo, rien de plus. Comment celui-là pouvait-il tirer pareille conclusion ? Et d'où pensait-il tenir l'autorité pour fourrer son gros nez dans mes affaires ? J'étais hors de moi et j'ai fait une autre bêtise. « Je ne sais pas où vous avez pris cette histoire », lui dis-je, « mais sachez, monsieur, que je n'ai pas d'ordre à recevoir de vous. J'irai où je voudrai, et avec qui je voudrai ! Que cela soit bien clair ! »

Il baissa alors la tête et me parut plutôt contrarié. Puis il se tourna vers le père Gaillard. « Avec les nouveaux arrivés », dit-il en secouant la tête de dépit, « il faut toujours recommencer à zéro. Ils débarquent ici, et tout de suite c'est l'émerveillement : ils pensent qu'il n'y a rien de plus grand que les Inuit ! Il faut les protéger, qu'ils disent, et les défendre contre les méchants Qablunat. Hé ! Attendez seulement qu'ils découvrent la vraie nature des Inuit. Des primitifs sans pitié, je dis ! Des êtres cruels et hypocrites ! Ils se donnent des airs serviles, tout en sourires, mais attention au piège : ils peuvent vous tuer froidement. Ils sont tous pareils, je vous le dis. En connaître un, c'est les connaître tous. Même entre eux, ils ne se font pas de quartier. Ils sont capables de tuer sans la moindre hésitation les plus faibles parmi eux car ils n'épargnent ni leurs vieux ni même leurs enfants s'il le faut. »

Curieusement, McCormick paraissait triste maintenant. Il porta la main au front et ne regardait plus personne. Il fit de la main un dernier geste, comme s'il lui paraissait futile d'en dire plus, puis se leva et, sans même nous saluer, il se retira. Je m'en voulais terriblement. « Je suis désolé », dis-je à l'endroit du père Gaillard, lorsque l'autre fut parti. « Je n'aurais pas dû lui répondre de cette façon. Il m'a pris sur le mauvais sens du poil et j'ai mal réagi. »

« Allez donc », me dit-il pour me rassurer, « il en a vu

d'autres ! Ce sera vite oublié. » « J'espère bien », repris-je, « je ne veux surtout pas me mêler de cette affaire. C'est une histoire bien trop compliquée ! Mais au fait, ce qu'il dit des Inuit, n'est-ce pas terrible ? »

« Bah ! Disons qu'il a dépeint un côté de la réalité. Les Inuit sont parfois comme il dit, mais ils sont aussi tout le contraire. Ils ont une nature changeante, bien difficile à cerner. Tu vois bien qu'ils adorent leurs enfants, et qu'ils sont de bons parents. Ils sont aussi d'excellents pédagogues, à la fois tendres et exigeants. Pourtant, c'est malheureusement vrai, quand la survie en dépend ils peuvent tout aussi bien abattre froidement ceux qui sont de trop. Tu vois, ici c'est comme chez nous : il y a le bien, et il y a le mal aussi... »

Le père Gaillard s'était levé et semblait en air de discourir. Il regarda du côté de la fenêtre et reprit. « Cette terre est bien la plus cruelle qui soit, et la plus belle aussi. Attends de voir un peu autour. Si un jour tu vas sur le plateau, tu comprendras. Les Inuit sont ainsi faits à la mesure de leur pays. Ils sont magnifiques. C'est vrai », insista-t-il de sa belle voix, « ils sont magnifiques. Mais ils sont aussi implacables et cruels s'il le faut... et peut-être n'ont-ils pas le choix. » Il s'arrêta un moment, regarda au loin puis reprit. « Quant à ce pauvre McCormick, depuis que le malheur s'est abattu sur sa petite famille, enfin, sur sa fille, c'est certain qu'il n'est plus le même homme. Il a bien souffert. Les Inuit comprennent ça et ils ne lui en veulent pas. Ils le respectent. Ils se rappellent ce qu'il a déjà fait pour eux et ils attendent que le malheur passe. Quant à moi, j'espère me tromper, mais je crains qu'il y ait beaucoup de victimes cette fois-ci. En fait, je crains pour Mingo, et pour McCormick aussi. Ces deux hommes sont trempés dans le même acier et je suis bien placé pour savoir qu'ils ont beaucoup de respect l'un pour l'autre.

Mais qui va donc consoler Mingo ?

Mais voilà, ils sont dressés l'un contre l'autre, et j'ai bien peur qu'ils finissent par se détruire tous les deux. Parfois je souhaite qu'ils oublient cette histoire, et que chacun suive son chemin... »

10

MINGO

« Tania », m'exclamai-je, « mais tu ne vas donc jamais chasser avec ton père ? » Le pauvre garçon n'avait pas manqué de noter mon impatience et, ses bottes aussitôt enlevées, il avait enfoui le nez dans un de mes livres. « Tu n'aimes pas chasser », repris-je sur un ton plus conciliant. Il haussa les épaules, sans lever les yeux. Il paraissait troublé. « C'est mon père qui ne me laisse pas venir », dit-il enfin. « Il dit que je ne suis pas un vrai Inuk... et puis je n'aime pas chasser. Ça ne me dérangerait pas de retourner à l'hôpital, c'était mieux qu'ici. » Il bougeait nerveusement les pieds sous la table et je n'ai pas voulu l'accabler davantage.

Atteint de tuberculose, Tania avait en effet dû passer toute une année au sanatorium, loin des siens. Maintenant que je le connais, je pense qu'il souffre plus d'en être revenu que d'y être allé. J'imagine que là-bas, à Roberval, il s'est fait gâter. Il s'est habitué au confort du Sud, et il a goûté à des plaisirs qu'il ne retrouve pas ici. Cela lui manque maintenant et il s'ennuie. Alors, pour revivre un peu ses souvenirs, et pour fuir les reproches de son père, il vient très souvent se réfugier chez moi.

Je comprends cela et le laisse faire à sa guise, mais, ce

matin, j'ai trouvé que c'était trop. J'ai prétexté qu'il me fallait voir Jim et je l'ai laissé derrière.

Dehors, le froid me saisit aussitôt. Un vent glacé qui venait du large courait en rafales sur les eaux durcies de la baie, et s'acharnait à frapper le petit village. Plus loin, accrochés à leurs pieux, les maigres abris de peaux subissaient tristement ces durs assauts. Un instant, ils se gonflaient, puis se dégonflaient aussitôt, résignés à leur sort.

Je n'étais pas d'humeur à rencontrer McCormick. Alors, j'ai longé la plage jusqu'à la rivière et, de là, j'ai remonté droit vers le magasin où je suis entré, sans regarder autour.

Jim était là, seul, crayon en main, et griffonnait quelque chose dans son livre de comptabilité. « Hé ! » s'exclama-t-il, en m'apercevant, « tu as manqué la vente de l'année ! » Il souffla dans ses mains, pour les réchauffer, et les frotta vivement l'une contre l'autre.

« Mingo vient tout juste de partir. T'aurais dû voir, il a bien failli tout emporter ! Avec ça, c'est certain qu'il s'apprête à partir pour l'hiver, et je ne m'en plaindrai certainement pas. Ça, tu peux me croire ! »

Jim ne cache pas qu'il en a assez d'héberger le policier, d'autant plus qu'il n'y peut rien. C'est la Compagnie qui s'est entendue avec la Gendarmerie pour héberger les policiers partout où elle a un poste de traite. Mingo parti, c'est certain que McCormick ne restera pas ici. Il fera quelque chose. Jim était donc rayonnant. Il sortit de sous le comptoir deux verres et une bouteille de rhum, et on s'est mis à trinquer. « Rien qu'à voir ce qu'il a acheté, je sais que Mingo va partir. Il a épuisé tout le crédit qu'il avait, et il s'est même servi des bons d'achat que t'as remis à Angutinguak... »

Là, je m'arrêtai brusquement de boire. Je venais de comprendre. « Eh ! minute, mon vieux ! » que je lui dis,

« si Mingo se présente avec les bons d'achat d'Angutinguak, tu dois les refuser. On s'était entendus là-dessus », insistai-je, « seul le bénéficiaire peut les encaisser. » Je venais de déposer mon verre sur le comptoir, et je ne cachais pas ma colère.

Il m'a regardé un instant avec l'air de dire qu'il n'était quand même pas fou au point de refuser une bonne affaire. Pour lui, il n'y avait pas de quoi faire une histoire et il paraissait surpris par ma réaction. Je suis alors parti, sans finir mon verre, et j'espérai que mon Écossais de commis aurait compris cette fois. Dehors, je me suis retrouvé presque nez à nez avec McCormick qui était occupé à resserrer les cordages de son traîneau. Celui-ci m'ignora de façon si évidente que le goût m'est venu de l'apostropher. Décidément, ce n'était pas ma journée !

Mais je ne me suis pas arrêté. J'ai poursuivi mon chemin, en maugréant, jusqu'à la maison. Qu'est-ce qu'on fait donc ici, nous les Blancs, me demandais-je ? Les Inuit ont pourtant vécu sans nous des milliers d'années. Ils sont bien assez grands pour régler tout seuls leurs problèmes. C'est vrai ! Qu'est-ce qu'on fait ici ? Si on se met à tout faire à leur place, comme dit le père Gaillard, que va-t-il arriver de cette race fière ? Puis, revenant à Mingo, je me fis à l'idée que je devais le voir. C'est vrai, me dis-je, si je dois le connaître, celui-là, c'est bien maintenant. Alors, vitement, je passai prendre Tania chez moi et, aussitôt, on se retrouva devant la grande tente ovale de Mingo.

Quand nous sommes arrivés, celle-ci était pleine de gens et tout enfumée. Il y avait une forte odeur de poisson, et, comme l'autre jour, les gens me sont d'abord apparus maussades. Angutinguak, lui, semblait content de me voir, de même qu'Itsaya qui, sourire moqueur, m'adressa une remarque que je ne compris pas. Ils étaient plus nombreux que l'autre fois. Au centre, il y avait les femmes que j'aperçus en premier, à cause de la lumière de la lampe. Je regardai au passage Kinalik qui baissa les yeux. À ses côtés, il y avait Aputik, la femme de Mingo, puis Itsaya et Mitiarjuk, avec son pansement à l'avant-bras. Plus loin, sur une plate-forme qui tenait lieu de lit, il y avait Ittuk, le mari de Kinalik, que je n'ai jamais vu éveillé, et deux enfants qui dormaient à moitié nus. Il y avait aussi Ukpik, le sculpteur, et un inconnu, jeune et costaud, que j'imaginai être Nuluki, le fils du chamane.

C'est alors que j'aperçus Mingo. Aussitôt, je sus que c'était lui. Il était au fond de la pièce, un peu à l'écart, et n'avait pas levé la tête. Il était occupé à tresser une sorte de fouet avec de longues ficelles de cuir. Mes yeux s'habituèrent à l'obscurité et je vis alors ses mains qui me parurent gonflées, puis ses doigts courts et agiles. Lentement, son visage à son tour émergea de l'ombre. Ce qui me frappa, c'est ce regard terriblement fermé, impénétrable, sur lequel se lisait une irréductible détermination. Son front me sembla petit et ridé, envahi par des mèches de cheveux raidis. Ses yeux, ronds et vifs, ne cessaient de bouger, et il me sembla qu'au fond de ce regard, outre la détermination, se cachait quelque chose que je ne pouvais définir.

Jamais il ne m'a regardé. Pourtant, chaque fois que je l'observais, j'avais le sentiment qu'il sentait mon regard posé sur lui. Ce Mingo fit ainsi une très forte impression sur moi, au point d'en oublier les autres. Au bout d'un moment cependant, Itsaya, qui m'avait observé, se chargea de rompre le silence.

« Alors, Youguini », dit-elle sur un ton enjoué, « les gens disent que tu parles bien notre langue maintenant ! Ils disent même que tu parles déjà mieux que Yimie. Fais-moi donc voir ça ! »

Ah ! cette Itsaya. Je ne m'en méfie plus maintenant et c'est mieux ainsi. Il y a toujours un fond d'ironie dans ses remarques, mais pas de méchanceté. Elle sait très bien que je suis encore loin de parler l'inuttitut, comme tous les autres d'ailleurs. Ces gens-là sont des observateurs infaillibles et ils savent précisément où j'en suis avec l'apprentissage de la langue. C'est ainsi que, pour se faire comprendre de moi, ils empruntent les seuls mots que je sais, et ils font à la grammaire quelques petits accrocs pour me faciliter les choses. Ensemble donc, on parle une sorte de patois de mon cru. Par contre, dès qu'ils se remettent à parler entre eux, ils me perdent rapidement.

« Aoka, Itsaya », lui répondis-je. « Tu sais bien que ce n'est pas vrai. Je parle encore bien mal. » Puis, avec l'aide de Tania cette fois, j'ajoutai : « Dis-leur que, s'ils persistent à parler le même patois que moi, on va bientôt détruire tout ce qu'il y a de beau dans la langue des Inuit ! » J'attendis que Tania traduise puis, au bout d'un moment, leurs visages amusés se sont retournés vers moi et on a ri ensemble, doucement. Mingo s'était retourné de l'autre côté et je ne pouvais apercevoir son visage. Mais j'étais bien à nouveau et c'est ainsi chaque fois la même chose. Quand je me retrouve au milieu de ces gens, je me sens enveloppé d'une bienfaisante douceur. Kinalik se pencha alors vers moi et me tendit une tasse de thé que j'entourai de mes deux mains, comme ils font, pour les réchauffer.

Une fine buée bleuâtre s'élevait de ma tasse juste devant mes yeux et, à travers celle-ci, j'aperçus Itsaya qui me souriait encore. « Bientôt », lui dis-je, « je saurai parler. C'est une si belle langue ! » Mais Itsaya n'était pas de cet avis. « J'aime encore mieux la langue de Noudapie », dit-elle sans retenue, « surtout quand il se met à faire des incantations dans la chapelle. Ça sent tellement bon avec les chandelles qui brûlent. Les couleurs et les ombres qui bougent sur les murs, comme c'est beau ! Noudapie lève les mains, comme ça, et, les yeux fermés, il dit des choses si mystérieuses. Je ne comprends rien et je trouve que c'est parfois rassurant de ne pas comprendre. »

Itsaya avait levé les bras à la hauteur des épaules et, les yeux fermés, elle imitait les gestes du prêtre. Ses lèvres tremblaient légèrement, ses paupières aussi, sur lesquelles on voyait danser le feu de la lampe, et je me surpris à la trouver bien émouvante. « Je ne sais pas pourquoi », reprit-elle, « je trouve que c'est bienfaisant d'entendre quelqu'un dire des choses que je ne comprends pas. Quand je regarde ainsi Noudapie, je crois vraiment qu'il peut parler aux esprits. Ça me fait trembler », ajouta-t-elle en riant, « c'est mystérieux et j'aime ça. »

Dans le clan de Mingo, Itsaya est bien la seule qui ose parler ainsi. Elle est la femme de Nuluki, le fils aîné de Mingo, et elle n'a peur de rien ni personne. C'est plutôt elle qu'on craint. Elle a des humeurs changeantes et on ne peut jamais savoir avec elle.

Je me tournai vers Tania et lui demandai son aide pour traduire. « Quand il prie dans la chapelle », lui dis-je, « Noudapie parle à son Dieu en latin. C'est une langue très ancienne qu'on n'entend plus aujourd'hui, sauf à l'église. Tu vois, l'inuttitut est aussi une langue très ancienne que les Inuit parlent depuis plus de trois mille ans. Tu te rends compte, Tania, on parlait inuttitut avant même le latin, et on le parle encore alors que le latin est disparu. C'est incroyable », affirmai-je avec ferveur, avant de le laisser traduire pour les autres.

« Le plus incroyable de tout, c'est que partout où elle est parlée de nos jours, au Québec, dans les Territoires arctiques, au Groenland, en Alaska et même en Union soviétique, cette langue ait pu conserver la même structure grammaticale et un riche vocabulaire commun. Cela est d'autant plus étonnant que les Inuit qui sont installés au Groenland depuis mille ans, et ceux qui sont au Québec depuis trois mille ans et plus, n'ont pu avoir pendant tout ce temps aucun rapport entre eux. Cela signifie que l'inuttitut existait déjà, dans ses principales caractéristiques, il y a plus de trois mille ans. »

« Le plus miraculeux », repris-je en pressant mon traducteur de finir, « c'est que votre langue ait pu se développer dans un pays si hostile. Elle s'est donné des règles complexes, un vocabulaire riche... Écoute ceci, Tania : les mots dans votre langue se déclinent tout à fait comme les mots latins, et vos verbes aussi se conjuguent, comme en latin. C'est extraordinaire ! »

Ce pauvre Tania qui n'aime pas traduire, il était bien servi ! Ce que je venais de dire était en effet du véritable latin pour lui. Il était bloqué. « Mais qu'est-ce que c'est que " décline et conjugue " », demanda-t-il en se grattant la tête.

J'étais embêté. Chez les Inuit, la transmission des connaissances se fait de manière si naturelle et leur façon d'enseigner est si différente de la nôtre. Le père Gaillard m'a appris à décliner les mots en inuttitut comme on le fait avec le *rosa, rosa, rosam* du latin. Ainsi, selon le rôle qu'il joue dans la phrase, qu'il soit sujet ou complément du verbe, le mot arnaq, par exemple, qui veut dire femme, se décline pour être tour à tour arnaq, arnamik, arnamut, arnamit, arnatitut... etc. Comme on le fait à l'école, le père Gaillard m'a fait écrire plusieurs exemples :

arnaq auqarpuk, la femme parle ;
— *arnamik takuvunga, je vois la femme ;*
— *arnamut auqarpunga, je parle à la femme ;*
— *arnatitut, à la manière d'une femme.*

Et ainsi de suite. Chez moi, je passe de longues soirées à décliner les mots et à conjuguer les verbes. Mais pas eux. Les enfants apprennent la langue de leurs parents par mode de transmission orale. Il n'est jamais question de suivre telle ou telle règle. Quand j'essaie de faire comprendre à ces gens-là que le mot arnamik est l'accusatif d'arnaq, ils pensent vraiment que je dis des bêtises. Le mot accusatif ne se traduit même pas en inuttitut.

Alors j'essayai avec les verbes. « Écoute bien », dis-je à Tania, « tu connais ceci : takuvunga, takuvit, takuvut, takuvogut, takuvusi et takuvut. » Je venais de conjuguer le verbe voir au présent de l'indicatif : je vois, tu vois, il voit... « Alors tu comprends, Tania, ça c'est le présent de l'indicatif, et vos verbes se conjuguent, comme en latin ! »

Je n'eus pas plus de succès. Itsaya revint alors de la partie. Elle se mit à faire des commentaires qui les faisaient se tordre de rire et que j'aurais bien souhaité comprendre. Avec Nuluki et Ukpik, les trois s'échangeaient des drôleries et les rires gras fusaient de partout. Il faisait soudainement bien chaud dans la tente.

Kinalik, qui était plus retenue que les autres, me servit à nouveau du thé, et je profitai de ce que les autres étaient occupés à conjuguer, en se tapant sur les cuisses, pour lui adresser la parole. Jamais je ne lui avais parlé, et c'était la première fois que nos regards se croisaient. Ce fut si bref, mais j'ai pensé que j'allais chavirer. Je me risquai : « Kinalik'ai, nakurmik ! » dis-je timidement. J'ai aussi esquissé un sourire mais elle avait déjà baissé les yeux. Misère, pensai-je, j'irais n'importe où avec cette femme. Elle paraît si secrète, si douce, et j'imaginai qu'une femme pareille ne doit jamais refuser. Un moment passa, puis le regard d'Itsaya croisa le mien et je crus y déceler une étincelle de colère.

Cela toutefois ne dura pas. Ukpik toussa légèrement et s'adressa ainsi à moi : « Youguini », dit-il, « on a parlé de toi juste avant que tu viennes. » Ukpik, c'est le sculpteur, et depuis que je sais que son nom veut dire hibou je trouve que ça lui va bien. Il a en effet des yeux tout ronds, immobiles, plantés bien droits au fond de son regard et qui vous observent avec beaucoup de justesse, comme le font les hiboux. Et je me dis que si les hiboux pouvaient rire, c'est tout leur visage qui s'illuminerait, tout en rond, comme celui d'Ukpik. J'aime bien le sculpteur. Il a une belle tête d'artiste.

« On n'a rien dit de mal. Seulement que si tu veux venir avec nous, on a parlé ensemble et on est tous d'accord. C'est un beau voyage et on verra beaucoup de caribous. Et Mingo aussi est d'accord », ajouta-t-il pour me rassurer.

Je les regardai un instant, ému, laissant transparaître l'affection que déjà j'éprouvais pour eux. Je me tournai aussi vers Mingo qui regardait ailleurs, et je sentis qu'il s'était immobilisé, comme les autres, dans l'attente de ma réponse. Alors, je n'ai pas hésité. La réponse m'est venue comme si elle m'avait été dictée par une force irrésistible. « Aa ! dis-je, marialuk ! Absolument ! Certain que j'irai. » Alors, au même instant, j'ai senti avec une terrible netteté que mon destin tout entier venait de se jouer avec ces quelques mots, et j'ai eu soudain le goût de partir.

Je sentais en effet qu'il y avait là comme une force étrange, maléfique peut-être, à laquelle je voulais me soustraire. Quand je me suis retrouvé dehors, j'ai été secoué par un long frisson. Cette nuit-là, misère, j'ai mis de longs moments à m'endormir, et le regard insondable du chamane me poursuivit jusque dans mon sommeil.

11

ARNAQ! UNE FEMME!

Je marchais près de chez Jim mais, comme je n'avais pas l'intention de m'y rendre, je fis demi-tour dès que j'aperçus la pâle lueur de la lampe à travers le givre des fenêtres. Je regardai devant, du côté nord, là où les collines montent rejoindre le haut plateau, et je ne vis par là qu'un abîme d'obscurité, un immense trou noir qui me fit regretter l'engagement que je venais de prendre de faire le voyage vers l'intérieur des terres.

Au-dessus de moi, pourtant, le ciel brillait d'une vive clarté. On aurait dit que le froid sec et dense faisait scintiller encore plus fort les étoiles. La lune apparaissait si claire, ses contours si nettement taillés dans la noirceur du ciel, que j'en étais troublé. Le spectacle de la clarté pure, me dis-je, sur un fond d'obscurité infinie. J'admirai un instant ce gouffre de froid silence...

Je me mis alors à envier les Inuit. Ils ont tant de foi, pensai-je, et moi j'en ai si peu. La vie dans ce rude pays est si dure que, pour se la rendre tolérable, ils ont inventé cette idée qu'après la mort les êtres humains deviennent des esprits et continuent de se préoccuper du sort des vivants, tout en étant libérés des souffrances d'ici-bas. Cela a pour effet dc rassurer les vivants et de leur rendre supportable la vie. C'est bien ingénieux! Et si les esprits se montrent capricieux, intrigants et parfois impitoyables, comme jadis les dieux grecs, les Inuit alors vont se confier à leurs chamanes dont le rôle est précisément de communiquer avec ceux-ci et de s'assurer qu'on ne fera rien pour les indisposer.

J'en étais là dans mes pensées lorsque le ciel soudain s'agita et que se forma, sous mes yeux, une longue aurore boréale, la première qu'il m'était donné de voir. Peu à peu, elle s'était déployée de tout son long et, telle un gigantesque rideau de cristaux, elle étalait finement ses couleurs de jade contre la voûte du ciel. Elle ondulait, oscillait et brillait sur un fond de nuit étoilée.

C'est à ce moment-là que j'entendis le bruit de ses pas sur la neige. L'obscurité était telle que je ne pouvais la voir, mais la voix ne trompait pas. C'était Itsaya. « Est-ce que tu vois quelque chose, Youguini ? » Sa voix se faisait aguichante et elle semblait m'observer depuis un moment. Moi, non, je ne voyais rien de spécial mais, prenant un soin particulier à la grammaire, je lui demandai à mon tour : « Ila sunamik, Itsaya ? Mais quoi donc, Itsaya ? » Je venais d'utiliser le mot suna, qui veut dire quoi, à l'accusatif. Anticipant ma réponse, et utilisant elle aussi la forme accusative, elle répondit en riant : « Ila Youguina, arnamik ! » « Mais voyons, Youguini, une femme ! »

J'étais bien servi ! Sur le coup, je me sentis même troublé parce que je ne savais que penser de ses avances à peine dissimulées. « C'est seulement pour rire, Youguini », fit-elle alors. Elle s'était approchée de moi et je pus voir la lumière de la lune briller dans le bleu de ses cheveux, et des petits cristaux de neige scintiller sur la peau de son visage. « Je t'ai aperçu qui regardais le ciel et je me suis demandé à quoi tu pouvais bien penser. » Elle avait un air moqueur.

« Oh ! ça », répondis-je avec empressement — en fait,

j'étais soulagé —, « moi, mais je regardais seulement. Le ciel est si beau, n'est-ce pas ? Puis je me demandais s'il pouvait bien y avoir un dieu créateur derrière toutes ces choses. Que tout cela se tienne, et qu'il y ait même de la vie ici, c'est un si grand mystère, tu ne trouves pas ? Je dois te dire que cette question me trouble beaucoup... »

Elle s'était approchée un peu plus et bougeait la tête d'une drôle de manière. « Ah ! vraiment, Youguini, tu dis des choses si amusantes ! Tu sauras que je suis bien contente que tu fasses ce voyage avec nous. Vraiment, je suis bien contente », insista-t-elle. Le ciel éclairait son beau visage et ses yeux brillaient d'un vif éclat. Puis je vis ce voile recouvrir doucement son visage, et je pensai que c'était le reflet des couleurs satinées de l'aurore boréale. Ses lèvres ont alors tremblé légèrement et j'ai dû me secouer pour me libérer de l'emprise de ce regard envoûtant. « Justement, Itsaya, ce voyage... Tu vois, je me demande maintenant... enfin, je ne sais plus trop. Je ne suis plus certain que ce soit une bonne idée d'aller là-bas. »

J'étendis la main, en direction du plateau, là où nous devions aller, et l'interrogeai du regard : « Regarde par là », lui dis-je, « on dirait que le ciel s'est écroulé. C'est vrai ! Comment pourrait-il y avoir de la vie dans pareil endroit ? Je ne sais plus, Itsaya, j'ai peur... ce voyage me fait peur. »

Elle me considérait maintenant avec compassion. « Pauvre Youguini », fit-elle, « mon pauvre petit Youguini ! Je vois bien que tu n'as jamais connu l'ennui. Mais est-ce que tu te rends compte ? Passer tout l'hiver ici à ne rien faire ? Irk ! » fit-elle en grimaçant, « j'aime encore mieux avoir peur. » Elle s'arrêta un moment et me regarda d'une manière presque maternelle. Comme elle me semblait charmante, même avec ses humeurs changeantes. « Tu verras, Youguini », reprit-elle, « tu ne le regretteras pas, j'en suis certaine. Et puis tu verras, quand nous reviendrons de l'intérieur, tu ne seras plus le même. Tu seras devenu un vrai Inuk. »

Je souris à cette dernière remarque, car je ne peux m'habituer à l'idée que le mot inuk signifie « être humain ». J'ai simplement dit : « Peut-être, tu as peut-être raison. » Alors elle a changé de sujet, brusquement. « Mais j'y pense, Youguini », dit-elle en me touchant le bras, « je n'ai jamais visité ta maison, tu sais. » Je n'étais pas préparé à ça. Je la regardai avec un air surpris et je me trouvai sans réponse. « C'est vrai, ça », bredouillai-je, « c'est bien vrai. Alors si tu veux, demain peut-être... »

Mais elle me coupa sans gêne. « Mais je peux maintenant », trancha-t-elle, « tout de suite. Allons-y. » Ainsi donc, avant que j'aie pu placer un mot, nous nous sommes faufilés tous les deux jusque chez moi, évitant soigneusement la clarté que faisait sur la neige la lumière de chez le père Gaillard. Je n'aurais pas voulu qu'il me voie entrer chez moi, la nuit tombée, avec cette fille dont il connaissait bien la réputation.

Je fis juste un peu de lumière pendant qu'Itsaya, tout à son aise, faisait le tour du logis. « Tu ne regretteras pas ce voyage », dit-elle presque négligemment, en regardant autour. Sa visite des lieux terminée, elle revint vers moi, soudainement désintéressée par ce qui nous entourait et, à ma surprise, elle plongea son chaud regard dans le mien. À nouveau, ses yeux se couvrirent du même voile que j'avais vu plus tôt, et je tressaillis à la pensée que cette fois ce n'était pas le reflet du ciel, mais celui d'un désir troublant. Je regardais ainsi son beau visage si près du mien, comme si je le voyais pour la première fois, et j'ai pensé chavirer.

« Ah ! misère ! Itsaya, ilaaniungnituk ! » soupirai-je.

«Je ne fais pas exprès. Je ne sais même pas ce qui m'arrive. Rien qu'à te regarder j'en ai la tête qui tourne. J'ai tellement le goût... dis-moi seulement si je peux t'embrasser... »

C'est elle qui s'est alors avancée vers moi. J'étais pour ma part incapable de bouger. J'ai d'abord senti son souffle sur moi, ses lèvres remuer doucement sur ma bouche. Tout mon corps s'est mis à tressaillir et j'ai alors fondu sur elle. Je ne pouvais plus m'arrêter. Je l'ai emmenée, en la serrant fort contre moi, jusqu'à la petite chambre, et là, dans l'obscurité, haletant et pressé par le désir, je me suis laissé tomber sur elle. Je ne me reconnaissais plus. Je faisais tant de bruit qu'elle a posé la main sur ma bouche. Je crois même lui avoir mordu les doigts !

« Itsaya, Ahhh ! Comme j'ai envie de toi. » J'ai dit alors des choses que je ne savais pas traduire et qu'il valait mieux qu'elle ne comprenne pas. J'ai ainsi assouvi tous mes désirs. À la fin, ma tête est retombée sur sa poitrine haletante. J'étais si épuisé que je ne pouvais plus refermer la bouche. Elle riait doucement, et ses mains caressaient mes cheveux ! « Est-ce que tu peux t'imaginer faire tout ce bruit dans un iglou ? » Elle s'arrêta pour rire un instant. « Les autres sauraient ce qui est en train de se passer... »

Misère, je n'avais pas pensé à cela. C'est bien vrai. Comment s'y prennent-ils alors pour faire tout cela sans alerter les autres qui dorment autour ? C'est alors que je me pris à regretter ce que je venais de faire. Je me dégageai lentement, sans regarder la fille qui n'avait pas bougé. « Dis-moi, Itsaya », demandai-je, « qu'est-ce qu'il ferait ton Nuluki s'il apprenait que tu es venue avec moi ? »

« Il ne le saura pas », répondit-elle, « à moins que je lui dise. »

« Mais tu ne vas pas lui dire, n'est-ce pas ? »

« Je ne sais pas. Je peux parler à Nuluki. Si je lui demande, il acceptera, c'est certain, et tu pourras toi aussi te servir de moi. »

Jim m'a déjà parlé de ce genre d'arrangement qui est rendu parfois nécessaire parmi les Inuit. Je ne l'avais pas cru mais peut-être avait-il raison. Les Inuit ont tant besoin de femmes. Ils savent que si un des leurs reste trop longtemps sans l'usage d'une femme, alors il peut devenir une menace pour les autres. Ce sont des gens pratiques, et ceux qui sont pourvus de femme préfèrent accommoder ceux qui ne le sont pas. Ils disent alors à ces derniers : « Tu peux te servir de ma femme. » Selon Jim, une telle pratique est très sage car elle a le mérite de sauvegarder la paix dans le camp.

« Aoka, Itsaya », dis-je avec conviction. « Tu ne dois pas parler à Nuluki. Je ne veux pas de problèmes. »

« Alors, tu ne veux pas de moi », rétorqua-t-elle, soudainement offusquée. L'expression de son regard venait de changer, et sa voix aussi. Brusquement, elle me tourna le dos. « Peut-être veux-tu une autre femme ? » Elle a redressé la poitrine, sous l'effet de la colère. « Tu ne peux pas me raconter tes histoires, tu sais, je t'ai vu regarder cette Kinalik... » Elle paraissait maintenant dégoûtée et j'ai senti qu'il fallait vite la raisonner. « Non, Itsaya, non ! Je ne veux aucune femme, c'est tout. Aucune ! »

« Tu mens », trancha-t-elle. Elle devait avoir raison car je me retrouvai sans argument. « Je ne veux pas de problème », répétai-je seulement. « Si Nuluki apprend que tu m'as prise et que tu m'as laissée, ce ne sera pas mieux ! » Cela m'est apparu comme une menace mais j'ai préféré l'ignorer. « J'ai peur d'être trop amoureux de toi », dis-je seulement, « et que cela entraîne un malheur... »

Elle a paru désarmée un instant mais, en se retournant,

elle a quand même mis son poing sur ma bouche ; sans frapper, elle a seulement appliqué une pression bien sentie. Je savais qu'il ne fallait pas me moquer de cette femme. Quand elle finit par sortir, elle s'attarda un instant devant la porte et renouvela son offre d'une voix volontairement forte. Je compris qu'elle voulait alerter mon voisin et souhaitai vivement qu'elle parte. Je regrettais déjà cette affaire qui était de nature à compliquer encore plus ce voyage. Ah ! me dis-je, si seulement je pouvais recommencer cette soirée, je me tiendrais cette fois bien loin de cette fille ! Et de l'accusatif aussi !

12

LES ADIEUX DU PÈRE GAILLARD

Je savais que le père Gaillard finirait par venir. Ces derniers jours, les préparatifs du voyage m'ont tenu occupé et je n'ai pas pu le visiter. Alors, quand je l'ai aperçu qui courait de chez lui jusqu'ici, je n'étais pas surpris. Malgré le froid, il était à peine habillé ; un simple foulard enroulé autour du cou, les bottes délacées et il est entré sans frapper, un sac à la main. « Nom de pie ! » s'exclama-t-il, « il fait très froid, ou alors c'est moi qui me fais vieux ! Brrr ! » Il déroula son foulard dont la couleur se confondait au gris de ses cheveux, déglaça en tirant dessus les poils de sa barbe, et s'amena près de la fournaise.

Chez moi, c'était le désordre. Au beau milieu de la place traînait une valise ouverte que je n'arrivais pas à remplir, et, tout autour, pêle-mêle, des pantalons, des livres, des chaussettes et même des céréales sèches, au cas où... Je regardais tout cela, incapable de choisir ce qu'il me fallait apporter et préoccupé comme toujours par l'idée de partir. Ça viendra pourtant vite, me dis-je, parce que Mingo est reparti avec Nuluki et tout un chargement de nourriture pour faire une dernière cache, cette fois, à quelques jours de route d'ici. Quand ils seront revenus, ce sera le départ.

« Voilà qui me ressemble », s'amusa le père Gaillard en regardant le désordre autour, « je n'ai jamais su quoi apporter. Il faudra pourtant bien t'habiller, mon gars. Et pas avec ces chaussettes, tout de même ! » Il avait sorti de sous le tas deux malheureuses chaussettes qu'il regardait d'un air réprobateur. « Dis-moi, Eugène, est-ce que tu te vois là-haut avec les pieds gelés, hein ? La gangrène, nom de pie, tu connais, non ? »

Avec son air bourru, le père Gaillard se mit à fouiller sans retenue dans mes bagages. Moi, je me contentai de sourire. Je me sens si étranger à ce qui m'arrive que je laisse toujours les autres décider pour moi. « Tiens », reprit-il en fouillant dans le sac qu'il avait apporté, « prends plutôt ces chaussettes, elles sont bien plus chaudes, tu verras ; et moi, je n'en aurai pas besoin à Igloolik... Mais, regardez-moi ça ! Qu'est-ce que tu vas faire avec tous ces livres, hein ? » Il venait de dégager en effet quelques livres que m'a donnés Chalá et que j'ai l'intention d'apporter avec moi. « As-tu seulement pensé aux malheureux chiens qui doivent traîner tout ça ? Tiens, celui-là, par exemple : hé, du Léautaud ! Veux-tu bien me dire à quoi ça te servira sur le plateau ! Nom de pie ! Tu crois peut-être que ça se mange, du Léautaud ! »

J'assistai alors, impuissant, à l'élimination d'une bonne demi-douzaine de livres auxquels je destinais mes longues nuits d'hiver. Un instant, il s'est arrêté sur *Les Pensées de La Rochefoucauld* et, pour une raison que j'ignore, celui-ci trouva grâce auprès de mon inquisiteur. Il s'est par ailleurs permis de faufiler parmi les autres livres une de ses œuvres préférées qu'il a tirée de son sac, un important volume sur la vie des saints qui pèse tout autant que ceux qu'il m'a soutirés. C'est son livre de chevet. « C'est bien mieux que du Léautaud », dit-il. « Tiens, regarde ici, je t'ai déjà parlé de la petite sainte Thérèse, n'est-ce pas ? »

Celle-là, c'est sa préférée, avec la Sainte Vierge, et il en parle comme si c'était la Piaf en personne.

« Écoute, écoute seulement ce qu'elle dit, la petite sainte Thérèse. Attends... tiens, voilà, elle a dit : " Le chemin qui mène au ciel, c'est le ciel. " Tu vois, mon gars, il faudra te rappeler. Ces foutus voyages vers l'intérieur n'ont pas vraiment de destination. C'est vrai. Sur le plateau, on a le sentiment d'être perdu, on tourne en rond et on n'arrive nulle part. Alors l'angoisse nous prend et nous tient jusqu'à la folie parfois. C'est pourtant si simple, nom de pie ! Il faut avoir confiance, être heureux, quoi qu'il arrive. Ah, si seulement je pouvais, j'irais bien, moi aussi. Mais alors toi, mon gars, tu te rappelleras, hein : " Le chemin qui mène au ciel, c'est le ciel. " »

Il remit son livre au milieu de ma valise et y versa aussi le contenu de son sac. Il devait y avoir là pas moins de cinquante bouts de chandelles qui me seront bien utiles et auxquelles, curieusement, je n'avais pas pensé. Je me demande combien de choses encore j'aurai ainsi oubliées.

C'est alors que s'amena Angutinguak. Il entra en toussant, au milieu d'un gros nuage de vapeur. Il repoussa son capuchon, salua le père Gaillard et, du même souffle, s'informa de la quantité de bagages que j'aurais à apporter. Il respirait nerveusement et se balançait sur ses jambes comme s'il fallait partir sur-le-champ. Je lui montrai la valise au milieu de la pièce, et un caisson où j'avais caché, parmi d'autres effets, une bouteille de rhum brun, souvenir du *Veracruz*. « Nammatuk », fit-il alors, l'air satisfait, « ça ira, Youguini. » Et il repartit aussitôt.

J'aime bien Angutinguak, mais je n'arrive pas à faire confiance à ce grand dégingandé qui n'a pas l'air de voir le bout de ses bottes, et qu'on me destine maintenant comme compagnon de voyage. En effet, quand le moment sera venu, Mingo et les autres partiront ensemble, sauf Angutinguak, Tania et moi qui suivront le jour suivant, histoire d'éviter pendant la montée du glacier les querelles entre les chiens. On doit se regrouper ensuite quelque part sur le plateau et, de là, poursuivre ensemble vers l'intérieur. Cet arrangement ne me dit rien qui vaille.

« Ah ! mais j'allais oublier ! » reprit alors le père Gaillard qui s'apprêtait lui aussi à partir, « tu pourras amener Dragon avec toi. Il n'aime pas Igloolik, les chiens là-bas lui font des misères et il sera bien mieux à courir sur le plateau. Ne dis pas non, j'en ai parlé aux autres et c'est tout arrangé. Allez, tu verras, c'est un bon chien et il te sera utile. »

Je savais qu'il devait être bien difficile pour le père Gaillard de se séparer de son fidèle Dragon, même s'il ne le laissait pas voir. Mais il était inquiet pour moi, et de savoir son courageux Dragon à mes côtés devait le rassurer quelque peu. « Je vais m'occuper de votre Dragon », lui dis-je alors, ému, « je suis certain qu'il me sera utile. Ne vous inquiétez pas pour lui, rien ne lui arrivera, et vous verrez, je vais vous le ramener en grande forme, comme un neuf ! »

Le père Gaillard ne répondit pas. Il me regarda, fit entendre une sorte de grognement, enroula d'un geste le foulard autour de son cou et repartit en courant, comme il était venu. Jusque-là, je crois, j'avais toujours espéré que le voyage ne se ferait pas. Plus maintenant. Aussi vrai que l'hiver est venu, d'autres forces se sont déployées autour de moi, et il me semble que je n'aurai plus d'autre choix que de suivre. Ça m'a l'air d'être mon destin, misère !

13

LE RIDEAU TOMBE SUR TAQRALIK

Ils partirent donc, tel que convenu, Mingo et les autres en premier, avec trois attelages de chiens et des traîneaux si lourdement chargés que les hommes au départ durent pousser. Le lendemain, ce fut au tour de Tania, Angutinguak et Paul-Eugène de partir. Ceux-là n'en savaient rien encore, mais le gendarme McCormick n'allait pas tarder à se lancer à leur poursuite.

Un soir donc, après le départ du dernier attelage, le père Gaillard se souvient qu'il reçut la visite du policier. Ce dernier avait un air sombre et parlait encore moins que d'habitude. Le père Gaillard, qui aurait bien voulu l'en dissuader, savait que l'autre avait déjà pris la décision de poursuivre Mingo, même s'il n'avait pu réunir les preuves de sa participation aux meurtres. Bien entendu, le missionnaire était content de recevoir son vieil ami, mais il était inquiet et ne songea même pas, ce soir-là, à faire jouer sa musique préférée. Ainsi, pendant un long moment, les deux restèrent silencieux. Le petit salon où ils se trouvaient était plongé dans l'obscurité, et seule une petite chandelle au fond de la cuisine vacillait dans l'air froid du soir.

« Tu as donc décidé de poursuivre Mingo, n'est-ce pas ? » demanda le père Gaillard en rompant le silence.

Ces deux-là se connaissaient depuis plusieurs années, et leur amitié remontait au temps où, ensemble, ils avaient participé à l'expédition pour retrouver la famille de la petite Mitiarjuk. Depuis, cependant, bien des choses avaient changé, et McCormick, qui avait vu le malheur frapper son unique enfant, n'était plus le même homme. Au début, il avait lutté de toutes ses forces, croyant, malgré la terrible évidence, que les problèmes qui affligeaient sa petite fille n'allaient pas durer, et que celle-ci finirait par être aussi normale que les enfants de son âge. Mais le temps allait le décevoir cruellement, et la vérité, qui s'imposait chaque jour davantage, allait bientôt lui enlever tout espoir. Ce géant en eut l'âme brisée. Lui qui dès la naissance de sa fille allait rejoindre les siens aussitôt qu'il le pouvait passait maintenant le plus clair de son temps en d'interminables missions dont il revenait sans empressement. Désormais, plus rien ne comptait pour lui, sauf ces longs voyages solitaires dans les étendues glacées de l'Arctique. Le père Gaillard, qui le connaissait bien, mesurait avec compassion la terrible peine de son ami.

« Tu devrais prendre soin de toi, mon vieux », lui dit-il. « Mingo finira bien par revenir ici, et tu auras tout le temps pour finir ton enquête. » Il disait ces choses avec beaucoup d'affection, mais il savait en même temps combien ses paroles étaient inutiles.

Le policier, jusque-là plongé dans ses pensées, fit entendre un long soupir puis regarda un moment le père Gaillard. « Il n'y aura pas d'enquête », dit-il d'une voix faible. « Avec Mingo, ce n'est pas possible. Les autres ne parleront jamais puisqu'ils ne comprennent pas ce qui s'est passé. Alors, il ne me reste qu'à le poursuivre et à m'arranger pour qu'il le sache. Je le connais bien, Mingo, il va finir par parler. Tant qu'il me saura derrière lui, le remords va le poursuivre. À la fin, il n'en pourra plus et il parlera de son plein gré. C'est déjà tout décidé, je vais partir demain, je n'ai pas le choix. Mingo doit parler. »

Le policier n'allait plus rien dire. Après un moment, il se leva pour prendre congé. Il évita le regard chaleureux du père Gaillard, mais il prolongea un instant la poignée de main qu'il échangea avec son ami et, sans empressement, il sortit. Son ombre se perdit aussitôt dans la nuit.

Le lendemain, le père Gaillard entendit passer près de chez lui l'attelage de McCormick qui filait à vive allure. Quand il put s'approcher de la fenêtre, il vit sur les glaces de la baie la longue silhouette du traîneau et des chiens attelés en faisceau qui couraient devant. Au bout de la charge, il y avait McCormick, carabine au dos, qui faisait voler le fouet au-dessus de l'attelage. Le père Gaillard le regarda longuement s'éloigner jusqu'au fond de l'horizon, et il eut alors le pressentiment qu'il ne le reverrait plus jamais.

Ainsi donc, avec tous ces départs, Taqralik s'était peu à peu vidée et l'hiver s'était emparé des lieux. Le village, sur lequel un lourd rideau était tombé, était maintenant sous l'emprise de la longue nuit arctique. On aurait dit que les dieux, lassés par l'absence de leurs créatures, s'étaient eux aussi déplacés vers l'intérieur, là où se trouvaient Youguini, Mingo et tous les autres, et qu'ils continueraient ainsi d'intervenir dans leurs affaires...

Deuxième partie

LE VOYAGE VERS L'INTÉRIEUR
LE DÉSENCHANTEMENT

14

LA MORT FRAPPE

Je savais qu'un malheur allait nous arriver. Dès le départ du premier groupe, à cause du désordre, je l'avais pressenti. Misère, on aurait pu éviter cet accident ! Quelle horreur ! La pauvre enfant, je ne pourrai plus jamais oublier la vision de son petit corps durci, et son visage qui criait encore tout l'effroi qu'elle a dû vivre.

Tania avait donc raison. Ce voyage n'est qu'une fuite honteuse et il aura fallu cet affreux cauchemar pour m'ouvrir les yeux. Quel pauvre naïf j'étais, et quelle proie facile pour ce Mingo qui m'a bien eu. Mais, j'ai compris maintenant, cette idée stupide de partir ainsi en deux groupes, ce n'était que pour retarder le policier, rien d'autre.

La malheureuse enfant, elle si petite, qui n'avait pas encore connu la peur ! Comment oublier ce visage sur lequel le froid a glacé à jamais l'expression de la plus horrible indignation. Ses yeux crevés par la glace, ouverts pour toujours et accusateurs, la bouche déformée qui avait l'air de crier encore. Nous sommes perdus, le remords ne nous quittera plus désormais, et c'est bien fait ! C'est notre faute. Je ne pense plus qu'à retourner.

Le jour du départ, Mingo avait fait rassembler les trois attelages le long de la colline, derrière la mission. On avait pris soin de séparer les attelages de chiens, et les bagages avaient été déposés pêle-mêle entre les traîneaux. Pour équilibrer le poids, les hommes durent refaire les charges plusieurs fois, et ils couraient de l'une à l'autre pendant que les chiens hurlaient d'impatience, dressés sur leurs pattes de derrière. Les charges ficelées, on y fit asseoir les enfants. D'abord Alupa, le fils cadet de Mingo, fier comme un petit chasseur dans ses peaux de caribou, et qui aurait préféré imiter son père et suivre le traîneau en marchant. Mitiarjuk prit place à côté du vieil Ittuk qui n'avait pas l'air bien. Il était monté sur la charge avec peine et il regardait par terre, la bouche ouverte et les pieds ballants. Enfin, Itsaya installa sa fillette sur l'autre traîneau, une enfant d'environ trois ans dont je ne connaissais même pas le nom à ce moment-là, et que je n'allais plus revoir vivante.

Au départ, les traîneaux étaient si lourdement chargés que les chiens plièrent l'échine, et que les hommes et les femmes qui suivaient à côté durent pousser avec vigueur. Les fouets claquèrent alors dans l'air sec et les trois attelages se mirent en branle, décrivant d'abord un long détour, pour se rassembler par la suite sur les glaces de la baie. Une à une, les femmes sautèrent sur les traîneaux en marche et, bientôt, on ne vit plus que les trois hommes de la troupe, Ukpik, Nuluki et Mingo qui couraient près des leurs et dont la silhouette se détachait du reste.

Le jour suivant, Angutingak, Tania et moi sommes partis à notre tour, avec un attelage de six chiens, et Dragon qui était détaché et qui portait sur les flancs sa part du fardeau. En plus de pousser le lourd traîneau, chacun de nous portait sur le dos une charge pesante. Je n'avais pas l'habitude. L'air était sec et froid, rempli de givre cristallin et, chaque fois que je respirais, j'avais l'impression que mes poumons se déchiraient. Je m'épuisai rapidement.

Angutinguak commença bientôt à s'inquiéter pour moi. On s'arrêta souvent pendant que s'amorçait la montée et, chaque fois, je lui faisais signe que ça allait, mais il voyait bien que non. Il regardait alors vers le haut de la montagne, avec ses yeux brûlés par la cataracte, et j'étais persuadé qu'il ne voyait même pas les chiens au bout de l'attelage. Nous repartions alors en silence, le regard tendu vers le sommet du glacier.

Nous devions multiplier ainsi les courts arrêts pour respirer un peu, puis, à la fin, le jour tombé, les chiens repérèrent l'iglou que nous avaient laissé ceux du premier groupe et on s'installa pour la nuit. Malgré l'épuisement, la pensée que le lendemain il nous faudrait reprendre ce pénible voyage m'empêchait de dormir. Angutinguak et Tania s'étaient étendus à mes côtés, silencieux.

« Dis-moi, Angutinguak », m'inquiétai-je, « pourquoi cette idée de voyager en deux groupes ? Il pourrait nous arriver quelque chose, tu ne trouves pas ? On pourrait se perdre et les autres n'en sauraient rien. Je crois que c'est imprudent et je sens qu'un malheur va nous arriver... »

Tania était aussi mécontent que moi. Entre lui et son père, il y avait un grave conflit, et il ne manquait pas une occasion de le blâmer. « C'est une ruse de Mingo », qu'il dit. « Ce n'est pas pour éviter des querelles entre les chiens, c'est seulement pour retarder le policier. »

Angutinguak n'était pas de cet avis et, gentiment, il essaya de me rassurer. « Tu verras, Youguini, ça ira. On va rejoindre les autres sur le plateau, et après on sera toujours ensemble. » Puis, comme s'il pressentait lui aussi quelque chose, il ajouta : « Il ne faut pas appeler le malheur, Youguini. Mingo dit que ce n'est pas une bonne idée de parler de malheur, ça peut le provoquer... » Il s'arrêta, un peu gêné d'en avoir tant dit, et surtout il ne voulait pas avoir l'air de me faire des reproches. Il mit donc la main sur mon épaule et esquissa un sourire ; mais ce dernier, encore sous l'effet des morsures du froid, et sous la lueur vacillante de la chandelle, m'apparut plutôt comme une grimace.

Le matin du deuxième jour, il faisait encore plus froid que la veille. Le vent s'était levé et, balayant le glacier de long en large, il nous tombait dessus sans ménagement. Nous devions faire encore de nombreux arrêts pour souffler, si bien que notre ascension se poursuivait péniblement et, chaque fois que nous pensions y arriver, le sommet du glacier se dérobait à notre vue.

Le jour était déjà avancé lorsque soudain les chiens commencèrent à s'agiter. La poitrine haletante, le corps tendu et le museau bien en l'air, ils venaient de flairer quelque chose. Puis Tania aperçut à son tour un traîneau qui s'amenait en trombe, et bientôt on put reconnaître Nuluki qui descendait le glacier et qui faisait des signes désespérés en notre direction.

Quand il arriva à notre hauteur, lui et ses chiens à bout de souffle, son visage était méconnaissable. Blanc de douleur, il nous interrogea du regard, tous les trois. Devant notre silence, il ferma un instant les yeux puis se résigna à parler : « Nous avons perdu la petite Piadli », gémit-il, « elle a dû tomber du traîneau et on ne l'a pas retrouvée. »

À cet instant, la douleur sembla le submerger. Il balança les bras d'impuissance et se laissa tomber sur le traîneau. Puis il se ressaisit aussitôt et se releva d'un bond, comme s'il y avait encore une chance. « Vite », cria-t-il, « montez vers la gauche, moi j'irai par là, vite ! »

Les chiens, qui semblaient tout comprendre, s'élancèrent aussitôt vers la gauche et, au bout d'un moment, Dragon, qui n'était pas attaché, nous conduisit près du corps de la fillette. Ainsi, en tombant du traîneau, la malheureuse avait tenté vainement de rattraper les autres, mais le vent bien trop fort l'avait fait dévier vers le côté du glacier. Dans un pareil pays, un si petit corps ne peut résister bien longtemps et, sous le coup des morsures répétées du froid, elle est vite tombée d'épuisement. Avant de mourir cependant, elle avait dû se sentir si cruellement abandonnée que son visage portait encore la marque du plus vif effroi.

Les autres, qui avaient entendu le coup de feu d'Angutinguak, s'amenèrent aussitôt et, pendant un long moment, nous sommes restés immobiles, horrifiés, au milieu d'un silence lourd de reproches. Mort inutile ! Nous aurions pu la sauver, me disais-je.

D'un violent coup de fouet, Nuluki frappa le traîneau sur lequel prenait place la petite puis, terrassé par la cruauté du sort, il tomba à genoux, le souffle coupé et le regard fou de douleur.

Itsaya, la mère de la petite, s'était effondrée elle aussi, les mains ballantes, incapable de toucher au petit corps étendu devant elle. Écrasée par la douleur, la malheureuse ne pouvait que gémir, et ses pleurs impuissants étaient balayés aussitôt par la bourrasque.

Je suis tombé à mon tour au milieu de la troupe immobile, le visage grimaçant, et incapable de soutenir l'horrible vision de ce corps muet qui, dans un dernier geste inutile, tendait la main vers le salut qui n'était pas venu. L'enfant était étendue sur le côté, le corps à demi enseveli sous la neige et glacé dans son ultime convulsion, une main nue qui appelait encore au secours. Je ne pus réprimer l'horreur qui m'avait envahi. « C'est notre faute », m'écriai-je, « nous n'aurions pas dû nous séparer... » Mes paroles se perdirent dans le bruit du vent qui continuait de donner de furieuses secousses en travers du glacier. Les chiens aussi avaient l'air de pleurer et, ensemble, ils avaient entrepris un lugubre concert de hurlements.

À la fin, secoués par la douleur, nous nous sommes remis rageusement à l'assaut du glacier. Nous étions pressés de fuir ces lieux maudits, et bientôt, guidés par l'instinct des chiens que le fouet de Mingo faisait bondir, nous sommes arrivés au sommet du glacier.

Une fois là, Mingo s'enfonça dans l'obscurité avec le corps rigide de la petite sous le bras, pendant que nous nous entassions dans les deux iglous qui nous attendaient sur le plateau. Il faisait noir et froid. Pas un mot, rien que des regards qui se fuyaient et les gémissements épuisés d'Itsaya. La lampe fut vite soufflée, et commença alors une nuit lourde de remords qui s'agitaient dans la noirceur. Chacun se sentait coupable et veillait en étouffant le bruit de son propre souffle.

15

LE PLATEAU

Le lendemain, le jour se leva tardivement, et la voûte de l'iglou se colora d'une lueur verdâtre. Dès mon réveil, je fus assailli par les douloureux souvenirs de la veille pendant qu'autour de moi mes compagnons se levaient un à un, le visage blanchi par une nuit d'insomnie. Itsaya qui s'agitait encore, était restée enroulée sous ses peaux tandis que Nuluki, assis, la tête sur les genoux, semblait enfoui à tout jamais dans un abîme de douleurs. Il faisait froid, et pas un de nous n'osait parler.

Je compris que je ne pourrais plus regarder ces gens de la même façon, encore moins leur pardonner, même si cela devait me coûter leur amitié. Notre iglou était encore rempli par la présence de la mort, et le visage horrifié de la petite Piadli m'apparaissait à tout instant. Le goût m'est venu de fuir.

Dehors, je me retrouvai devant un spectacle saisissant. Le soleil qui était apparu éclairait le bas de l'horizon avec si peu d'éclat que je le pris d'abord pour la lune. Sous cette aurore morne, le plateau déployait devant moi de vastes étendues de glace d'où surgissaient ici et là des formes sombres.

En me retournant, j'aperçus derrière notre iglou la longue pente du glacier qui, telle une lave refroidie, coulait doucement vers la mer qui frissonnait tout en bas, sous d'énormes nuages de brouillard. Je regardai à nouveau l'étonnante désolation qui régnait sur le plateau : rien que de la glace, des rochers tordus, des pics écorchés par la brutalité des éléments. Je songeai un instant qu'ici même les dieux avaient dû se livrer entre eux un combat féroce, toutes les forces du mal dressées contre celles du bien, et que chacun était retourné dans son camp, couvert de blessures et ne laissant derrière que destruction.

Malgré tout, je ne pouvais m'empêcher de contempler la désolante majesté des lieux où surgissaient des formes qui ressemblaient à d'énormes balcons de pierre ; entre ceux-là, une magnifique allée tout en glace où s'élevaient des piliers à demi cassés. On aurait dit une immense cathédrale que les dieux avaient abandonnée à la hâte et qu'ils avaient ainsi livrée à la désolation, éventrée. Ici, rien d'autre maintenant que le bruit du vent dont le souffle soutenu rappelait à tout instant la redoutable présence de la solitude.

Quel contraste entre la cruelle désolation du plateau et les formes douces du glacier où je me serais bien volontiers laissé glisser. J'étais donc là à souhaiter qu'on renonce à ce voyage lorsque s'approcha Angutinguak. Depuis l'histoire de la carabine, celui-ci s'est pris d'amitié pour moi. Il ne voit pas bien, mais rien de ce qui se passe en moi ne semble lui échapper. Alors il s'inquiète pour moi et ça m'agace un peu.

« C'est bien effroyable ce qui est arrivé, Angutinguak », lui dis-je en ne dissimulant rien de mon indignation. « On n'a plus le choix, il faut retourner maintenant parce que la mort ne nous laissera plus. Tu dois convaincre les autres, moi je ne vais pas plus loin. Ces voyages vers l'intérieur ne sont bons pour personne, et les Inuit le savent bien. Vous êtes des chasseurs côtiers et vous suivez d'habitude le contour de la mer. Alors, pourquoi ce voyage maintenant ? Regarde un peu devant, Angutinguak, est-ce que tu vois de la vie par là ? Et regarde vers la mer maintenant. Tu vois la vapeur, les eaux qui s'ouvrent, c'est là qu'est la vie, pas par là ! On pourrait y passer l'hiver et y vivre très bien... »

Angutinguak était bien malheureux de ne pouvoir répondre à mes angoisses et ne pouvait y opposer qu'un sourire piteux. Je regrettai de le tourmenter ainsi. « Je ne te blâme pas, Angutinguak », lui dis-je alors, « c'est seulement que j'ai peur. Je dois être un bien mauvais Inuk ! Je ne suis pas fait pour ce pays, c'est tout. »

Angutinguak est ainsi fait qu'il s'agite à la moindre manifestation de bonté à son égard. Quand ça lui arrive, il se met à se branler le derrière comme un bon chien, son visage s'éclaire et, maladroitement, ses bras cherchent à vous entourer. Qu'est-ce qu'il n'aurait pas fait, le pauvre homme, pour me rassurer ?

« Tu verras, Youguini », éclata-t-il, « ça va aller maintenant. Nammatuk ! Rien ne va plus nous arriver. Oublie ce qui s'est passé, on n'y pouvait rien. Ayurnamat kisiani ! Et puis, tu vas voir comment il est, Mingo. Tu n'as encore rien vu de lui, et tu ne le connais pas. Attends, tu verras. Avec lui, rien ne peut nous arriver, je te l'assure. »

J'esquissai un vague sourire, mais au fond je restais bien malheureux. Je regardai à nouveau le plateau et l'horizon obscur que les froids rayons du soleil n'arrivaient pas à éclairer. Je ne pouvais croire que, malgré moi, j'allais m'enfoncer dans ce gouffre de glace. Pourquoi donc, me demandai-je, faut-il que je fasse ce que je ne désire pas ? Je me rappelai alors cette citation que Chalá avait collée sur le mur de sa cabine, à côté des photographies d'Espagne. Ah ! Le *Veracruz* ! La douceur de la mer ! Comme je les regrettais. Et c'est maintenant, sous ce ciel, froid que me revenaient les mots que tant de fois j'avais lus :

J'ai appelé le ciel, et il ne m'a pas entendu ;
puisqu'il me ferme ainsi ses portes,
de mes pas sur la terre il répondra, pas moi.

Je savais que j'allais poursuivre le voyage puisque c'est toujours comme ça avec moi. Je n'ai jamais voulu ce qui m'arrive. Alors, malgré moi, je suis resté avec mes compagnons et nous sommes demeurés sur place pendant trois interminables journées, à attendre vainement que s'apaisent nos remords.

Pendant ce temps, Itsaya était demeurée enfouie sous ses couvertures d'où sortait parfois une plainte brisée par le chagrin, tandis que Nuluki restait dans un coin sombre de l'iglou, les poings fermés sur le front, sans bouger. Il ressemblait ainsi encore plus à son père, Mingo, si terriblement seul, si insondable.

Il n'y avait pour me consoler que la belle Kinalik que je regardais s'affairer au milieu de l'iglou, avec Aputik, Mitiarjuk et Tunuk. Malgré les événements, elle avait le même visage rassurant et posait autour d'elle un regard doux et tranquille. Mais elle fuyait toujours mon regard et, quand je l'observais avec trop d'insistance, ses joues se coloraient et ses doigts s'agitaient au-dessus de la lampe. Rien que pour elle, me dis-je, je suivrai, même si je dois en mourir.

16

UJARAQ! LA PIERRE À SCULPTER

Après ces quelques jours de torpeur au cours desquels la mort seule grouillait parmi nous, la troupe s'est alors relevée sans ardeur et le convoi s'est reformé lentement. Les chiens, qui étaient restés tout ce temps enroulés dans la neige, se sont redressés péniblement, dépliant d'abord l'échine et leurs pattes gelées, puis se sont résignés à tirer au bout de leur attelage, et le convoi put se mettre en marche, sans bruit.

Les femmes avaient amené Itsaya qui était aussi blanche que la neige, et l'avaient fait asseoir sur le traîneau de Nuluki, à l'endroit même où avait pris place la petite Piadli. La pauvre femme paraissait indifférente à tout maintenant, et son regard, d'habitude si vivant, était désormais inerte. Nuluki n'était guère mieux, et Tania avait dû prendre place à ses côtés pour s'occuper des chiens. Brisé par la mort de sa fille, le malheureux suivait impassiblement le convoi, enfermé plus que jamais dans son silence.

Je regardai plusieurs fois du côté de la mer pendant qu'on s'enfonçait ainsi vers l'intérieur et je fus pris à nouveau d'une vive angoisse. Comment allons-nous pouvoir nous y reconnaître, me demandai-je ? Tout est blanc ici, tout est plat, et toutes les formes se ressemblent ! Il n'y a aucun repère naturel ! Nous allons nous perdre dans ce désert !

Puis je m'efforçai d'oublier et je regardai plutôt devant. Il y avait là nos attelages de chiens qui, au bout de leurs cordes, dessinaient sur le fond de neige comme un grand voilier d'outardes. À cet instant, Mingo, qui se trouvait près du premier traîneau, se retourna et je le vis qui chassait Dragon des parages. Le chien du père Gaillard rôdait en effet autour de la chienne de Mingo et sa présence excitait les autres et les rendait jaloux. Le bruit de leurs aboiements était le seul qu'on entendait.

On roula ainsi en droite ligne pendant un long moment, le chien de pointe en plein dans le soleil qui venait de se montrer. Celui-ci n'allait pas tarder à disparaître et, à cette heure du jour, il marquait plein sud. Cette information me paraissait importante car elle indiquait que la mer se trouvait dans la direction opposée, derrière nous, vers le nord, et je la notai donc soigneusement car je soupçonnais mes compagnons de s'en aller comme ça, n'importe où.

C'est alors que l'attelage de Mingo s'inclina vers la gauche et nous entraîna à sa suite dans un long virage vers l'est. J'avais déjà observé qu'au départ nous avions le vent dans le dos, une consolation dans les circonstances, et qu'on y prêtait flanc désormais.

Nous poursuivions ainsi vers l'est pendant que lentement se couchait le soleil, faisant place à une pâle lueur qui nous accompagna ainsi je ne sais combien de temps. Il faisait froid et je m'enfonçai peu à peu dans la torpeur. Puis, plus tard, Mingo nous entraîna dans un autre virage, encore vers la gauche, et je constatai avec étonnement que nous roulions cette fois dans une direction opposée à celle du départ.

Je ne pouvais pas être plus certain. Nous avions désormais le vent de face et le crépuscule de dos, comme si nous revenions sur nos pas. Pire, nous tournions en rond! Cette constatation allait soudainement me faire bondir sur mes pas. Je voyage donc avec des fous, m'écriai-je! Heureusement, la troupe fit à ce moment-là une halte et je m'empressai d'alerter Angutinguak.

« Mingo a l'air perdu, Angutinguak », lui dis-je. « Je ne sais pas si tu t'es rendu compte, mais depuis un moment on tourne en rond. Ce n'est pas bon signe, ça ! » Angutinguak me regarda, le visage long, et visiblement ne comprenait pas mon émoi. « Écoute », lui dis-je alors, « nous sommes partis le vent dans le dos, et nous l'avons de face maintenant. Le soleil aussi, il était devant nous au départ, et regarde maintenant, il s'est couché juste là, derrière. Tu ne vas pas me dire que c'est eux qui ont bougé car j'ai tout noté; je ne suis pas inquiet pour rien, nous avons fait deux virages qui nous ramènent dans la direction opposée... »

Tout à coup, le visage d'Angutinguak s'éclaira et il parut trouver l'explication. « Ne t'inquiète pas pour ça », me rassura-t-il, « c'est seulement le soleil qui a changé de place... » Puis, voyant que je n'en démordais pas, il reprit cette fois un argument contre lequel je ne pouvais rien. « De toute façon, Youguini, ce qui est bien certain, c'est que Mingo sait où il va. Il ne peut pas se perdre ! »

« Mais alors », rétorquai-je, « va au moins lui dire à Mingo pour le vent et le soleil. Peut-être qu'il ne s'en est pas rendu compte. Allez, vas-y, je veux savoir ce qu'il en pense... » Je voyais bien, au regard suppliant qu'il me faisait, que le pauvre Angutinguak se serait bien passé de cette mission, mais j'insistai.

Pendant ce temps, plus loin, le chamane et Ukpik avaient l'air de se consulter sur la route à suivre. Ils faisaient des gestes en direction d'une colline qui se dressait devant nous, tandis que les femmes s'étaient regroupées autour du minuscule poêle à gaz sur lequel elles préparaient le thé.

Angutinguak s'approcha de Mingo et, avec son air piteux, il essaya de s'expliquer. Il faisait des gestes maladroits, montrant de la main quelque chose à l'horizon, puis haussa les épaules en signe d'impuissance. Mingo regarda de mon côté, avec une sorte de mépris hautain, puis fit taire l'autre en lui tournant le dos. Tout penaud, Angutinguak revint à moi.

« Alors », lui demandai-je, « qu'est-ce qu'il en dit ? »

« Quoi ? Ah ! non, rien. Il dit que tout va bien, il n'y a pas à s'inquiéter... »

À voir la tête que faisait mon messager, j'étais prêt à parier que Mingo n'avait pas été tendre envers moi. Contrairement aux autres, il ne m'a jamais adressé la parole, celui-là, ni même daigné me saluer. Je décidai de ne pas insister, mais je me fis la promesse que je ne me laisserais pas intimider par ce Mingo.

Après le thé, nous avons donc repris la route, mais cette fois Ukpik et Mingo fouettaient avec ardeur les chiens qui sautaient d'impatience. Ukpik criait « Kra, kra » et les traîneaux filaient à vive allure sur la neige. Nous avons ainsi fait un long virage autour de la colline, pendant que les hommes la scrutaient du regard, puis nous avons fait une nouvelle halte. Ukpik bondit alors sur un button au pied de la colline et là, se servant d'un long pic à glace, il se mit à piocher fébrilement dans la roche. Après un moment, il se pencha puis ramassa une pierre qu'il nous montra. « Ujaraq ! » s'écria-t-il, jubilant, « ujaraq ! »

Voilà donc, me dis-je lorsque je compris, ce qui nous avait fait tourner en rond. De la stéatite ! De la pierre à sculpter ! Je ne pouvais le croire et je n'allais certes pas cacher mon irritation ! Je me confortai un instant à l'idée que nous n'étions peut-être pas perdus, après tout, mais je me repris à rager aussitôt contre ces êtres insouciants qui gaspillent un temps précieux à chercher, au beau milieu d'un désert de glace, de la pierre à sculpter. Au péril de nos propres vies !

Ukpik était ravi de sa découverte mais il ne manqua pas de remarquer ma colère. Il parut surpris et me regarda un moment avec ses yeux tout ronds de hibou, puis choisit d'en rire et continua de faire le tour de la troupe avec sa trouvaille. Angutinguak essaya quant à lui de m'apaiser en me montrant un de ces morceaux de pierre. « Allez, touche, Youguini », qu'il me dit, « c'est doux comme le savon de la Compagnie... » Lui aussi était ravi et il me fouillait du regard pour m'arracher un signe d'acquiescement. La naïveté de cet homme était si émouvante qu'il m'aurait fallu un cœur plus dur que la pierre pour le lui refuser. Alors je m'efforçai de sourire et me raisonnai en me disant que le voyage serait un bien plus grand désastre encore s'il fallait que j'en vienne à détester ces gens.

17

LE POINT DE NON-RETOUR

Il fait désormais nuit presque tout le temps, et nous voyageons le plus souvent sous les froides lueurs de la lune. Je ne compte plus les haltes que nous faisons, ni les nouveaux départs, car mon âme cale un peu plus à mesure que Mingo nous entraîne vers l'intérieur.

Au milieu du jour, une pâle aurore se forme au bas de l'horizon et nos corps font alors sur la neige de longues ombres qui s'effacent aussitôt. Je n'aime pas cette clarté trompeuse. À tout prendre, j'aime mieux la nuit parce qu'alors le vide se fait, et la vérité s'impose à nouveau. Tout redevient clair, sans illusion, comme dans un théâtre désert qui se refroidit sous le ciel cristallin. Tout apparaît vain, comme ces minuscules nuages de vapeur que font les hommes en respirant, et que le gouffre glacial biffe d'un trait.

Misère ! Quand je les regarde ! Comment ne pas s'étonner que des hommes aient ainsi le courage de courir la nuit vers nulle part, sous le regard de personne et sans espoir de retour ! Je finirai peut-être par ne plus aimer ces gens ; jamais, je me dis, je ne cesserai de m'émouvoir à la vue d'une si futile et courageuse obstination.

Il arrive parfois que je me console car, en dépit de tout, les nuits arctiques peuvent être belles aussi. En effet, quand le jour tombe, le ciel se remplit d'une nuée de petites lueurs froides, claires et lointaines comme de minuscules cristaux de diamant. Il arrive aussi que cette toile de fond se couvre d'une ruisselante aurore boréale qui lui fait comme un voile de dentelles mouvantes et, sous ce frissonnant déploiement de lumières, le plateau s'éclaire à nouveau. Curieusement, c'est à ce moment-là qu'on saisit le mieux le contour des choses. Tout redevient net, même les bruits : le crissement sonore de nos pas sur la neige, et le bruit argentin que font sur la glace les patins de nos traîneaux. Avec ces bruits riches d'écho, on croirait entendre un diamant qui taille dans le cristal du ciel.

C'est alors que tout redevient clair aussi pour l'âme, et qu'on ne voit plus d'espoir nulle part. Les angoisses se mettent au repos, le désespoir prend la relève. Souvent, le goût me vient de laisser filer les traîneaux et de m'endormir. Pourquoi prendre cette misère en effet, puisqu'on ne reviendra pas de ce voyage ?

Il y a cependant Augutinguak qui veille sur moi et qui ne me laisse pas d'un pouce. Il devine tout de mes pensées, celui-là. Quand il s'amène à côté de moi et qu'il me demande si ça va, alors qu'il sait bien que non, je le repousse parfois durement, et après je le regrette aussitôt car il s'en fait tant pour moi. Le pauvre, il est comme Dragon qui passe tout son temps à côté de la chienne de Mingo malgré les coups que lui donne ce dernier.

En général, on ne s'arrête que le temps de dormir. Dans ce cas, les hommes construisent un seul iglou où on s'entasse pour la nuit. On mange, on parle peu et on s'endort avant de repartir au matin.

Il faut voir alors les chiens, ces malheureux prisonniers, quand leurs maîtres dressent à nouveau les attelages. Ils sont alors si engourdis qu'ils n'arrivent pas à secouer la glace qui leur colle au poil. Ils restent plantés là, immobiles, le regard incrédule et le dos arqué. Quand le fouet se met à claquer au-dessus de leur tête, ils arrivent alors à bouger un peu, les pattes encore raides et les flancs glacés. Je ne peux supporter ce traitement. Quand je peux, je fais coucher Dragon dans le portique de l'iglou que je partage avec Angutinguak et Tania.

Car il arrive en effet qu'on s'arrête plus longtemps et qu'on dispose alors de plus d'un iglou. Nous restons alors sur place quelques jours pendant que Mingo, Nuluki et Ukpik vont explorer les alentours. Il arrive aussi que Mingo parte seul et, quand il revient, il s'enferme alors dans un profond silence. Et, pendant tout ce temps, la malheureuse Itsaya n'émerge toujours pas de son chagrin. Alors, avec Kinalik qui continue de fuir mon regard, l'ennui ne me quitte plus.

Ce jour-là, Mingo avait prévu une tempête et avait fait préparer à la hâte quatre iglous reliés entre eux par un corridor de neige. Pendant toute la durée du trajet, il m'avait semblé ce jour-là que nous avions tourné en rond, comme s'il avait fallu brouiller notre piste. Les iglous terminés et les bagages à l'abri, la tempête en effet n'allait pas tarder à s'abattre sur nous, ce qui, malgré la fatigue, devait soulever un peu l'humeur du groupe. Pendant qu'on mangeait, Ukpik s'est mis à faire en riant des commentaires sur Kamialuk. « Quand la tempête sera finie », s'était-il amusé à dire, « on ne verra plus que ses grandes bottes ! » Les autres avaient ri doucement, même Mingo qui paraissait soudainement rassuré. Il m'a paru aussi qu'Itsaya, toujours aussi pâle, avait réagi quelque peu aux propos de son père.

Après, nous sommes retournés dans notre iglou et c'est alors que Tania a fait ce commentaire : « Maintenant qu'il pense avoir semé Kamialuk, on verra bien ce que Mingo va faire... » Je dois dire que Tania a un bien drôle d'air ces temps-ci. Il reste souvent seul, enfermé dans ses pensées, et il n'en sort que pour faire des déclarations inquiétantes.

Pendant un moment, les paroles de Tania résonnèrent dans l'air froid de l'iglou mais elles restèrent sans écho. J'allumai alors un bout de chandelle et je pus apercevoir son ombre. Il était retourné à son monde solitaire, le regard immobile et la mâchoire tombante, comme un vieux. Puis je le vis esquisser un rire inaccessible, sans bruit, pour retourner aussitôt au plus profond de lui-même.

Inquiet, Angutinguak s'est amené près de moi, attiré par la lueur de la chandelle. Il m'entoura les épaules de son long bras puis, sans retenue, il me toussa dans le visage. J'ai l'habitude ! Il mit ensuite un long doigt sale sur mon cahier et me demanda pourquoi j'écrivais ainsi. « C'est vrai », insista-t-il, « tu écris chaque soir, pourquoi ? » Cela me fit sourire, d'abord parce que je ne suis pas trop certain de savoir pourquoi j'écris, et aussi parce qu'il y a quelque chose de touchant dans l'affection que me porte Angutinguak et dont je ne suis pas toujours digne. Je manque si souvent de patience envers lui.

« Je ne sais pas », lui répondis-je à la fin, « ça doit être pour me changer les idées. Tu sais, je ne suis pas heureux, j'ai le sentiment d'être perdu... en écrivant, je crois que je me retrouve un peu... je ne sais pas, ça doit être quelque chose comme ça. »

Aujourd'hui, j'ai été particulièrement cruel envers lui, pour je ne sais même plus quelle raison, et j'ai décidé de lui donner ma carabine pour me faire pardonner. Sur le coup, ma proposition le mit au comble de l'embarras mais j'insistai car je ne me sers jamais de cette arme. « Mais non, Youguini », protesta-t-il, « tu me la prêteras quand j'en aurai besoin, ça me suffit. » Il n'y avait rien à faire. Je voulus insister une dernière fois lorsque Tania s'agita à nouveau dans son coin.

« Est-ce que tu as pensé, Youguini », me lança-t-il sans avertissement, « que Mingo n'a plus besoin de toi maintenant ? Il s'est mis dans la tête que Kamialuk est fini, alors, tu comprends, il n'a plus besoin de toi... moi je le connais, Mingo, je sais vraiment comment il pense... »

Cette fois, parce qu'il s'agissait de Mingo et de moi, Angutinguak décida de s'interposer. « Tu ne comprends pas, Tania ! » protesta-t-il en se raidissant. « Je ne peux croire que tu parles ainsi de ton propre père. Mais où donc as-tu pris cette histoire ? Tu sais bien que Mingo ne fera rien à Youguini ! »

Tania haussa les épaules comme si les paroles d'Angutinguak ne comptaient pas. Puis, sans même nous regarder, parce que ça lui était égal qu'on soit d'accord ou non, il laissa tomber ce dernier avertissement. « Nous sommes arrivés à la dernière cache de viande. Bientôt, on n'aura plus rien à manger. Ça veut dire qu'on ne peut plus retourner en arrière et qu'il faut trouver les caribous, ou sinon... Je le connais, Mingo, pour survivre il ferait n'importe quoi. Alors, il faudra te surveiller, Youguini, c'est tout ce que j'ai à te dire... »

Angutinguak et moi avons échangé un regard en silence. J'attendis un instant que l'autre retourne à son monde, puis je lui demandai : « Qu'est-ce qu'il a voulu dire, celui-là, qu'on ne peut plus retourner en arrière ? »

« Mais rien », qu'il me répondit en haussant les épaules. Il jeta un coup d'œil pour s'assurer que l'autre s'était replongé dans ses rêveries, puis se retourna vers moi. « Il ne faut pas blâmer Tania », ajouta-t-il en mettant le doigt sur son front, « seulement il ne comprend pas ! Depuis qu'il est allé à l'hôpital, il ne pense plus comme les Inuit... il ne comprend pas ! »

« Dis-moi plutôt », m'impatientai-je, « est-ce bien vrai qu'on ne peut plus retourner en arrière ? »

« Ah ! ça ? » qu'il me répondit, « mais c'est plutôt une bonne affaire ! Comme ça, on n'a plus à se demander si on doit continuer ou bien retourner. On n'a plus le choix maintenant, il faut y aller. Si on retournait avant de trouver les caribous, on n'aurait pas assez de nourriture pour rentrer à Taqralik. Alors, tu vois, c'est un problème de moins... »

J'étais estomaqué, et jamais, je me dis, je ne pourrai m'habituer à la logique de cet homme. « Comment ça, un problème de moins ? » m'étonnai-je. « Est-ce que tu te rends compte, Angutinguak ? On ne peut plus retourner en arrière ! Mais c'est terrible ! »

Ma réaction le laissa confus. Ses yeux blanchis par la cataracte me poursuivaient avec intensité, sans comprendre. Il mit à nouveau un gros doigt noirci sur sa tempe et me dit avec une ferveur qui me surprit : « T'en fais pas, Youguini, ça ira ! Il pense tout le temps, Mingo. Et il parle aux esprits. Alors c'est comme ça qu'il pourra trouver les caribous. Tu verras. Il sait des choses que personne ne sait parce qu'il parle aux esprits. Tu crois qu'on est perdus, hein ? Mais les animaux aussi sont perdus, Youguini. Alors, c'est comme ça. Imaituk ! On n'a rien à craindre. Il faut avoir confiance ! »

C'était bien la première fois qu'Angutinguak me parlait avec tant de conviction et il n'arrêtait pas de dire : « Imaituk ! C'est comme ça ! » Il avait de la ferveur dans la voix et son souffle nerveux fit vaciller la flamme de la chandelle, si bien que nos deux ombres tressaillirent un long moment sur les parois de l'iglou. Misère, je me dis, plus de retour possible, alors c'est donc vrai, nous sommes perdus ! Ce soir-là, je ne pus m'endormir et je me disais, en me retournant sous les peaux : mais comment vais-je pouvoir vivre désormais ? Que nous tentions de regagner la mer ou que nous persistions à avancer, nous sommes perdus. Comment vivre, en effet, quand on sait qu'il n'y a plus d'issue ?

18

UKPIK LE SCULPTEUR

Nous avions donc repris la route, faisant à nouveau de brèves escales pour dormir. Les réserves de nourriture baissaient et on mangeait peu, si bien que, le soir venu, les visages étaient inquiets et la lampe vitement soufflée. Ukpik essayait parfois de dérider la troupe mais on riait peu. Moi encore moins. À vrai dire, je vivais en reclus parmi eux, enfermé dans ma propre certitude que chaque nouvelle étape nous rapprochait de notre perte. Il m'arrivait à l'occasion de leur rappeler cela, mais ceux-ci avaient fini par m'ignorer complètement, et les jours passèrent ainsi.

Puis brusquement la clarté se mit à reprendre du terrain sur la nuit. Le changement fut aussi visible que rapide, comme si d'un coup la terre avait basculé, et les autres ont semblé reprendre vie. La conversation s'animait chaque soir davantage. Souvent, Ukpik, qui avait une voix rassurante, leur disait : « On verra bientôt les collines, et après les caribous ne tarderont pas à se montrer. C'est pour bientôt... »

On a donc fini par les voir, ces collines, et même de loin car elles dessinaient à l'horizon une longue ligne sombre que le soleil faisait miroiter sur le plateau enneigé. En nous rapprochant, on distingua bientôt sur ses flancs dégarnis de neige les pousses de lichen et de mousse verte dont se nourrissent les caribous, et on entendit les premières exclamations de joie depuis notre départ de Taqralik. « La voie migratoire ! C'est là ! Regardez ! » On aperçut aussi des traces fraîches de caribous, et les chiens étaient au comble de l'excitation.

Il me sembla tout à coup que j'étais débarrassé d'un poids énorme qui m'avait suivi pendant tout le voyage. Pour la première fois depuis le départ, je me sentis le cœur léger et prêt à crier avec les autres. Nous étions enfin arrivés quelque part ! Cette destination que j'espérais atteindre depuis le départ, nous y étions enfin parvenus et, sur le coup, mes pires appréhensions se dissipèrent. Ma joie cependant n'allait pas durer. Au moment où on s'apprêtait à monter le camp, une surprise de taille en effet m'attendait, et j'étais loin de me douter qu'on avait conçu un plan pour me faire payer mes écarts de conduite. On avait donc choisi pour le faire le moment même où je pensais être au bout de mes peines.

Ainsi, pour monter les iglous, Mingo avait choisi l'endroit le plus exposé au soleil et au vent, un peu à l'écart de la colline, là où la neige bien entassée avait l'épaisseur et la consistance pour faire un bon matériau. On allait s'installer pour quelque temps et il fallait construire quatre iglous, ce qui, au terme d'une longue journée de route, représente une besogne exténuante. Chacun s'apprêtait donc à contribuer, sauf le vieil Ittuk qui était resté assis sur le bout du traîneau, le visage perdu sous son capuchon.

Ukpik et Mingo étaient au cœur du chantier. Ils avaient d'abord creusé un cercle dans la neige puis, sur cette base, ils montaient en tournant les murs de l'iglou. Plus loin, armé d'un long couteau, Nuluki taillait dans la neige et dégageait les blocs que Tania, Angutinguak et les femmes transportaient aux deux autres.

C'est alors que j'aperçus Aputik, la femme de Mingo, qui me regardait du coin de l'œil tout en parlant aux autres qui étaient près d'elle. Je ne me suis pas méfié et, quand je me suis approché, ceux-ci étouffèrent leur rire et me tournèrent le dos de façon si brusque que j'en suis resté tout décontenancé. La manœuvre était trop évidente pour m'échapper. Même le petit Alupa ne put s'empêcher de me regarder d'un air sévère. Alors, pendant que je restais planté là, les autres firent semblant de ne pas me voir et s'éloignèrent en suivant Nuluki qui était allé creuser plus loin. Je ne les ai pas suivis. Angutinguak paraissait bien malheureux et il n'osait pas me regarder. Kinalik aussi, mais elle n'en suivait pas moins les autres, et cela m'a fait un tel effet que je suis resté cloué sur place un long moment.

À l'heure du repas, la même chose se produisit. Pour l'occasion, nous nous étions entassés chez Mingo, tous assis en cercle autour de la lampe. Au-dessus de celle-ci pendait une théière et, au milieu, il y avait un tas de poisson séché où chacun se servait. Je n'ai pas osé y toucher et personne ne m'invita à le faire. Il y eut d'abord un silence puis Mingo, qui avait prévu une tempête, fit un avertissement à Angutinguak. « Tu planteras le pic à l'entrée de ton iglou », lui dit-il sèchement, « et avertis les autres qu'il faut s'y attacher s'ils veulent aller dehors. Il y en a ici qui nous causent déjà assez de problèmes, et je ne veux pas être obligé d'aller les retrouver dans la tempête. »

Aputik répliqua que c'était peut-être la meilleure chose qui puisse arriver. « Si quelqu'un tient à se perdre, qui donc s'en plaindra ? » Elle fut la seule à rire, mais la cruauté de sa remarque devait me toucher en plein cœur et je suis resté sans bouger, la tête basse. Je n'ai pas mangé.

À la fin, je suis parti, c'en était trop. J'ai foncé tête première dans le couloir qui mène chez Ukpik puis j'ai traversé chez moi par un autre couloir. Je fis un peu de lumière mais la solitude me parut alors insupportable. J'ai cru que j'allais étouffer et je me suis précipité dehors.

La tempête avait déjà commencé. La neige tournoyait alors avec une telle fureur et le vent faisait tant de bruit qu'on aurait dit que le ciel s'était éventré et qu'il rugissait comme un monstre blessé. Dans un mouvement d'ensemble saisissant, l'univers tout entier paraissait soulevé par ce souffle géant. Je tendis devant moi la main et je la perdis de vue dans la tourmente. Je me blottis aussitôt contre la paroi de l'iglou car je savais qu'on pouvait facilement se perdre avec un temps pareil et mourir gelé à deux pas de son abri.

Soudainement, la tempête s'apaisa un moment et le ciel parut se retirer sur lui-même, comme s'il était à bout de souffle. Les rafales de neige se replièrent à l'horizon, découvrant sur le plateau des formes sombres qui luisaient sous la lumière de la lune. Nos petits iglous, maintenant tout calés dans la neige, surgirent à leur tour sur le fond obscur de la colline, tels un chapelet de perles blanches. Comme ils m'apparaissaient dérisoires tout à coup, ces abris de glace ! Quel fragile réconfort pouvaient-ils bien offrir lorsque les éléments se déchaînent ! C'est un bien rude pays, me dis-je, en me rappelant les paroles du père Gaillard, et c'est bien vrai que les Inuit sont faits à sa mesure.

Quand je suis entré, Angutinguak n'était pas revenu mais Tania était là, qui m'observait en silence. Il paraissait tout à coup intéressé par ce qui m'arrivait, comme si mon malheur lui faisait oublier le sien. Je n'avais pas envie de parler. Quand je me suis approché pour souffler la chandelle, j'ai aperçu un morceau de poisson séché qu'il avait mis devant...

Notre iglou est situé à l'extrémité du campement, à côté de celui que partagent Ukpik et Tunuk avec leur fille Itaya et Nuluki, le mari de cette dernière. Un matin, alors que j'en avais assez du mur de silence qu'on avait dressé autour de moi, j'ai résolu de visiter Ukpik, parce que celui-ci n'avait jamais été méchant envers moi. J'avais par contre des choses à me faire pardonner, et j'ai pensé que le sculpteur aux yeux de hibou saurait me comprendre.

Ce jour-là, Nuluki était parti avec son père et Itsaya s'était rendue chez Kanalik pour veiller auprès du vieil Ittuk qui n'était pas bien. Quand je suis arrivé chez Ukpik, celui-ci était alors seul avec Tunuk qui, à ma vue, se retourna pour se réfugier dans ses affaires de femme. Visiblement je n'étais pas à l'aise et Ukpik, qui a un regard bien perçant, n'avait pas manqué de le noter. « Hiii ! » qu'il fit en ricanant, « voilà maintenant ce gros Youguini qui nous rend visite ! C'est bien la première fois ! Youguini ai ! Allez, tu n'as qu'à entrer... »

Le ton de sa voix était bon et je me sentis subitement soulagé. Alors je m'approchai de lui, et je suis resté là un moment, silencieux. Il tenait dans ses mains blanches de poussière une de ces pierres à sculpter qu'il observait en la retournant sous tous ses angles. Son regard intense fixa ainsi longuement la pierre puis, se tournant vers moi, il me salua à nouveau, comme s'il venait d'émerger d'une profonde réflexion. « Youguini ai ! Qanuippit ? » Lorsqu'il sourit, les petits yeux vifs d'Ukpik se rapprochent l'un de l'autre et tout son visage se remplit de traits rayonnants. Le sculpteur est de ceux qui regardent le monde autour avec force et chaleur, comme Chalá et le père Gaillard. Il a un visage tout en éclats, et une voix chaleureuse.

J'étais donc content d'être là. « Je vais bien, Ukpik », lui répondis-je. « Je regardais seulement la pierre... ça m'a toujours intrigué. Est-ce que tu as vraiment du plaisir à sculpter ? » lui demandai-je. Il se contenta de sourire. « Je veux seulement comprendre pourquoi tu sculptes ainsi la pierre. Qu'est-ce que cela te donne ? »

« Atsuk, Youguini », répondit-il, « je ne sais pas. Je le fais, c'est tout, c'est juste comme ça. »

Voilà une réponse bien typique, me dis-je, mais qui me laissait sur ma faim. J'avais soudainement le goût de parler. « Tu vois, Ukpik, il m'arrive d'écrire. Tu le savais, non ? Le soir parfois, j'allume un bout de chandelle que m'a donnée Noudapie et j'écris sur ce qui nous arrive pendant la journée. Au début, j'écris seulement ce qui se passe puis, c'est bien curieux, après un moment c'est de moi que je parle. J'ai tout à coup l'impression que la petite lueur de la chandelle s'est retournée pour éclairer en dedans de moi. J'y vois plus clair, je comprends des choses que je n'avais pas comprises. Ça fait de l'ordre en moi et je me sens bien... ça ne me fait plus rien d'être seul. »

Un silence suivit. Ukpik ne fit que sourire à mes propos et je me surpris de l'effet qu'avaient eu sur moi toutes ces journées passées dans la solitude et le silence. Je ne pouvais plus m'arrêter. « Alors tu vois, Ukpik, quand ça m'arrive, j'en profite pour fouiller tous les racoins de moi-même, je ne laisse rien d'obscur en moi... comme ça, avec l'éclairage, je me vois mieux, je ne me cache plus la vérité. Quand j'ai fini, je me sens mieux, c'est commc si j'avais réglé mes comptes avec moi-même, et le lendemain je recommence... Alors je me dis que si j'écris c'est pour faire de la lumière en moi. Tu comprends ? »

« Aaa ! Tukisivunga », répondit-il en écarquillant les yeux. « Je comprends ! »

« Alors, toi », repris-je aussitôt, « tu n'as pas une petite idée pourquoi tu sculptes aussi la pierre ? »

« Hiii », fit-il en riant, « ce gros Youguini veut tout savoir ! Et moi qui ne sais pas vraiment pourquoi je sculpte ! Noudapie ne m'a pas donné de chandelles, tu sais, et je ne vois pas très clair en moi ! »

Il se mit à rire doucement et Tunuk, jusque-là silencieuse, se retourna vers son mari pour joindre timidement son rire au sien. Le moment était bon et je me sentis rempli d'affection. Depuis le départ, je n'avais pas connu de moment aussi agréable et j'en goûtais chaque seconde. Les yeux baissés, Tunuk me tendit alors une tasse de thé.

« Non, Youguini », reprit son mari, « c'est seulement pour rire que j'ai dit ça... Tiens, regarde un peu cette pierre et dis-moi si tu vois quelque chose. Regarde-la bien, essaie de voir ce qu'il y a dedans... »

Je retournai entre mes doigts la pierre et essayai de voir la forme qu'elle pouvait contenir, comme le font les sculpteurs inuit. « Je n'ai pas l'habitude », dis-je alors en la lui remettant, « je ne vois pas... »

« Regarde-la sous cet angle maintenant ; est-ce que tu ne vois pas un chien... ici la tête... là, les pattes repliées sous le corps... takuvit ? »

C'était bien vrai et j'acquiesçai d'un geste de la tête. Il poursuivit : « Si je travaille bien, je ferai alors un beau chien, mais ce ne sera jamais plus qu'un chien de pierre ! Même si je devais réussir la plus belle sculpture, ça ne sera jamais comme un vrai chien, avec un poil luisant et des yeux qui brillent. » Il fit un geste d'impuissance puis reprit sur un autre ton. « Les vieux Inuit disent qu'il ne faut pas traquer la vérité parce qu'elle nous échappe toujours. Tu vois, c'est comme les caribous : une année, ils migrent par ici, l'année après ils migrent par là, ça leur est bien égal. Ils sont imprévisibles. Ce sont les vieux qui disent ça, Youguini. Il ne faut pas chercher à embusquer la vérité, et le mystère doit rester un peu caché. »

Il s'arrêta là, jugeant peut-être qu'il faisait trop sérieux, et me fit un autre sourire derrière la tasse de thé qui fumait entre mes mains. Son visage se transforma aussitôt sous l'effet de tous ces plis qui lui faisaient comme des rayons de soleil autour des yeux.

Ces gens-là, me dis-je, ont vraiment la nature qui convient à ce pays. Ils vivent aux limites mêmes de la vie, exposés sans cesse à la mort. Cette affreuse vérité, ils ne peuvent tout de même pas la regarder constamment ; le mieux qu'ils ont à faire est de la refouler aussi loin que possible. Ils y arrivent en l'enveloppant de mystère qu'ils cultivent avec le plus grand soin. Au fond, ils sont bien sages, car, s'ils voyaient dans quelle condition ils se trouvent, alors peut-être le courage leur manquerait-il. Je devrais les imiter.

« Et toi, Youguini », reprit-il sans lever les yeux de la pierre, « ça te rend donc heureux d'écrire ? »

Je répondis que oui, sur un ton hésitant, puis, voyant que mes doutes ne pouvaient lui échapper, j'ajoutai : « Enfin, je crois que ça aide... » Alors, souriant à nouveau de toutes ses rides, il me dit avec un brin de malice qui me rappela sa fille Itsaya : « Dans ce cas, Youguini, il va falloir que tu m'apprennes à écrire... »

19

LE VIEIL ITTUK VA MOURIR

J'étais au comble de la consternation, et Angutinguak, pris de surprise, regrettait déjà d'être venu m'apprendre la nouvelle. Le malheureux ne s'attendait pas à une si violente réaction de ma part.

Angutinguak s'était d'abord montré la tête dans l'ouverture qui mène chez Ukpik puis, tranquillement, comme si je savais déjà tout de l'affaire, m'avait ainsi lancé la nouvelle : « Si tu veux voir Ittuk une dernière fois, c'est maintenant que tu dois venir... ça ne sera plus très long maintenant, il va peut-être mourir d'un moment à l'autre... »

Il n'avait pas encore fini que je criais déjà. « Mais qu'est-ce que tu racontes, Angutinguak ? Dis-moi que j'ai mal entendu ! Ittuk ne va pas mourir ? »

Il s'est alors mis à bredouiller. « Ilaniungnituk, Youguini. Je n'ai pas fait exprès. Je suis désolé. J'ai pensé que tu savais déjà. Tout le monde le savait. Même avant de partir, il était déjà très malade. On n'y peut rien, Youguini, c'est comme ça. Ayurnamat ! »

« Ayurnamat ! C'est donc tout ce que tu sais dire ! » lui criai-je. « Vous êtes tous fous, alors ! Si vous le saviez avant de partir, c'est encore pire ! » Ainsi, la surprise n'arrivait pas à passer, et je regardais l'autre avec stupeur, la colère dans les yeux ! « Il aurait fallu rester là-bas », lui dis-je encore, en essayant de me calmer, « on aurait pu le sauver. Je trouve que vous faites trop peu de cas de la mort, Angutinguak... Quand j'y pense, c'est incroyable ! Attends que je voie Mingo, il est temps que celui-là sache ma façon de penser... »

Il m'apparaissait clair alors que ce voyage insensé ne servait que le chamane. Ce fou de Mingo nous avait entraînés avec lui dans sa fuite. Je revis alors le visage blanc de la petite Piadli, morte pour rien. Ittuk cette fois ! Maintenant que nous fuyons avec lui, je me dis, nous sommes tous aussi coupables que ce fou. Et dire qu'on ne peut plus retourner, je pourrais le tuer ! « Allez, Angutinguak, suis-moi. Tu vas voir comment je lui parle, à ce sorcier ! »

Quand nous sommes arrivés chez Kinalik, je transpirais encore de rage et, dans le silence de mort qu'il y avait, je n'entendais que le bruit de mon souffle et ce pauvre Angutinguak qui toussotait de malaise dans mon dos. Personne ne bougeait.

Ittuk était là, étendu au milieu de la plate-forme, le visage livide parmi les peaux qui l'entouraient. Il avait le torse nu, fumant de fièvre et la poitrine haletante. La bouche ouverte, il respirait avec peine mais, sur son visage, on en voyait aucune trace d'angoisse. Rien que la résignation. Il ouvrit les yeux puis ses paupières lourdes retombèrent aussitôt. Tout se passait comme si c'était entendu d'avance.

Kinalik se tenait juste à côté du mourant, le visage grave et les joues enflammées, encore plus belle. Elle était accroupie sur les peaux, le dos bien droit. Quelques gouttelettes de sueur luisaient sur son front. Elle avait repoussé légèrement son atigi vers l'arrière, dégageant ainsi les formes pures de son cou. La vision de cette femme me calma et me remplit de pensées confuses. Comment pouvait-elle avoir un si grand effet sur moi, sans m'avoir jamais regardé ? Et qu'allait-elle devenir maintenant, sans mari...

Soudainement, Kinalik se redressa et s'en alla rejoindre les autres au bas de la plate-forme, à côté de Mingo. On ne bougeait plus. Le souffle d'Ittuk venait alors de changer. Un moment sa poitrine s'agita, secouée par une légère convulsion. Elle se gonfla à nouveau, retint son souffle un moment puis, pour la dernière fois, elle est retombée lentement.

Le silence aussitôt s'alourdit. Un moment passa puis Mingo s'approcha et là, penché sur le corps du vieux, il fixa son visage, longuement, avec beaucoup d'intensité. À la fin, il lui referma les yeux. Les autres avaient compris et on entendit alors quelques murmures dans la petite assistance. Ittuk était mort, seul, comme il se doit, sans une plainte. Les autres aussi paraissaient résignés et se dirent qu'ils n'y pouvaient rien.

Après un moment, on se remit à bouger et Mingo le premier se retira. Il passa à côté de moi sans un regard, et s'engagea tête première dans le couloir qui mène à son iglou. À la vue de cet homme, la colère est aussitôt remontée en moi et je n'ai pu me contenir. « Il aurait mieux valu rester au village, Mingo », lui dis-je la voix nouée par la colère, « tous ces malheurs ne seraient pas arrivés ! C'est bien ta faute s'il est mort » !

Surpris, les autres regardèrent du côté de Mingo qui s'était arrêté net. J'étais fier de ma témérité, même si je m'attendais au pire. Dans le silence qui suivit, il me sembla entendre le souffle de Mingo accompagné d'une sorte de ricanement mauvais, à peine audible. Après quelques secondes qui me parurent interminables, le chamane repartit sans même daigner me regarder.

Mais qui va donc consoler Mingo ?

J'étais donc rassuré mais encore plus satisfait à la pensée que désormais, entre lui et moi, le conflit allait devoir éclater au grand jour. Mingo ne pourra plus m'ignorer, pensai-je. Engaillardi par cette audace, je me sentais prêt à tout pour arrêter cette folie. En effet, me dis-je, si je suis le seul du groupe à pouvoir me soustraire à l'emprise de ce sorcier, je considère qu'il est alors de mon devoir de le ramener à la raison, quel qu'en soit le prix !

20

ON FAIT LE PROCÈS DE YOUGUINI

Après la mort du vieux, le mur de silence s'était de nouveau rabattu sur moi, chargé maintenant d'une lourde hostilité. Je ne sortais de chez moi que pour le nécessaire et ne parlais plus à personne. Pour me soutenir, je n'avais plus que l'amertume et quelques céréales sèches que j'avais apportées pour Dragon.

Puis un matin, ils ont envoyé Tania me chercher. Celui-ci avait pris un air dégoûté et exécuta sa mission sans ménagement. « Ils t'attendent tous chez Mingo », laissa-t-il tomber. « Tu dois y aller tout de suite. »

Je n'étais pas vraiment surpris mais cela m'inquiétait qu'ils aient ainsi envoyé, pour me chercher, le seul qui avait affiché une certaine hostilité à l'égard de Mingo. J'étais pourtant décidé. « Je n'irai pas », répondis-je à Tania, « je ne veux voir personne ! Tu peux leur dire ! » Tania resta cependant planté devant moi, immuable, et je savais à le regarder que je devais y aller. On ne lui avait pas laissé de choix. De toute façon, me dis-je, je saurai bien me défendre. Ces gens-là n'en savent rien mais je connais leurs coutumes, et cela me donne un avantage sur eux.

Je sais en effet que, lorsqu'ils veulent punir un membre du groupe, ils cessent de lui parler tout simplement. Ils le tiennent ainsi dans l'isolement aussi longtemps qu'il le faut et, si le remède ne suffit pas, ils tueront sans hésiter le coupable. Ces nomades n'ont que peu de choix et ne peuvent évidemment pas s'embarrasser de prisons.

Or, chez les Inuit, cette tradition est si vieille qu'ils l'appliquent par instinct, sans s'en rendre compte, comme ils conjuguent leurs verbes. Mais moi je sais ! Et je ne suis coupable de rien, moi ! C'est Mingo qui les a montés contre moi, pas moi. Alors, me dis-je, qu'ils ne comptent pas sur moi pour craquer ! Je les attends.

Je pris néanmoins une dernière précaution et, à l'insu de Tania, je cachai un couteau dans la manche de ma veste et je lui fis signe que j'étais prêt.

Quand nous sommes arrivés chez Mingo, ils étaient tous là à nous attendre au milieu d'un silence lourd et hostile. Ils avaient dû être ensemble depuis un bon moment car la pièce était enfumée et l'air irrespirable.

Au fond, j'aperçus le chamane avec son regard dur et fermé. Il ne me regarda pas mais je sentis néanmoins tout le mépris qu'il éprouvait à mon égard. À son côté, Ukpik retournait entre ses doigts une pierre à sculpter pendant que plus loin le pauvre Angutinguak se tortillait d'embarras. Je devinai qu'il aurait tout fait pour ne pas être là. Il y avait aussi Nuluki, insondable, le visage aussi fermé que son père, et le petit Alupa qui me jeta au passage un regard réprobateur. Il avait dû entendre les autres parler contre moi, et son innocente réaction d'enfant trahissait leur complot. Enfin, près du feu, j'aperçus Itsaya et Aputik et cherchai vainement des yeux la belle Kinalik dont la présence, je l'avoue, m'aurait alors bien rassuré.

Combien je regrettais d'être là ! Comment ai-je pu me retrouver ici, me lamentai-je ? Ah ! misère. Je serais si bien sur le *Veracruz*. Comme ce serait doux ! La musique, les parfums de cuisson, mes rêves que je laisserais filer jusqu'en Espagne, et les souvenirs de guerre de Chalà...

Comme elles me manquaient aussi, ces calmes soirées chez le père Gaillard ; les pâles lueurs du soleil couchant qui venaient mourir sur les boiseries de sa cabane, et la voix pure de la Piaf qui enchantait nos soirées. J'étais si bien, soupirai-je, pourquoi donc fallait-il venir ici ?

Itsaya leva les yeux vers moi et nos regards se croisèrent un instant. Son beau visage était encore pâle, et le malheur qui l'avait frappée avait laissé sur celui-ci des traces de lassitude. « Il a fallu parler de toi, Youguini », dit-elle d'une voix traînante, « plus d'une fois. Et chaque fois, on s'est dit que tu avais bien changé. »

Elle s'arrêta un moment et je crus percevoir une certaine tristesse sur son visage. « On ne te blâme pas, Youguini », reprit-elle avec douceur, « on se dit seulement que tu n'es plus heureux avec les Inuit. Tu riais toujours avant. Tu racontais des histoires qui nous faisaient rire... Tu disais tellement de bien de nous que ça nous gênait parfois. Maintenant, tu as changé. Tu ne ris plus jamais et tu ne racontes plus d'histoires. Tu n'es plus heureux. Voilà ce que je devais te dire. Mais on ne te blâme pas, tu sais. On pense seulement que tu ne comprends pas les Inuit parce que tu n'en es pas un. Ce n'est pas ta faute. »

J'aurais voulu répondre mais j'en étais incapable. Et je ne pouvais plus soutenir son regard qu'elle posait gravement sur moi. Je me sentis tout à coup si honteux que j'ai dû baisser la tête. Je respirais difficilement. Au fond, tous ces jours que j'avais passés dans l'isolement avaient eu un véritable effet sur moi et je me trouvais maintenant au bord de l'effondrement. Je luttais pour retenir mes larmes.

Itsaya avait repris et sa voix était encore plus douce. « Tu dois comprendre que ce n'est pas bon de toujours désespérer des autres comme tu le fais. Tu te fais souffrir.

Le mal, c'est à toi que tu le fais, pas à nous. C'est pourquoi on ne peut te blâmer, Youguini, on est seulement désolés pour toi. »

Misère ! Je n'avais pas prévu qu'on me parlerait ainsi, ni que ce serait Itsaya, elle si émouvante avec ses yeux que le malheur avait creusés et qu'elle posait sur moi avec compassion. J'avais la gorge nouée et l'estomac qui voulait éclater. Mais je m'efforçais de refouler mes larmes. J'aurais seulement voulu leur dire combien j'étais désolé, car le fait qu'on me parle aussi doucement, même pour me réprimander, avait eu raison de ma colère et, ainsi libéré du poids de celle-ci, je n'éprouvais plus qu'une honte profonde.

« Itsaya... », dis-je alors faiblement, la voix éteinte par l'émotion et incapable de poursuivre. En même temps, des larmes, que je n'avais pu contenir, roulèrent lentement sur mes joues et allèrent se perdre dans la fourrure de ma veste. Impuissant, j'esquissai un geste de la main et me consolai à la pensée que mes juges, qui m'observaient en silence, sauraient comprendre mes regrets.

Ce fut alors au tour d'Ukpik de bouger. Le silence de la pièce était si complet que le moindre geste était perceptible. Ainsi, pour s'annoncer, le sculpteur toussa légèrement. « Je pense qu'on peut aider Youguini », dit-il en s'adressant aux autres. « Si quelqu'un s'occupait de lui et lui montrait comment les Inuit font les choses, il pourrait apprendre. Il ne sait pas maintenant, et ce n'est pas de sa faute s'il ne comprend pas... Alors, comme ça, Angutinguak pourrait très bien s'occuper toujours de lui et lui montrer. »

Sur le coup, l'atmosphère put se détendre. Itsaya se pencha vers Aputik et je la vis faire à celle-ci une remarque qui les porta à rire toutes les deux. Angutinguak, pour sa part, ne put contenir sa joie et il bondit sur ses jambes à la suggestion que venait de faire Ukpik. Lui aussi devait s'attendre au pire et il semblait aussi soulagé que moi devant la tournure des événements. « C'est vrai, je peux aider », dit-il en s'approchant. Il me passa le bras autour des épaules et, fidèle à son habitude, il se mit à me tousser dans le visage avec toute son affection.

« C'est pas comme ça que tu vas en faire un homme », lui lança alors Itsaya qui venait de retrouver sa gaieté mordante. « Tu vas plutôt lui refiler la tuberculose ! » Il y eut alors un grand éclat de rire mais Angutinguak avait l'habitude des sarcasmes et, avec sa logique désarmante, il réduisit en pièces l'argument d'Itsaya. « Je ne peux pas la lui donner », clama-t-il, rayonnant de joie, « il l'a déjà ! C'est vrai, ce sont les Qablunat qui ont donné la tuberculose aux Inuit, non ? » Le rire s'amplifia et j'en profitai pour prendre une longue respiration et chasser ainsi la tension qui m'étreignait la poitrine.

À nouveau, je pouvais parler. « Je ne vous blâme pas non plus », leur dis-je, enfin libéré de mes émotions. « C'est que vous n'avez pas peur, mais moi oui... Vous êtes comme ça : vous allez par là, vous revenez, vous tournez en rond et ça ne vous inquiète pas d'aller n'importe comment. Alors que moi je m'inquiète. Je veux toujours savoir où on est, où on va. Et je regarde toujours en arrière pour être certain de pouvoir retourner. Vous n'avez pas peur de mourir, mais moi oui. C'est vrai ! J'ai peur de mourir, et ce n'est pas facile de vivre comme ça ! »

« Mon pauvre Youguini », fit alors Itsaya en soupirant. « Tu n'as pas l'air de savoir : ce n'est pas la mort qui met fin à la vie, c'est seulement la peur de mourir. »

Cela me faisait tant de bien de parler à nouveau, de pouvoir les regarder un à un. Je souris à Itsaya et lui signifiai que j'appréciais sa sagesse. « Au fond », repris-je sur un autre ton, « je vous envie. Ça ne vous fait rien d'être perdus parce que vous croyez en vous. Je vous trouve bien chanceux. Moi je vis dans l'angoisse parce que je suis certain que nous sommes perdus. Je n'ai pas confiance... »

Angutinguak bondit à nouveau. « Mais nous sommes ici, Youguini ! » clama-t-il. Engaillardi par le nouveau rôle qu'on venait de lui confier, il se mit à marteler le sol avec le doigt et, une flamme nouvelle dans les yeux, il répétait avec ferveur : « Nous sommes ici, Youguini ! Ici ! Ce n'est pas être perdus, ça ! »

21

UNE FEMME POUR YOUGUINI

Les jours étaient de plus en plus longs maintenant, et la clarté nouvelle découvrait sur les étendues glacées un vide si assourdissant qu'il me saisissait à la gorge. Autour, plus rien ne bougeait, et l'espace s'étendait devant nous, sans fin. Le ciel et la terre se confondaient aussi dans une sorte de blancheur opaque où allaient se perdre l'écho de nos bruits. Le temps lui-même paraissait suspendu et, dans le froid crépitant, il s'étirait à l'infini, comme une nuée de givre cristallin. Lourd de silence, l'univers pesait désormais de tout son poids, et j'avais le sentiment de suffoquer à tout instant.

Par ailleurs, nos réserves de nourriture étaient réduites à presque rien et, le soir venu, on ne mangeait plus qu'une bouchée de poisson séché, sans goût, et un peu de thé. Les chiens en avaient encore moins que nous mais les braves bêtes semblaient résignées. Parfois, quand les hommes sortaient pour scruter l'horizon, ils se levaient lentement et jetaient vers ceux-ci un regard confiant. Après, quand les hommes rentraient, les mains dans les poches et le dos courbé, ils retournaient près de leurs amarres et, pour ménager leurs maigres forces, ils se couchaient aussitôt.

Ainsi, rien ne se passait et notre situation empirait de jour en jour. Les hommes allaient pourtant chasser aussi souvent que le temps le permettait, mais ils rentraient bredouilles et alors, pour nous cacher leur inquiétude, ils échangeaient entre eux quelques encouragements. Ukpik était bon à ce jeu et, n'eût été mon accablement, je l'aurais cru tellement il était rassurant. Il parlait comme s'il n'y avait pas eu de problème.

Ce soir-là, après le retour des chasseurs, Ukpik voulut encore nous rassurer. « Ce sera pour bientôt », dit-il avec confiance. « Aujourd'hui j'ai vraiment senti quelque chose de nouveau. On pouvait les humer, comme ça ! » Il fit un geste avec le nez que tous les autres suivaient avec crédulité. « Et c'est bien normal si les caribous retardent », ajouta-t-il. « À ce temps-ci de l'année, les femelles se tiennent ensemble avec les petits du printemps dernier et ça les retarde. C'est comme ça. »

« Ça c'est bien vrai », renchérit Angutinguak. « Mais quand le troupeau va s'amener, le défilé va durer des jours. On ne pourra plus les compter, tellement il y aura de caribous. La dernière fois, c'était bien comme ça. On criait : regardez comme il y en a ! Amisualuit ! Tuuktualuit ! » Il gesticulait et riait de toutes ses dents en se rappelant ces souvenirs.

« Aaa ! » reprit alors Ukpik. « Marialuk ! Moi je dis : quelques jours encore et vous allez voir les chiens se mettre à tirer sur leurs cordes avec leur museau bien en l'air. Ça voudra dire alors que le troupeau n'est plus très loin... »

« Dans ce cas », trancha Itsaya qui avait suivi la conversation avec un sourire en coin, « j'espère que ce sera avant qu'on ne soit réduits à manger nos bottes ! La dernière fois, j'ai dû marcher nu-pieds pendant quatre jours ! » Son rire sonore, que je n'avais pas entendu depuis longtemps, résonna un moment parmi les autres puis, de la main, elle leur fit signe qu'elle avait encore quelque chose à ajouter. « À moins que vous ne trouviez les bottes de Kamialuk ! Comme ça, je n'aurais pas à manger les miennes et il y en aurait vraiment pour tout le monde ! »

Ils étaient tous ranimés soudainement. Même Mingo, qui ne disait pourtant rien, avait l'air de ricaner dans son coin. Et Kinalik alors riait tellement que son beau visage en rougissait. Aputik avait pour sa part le front couvert de sueur et ses larges seins ballottaient sous sa tunique.

« Qu'est-ce que tu as, Youguini ? » me demanda Itsaya en se tournant tout à coup vers moi. « Tu es si sérieux ! Attends seulement de manger un peu de mes bottes ! Quand on a vraiment faim, elles ne goûtent pas si mal, tu sais ! »

Je n'avais qu'à regarder les autres femmes qui se tordaient de rire en se cachant le visage pour savoir qu'Itsaya y était allée d'une autre de ses blagues à double sens. Mais je n'avais pas vraiment le goût de rire et, ce soir-là, je suis parti tôt.

Et c'est alors qu'ils ont dû prendre la décision. Après mon départ, ils ont dû se dire en effet que, malgré tout l'effort qu'il y mettait, Angutinguak n'arrivait pas à me rendre heureux, et ils ont alors résolu de prendre les grands moyens pour venir à bout de ma misère.

C'est ainsi que plus tard, alors que j'étais revenu à notre iglou depuis quelque temps, j'entendis Angutinguak chuchoter dans l'obscurité. Je fis de la lumière et, derrière Angutinguak qui me regardait d'un air mystérieux, j'aperçus alors la fille. Gênée, elle cachait son visage derrière la fourrure de son capuchon, et il me fallut un moment avant de reconnaître Mitiarjuk. J'interrogeai alors Angutinguak du regard, mais ce dernier fit un geste des épaules et fila par où il était venu, laissant derrière lui la fille qui n'avait pas bougé.

Du coup, il m'a semblé comprendre et je me suis

précipité aussitôt à la poursuite d'Angutinguak que j'ai pu rejoindre passé le couloir de chez Ukpik.

« Mais dis donc, toi », l'interpellai-je en tirant sa veste de la main, « qu'est-ce qu'elle vient faire chez moi, cette fille ? Qu'est-ce que tu veux que j'en fasse, hein ? »

« Ce n'est pas moi », qu'il répondit, un peu hésitant, « c'est les autres qui te l'envoient. Elle est pour toi, si tu la veux, tu peux t'en servir... »

« Mais tu y as pensé, Angutinguak ? Je ne peux pas faire ça ! Elle est bien trop jeune... »

« Non, Youguini, tu te trompes. Elle n'est pas trop jeune. Il y a déjà des hommes qui la veulent et qui l'ont demandée à Mingo. Ça veut dire qu'elle est une femme maintenant et qu'elle aura bientôt un mari. Alors, tu vois, ils ont pensé que ça te ferait du bien de t'en servir, juste comme ça. Après, elle retournera chez Kinalik, c'est tout ! »

Je ne pouvais plus refermer la bouche tellement la surprise était grande. Et Angutinguak, qui ne comprenait pas ma réaction, me regardait avec embarras. « Allez, Youguini », qu'il me dit en voulant me rassurer, « n'aie pas peur, vas-y ! Tu verras comme c'est facile, une femme ! »

Alors voilà, j'ai laissé repartir Angutinguak qui n'y pouvait rien et je suis rentré chez moi, en proie aux pensées les plus troubles. Que pouvais-je faire puisque les autres en avaient décidé ainsi ? Je me disais : ils ont pensé à mon bien ou, au pire, ils ne veulent plus que je leur fasse du trouble. Ils veulent que je cesse de me plaindre. Au fond de moi, je savais que je voulais la fille, mais en même temps, j'avais honte. J'y suis donc allé, sans me méfier un seul instant, et sans soupçonner que j'allais tomber tête première dans le piège affreux que me tendait Mingo. Ah ! Misère ! Si j'avais su !

Quand je suis revenu chez moi, la fille était là, silencieuse, qui flattait Dragon. Celui-ci était étendu près d'elle, la tête appuyée sur les jambes de la fille, et se laissait caresser paresseusement. J'ai d'abord pensé : Ah ! non ! Je ne peux pas lui faire ça ! Ce serait trop affreux ! Cette petite a déjà eu sa large part de misère, je ne peux pas en ajouter.

Je savais que Mitiarjuk n'avait jamais eu de chance dans la vie. Quand elle était plus jeune, elle avait assisté impuissante à la mort de toute sa famille, fauchée d'un seul coup par une épidémie de grippe qu'ils avaient attrapée au contact des Quablunat. Elle était alors restée seule pendant de longs jours, abandonnée à ses propres moyens, au milieu des cadavres des siens et d'une meute de chiens affamés qui s'étaient mis à dévorer leurs restes. Elle n'avait pu être sauvée que par un miracle et par la fidélité d'un des chiens qui l'avait protégée courageusement contre les autres.

Quand, plus tard, le père Gaillard et le gendarme McCormick s'étaient amenés sur les lieux, la petite Mitiarjuk était mourante, et le chien, toujours fidèle, guettait encore à ses côtés, lui aussi à bout de forces. McCormick avait attaché les autres chiens qu'il abattit un à un, mais le père Gaillard avait ramené avec lui la brave bête qui avait sauvé la petite. Il n'allait plus jamais s'en séparer, et c'est ce valeureux animal qui allait devenir son Dragon.

Quant à la petite orpheline, le père Gaillard l'avait ramenée pour la confier à Kinalik qui n'avait pas d'enfant, et qui fit tout ce qu'elle put pour effacer l'affreux souvenir de sa jeune mémoire. Mais ces choses-là ne pouvaient s'oublier facilement, même avec l'affection de Kinalik. Parfois, quand on la regardait à son insu, on pouvait la voir qui riait silencieusement, un peu en cachette, mais, dès qu'elle vous surprenait à l'observer, l'effroi la saisissait aussitôt et elle s'empressait de cacher son visage derrière la fourrure de son capuchon. Comme des crocs de chien, les souvenirs atroces s'étaient enfoncés à jamais dans la chair tendre de son enfance. Une fois, à l'automne, je l'ai aperçue le visage triste qui serrait sur son corps grelottant une poupée en lambeaux, le seul bien qu'elle avait gardé de son enfance. Et maintenant, voilà qu'on exigeait d'elle qu'elle soit une femme ; ce n'était pas bien.

Je l'avais déjà dit à Itsaya : cette Mitiarjuk m'inspirait de la pitié. « C'est vrai, Itsaya », lui avais-je dit alors, « je ne pardonne pas ça à la vie, c'est trop injuste. Cette fille serait mieux morte ! » Itsaya était indignée mais j'insistai. « Tu vois bien que le chagrin ne la quitte jamais, car elle n'a personne à qui le dire. Je ne connais rien de plus triste qu'une enfant qui doit refouler ses larmes, ça me crève le cœur ! »

La réponse d'Itsaya était venue, cinglante. « Ah ! mais toi, Youguini, tu ne comprends vraiment rien », m'avait-elle dit en colère. « Mais de quoi, veux-tu bien me dire, pourrait-elle se plaindre, hein ? N'a-t-elle pas survécu. Vas-y, allez, vas-y et demande-lui si elle veut mourir ? Alors moi je vais te dire : cette fille a eu toutes les chances dans la vie. C'est tellement vrai que bien des hommes ont déjà demandé à Mingo pour l'avoir, car cette fille porte bonheur. » Itsaya était vraiment indignée. « Mais ça c'est bien toi, Youguini, tu ne comprends rien aux Inuit. Et puis, tu veux savoir encore ? Moi je pense que cette fille est bien plus heureuse que toi ! »

Je regardai à nouveau Mitiarjuk qui avait relevé en arrière ses cheveux, comme ces femmes qu'elle n'avait pas manqué de voir dans le catalogue de la Compagnie. Son cou et ses épaules avaient de belles formes qui ressemblaient à celles de Kinalik. Une peau au teint de pêche, des jambes fortes et des formes naissantes qui se soulevaient sous son attigi. Elle était jolie, c'est vrai, et elle semblait déjà si tranquille, comme Kinalik. Misère ! Je la regardais tout à coup d'une autre façon et j'avalais difficilement. Ma salive aussi avait un goût étrange.

« Si tu veux, Mitiarjuk », lui dis-je faiblement, « tu peux retourner... je ne te retiens pas. » Mais je regrettai aussitôt. C'était comme si je venais de dévoiler des intentions inavouables. Elle ne bougea pas. « Dis-moi, quel âge as-tu ? » J'essayai de parler sur un ton indifférent mais elle ne fit que hausser les épaules. Alors je dis : « Et cette marque sur le bras, tu te souviens, c'était le jour de mon arrivée, tu t'étais blessée... est-ce que tu l'as toujours ? » Sans lever la tête, elle me montra l'intérieur de son avant-bras sur lequel j'aperçus les marques qu'y avait laissées le pansement rudimentaire du père Gaillard. Ne retrouvant pas son aiguille, celui-ci avait en effet dû se résigner à ficeler ensemble les lambeaux de chair, et les fils avaient ainsi laissé sur son bras de profonds sillons.

Je ne dis plus rien. Plus tard seulement, je me résignai à souffler la chandelle. Mitiarjuk n'avait pas attendu. Elle s'était déjà allongée sur la plate-forme, les cheveux noirs tirés sur le côté qui dégageaient les belles formes de son cou. Je m'approchai et je sentis le chaud parfum de son corps sous les peaux. Misère ! Comment aurais-je pu résister ? Elle était si près, je sentais qu'elle retenait son souffle et qu'elle attendait.

Mingo le malin m'avait tendu un piège irrésistible et je m'en voudrai toute la vie pour ce qui est arrivé. Il avait tout arrangé pour que je sois défait, humilié, et il allait réussir. La fille était là, et je savais qu'elle était pour moi. Qu'on s'imagine seulement : ils me l'avaient amenée pour que je la prenne, je ne pouvais résister. Alors, j'ai cessé de respirer et le silence est devenu aussi lourd que l'obscurité. J'ai longtemps hésité puis, bien malgré moi, ma main s'est levée pour s'amener au-dessus de son corps, et alors, juste un instant, mes doigts tremblants se sont posés sur elle. Mais juste un instant ! Car, à son tour, sa main a pris la mienne pour l'écarter avec une innocente fermeté.

Après, je ne sais plus ce qui s'est passé. Elle est restée là à attendre mais je n'ai plus rien fait. Le monde pour moi venait de s'écrouler. Mingo m'avait bien eu. Il avait tout arrangé pour que je me déteste et il avait réussi. Je n'avais qu'effleuré la fille, un geste de rien, du bout tremblant de mes doigts, et le monde avait basculé. Je savais que dès lors je ne pourrais plus regarder les autres de la même façon, ni m'en prendre à eux. Un minuscule toucher et la honte s'était emparée de moi.

Mingo avait frappé un grand coup. Désormais, il n'aurait plus à m'isoler, j'allais le faire moi-même. Un mur de honte, par ma propre faute, allait se dresser autour de moi. Les autres n'auraient plus à me réprimander, j'allais devenir le plus impitoyable juge de moi-même.

J'ai ainsi passé le reste de la nuit dans une si grande agitation que je n'ai pas même réalisé que Mitiarjuk était partie. À chaque instant, la honte que j'essayais de refouler me submergeait à nouveau et j'étais couvert de sueur. Le matin venu, j'étais épuisé. Je suis sorti un instant et j'ai vu les hommes qui partaient à la chasse. Les femmes étaient là et, quand elles se sont retournées vers moi, je n'ai pu suporter leur regard moqueur.

Je suis rentré et c'est alors que j'ai réalisé que je ne pouvais plus avaler. J'ai été sur le coup saisi d'effroi. Jamais rien d'aussi angoissant ne m'était arrivé. J'essayai d'abord de me convaincre que ce n'était qu'un malaise, mais rien n'y faisait. Je me mis alors à cracher violemment la salive amère qui restait prisonnière de ma gorge. Je me suis couché, je me suis relevé, j'étais tour à tour couvert de sueur puis aussitôt glacé d'effroi. Ah ! misère ! me demandai-je. Est-ce ainsi qu'on meurt de honte ?

Ce supplice allait durer je ne sais combien de temps. Mais quand Angutinguak est revenu, je devais avoir l'air d'un mort puisqu'il m'a regardé un long moment, la bouche ouverte, incapable de souffler un seul mot.

22

UNE SÉANCE DE CHAMANISME
(pour chasser l'angoisse de Youguini)

À la fin du jour, les chiens se sont mis à aboyer et j'ai compris que les chasseurs étaient revenus. Je venais de vivre de longues heures d'angoisse, toujours incapable d'avaler, et j'ai pensé que ça me changerait les idées d'aller voir ce qui se passait.

Quand j'ai mis le nez dehors, les autres étaient si occupés qu'ils n'ont même pas noté ma présence. C'est qu'il y avait là les carcasses encore fumantes de trois caribous que les chasseurs venaient de rapporter. Ukpik faisait des signes de la main en direction des collines et les femmes poussaient des cris de joie en se pressant autour de leurs hommes. Le petit Alupa était monté sur le traîneau et posait fièrement près des animaux morts. Pendant ce temps, Mingo et Nuluki s'affairaient à détacher les cordes. Il fallait faire vite et dépecer les bêtes pendant que la viande était encore chaude. Sans compter que tous avaient faim.

Je suis rentré et j'ai laissé l'amertume reprendre le dessus. Tania était là aussi et cela me désolait encore plus d'avoir à mes côtés ce compagnon dont le malheur ressemblait au mien. Je me cachai sous les peaux et j'attendis, éprouvant toujours la plus grande angoisse chaque fois que le besoin me venait d'avaler.

Angutinguak n'est revenu que plus tard. Il a d'abord passé sa grosse tête noire dans la porte, puis j'ai vu ses mains rouges de sang. En m'apercevant, l'expression de joie qu'il avait au visage fit aussitôt place à une vive inquiétude. « Ça ne va toujours pas ? » demanda-t-il. « Et si tu essayais d'avaler avec du thé chaud, hein ? » Cela l'attristait de me voir ainsi et de ne pas pouvoir m'aider. « Si tu veux, Youguini, je vais parler à Mingo. Lui saura bien quoi faire. »

Je lui fis comprendre que je préférais mourir plutôt que de devoir la vie à ce sorcier. « Et puis », ajoutai-je, « je ne crois pas à ces histoires ! »

« Mais alors, viens seulement là-bas, tu pourras peut-être avaler un peu de caribou. Et aussi, il y a Mingo qui va interroger les esprits au sujet du troupeau. Ça doit bien t'intéresser, non ? »

Angutinguak se fit si pressant qu'à la fin je me retrouvai sans argument et que, la curiosité aidant, je le suivis chez Mingo.

Avec la viande fraîche qu'avaient rapportée les chasseurs, je m'attendais à arriver au beau milieu d'une fête bruyante. Il y avait plutôt une atmosphère contenue, presque cérémonieuse. Le petit Alupa se tenait sagement aux côtés de son père et écoutait avec respect ce qu'il racontait. Quand nous sommes entrés, le chamane s'interrompit un instant, sans cacher une certaine irritation. Je sentis qu'il se serait bien passé de ma présence.

« Il y a une chose encore », reprit-il d'une voix fortement gutturale, « cette viande-là ne doit pas être donnée aux chiens avant deux jours, sous peine d'offenser les esprits. » Il évitait soigneusement de regarder dans ma direction mais je savais qu'il parlait pour moi. « Aussi, il faut la consommer toute, sans faire de réserve, et montrer de cette façon qu'on a confiance aux esprits. »

Mais qui va donc consoler Mingo ?

Les autres avaient l'air de boire les paroles du chamane et, rien qu'à les voir, je savais qu'ils feraient tout ce qu'il allait leur dire de faire. Quel dommage, pensais-je, car c'est bien maintenant que ces malheureux devraient faire des réserves. Mingo avait repris. « Les esprits ne vont me parler que si les choses leur conviennent. Il faut montrer du respect pour les animaux qui sont morts, sinon leurs ossements ne se laisseront pas interpréter. »

Sur cette parole mystérieuse que je traduisis tant bien que mal, Mingo s'interrompit. Un silence suivit, sans lourdeur, pendant lequel les femmes distribuèrent à chacun les morceaux de viande qu'elles avaient découpés.

Puis Itsaya, qui m'observait depuis un moment du coin de l'œil, m'interpella en même temps qu'elle porta à ses lèvres un morceau de viande : « Tu as l'air bien pâle, Youguini ! » me fit-elle, la bouche pleine. « Qu'est-ce qui t'arrive maintenant ? Est-ce que ces histoires de chamane te feraient peur ! » Je ne fis que hausser les épaules, mais déjà Angutinguak s'était porté à ma défense. « Tu sauras que Youguini est très malade », affirma-t-il. « Il ne peut plus avaler maintenant et ça fait presque deux jours ! C'est bloqué ici », qu'il ajouta en mettant les deux mains à la gorge.

« Mais c'est rien, ça ! Ça fera plus de viande pour les autres ! » Sur ces mots, Itsaya s'esclaffa sans retenue mais s'excusa aussitôt. « Allez, Youguini », reprit-elle, avec compassion cette fois, « ne fais pas cette tête-là, j'ai seulement voulu rire. Tu me connais, non ? Et puis, si tu veux, Mingo saura bien le régler, ton problème. Pour lui, c'est facile. »

« Non, non, Itsaya », protestai-je faiblement, « ça s'arrangera tout seul. Il n'y a rien à faire ! » Itsaya continuait à me dévisager, tout en mastiquant sa viande avec volupté. Elle se fit insistante. « Tu pourras faire quelque chose pour lui, n'est-ce pas, Mingo ? Tu as déjà fait des choses plus compliquées. Et avec toute cette viande, ce serait vraiment stupide de le laisser mourir parce qu'il ne peut plus avaler ! »

Mingo n'avait pas bougé. J'étais convaincu qu'il aurait préféré ne rien faire, mais il pouvait encore moins se défiler. Des gouttelettes de sueur apparurent sur son front et il fit un geste à peine perceptible que les autres interprétèrent comme un acquiescement.

C'est alors que Kinalik remit au chamane un gros os plat qu'elle venait de nettoyer. Saisissant l'occasion de parler d'autre chose, Mingo s'empressa de dire que c'était bien l'os qu'il lui fallait. « Aaa ! » fit-il, écarquillant les yeux, « tanna takka ! Celui-là même ! » Quant à moi, je devais être bien mal en point puisque je n'avais pas jusqu'alors noté la présence de Kinalik. Ah ! Misère ! me lamentai-je. C'est elle, pas Mingo, qui devrait venir à mon secours.

Mingo s'était mis à faire tourner dans ses mains l'os de caribou qui m'avait bien l'air de l'omoplate. Il l'approcha de ses yeux et, au même instant, ceux-ci se retournèrent si complètement qu'on n'en vit plus que le blanc. Un murmure se fit entendre. Puis, comme si elle venait de passer dans un autre monde, la voix de Mingo se transforma en un puissant souffle guttural qui avait l'air de sortir tout droit des ténèbres. La petite lampe vacilla et, sous la lueur bleuâtre, nos ombres frissonnèrent contre les parois de l'iglou. Un murmure admiratif teinté de crainte s'échappa de la petite assemblée.

Ce sacré sorcier ! Je ne pouvais m'empêcher d'admirer à mon tour la force crue qui émanait de cet homme, une puissance primitive et terrifiante. Et ce souffle alors qui lui venait du fond des entrailles, et qui paraissait soutenir à lui seul le gros os plat qui roulait devant ses yeux. L'os paraissait en effet suspendu car les mains du chamane avaient disparu. Son regard s'était vidé, laissant dans l'orbite des yeux deux trous aussi blancs que l'os, et le bruit qui sortait de son ventre ressemblait alors au chuchotement du diable derrière les portes de l'enfer.

Puis, soudain, devant nos regards ahuris, l'os qui avait cessé de rouler se cassa en deux, dégageant un petit nuage de poussière blanche qui s'enfla et s'éleva lentement au-dessus de nos têtes. Le chuchotement avait cessé tout à coup. Puis, après un instant, la lueur de la lampe s'amplifia et Mingo réapparut. On aurait dit qu'il n'avait pas bougé, et il demeura impassible devant les cris d'admiration qui fusaient de partout.

Ils s'étaient donc remis à manger dans la plus grande joie et tous, maintenant rassurés, avaient l'air de se dire qu'avec Mingo à leur côté aucun malheur ne pourrait jamais leur arriver. La fête continua ainsi jusqu'aux heures avancées de la nuit, et je fis de mon mieux pour passer inaperçu. Mais il y avait Itsaya qui s'était mise à me regarder d'une drôle de façon et qui cachait mal son envie de rire. Sur un ton visiblement moqueur, elle rappela à Mingo que je n'avais encore rien mangé et que le mal dont je souffrais devait être bien mystérieux. « On n'a jamais vu ça chez les Inuit », s'amusa-t-elle à dire. « Je me demande bien si nos esprits sauront s'y retrouver ! »

La remarque d'Itsaya étant à la limite de l'impudeur, les autres étouffèrent d'abord leurs rires. Puis, s'étant assurés que Mingo n'y voyait aucune offense, ils laissèrent libre cours à leur hilarité. Une autre fois, Angutinguak se porta à mon secours. « Tu ne devrais pas rire, Itsaya ! » s'offusqua-t-il. « Son mal est très sérieux et il peut en mourir, tu sais ! »

« Mais je ne ris pas ! Enfin... oui, je ris un peu, mais...

Allez, Youguini », s'excusa-t-elle à la fin, « il faut bien s'amuser, non ? »

Les visages se tournèrent alors vers Aputik qui venait de bouger. « Moi », dit-elle d'une voix autoritaire, « je n'aime pas ces maladies de Qablunat. Au début, on ne voit pas le danger, mais après ce sont toujours les Inuit qui en souffrent. Rappelez-vous la tuberculose. Puis la grippe qui a frappé la famille de Mitiarjuk. Et il y a maintenant celui-là qui ne peut plus avaler. J'espère seulement que ce n'est pas contagieux ! »

Subitement, Mingo parut pressé d'en finir. Il toussa, fit un geste en direction de la lampe et demanda qu'on la souffle. Aussitôt l'obscurité tomba et le silence se fit. Pendant un moment, je sentis une présence derrière moi puis, tout à coup, je me trouvai happé par une force irrésistible. Une forme étrange et froide m'avait saisi brusquement à la gorge et me soulevait dans les airs. C'était comme la main glacée d'un géant. J'étais sans résistance, et je restai ainsi suspendu dans le vide, incapable de respirer. Le plus étrange, c'est que je n'étouffais pas, et pourtant j'avais la gorge entravée. Un long moment s'écoula pendant lequel, un à un, les muscles de mon corps se détendirent. L'effet devint si fort que j'avais l'impression que chacun de ceux-ci se détachait de moi et, au même moment, une chaleur bienfaisante, qui émanait de mon cou, m'envahissait tout entier. Je ne respirais toujours pas, mais l'angoisse avait maintenant disparu pour faire place à un intense bien-être.

Je ne sais pas combien de temps je suis resté ainsi pendu, et je n'ai pas eu connaissance quand on ralluma la lampe. Peut-être m'étais-je endormi. Puis, après un moment, j'ai aperçu tous ces regards qui me dévisageaient avec une grande curiosité. Itsaya s'approcha sur les genoux et, vivement, elle enfonça dans ma bouche un morceau de viande. J'étais encore confus. J'avalai donc le morceau de viande, et les autres aussitôt s'exclamèrent. Et c'est seulement alors que je réalisai ce qui venait de se passer. J'avais pu avaler sans aucune difficulté, et je pus le refaire encore, à la grande joie d'Angutinguak. « Alors tu vois, Youguini, ça c'est arrangé ! Avec Mingo, tu n'as vraiment rien à craindre ! »

J'étais ravi de pouvoir avaler à nouveau, mais j'essayai néanmoins de dissimuler mon étonnement car il me déplaisait de reconnaître une quelconque dette envers le chamane. Lui, pourtant, restait bien tranquille dans son coin, parfaitement indifférent aux acclamations qui venaient saluer ma guérison. C'était quand même étrange que l'angoisse qui m'avait ainsi tenu à la gorge se soit si complètement dissipée, et que je me sente encore mieux qu'avant. Je n'allais surtout pas leur en faire l'aveu, mais je consentis néanmoins ce soir-là à manger ma part de viande.

23

TANIA DÉNONCE SON PÈRE

« Tu es vraiment stupide, Angutinguak, et tu crois tout ce que Mingo te dit ! As-tu déjà vu un esprit, seulement ? »

« Bien sûr que non, Tania ! Si je pouvais voir un esprit, ça n'en serait pas un ! »

Au début, Angutinguak semblait pouvoir résister aux attaques de Tania, en partie grâce à sa logique désarmante, mais bientôt il allait crouler sous les sarcasmes. Et je n'y pouvais rien. La discussion avait commencé lorsque Dragon était revenu de dehors couvert de blessures. Trop fier pour se plaindre, le pauvre chien s'était retiré dans son coin et léchait une à une ses plaies. Il avait subi une bonne raclée.

J'étais avec Angutinguak et Tania. J'ai d'abord dit aux autres que ça devait être Mingo parce que, malgré ses ordres, j'avais donné un os de caribou à Dragon. « Il a battu Dragon pour me punir », leur dis-je. Mais Angutinguak allait se porter à la défense du chamane en affirmant que c'était plutôt les autres chiens que la jalousie avait rendus furieux qui s'en étaient pris à Dragon. « Les chiens des Inuit sont comme ça », qu'il disait. « Si l'un d'eux en a plus que les autres, ceux-ci essaieront alors de le dévorer. »

C'est alors que Tania, qui paraissait au courant de

l'affaire, est intervenu et, comme toujours dans son cas, la vérité allait sortir crûment. « Cette histoire de chiens ne tient pas debout ! » laissa-t-il tomber. « Comme toutes ces histoires de chamane ! C'est Nuluki qui a battu Dragon. Il l'a fait parce qu'il a surpris Itsaya avec lui et il s'est mis en colère. C'est tout ! »

Au début, Tania s'exprimait sans colère et ne voulait pas argumenter. Surtout pas avec Angutinguak. Quant à ce dernier, il n'avait certes pas réponse à tout, et s'il ne comprenait pas, comme ce fut le cas lorsque Tania avait parlé d'Itsaya, il baissait la tête et laissait faire. Je ne comprenais d'ailleurs pas plus que lui. Tania, je sais, ne peut pas mentir, mais il est si dérangé qu'il ne voit pas les choses de la même façon que nous.

« Et toi tu préfères croire ce que te dit Mingo ! Tu ne comprendras donc jamais rien parce que Mingo ne fabrique que des mensonges. Toutes ces histoires de chamane sont des faussetés ! Moi je le sais parce qu'il a voulu que j'en sois un. C'est une fabrication ! Mais toi tu le crois parce que tu veux que ce soit vrai. Ses histoires ont l'air de marcher parce que tu le veux. Tout ça parce que tu as besoin de croire. Si tu ne croyais pas ces faussetés, tu ne pourrais pas vivre. Tu n'en aurais pas le courage ! »

Tania se faisait sarcastique maintenant et, pour une fois, il était volubile et le pauvre Angutinguak subissait sans protester ses attaques.

« Tiens, je suis certain que tu ne veux même pas savoir qui a tué les Amassalik. La vérité te crève les yeux mais tu ne veux pas la connaître. Alors je vais te le dire, moi : c'est Mingo qui les a tués. Tous ! Et tu veux savoir encore comment il s'y est pris pour les tuer ? Laisse-moi d'abord te dire que pour une fois tu vas me croire, parce que Mingo les a tués sans même lever le petit doigt. C'est comme ça. Mais tu vois, Mingo s'est cruellement trompé parce qu'il n'avait pas prévu ce qui est arrivé. Il vivrait encore cinq vies qu'il ne comprendrait pas ! »

« Tania », protesta faiblement Angutinguak, « tu es donc devenu fou, c'est de ton père que tu parles... »

« Mon père ? Hé ! Cet homme-là ne m'a jamais rien fait que du mal ! Mais toi tu le défends parce que tu lui dois tout. C'est lui qui t'a recueilli quand tes parents t'ont rejeté. Sans lui, tu ne serais rien. » Tania avait changé de ton et, visiblement, ses paroles faisaient mal à Angutinguak. Mais en vérité, c'était son père que Tania visait. J'ai pensé un moment qu'il allait éclater mais il s'est contenu. « Est-ce que tu veux expliquer à Youguini pourquoi on t'appelle Angutinguak ? Allez, dis-lui. » Tania se moquait cruellement de l'autre, mais je voyais bien que c'était sa propre misère qu'il étalait au grand jour. « Angutinguak veut dire quelqu'un qui prétend seulement être un homme. Alors, tu vois, tu n'es rien, Angutinguak ! Même tes parents t'ont rejeté et, depuis, tu ne fais que répéter stupidement ce que Mingo te dit ! »

Jamais je n'avais vu Angutinguak aussi malheureux et, pour la première fois, je m'aperçus à quel point j'étais attaché à ce grand efflanqué. Il évitait de me regarder et j'ai pensé qu'il devait se sentir bien seul. Alors, j'ai attendu que passe l'orage puis, voyant que Tania avait retraité dans son monde solitaire, j'ai appelé Angutinguak près de moi.

Il s'est donc amené, à quatre pattes, la mine basse, comme un brave chien qu'on aurait battu, et j'ai entrepris de le ranimer un peu. « Allez, Angutinguak, ne fais pas attention à lui. C'est à son père qu'il en veut, pas à toi. » Il s'efforça de sourire. « Et puis tu vois », lui dis-je en lui montrant mon cahier, « j'étais justement en train de parler de toi dans ce livre. » Il parut surpris et releva la tête. « C'est vrai », insistai-je. « Regarde cette ligne ici, j'écris que tu es devenu mon ami. » En même temps, je mis le doigt sur les dernières notes que j'avais écrites. « Alors, tu vois ? »

Le visage d'Angutinguak exprimait une grande surprise. Rudoyé plus souvent qu'à son tour, l'affection avait sur lui le plus grand effet. Il regarda d'abord les lettres noires qui devaient être un bien gros mystère pour lui puis, gagné par l'émotion, il me regarda en silence, incapable de parler. « Avant, j'ai écrit que je voulais te donner ma carabine, parce que moi je sais que tu n'es pas aveugle... »

Angutinguak avait aussitôt oublié Tania et ne savait pas comment manifester sa reconnaissance. « Je n'ai jamais eu un ami comme toi, Youguini », m'avoua-t-il. « Jamais ! Et tu verras, Youguini », ajouta-t-il en me pressant les épaules de ses longs bras, « je vais t'apprendre tout ce que je sais et tu seras comme les Inuit. Demain, si tu veux, je t'emmènerai chasser. Les jours sont longs maintenant, on ira dans les collines, par là. »

L'idée d'aller chasser avec Angutinguak ne me plaisait pas du tout, mais je me gardai bien d'en parler. Il semblait si heureux. Toutefois je me mis à espérer secrètement qu'il allait oublier...

21

ANGUTINGUAK ET YOUGUINI SE PERDENT

Hélas ! Angutinguak n'allait pas oublier. Loin de là ! Il est même venu me réveiller tôt pour profiter d'une longue journée. Je n'étais pas très heureux. J'ai avalé un morceau de viande crue qui m'a fait grimacer et je me suis préparé, sans hâte. Il était quant à lui rayonnant. Il s'est assuré que je m'habille chaudement, m'a montré la carabine que j'allais oublier, puis nous sommes partis.

J'aurais voulu par précaution amener Dragon avec nous mais il était trop mal en point. Alors j'ai regardé à la hâte les quelques éléments qui pourraient me servir plus tard de points de repère, la position du soleil, la disposition des collines, et je me suis résigné à le suivre. Pendant ce temps, Angutinguak s'était lancé à l'assaut des premières collines et filait droit devant, sans inquiétude.

Je savais qu'on allait se perdre. Au fait, j'en étais si certain que bientôt l'inquiétude allait faire place à la plus grande résignation. Je dois même avouer que, pendant les premières heures de la matinée, j'ai trouvé un certain plaisir à la marche. L'air était bon ; sec et froid, mais pas irrespirable. Le paysage, lui, était magnifique. Du haut des collines, notre vue se perdait à l'horizon sur un univers étincelant que le soleil faisait vibrer de toutes ses splendeurs. Et quelle clarté ! Il fallait se voiler la vue, tellement la neige resplendissait. C'était grisant, car pour la première fois je m'enfonçais dans l'inconnu sans me retourner en arrière.

Angutinguak était ravi de me voir ainsi et, sans s'arrêter, il m'encourageait à poursuivre. « Tu verras, Youguini », qu'il me disait en faisant un geste de la main, « j'ai bon espoir qu'on trouve quelque chose par là ! » Et nous avons marché ainsi longtemps, dépassant bientôt les dernières collines pour nous enfoncer dans le désert blanc.

Mais les choses allaient changer brusquement. Passé le coup de midi, le soleil s'est mis à pâlir. L'horizon s'est bouché et, en un instant, s'est refermé sur nous. Subitement, on ne voyait plus rien. Le vent s'est mis à nous attaquer furieusement, de tous côtés, si bien que, pour s'en protéger, on ne savait plus dans quelle direction se réfugier. On a dû tourner en rond pendant un moment, mais il m'est vite devenu évident que nous étions perdus. Pour ne pas perdre Angutinguak de vue, je devais même m'accrocher à sa tunique.

« Alors, Angutinguak », criai-je dans le hurlement de la tempête, « qu'est-ce qu'on fait maintenant ? On ne peut continuer comme ça ! Arrêtons-nous ! Fais quelque chose ! »

« C'est une bonne idée, arrêtons-nous ici », dit-il. Il n'avait pas l'air inquiet. « Regarde ce que j'ai apporté », qu'il me dit en sortant de sous sa tunique un couteau à neige. « On n'a qu'à faire un abri et attendre. C'est seulement un blizzard, ça va passer bientôt... »

Angutinguak avait beau se faire rassurant, je ne pouvais manquer de voir qu'il se trompait gravement. En réalité, une violente tempête nous tombait dessus sans ménagement, et nous avons eu tout juste le temps de creuser un abri des plus rudimentaires et de nous y blottir à l'intérieur, comme deux bêtes traquées.

Notre refuge était un simple trou qu'Angutinguak avait creusé devant une grosse roche, dans un tas de neige qui s'était accumulé là, et l'espace était si réduit qu'il a fallu chacun se recroqueviller pour y entrer. J'avais ses deux genoux dans le dos. « Ah ! c'est ridicule ! » lui dis-je, irrité, sans pouvoir me retourner.

« C'est ma faute », s'excusa-t-il, « j'aurais dû faire un plus grand abri... »

« Non, ce n'est pas à ça que je pense, c'est à nous deux. Est-ce que tu te rends compte du ridicule de notre situation ? Nous sommes perdus, Angutinguak, perdus ! Et si par miracle nous retrouvions les autres, nous serions encore perdus. Misère ! As-tu seulement pensé à quoi nous devons ressembler tous les deux, vus de très haut dans le ciel. Imagine-toi un instant que tu es un esprit, plus haut que la tempête, et dis-moi ce que tu vois, hein ! » Angutinguak était habitué à mes inquiétudes et il ne cherchait pas vraiment à y répondre. Je le sentis dans mon dos qui haussait les épaules. « Ce que tu vois de là-haut, ce sont deux misérables bêtes qui se terrent dans un trou minuscule et qui seront bientôt ensevelis sous la neige... Non ! C'est trop affreux, Angutinguak ! Je suis bien trop fier pour supporter cette nouvelle humiliation. »

Je regardai au-dessus de nous la neige qui s'engouffrait dans notre refuge et, sous la tourmente, le malheur qui nous frappait m'apparut dans toute sa crudité. Errant sans but dans un désert de glace, la tempête nous était tombée dessus, et le ciel déchaîné se moquait cruellement de notre abri dérisoire. Notre sort était si désespéré que toute tentative d'y échapper m'apparut affreusement vaine. Il me vint même une sorte de goût amer d'en rire.

« Non, Angutinguak, non ! Ça me suffit, j'en ai assez de cette misère. Tu vois, je suis presque content d'être venu, car maintenant je vois clair. » Angutinguak m'écoutait en silence pendant qu'à ma grande surprise une décision d'une étonnante clarté prenait corps en moi. « Je n'irai pas plus loin », dis-je alors à mon compagnon d'infortune. « Je vais me laisser geler ici, voilà ! Je mets un terme à ce voyage. Volontairement. »

J'avais entendu parler de ces nombreux cas où des vieux, pour abréger leurs misères, s'en allaient contre le vent pour tomber bientôt d'épuisement et s'endormir pour toujours. « Ce n'est pas souffrant, Angutinguak, on s'endort, c'est tout ! Au début, on sent le froid mais ça ne dure pas. Quand le froid a vidé toute l'énergie de ton corps, c'est l'épuisement qui t'emporte. Ceux qui en sont revenus racontent qu'à la fin on sent à nouveau la chaleur. Le froid laisse alors une sensation de brûlure et c'est l'extase. C'est la plus belle mort, Angutinguak... »

Je m'arrêtai un moment et me surpris à goûter à cette détermination nouvelle qui se manifestait en moi. « Tu te rends compte, Angutinguak, que pour la première fois de ma vie c'est moi qui vais décider. Pourquoi n'y ai-je pas pensé plus tôt ? C'est vrai ! Depuis le temps que ce voyage me pèse. Dès le départ, j'en connaissais le dénouement, j'aurais dû alors m'arrêter et me laisser mourir... »

Angutinguak sembla comprendre tout à coup et mesura la gravité de ma décision. « Ne fais pas ça, Youguini », qu'il me dit en posant la main sur mon épaule. « On n'a pas fini de vivre... Et puis tu verras, on va retrouver les autres, c'est certain. Et quand on les retrouvera, les autres vont se moquer un peu de nous, juste pour rire, mais ce sera comme une fête de les revoir. Les femmes seront encore plus faciles et tu pourras prendre celle que tu voudras. Allez, Youguini, pense à Kinalik ! Tu l'auras si tu veux. Allez ! »

« Ne me parle pas de Kinalik, je l'ai déjà chassée de

ma pensée. Elle n'est pas pour moi. Elle a déjà un autre homme en tête... »

« Un autre homme ? Qui a dit qu'elle avait un autre homme ? » Angutinguak était soudainement si intéressé qu'il avait passé la tête par-dessus mon épaule.

« C'est Itsaya qui me l'a dit. Elle a dit que Kinalik pense à un autre homme depuis très longtemps. »

« Ça, c'est bien curieux », dit alors Angutinguak en se retirant derrière mon dos, « je voudrais bien savoir de qui elle parle... » Il avait l'air songeur tout à coup. « Et puis, de quoi elle se mêle, cette Itsaya ? »

« Toi aussi tu l'aimes, n'est-ce pas, Angutinguak ? »

« Moi ? Tu veux dire Kinalik ? Hiii », ricana-t-il nerveusement, pendant que ses genoux me poussaient dans le dos. « Mais qu'est-ce qui peut bien te faire croire cela, Youguini ? C'est pour rire de moi que tu dis ça... Non, Youguini. C'est impossible. Tu vois, moi je la veux trop, ça paraît trop que je la désire, je ne pourrais jamais m'en faire aimer... je ne l'aurai jamais. »

« Ne dis pas cela, Angutinguak. Tu m'as donné beaucoup de bons conseils, mais aujourd'hui c'est à ton tour de m'écouter. » Je parlais de nouveau avec fermeté. « C'est bien décidé. Je me laisse mourir. Ne me réveille pas, Angutinguak, car c'est ma décision. Toi, tu retourneras au camp et tu n'auras qu'à prendre Kinalik. Je te donne ma carabine ; alors, comme ça, tu pourras lui rapporter des fourrures. Je sais que tu l'auras, j'en suis certain. Et je te confie aussi Dragon que tu rapporteras au père Gaillard... »

Angutinguak passa une autre fois sa grosse tête par-dessus mon épaule. « On pourra prendre Kinalik tous les deux », dit-il. « Ça s'est déjà vu, et moi ça ne me ferait rien, tu sais... »

« N'insiste pas, Angutinguak », lui répondis-je, « c'est décidé, je ne vais pas plus loin. Je meurs ici ! »

« Alors je reste avec toi. Youguini, je veux être avec toi jusqu'à la fin. C'est la première fois que j'ai un ami, tu sais, et je ne vais pas t'abandonner, même pas pour une femme ! »

Je me suis retourné et j'ai vu dans son regard qu'il était résolu à me suivre jusqu'au bout. « Bon. Puisque c'est ton choix, d'accord. Mais tu dois être aussi résolu que moi, sinon... » Il me fit à nouveau signe que oui. « Alors », concluai-je, « tâchons de dormir maintenant. Le plus tôt sera le mieux. Je ne veux pas que le ciel se moque de moi un seul instant de plus ! »

Mon compagnon se tut et, dès ce moment, je me mis en frais d'appeler de mes vœux le sommeil qui devait me libérer. Qu'elle vienne, cette saloperie de mort, me disais-je, je n'ai pas peur ! Je ne veux plus vivre ! Ma détermination était alors si grande que j'en tremblais. Je serrais les poings sur ma poitrine et m'efforçais de ne plus penser à rien.

Pendant ce temps, Angutinguak avait cessé de bouger. Il s'était mis à respirer lourdement, la tête et les genoux appuyés contre mon dos. Dehors, la nuit était tombée, et je ne voyais plus que les rafales qui roulaient au-dessus de nos têtes. La tempête faisait un bruit assourdissant.

Soudain, juste derrière moi, un bruit rauque se fit entendre. J'ai d'abord réagi vivement parce que j'ai pensé qu'il s'agissait du grognement d'une bête désespérée, à la recherche d'un abri. Puis, en me retournant, je me suis rendu compte à mon grand étonnement qu'il s'agissait d'Angutinguak. Celui-ci avait les poings fermés et, dans son sommeil, s'était mis à ronfler d'une horrible manière.

La surprise passée, la colère s'empara aussitôt de moi. Comment cet idiot-là pouvait-il se permettre de ronfler dans un moment pareil ? Il n'avait donc rien compris de ma misère ! Et moi alors ? Comment pouvais-je mourir avec quelqu'un qui me ronflait dans le dos ? J'ai d'abord pensé le secouer rudement pour le réveiller mais je me suis ravisé. Au fond, je dus reconnaître que le malheureux Angutinguak n'y était pour rien. C'est le sort qui s'acharnait contre moi. J'aurais donc voulu m'en prendre au destin qui me refusait jusqu'à la liberté de mourir, et qui me refoulait de manière grotesque aux affreuses limites de la vie. Pendant un moment, j'entendis le son faible de ma voix qui alla se perdre dans la tourmente, comme une vaine lamentation. « On ne me laissera donc jamais décider ? Je ne peux donc mourir comme je le veux... »

La nuit fut alors très longue, et je dus lutter à chaque instant contre le froid qui avait envahi notre réduit. Angutinguak s'était mis à trembler à son tour et, puisque je n'avais d'autre choix que d'assurer sa survie maintenant, je passai de longues heures à me mouvoir du mieux que je pouvais pour nous garder au chaud tous les deux. Et je continuais de rager contre le ciel qui devait bien rire car jamais tentative de suicide n'avait été déjouée de façon plus cruelle.

À la fin, la tempête s'apaisa. Le matin venu, il n'y avait plus que des rafales qui couraient ici et là sur la neige et, sous les premières lueurs du jour, l'horizon s'était éclairci. Je fus le premier à sortir du trou et, lorsque mon compagnon se leva à son tour, j'avais déjà conçu un plan pour nous ramener au camp. « J'ai peut-être une solution », annonçai-je à Angutinguak qui était encore occupé à se dégeler les muscles, et qui n'avait pas l'air de se rappeler ce qui s'était passé la veille. « Quand nous sommes partis de là-bas, le soleil était droit devant et nous avons marché environ six heures. Tu me suis ? Alors, regarde ceci maintenant. » Je lui montrai la ligne noire que faisait mon ombre sur la neige. « Tu vois, on se met le soleil dans le dos cette fois, et on suit la direction de cette ligne. Si on marche quelques heures comme ça, on va tomber droit sur les collines. Est-ce que tu me comprends ? »

Angutinguak, qui avait semble-t-il bien dormi, se fit soudainement rayonnant. « Est-ce que tu te rends compte, Youguini », s'exclama-t-il, « tu as trouvé ! Tu sais déjà beaucoup de choses ! C'est vrai, tu as trouvé tout seul, notre camp se trouve justement par là... »

Je le vis faire un geste par là et je m'étonnai. « Mais comment le sais-tu, Angutinguak ? Moi, je ne suis certain de rien, je ne fais que risquer une solution. Mais toi, comment sais-tu que notre camp se trouve par là ? On ne voit rien là-bas ! » Je regardais Angutinguak avec curiosité mais aussi avec une pointe d'impatience qu'il n'avait pas manqué de noter. Alors, pour me rassurer, le plus simplement du monde, il me fit cette étonnante remarque : « Parce que c'est par là qu'on est venus, Youguini... »

Je l'ai regardé un instant avec incrédulité, puis nous nous sommes mis en marche. Je renonçai à le comprendre. Derrière nous, le soleil, qui avait l'air de nous suivre, monta lentement dans le firmament, et nos ombres sur la neige peu à peu s'écourtèrent. Angutinguak était aussi radieux que le jour du départ. « Tu verras », disait-il, « on va retrouver les autres et je te dis que les femmes vont nous faire toute une fête ! »

25

YOUGUINI PREND DE NOUVELLES RÉSOLUTIONS

Étrange chose. Après une longue nuit de sommeil, je me suis réveillé si reposé que tout m'apparaissait soudainement différent. Ce camp que j'avais appris à détester, comme il me semblait bon de m'y retrouver aujourd'hui. Comme il était chaud notre iglou quand on avait connu le froid d'un simple abri. Et cette angoissante sensation que j'avais d'être perdu, il n'en restait plus rien. Il aura donc fallu qu'on se perde un peu plus pour que je me retrouve enfin, et voilà que j'éprouvais un sentiment nouveau de sécurité auquel je n'avais pas goûté depuis le départ.

Hier, à notre retour au camp, les femmes nous ont reçus comme si elles avaient à peine noté notre absence. Épuisés mais anxieux de voir leur réaction, nous étions arrivés alors qu'elles travaillaient à nettoyer les peaux de caribou. Elles sont restées tout à fait indifférentes. Sans même tourner la tête, Aputik s'était informée vaguement. « Mais où donc étiez-vous passés, vous deux? Vous n'étiez pas partis avec les autres ? »

C'était loin de l'accueil que nous avait prédit Angutinguak. Alors, lui et moi, on s'est regardés et on a seulement souri. Nous tombions tous les deux de sommeil et nous avons laissé les femmes à leurs travaux. Mais au réveil je me sentais si léger que le goût m'est venu de retourner chez celles-ci car j'aime bien leur compagnie. Je trouve en effet que les femmes Inuit sont plus ouvertes que leurs hommes. Ces derniers ne sont pas aussi faciles d'accès, ils sont presque bourrus. Ça doit leur venir de leurs habitudes de chasse. Quand on passe des heures sur la banquise à guetter le phoque, sans bouger d'un poil, ça finit en effet par déteindre sur le caractère. Et pendant que leurs hommes se transforment ainsi en glaçons muets, les femmes s'occupent de tout le reste : des enfants, de la lampe, de la nourriture, des peaux qu'il faut nettoyer et des vêtements, de tout ! Elles sont toujours en mouvement, et avec elles on ne s'ennuie pas, surtout quand elles sont ensemble car elles deviennent alors très osées.

« Silatsiaq ! » s'exclama Angutinguak lorsqu'il émergea de sous la portique de l'iglou. Il se déplia et regarda à la ronde le ciel qui était en effet rayonnant. Nos iglous brillaient sous le soleil alors qu'au-dessus de celui de Mingo une fine fumée s'échappait de la bouche d'aération et montait droit dans le ciel bleu. C'est là que se trouvaient les femmes. Devant nous, tout le reste de l'univers paraissait immobile, d'une grande beauté. « Silatsiaq ! » fis-je à mon tour, étonné par le silence qui régnait tout autour. « Je n'ai jamais rien vu d'aussi beau, Angutinguak ! Au fond je suis bien content d'être revenu. »

Plus loin, au pied des collines, les chiens dormaient au soleil, étendus paresseusement sur leurs flancs, un signe que le temps n'était plus aussi froid. Ils étaient tous là, sauf ceux que Mingo avait emmenés avec lui.

Ce matin-là, je me sentais animé d'une saine et fraîche ardeur, le cœur rempli de nouvelles résolutions, et j'avais bien le goût de me secouer. Je me gardai de le dire à Angutinguak mais j'avais la ferme intention de changer d'attitude. Je voulais surtout cesser de m'en prendre à lui et aux autres à propos de tout et de rien. « Allons chez les femmes », lui dis-je, « j'ai envie de les voir ! »

Elles étaient là, en effet, dans l'iglou de Mingo, silencieuses et affairées. La clarté du jour, qui pénétrait par une sorte de fenêtre en glace, inondait tout le centre de la pièce et faisait briller le bleu de leurs cheveux. Il y avait un air de douce tranquillité et la pièce sentait bon le thé et la fourrure.

Aputik avait étendu sur ses genoux une peau de caribou et, pour en assouplir le cuir, elle la mâchait vigoureusement, à pleines dents. À côté d'elle, Kinalik grattait une autre peau avec son ulu, sous le regard attentif de Mitiarjuk, pendant que Tunuk, la femme du sculpteur, préparait le thé au-dessus de la lampe. Alupa, lui, petite copie de son père, tressait un bout de corde avec des lanières de cuir.

« Regardez donc qui est là ! » lança Itsaya en nous voyant entrer. « Ce n'est pas encore parfait, mais je vois que vous êtes un peu mieux qu'hier, vous deux ! » Elle se tenait face à l'entrée, juste devant nous, et la clarté de la fenêtre miroitait dans ses yeux pétillants. Elle ne travaillait pas. Contrairement aux autres qui besognaient sur leurs genoux, Itsaya était paresseusement adossée contre la plate-forme du lit, les jambes étendues devant elle, une tasse de thé qui fumait entre ses mains. Son visage avait retrouvé toute sa beauté d'autrefois, avec son regard ardent et ses lèvres qui tremblaient légèrement. Ainsi étendue, elle paraissait encore plus belle, et je me surpris à regarder les formes qui poussaient sous sa tunique, sa poitrine qui pointait, son ventre...

« Mais tu es enceinte, Itsaya », remarquai-je, étonné. « Je ne m'en étais pas rendu compte. »

« Il était temps, Youguini ! » rétorqua-t-elle. Tous les

autres le savent déjà. Si tu me visitais plus souvent... » finit-elle, sur un ton qui fit rire les autres.

Son regard moqueur croisa le mien et je me sentis rougir, à cause de ses avances bien sûr, mais aussi parce que je réalisais que, pendant tout ce temps que j'avais perdu à me plaindre, j'étais demeuré insensible à ce qui arrivait aux autres. Tout ça doit changer, me dis-je.

Kinalik s'approcha alors et nous tendit une tasse de thé que je pris en touchant la peau délicate de sa main. « Kinalik ai », lui dis-je dans un murmure, « nakurmik ! » Je la suivis un moment du regard pendant qu'elle retournait près des autres et, fermant alors les yeux, je tâchai de saisir un peu du doux parfum qui traînait derrière elle. Je me fis aussi la promesse qu'un jour j'irais visiter cette femme. Je dois lui parler, me dis-je, sinon le désir va finir par me brûler.

« Alors, vous deux ? » Itsaya avait subitement repris, avec cette fois une pointe de colère qui brillait dans son regard. « Je voudrais bien savoir comment vous avez pu faire pour vous retrouver. Il y en a un de vous deux qui ne voit rien, et l'autre qui ne connaît rien ! Car vous étiez bien perdus, n'est-ce pas ? »

C'est Angutinguak qui se chargea de lui répondre. « Nous n'étions pas perdus », assura-t-il, « puisque nous sommes revenus... » Il souleva en même temps les épaules pour bien marquer que pareille idée ne faisait pas de sens, et Itsaya n'insista pas. Elle se tourna à nouveau vers moi.

« Suvit, Youguini ? » demanda-t-elle. « Que penses-tu de ça ? » Elle fit en ricanant un geste des yeux vers Angutinguak. « Et que penses-tu de ton professeur ? »

« J'ai un très bon professeur », lui dis-je. « Angutinguak m'a appris beaucoup déjà. C'est seulement que je ne suis pas très bon élève et je pense qu'il m'en reste encore beaucoup à apprendre. Mais je me suis promis que j'allais devenir meilleur. »

« Et comment ça ? » demanda-t-elle, les lèvres suspendues au-dessus de sa tasse de thé. « Dis-moi donc comment tu comptes t'y prendre ? »

« Oh ! je ne sais pas, Itsaya. Je dois seulement apprendre à être comme les autres, je suppose. En premier lieu, je dois cesser de m'inquiéter. C'est vrai ! Je suis toujours inquiet, j'ai peur pour moi. C'est difficile à expliquer... je me plains tout le temps et c'est maintenant que je le réalise. Je dois changer, c'est tout. »

Itsaya, qui avait pris un air moqueur, attendait le reste avec intérêt, tandis que les autres écoutaient en silence, les yeux sur leurs travaux. Mais je ne trouvais pas les mots pour traduire correctement ma pensée. L'inuttitut est en effet une langue qui s'accommode mal des abstractions et, pour se faire comprendre, il faut recourir aux choses concrètes. Il me vint néanmoins une idée.

« Est-ce que tu savais, Itsaya, que chaque jour j'écris dans un cahier ce qui nous arrive ? » Elle me questionna du regard et je lui signifiai que j'allais poursuivre l'explication.

« Alors écoute. C'est comme le livre du père Gaillard. J'ai un cahier dans lequel j'écris tout ce qui nous arrive, depuis mon arrivée à Taqralik. Je décris les choses comme je les vois, mais en fait je me rends compte maintenant que je parle surtout de moi... et que je passe tout mon temps à me plaindre. C'est comme si j'étais prisonnier sous les glaces, incapable de voir ce qui se passe en dehors. Ce qui fait que je ne parle que de moi, et du peu que je vois... »

« Mais pourquoi ? » coupa-t-elle. « Quel intérêt y a-t-il à écrire ce qui nous arrive, puisqu'on le connaît. C'est vrai, pourquoi ? »

Je ne m'attendais pas à cette question et je me trouvai

un peu embêté. Quel intérêt y a-t-il en effet à décrire ce qu'on sait déjà ? Chalá disait qu'il fallait écrire pour les bonnes raisons et je dus m'avouer que je ne les avais pas trouvées.

« Pour comprendre, peut-être », risquai-je. « Mais pour ça il faudrait que je puisse sortir de moi. Présentement, je suis trop enfermé. Je ne fais que désespérer de moi et des autres. Ça serait bien différent si je pouvais écrire de façon détachée, comme si j'étais au-dessus de nous. C'est vrai, j'aimerais pouvoir nous regarder de très haut, et me voir moi seulement comme un autre membre du groupe. Je devrais apprendre à parler de moi comme si j'étais un étranger. Tu vois, je pourrais dire : ce matin, Youguini et Angutinguak sont allés chasser et, quand ils sont revenus, les femmes leur ont servi du thé bien chaud... »

Je m'arrêtai un instant puis, tout à coup, comme si la lumière s'était faite en moi, je réalisai que je tenais là une bonne idée.

« Mais c'est bien vrai, Itsaya ! De cette façon, je cesserais de m'apitoyer sur mon sort et je parlerais de moi de la même façon que de vous tous. Je ne dirais plus “ je ” ; je dirais “ il ” même en parlant de moi. Je pourrais même rire de moi parfois, et ça ne serait pas une mauvaise chose. Je serais meilleur... »

« Et c'est Angutinguak qui t'a appris ça ? » interrompit Itsaya. Incrédule, elle balançait la tête, et les autres femmes avaient maintenant laissé leurs travaux. Elles semblaient tout à coup s'intéresser à la conversation mais visiblement elles ne comprenaient pas. Aputik, qui avait des manières un peu brusques, choisit ce moment pour intervenir.

« Dis donc, Itsaya, est-ce que tu comprends quelque chose à ce qu'il raconte, celui-là ? »

« Bien sûr que non, Aputik », lui répondit l'autre. « Je

mentirais si je disais que je comprends. Mais ça n'a pas d'importance, je trouve plutôt que c'est bon signe quand il se met à dire des choses que je ne comprends pas ! » Puis, se tournant vers moi, les yeux pétillants de malice, elle ajouta : « Je crois en effet, Youguini, que je t'aime mieux quand je ne te comprends pas ! »

Je me mis à rire avec les autres, mais en dedans de moi je réalisais avec joie que, même si je n'avais pas su me faire comprendre des femmes, j'avais néanmoins eu une très bonne idée. Voilà donc ce que je vais faire, me dis-je, c'est tellement simple. Il suffisait d'y penser. Je vais dorénavant écrire à la troisième personne. Ça va changer beaucoup de choses, à commencer par moi.

Misère ! Je mesurai ce jour-là le chemin que j'avais parcouru depuis mon départ d'Halifax. Combien de choses déjà j'avais apprises, et combien d'autres encore me restait-il à apprendre. Je revis un instant le jeune homme naïf que j'avais été à mon arrivée chez les Inuit, une proie bien trop facile pour la vie qui ne cherche qu'à dévorer ses victimes.

Puis, ce voyage vers l'intérieur. Déjà je ne suis plus le même. Je sais maintenant que je n'ai pas le choix. Je dois apprendre à ne plus rien craindre, pas même la mort que je prends désormais pour certaine. Je dois trouver le moyen de m'y habituer, comme les Inuit.

Troisième partie

LES MISÈRES DU VOYAGE

26

SOUVENIRS DE LA GUERRE D'ESPAGNE

Ce matin-là, comme à l'habitude, Angutinguak et Yougini scrutèrent un moment l'horizon, puis, n'y voyant rien qui puisse leur faire espérer un retour des chasseurs, ils décidèrent de se rendre à l'iglou des femmes. Mais là une surprise les attendait car, sans le savoir, ils allaient entrer au moment où celles-ci faisaient leur toilette.

Ils passèrent donc sous le portique et, dès qu'ils purent relever la tête, ils aperçurent, à leur grand étonnement, les femmes entièrement dévêtues dont les corps ruisselants fumaient sous la lueur du jour. Ils figèrent sur place, à quatre pattes et la bouche béante, pendant que les femmes y allaient de railleries bien de leur cru.

« Ne restez pas comme ça, vous deux ! » s'écria Aputik, mécontente. Mais elle allait aussitôt revenir de sa surprise et choisit à la fin de rire de la situation. On vit alors ses larges seins blancs danser autour des taches violettes que faisaient ses mamelons. « Vous avez l'air de deux perdrix stupides ! »

« Laisse-les s'emplir les yeux », fit pour sa part Itsaya, « tu vois bien que ces deux-là sont en mal de femmes ! »

Il y avait aussi Mitiarjuk dont la timidité, depuis quelque temps, semblait avoir fondu, et qui ne manquait pas une occasion de rire des plaisanteries que faisaient les autres. Quant à Tunuk, elle avait carrément tourné le dos au regard des deux intrus alors que Kinalik avait seulement baissé les yeux.

« S'ils veulent nous avoir, ces deux-là », reprit Aputik, « je leur conseillerais de commencer par se laver. On ne leur voit que le blanc des yeux ! »

« Voilà qui est bien vrai », trancha Itsaya. « Allez, vous deux, attrapez ça. » Et elle leur lança un bout de miroir qui tomba juste devant les mains de Youguini. « Vous feriez mieux de vous décrotter un peu car on a décidé de fêter dès que les autres seront rentrés. »

Toujours sous l'effet de la surprise, nos deux malheureux prirent le chemin de la sortie, les yeux encore écarquillés, au milieu d'une volée de rires.

« Mais as-tu vu les seins de Kinalik ? » s'exclama Angutinguak dès qu'il fut dehors. « Ouaiee ! Amaamatsiak ! Les beaux mamelons ! Comme j'en ai le goût ! » Il marmonnait ainsi et rougissait d'envie. Pendant un moment, il sembla même que la vie avait été redonnée à ses yeux ébahis. Plus réservé, Youguini ne disait rien, mais il n'avait pas manqué de voir la beauté et la douceur des formes de Kinalik, et il se jurait, en retournant entre ses doigts le bout de miroir, qu'il ferait tout pour avoir cette femme.

Dans le bout de miroir mal poli qu'Itsaya lui avait donné, Youguini avait d'abord aperçu une sorte de grosse tache sombre, et des cheveux tout en broussaille, lourds et gras qui lui tombaient sur les épaules. Il ne s'était jamais vu avec une barbe aussi forte qui lui couvrait tout le bas du visage et la bouche, et qui ne laissait à découvert qu'une paire d'yeux que la surprise avait agrandis démesurément. Pour la première fois depuis le départ il se regardait, et ce qu'il voyait ne lui plaisait pas. « Misère de c... », s'exclama-t-il, « mais ce n'est pas moi, ça ! » Il tournait et retournait le petit miroir, espérant qu'à l'envers il se verrait mieux, et interrogeait Angutinguak du regard.

« Ce miroir n'est pas très bon », fit ce dernier pour le rassurer. « Un peu d'eau et tu verras que les femmes vont raffoler de toi ! »

Youguini se considéra à nouveau, brièvement, puis parut se résigner. « Les femmes ont raison », conclut-il. « Tu vois, Angutinguak, même si je n'aime pas ce que je vois, ce miroir ne me dit que la vérité. J'ai décidé que j'allais faire de mon mieux pour changer, et je vais tenir promesse. Je vais commencer par me laver, et après je vais me sentir l'âme encore plus légère. » Il posa le miroir à côté de lui, regarda son ami un moment puis, secouant la tête, il ajouta avec ferveur : « Ah ! Misère ! Quand je pense à tout le temps que j'ai perdu à m'inquiéter pour rien... c'est vrai, pour absolument rien, puisqu'on va mourir de toute manière ! C'est tellement stupide ! Comme si, en plus de mourir, il fallait encore s'en inquiéter ! Tu te rends compte du ridicule de la chose, Angutinguak ? Heureusement que je comprends maintenant. Je ne suis plus le même homme. »

Angutinguak suivait tout cela avec le plus grand plaisir, même s'il ne comprenait pas toujours. Ce Youguini était certes son meilleur ami, mais il lui arrivait souvent de dire des choses incompréhensibles. Alors il souriait et encourageait son compagnon à continuer en lui faisant des « iii » admiratifs.

« Et puis tu peux me dire, Angutinguak, combien de fois je m'en suis pris aux autres, hein ? Et combien de fois aussi je me suis fâché contre toi ? Chalá m'avait pourtant mis en garde. Et ce n'est pas comme si on ne m'avait pas averti. Ce bon vieux Chalá... il avait beaucoup d'affection pour moi et je crois qu'il avait prévu déjà ce qui m'arriverait. »

Youguini s'était levé maintenant, le regard perdu dans ses souvenirs, et souriait au passé qu'il revoyait. Toujours accroupi, Angutinguak suivait son ami des yeux, visiblement satisfait des résolutions nouvelles que celui-ci avait prises. Puis le visage de Youguini se fit plus grave. Le dos un peu courbé contre la voûte de l'iglou, une main dans la poche et l'autre au menton, il s'apprêta à dire quelque chose qui semblait important.

« Une fois, Chalá m'a parlé de la guerre d'Espagne. C'était pour lui un souvenir déchirant qui revenait sans cesse le hanter. Nous étions tous les deux dans sa cabine, au beau milieu d'une mer agitée, à considérer gravement les questions de la vie... Ah ! Quel homme, ce Chalá ! Je me demande s'il va revenir l'été prochain. Et si je serai là pour... enfin. Alors il a dit comme ça, en parlant de l'Espagne, qu'il n'y avait rien de pire au monde que des hommes qui font la guerre à d'autres hommes. “ Si j'avais su ”, qu'il disait, “ si seulement on m'avait dit ! Alors, toi, Eugenito, essaie au moins d'éviter ces folies. C'est tellement inutile de s'en prendre aux autres ! ” »

Youguini s'arrêta un instant en hochant la tête, puis reprit. « Et maintenant dis-moi, Angutinguak, ce que je fais depuis que je suis avec vous, hein ? » Il regardait son ami mais il était clair qu'il adressait la question à lui-même. « Je n'ai pas cessé de me tourmenter à propos de tout, j'ai pesté contre vous tous, je me suis impatienté contre toi ! J'ai été mauvais ! Mais tout ça va changer maintenant. Je vais commencer par me laver et je serai un homme nouveau. Je peux t'assurer de ça ! »

« Ça va faire plaisir aux femmes ! », lui fit l'autre en guise d'encouragement. « Et je vais me laver aussi.

Comme ça, on sera prêts tous les deux pour la fête, et les femmes vont nous dévorer des yeux. Tu verras, Youguini. Elles vont nous frôler en murmurant des “ mamartuk ”. J’ai bien hâte que les chasseurs reviennent ! »

Youguini considéra un instant son ami et lui consentit un sourire, même s’il avait en tête quelque pensée plus sérieuse que cette fête dont parlaient tous les autres. « Mon pauvre Angutinguak, je t’ai parlé de la guerre, mais je me rends compte que tu ne peux pas savoir à quel point celle-ci peut être affreuse. Vous n’avez jamais connu ces terribles boucheries, vous, les Inuit. Alors écoute, je vais te raconter ce que m’en a dit Chalá parce que, tu vois, moi non plus je n’ai pas connu la guerre. »

Angutinguak n’avait jamais été aussi attentif et il remua de contentement sur ses genoux. Pendant ce temps, Youguini s’assura de choisir les mots qu’il fallait. « Alors voilà », commença-t-il. « Il y avait là-bas, en Espagne, une petite rivière qui séparait le pays en deux, comme ça, juste au milieu. D’un côté, il y avait beaucoup d’hommes qui étaient montés sur des chevaux, des bêtes qui ressemblent à des caribous, mais plus hautes encore, et bien plus fières aussi. Il y en avait beaucoup, beaucoup ! Amisualuit ! Et ils avaient tous des fusils. De l’autre côté de la rivière, c’était noir de monde aussi, tous armés. Ces gens-là étaient tous du même pays mais ils s’injuriaient à qui mieux mieux parce qu’ils se détestaient ! “ Fils de chiennes ”, criaient les uns. “ Et votre mère alors ”, répondaient les autres, “ vous saluerez pour nous madame votre mère que nous connaissons très bien... ” Alors donc, tu peux t’imaginer, Angutinguak, des deux côtés de la rivière il y avait un grand désordre, et les rires mauvais, les jurons et les menaces fusaient de toutes parts. »

Angutinguak remua à nouveau et fit signe qu’il comprenait. Alors Youguini put reprendre. « C’est alors qu’un des chefs s'amena devant sa troupe et, faisant superbement fi de tous les fusils ennemis qui étaient braqués dans son dos, il se tourna vers ses hommes puis, de la main, força le silence dans les rangs. « Soldats », tonna-t-il, « je connais votre courage, et je sais que rien ne vous arrêtera. Quand je le dirai, vous ferez feu et liquiderez ce tas de charogne, mais de grâce, soldats, ne tirez pas par là, car j'ai aperçu là-bas mes chevaux du temps que j'étais dans la cavalerie. Alors, messieurs, je vous prie de bien vouloir les épargner. »

« Ces paroles devaient donner le signal de la tuerie, et ce qui s'ensuivit, Angutinguak, n'est pas facile à décrire. Ce fut une boucherie intense et aveugle qui dura toute la journée. À la fin, quand le jour tomba, le sol était plein de cadavres, et ceux que la guerre avait épargnés se sauvaient dans toutes les directions, le visage déformé par l'épouvante. Chalá était de ceux-là, et il m'a tout raconté... »

« Ouaii ! » s'exclama Angutinguak, incrédule. « Ila, sumut, Youguini ? Mais pourquoi ? » demandait-il avec insistance.

« La folie, Angutinguak », prononça gravement Youguini, « la folie humaine ! »

« Alors, moi, Youguini », fit encore l'autre en branlant la tête, « je ne comprends vraiment pas la guerre ! » Et je me demande aussi ce qui peut bien arriver de tous ces fusils quand les hommes sont morts. Quelle perte ! Est-ce que tu sais, toi, Youguini, ce qui arrive avec tous ces fusils ? Moi je dis que ce serait vraiment dommage s'ils se perdaient ! »

Angutinguak était resté un moment songeur, mais le regard de Youguini s'était figé soudainement. Il regarda d'abord Angutinguak avec étonnement, puis son impatience éclata. « Mais alors toi, tu me surprendras toujours », gronda-t-il. « Je te fais de graves réflexions sur la guerre, et tu ne trouves rien de mieux à me dire que des sottises sur des vulgaires fusils ! C'est pourquoi je m'impatiente toujours avec toi. Regarde seulement comment tu te comportes, Angutinguak ! C'est ton attitude qui m'exaspère... ! »

Alors, comme c'était son habitude lorsque son ami se mettait en colère, Angutinguak ramassa le bas de son parka et se branla un peu le derrière. Puis, pour se réconcilier son ami, il lui sourit bravement et lui rappela avec affection qu'il leur fallait se préparer pour la fête.

Youguini finit alors par se calmer, et le jour passa de la sorte. Les deux hommes avaient en effet fort à faire pour se décrotter, et ils durent faire fondre une grande quantité de neige. Mais cette belle ardeur allait être récompensée, car à la fin du jour ils entendirent l'aboiement des chiens qui annonçaient le retour des chasseurs.

27

LA FÊTE AU CAMP

Les trois chasseurs étaient en effet revenus. Mais cette fois, en dépit de tout le trajet qu'ils avaient parcouru, Nuluki, Ukpik et Mingo n'avaient pu rapporter que deux caribous de petite taille. Les autres s'étaient donc rassemblés pour les accueillir, et les salutations se firent en silence, chacun serrant brièvement la main des arrivants. Mingo ne cachait pas sa mauvaise humeur. On le vit s'attaquer vigoureusement aux carcasses gelées qu'il dépeça à grands coups de hache. Nuluki s'en fut attacher les chiens au pied de la colline, et Ukpik s'assura que les malheureuses bêtes, qui n'avaient pas mangé depuis quelques jours, reçoivent chacune sa ration d'os et de cartilage.

Bientôt les chasseurs purent rentrer et se reposer, et Youguini se dit que les femmes avaient eu une bonne idée. En effet, pensa-t-il, rien de mieux qu'une petite fête pour relever le moral du camp.

Pendant un bref moment, sa pensée s'était rebellée à l'idée qu'on allait à nouveau manger sans retenue toute la viande de caribou, ne conservant rien pour les jours de famine. Mais l'expectative de la fête ne lui déplaisait pas et, ses nouvelles résolutions aidant, il eut tôt fait de chasser de son esprit ces noires pensées. « Mais puisqu'on va mourir de toute manière », se répétait-il sans cesse et, comme s'il lui fallait à nouveau s'en convaincre, il affirmait avec force qu'il n'allait plus jamais se préoccuper de l'avenir. « Je dois faire confiance à la vie, misère ! Et à ces gens-là aussi. »

Cette attitude nouvelle remplissait de joie son ami Angutinguak qui ne ménageait ni les étreintes ni les encouragements. « Attends de voir les femmes, Youguini », qu'il disait, « elles n'en reviendront pas de te voir aussi changé. Tu peux me croire, il y en a une qui va te mettre la main dessus, c'est certain. »

Enfin la nuit tomba, révélant dans le ciel obscur une lune d'une extrême blancheur qui faisait briller le dos des collines. Au pied de celles-ci, les chiens croquaient avidement de leur mâchoire fumante les os qu'on leur avait jetés. Youguini attendit Angutinguak qui s'amenait derrière et quand il arriva, débordant de joie, les deux s'engouffrèrent sous le portique de l'iglou de Mingo.

Il faisait déjà chaud chez ce dernier, et les trois lampes qu'on avait allumées pour l'occasion se réflétaient sur la fine couche de glace qui avait fini par recouvrir la voûte de l'iglou. Les deux derniers arrivés allèrent s'asseoir près des hommes dont les visages radieux, ruisselants de sueur, avaient perdu toute trace de fatigue. Quant aux femmes qui parlaient entre elles avec animation, elles étaient campées comme des reines au centre de la pièce, près des lampes. Elles s'affairaient à préparer la nourriture mais elles ne perdaient rien de ce qui se disait autour, et elles jetaient à la dérobée des regards avides que les hommes faisaient semblant d'ignorer.

Les yeux pétillants de malice, Itsaya n'avait pas manqué de voir que Youguini et Angutinguak s'étaient lavé le visage et les cheveux, et elle les accueillit avec son mordant habituel. « Mais, dites donc, vous deux », les interpella-t-elle, « qu'est-ce qui vous fait croire que l'une d'entre nous va se laisser séduire pour si peu, hein ? » C'était bien là le genre d'humour dont raffolait Itsaya, à la fois tendre et railleur, avec une pointe de cruauté qu'elle s'empressait aussitôt d'atténuer. « Mais c'est jour de fête », les rassura-t-elle, en se joignant à l'hilarité qui s'était emparée du groupe, « on fera peut-être une exception ! »

Et pendant que les femmes commentaient ainsi la dernière remarque d'Itsaya, il se trouvait plus d'un homme pour penser que précisément cette Itsaya était bien du genre à se faire séduire, et pour moins que cela encore. Cela les faisait évidemment rire davantage, y compris Nuluki qui en avait vu bien d'autres. C'était jour de fête et il fallait s'amuser.

Les femmes savaient que leurs hommes avaient besoin de repos et, pour l'occasion, elles avaient revêtu ce qu'elles avaient apporté de mieux. Elles avaient d'abord enfilé un pantalon en étoffe légère qui moulait bien leurs fortes jambes. Puis, par-dessus, elles avaient revêtu de jolies robes à motifs fleuris qu'elles avaient achetées à la « Kuppanie », et qui mettaient en évidence leur généreuse poitrine. Les hommes faisaient semblant de ne pas trop remarquer, mais quand les femmes se penchaient ils en avaient plein la vue et la fête s'annonçait des plus belles.

Pour Youguini aussi, tout était radieux. Déjà, la jeune Mitiarjuk, dont les formes se développaient de jour en jour, avait surpris ce dernier en lui faisant à l'improviste un sourire qui donnait à penser qu'il s'était fait des remords pour rien. Il en fut grandement soulagé. Puis ce fut au tour de la bruyante Aputik de l'étonner. Elle, qui n'avait jamais été tendre envers lui, lui jeta un de ces regards qu'elle laissa traîner un moment, et qui lui causa des frissons. Elle avait une poitrine appétissante et

Youguini se surprit à la convoiter. À la fin, il lui rendit un sourire embarrassé mais reconnaissant.

Mais rien au monde ne devait valoir le regard que Kinalik allait enfin lui consentir. Elle était venue une première fois lui porter une tasse de thé et, là encore, Youguini en avait profité pour lui toucher la main, furtivement. Puis elle revint avec un morceau de viande qu'elle lui présenta avec les doigts, et lui consentit enfin ce regard que Youguini attendait depuis si longtemps.

Ce fut un regard aussi doux que brûlant, et qui disait tant de choses que Youguini sut dès cet instant qu'un jour elle consentirait. « Peut-être même ce soir », se mit-il à espérer. « Je dois lui faire savoir que je la désire, c'est si pressant ! » Youguini était si troublé que pendant un moment il cessa d'entendre les bruits de la fête qui s'amplifiaient tout autour, et qu'il ne put voir la colère qui brillait dans les yeux d'Itsaya.

« Écoute ça maintenant », lui souffla Angutinguak, « tu vas aimer. » Il s'était penché vers Youguini et lui montrait Ukpik qui s'était avancé au milieu de l'iglou, un tambour entre les mains. Ce dernier se racla d'abord la gorge. Il se fit aussi prier quelque peu mais : « Voilà », fit-il à la fin, « si vous tenez à entendre une mauvaise chanson, alors en voici une que vous n'êtes pas près d'oublier ! » Les autres protestèrent en riant mais le silence se fit, et alors, pendant un moment, Ukpik essaya de se concentrer. « Écoute bien ce qu'il dit », lui chuchota Angutinguak, « il n'y a vraiment personne pour raconter une histoire comme lui. »

Ukpik était en effet reconnu pour faire danser les mots, et tous savaient apprécier les libertés qu'il prenait à leur égard. À cet instant, le tambour se mit à

Mais qui va donc consoler Mingo ?

résonner pendant qu'Ukpik se balançait des deux côtés. Puis, lorsque le rythme sembla lui convenir, il entonna son chant d'une voix chaude et quelque peu éraillée.

J'étais parti chasser le caribou...
Je me disais : c'est si facile chasser ! Je suis parti le cœur léger.
J'ai longtemps marché. J'ai tant marché,
J'ai vu passer les jours et les nuits, mais pas de caribou !
La colère m'a soudain pris. Je ne suis bon à rien, j'ai dit !
J'avais si faim, je suis tombé, j'ai cru mourir.
Le souvenir des miens qui m'appelaient au loin me souleva.
J'étais comme mort, et je marchais encore,
Poussé par le souvenir des miens qui avaient faim.
Je n'avais plus qu'un chien, j'avais dû manger l'autre.
Les caribous sont enfin venus,
Je croyais rêver ! Au bas du rocher
Ils défilaient, juste à mes pieds.
J'étais comme mort, je ne pouvais rien.
Le souvenir des miens qui avaient faim me souleva,
J'ai pu enfin pousser une pierre qui est tombée sur le troupeau.
Quand le bruit a cessé, j'avais tué deux bêtes.
Le chien et moi avons mangé, avons marché et tant mangé,
Quand je suis revenu, il n'en restait presque plus !
Poussé par la colère des miens qui avaient encore faim,
Je suis reparti chasser. Le cœur léger, je me disais : c'est si facile chasser !

Sur ces derniers mots, l'iglou se remplit aussitôt de cris d'approbation, de rires et d'applaudissements que le chanteur accueillit en haussant les épaules, avec l'air de dire que cela ne valait pas tant d'éloges. En riant, il remit le tambour à Mingo et reprit sa place.

Youguini n'en revenait pas de l'étonnante simplicité de ces gens. « Et quel courage, misère ! » s'émerveillait-il. Il se mit à penser que les cruautés de la vie, loin de les abattre, avaient rendu les Inuit invulnérables. Ils réalisent en effet des choses impossibles et ils n'ont pas l'air de le savoir. Ils font tout avec un semblant d'insouciance, comme s'il allait de soi que rien ne pourrait les arrêter si vraiment ils s'en donnaient la peine. Ils ont une telle confiance en eux qu'ils réussissent l'impossible tâche de survivre dans cet invivable pays. « Si seulement j'arrivais à leur ressembler », se disait Youguini.

Ainsi donc, pendant que Youguini renouvelait pour lui-même ses belles résolutions, et qu'il jetait vers Kinalik un regard ardent qui la faisait rougir, Mingo s'était amené à son tour au milieu de la pièce où on s'empressa de lui faire de la place. On avait soufflé deux lampes et il ne restait dans l'iglou qu'une petite lueur bleuâtre qui chancelait dans l'obscurité envahissante. Mingo commença à se balancer doucement d'un côté et de l'autre, alors qu'entre ses mains le tambour faisait entendre ses premiers sons. Un rythme lent au début, qui ressemblait au souffle d'une bête, et qui s'alourdit ensuite en évoquant les battements du cœur.

Mingo ne chantait pas encore. Son visage se perdait dans l'obscurité mais, plus près de la lampe, on voyait ses pieds battre agilement la mesure. Ils donnaient parfois l'impression d'être suspendus au-dessus du sol, comme sous l'effet de la magie, et on entendait alors s'élever de la petite assemblée un murmure teinté de crainte et d'appréciation. Plusieurs fois la petite lampe vacilla et vint près de s'éteindre. Dans la pièce à demi obscure, on ne voyait plus que le tambour qui avait l'air d'une grande lune blanche qui tournait, et les mains démesurément agrandies de Mingo qui frappaient des deux côtés de la toile.

Youguini se surprit à respirer maintenant d'une étrange façon. La toile du tambour qui tournait au-dessus de la lampe éclairait au passage la peau blanche des femmes. Il put revoir la poitrine palpitante d'Aputik et à nouveau le regard brûlant de Kinalik qu'il cherchait ardemment. C'est alors qu'une main descendit au-dessus de la lampe et son ombre géante couvrit toute la voûte de l'iglou. On entendit aussitôt un murmure d'approbation pendant que le tambour s'agitait de plus belle. Les doigts lentement s'ouvrirent et se posèrent en tremblant sur la mèche de la lampe. Aussitôt, la pièce fut plongée dans l'obscurité la plus complète et un frisson parcourut l'assistance.

C'est alors que Mingo se mit à chanter. Sa voix, que le bruit déchirant du tambour accompagnait, semblait venir de l'au-delà. Il disait des choses incompréhensibles, et cela avait dans l'obscurité tant d'effet qu'après un moment Youguini ne pouvait plus contenir les battements de son cœur et il respirait bruyamment. Il essaya d'ouvrir l'encolure de sa tunique et, sur la peau enflammée de son cou, il sentit les pulsions vives de son corps qui battaient au rythme du tambour. Il était en sueur.

Puis des ombres s'agitèrent autour de lui, et il entendit le bruit que faisaient des étoffes en se frôlant. Et c'est alors qu'une main qui sortait de nulle part, et qui semblait le chercher, le saisit à l'épaule et le tira vivement pour qu'il se lève. Le geste était si déterminé qu'il ne put résister, et il n'hésita pas un instant. Vivement sur ses genoux, il se lança à quatre pattes à la poursuite de l'ombre qui le tirait vers la sortie tout en se dérobant devant lui.

Lorsqu'il traversa le passage, passé la sortie, son corps fut enfin si près de l'autre que sa main tout à coup se retrouva bien à plat contre un ventre qui palpitait sous une étoffe légère. Dès cet instant, Youguini sut que c'était une femme qui le tirait vers elle et alors, sauvagement, le désir le saisit tout entier, et il comprit que plus rien ne pourrait le contenir, ni même retenir sa main qui fouillait avidement le ventre chaud de l'inconnue. « Arrêtons-nous ici », gémit-il, « tout de suite ! » Mais la femme lui fit seulement « shuut » et l'entraîna vers l'iglou voisin, l'autre toujours accroché à son ventre.

Les deux traversèrent ainsi le couloir, en silence, le souffle court, tout pressés qu'ils étaient d'arriver au plus tôt. Youguini se plut à penser que l'obscurité lui rendraient possibles toutes les voluptés, et que la femme se plierait à tous ses désirs.

Bientôt les deux arrivèrent en se bousculant dans l'autre iglou et Youguini déjà ne pouvait plus se contenir tant était grande son envie. Il tira vers lui la femme qui pivota aussitôt pour lui faire face, et il reprit dans sa main son ventre qu'il tenait comme un objet précieux. La femme arqua le dos pour mieux s'offrir à sa convoitise et elle se mit à respirer bruyamment. Puis elle souleva sa tunique et dégagea du coup ses seins lourds et chauds qu'elle appuya sur le visage de Youguini. Aussitôt les parfums du corps de la femme achevèrent d'enivrer Youguini qui ne savait plus où mettre les mains et qui se mit à respirer comme un fauve.

Il avait reconnu Kinalik et, sur le coup, il pensa bien mourir d'envie. Pendant que sa bouche courait avidement d'un mamelon à l'autre, il gémissait : « Ahhh ! Je te veux ! Laisse-moi te prendre ! Je n'en peux plus d'attendre ! » Il faisait des bruits rauques et, tel une bête assoiffée, il se jeta au-dessus de la femme qui lui ouvrit toutes grandes les jambes. Quand elle le prit pour l'amener vers elle, il sentit ses formes gonflées lui emplir les mains, et alors il se mit à gémir et à dire des choses que le diable lui-même aurait pu inspirer. Puis il enfonça la langue dans la bouche pulpeuse de la femme qui se mit à joindre ses gémissements aux siens. Les deux se trouvèrent alors au comble de la volupté et, leurs corps maintenant unis, ils répondaient en frémissant à chacun de leurs gestes...

Soudain, Youguini fut saisi par une étreinte puissante. Son corps se mit à frissonner de tout son long. Le dos arqué, et tous ses muscles tendus, il sut qu'il avait atteint les sommets purs de l'ivresse. Le cours même de la vie sembla s'arrêter un moment et il fit entendre un long gémissement : « Aargh... » Il ne pouvait plus refermer la bouche ; son cou était tendu vers l'arrière et il espérait de toutes ses forces que dure ce moment sublime. Mais, à l'instant même où la volupté le comblait, il sentit la peau tendue de son ventre se déchirer et il sut qu'il allait basculer tout entier dans le vide.

Ainsi, après un moment qui lui parut trop court, il laissa tomber la tête sur la poitrine haletante de la femme et retrouva peu à peu ses esprits. Un dernier frisson lui parcourut le corps et il se sentit vaguement honteux. Mais il n'aurait pas su dire pourquoi, tant cela lui paraissait irréel. Il avait tant rêvé de cette femme ! Il se rappela le regard brûlant qu'elle lui avait fait plus tôt dans la soirée et il prit alors son beau visage entre ses mains. « Oh ! Kinalik ! » soupira-t-il, le souffle chaud. « Je t'ai enfin dans mes bras ! Si tu savais comme je t'ai désirée... »

Mais il n'avait pas fini que vivement la femme s'était dégagée et, après l'avoir violemment repoussé, elle s'enfuit dans l'obscurité, sans un mot, laissant derrière elle une trace de parfum de femme, et un Youguini stupéfié...

28

CE QUE DISENT LES QABLUNAT DES INUIT

Le lendemain, plus personne n'avait envie de parler. Dans l'iglou de Mingo où ils s'étaient entassés, les hommes et les femmes avaient pris un air morose et, silencieux, ils buvaient du thé en se fuyant du regard. Parfois, des yeux se levaient au-dessus des tasses fumantes, et on voyait alors deux petites lueurs blanches rouler furtivement dans l'obscurité, puis s'éteindre aussitôt. Il y avait manifestement un malaise dans l'air, mais Youguini n'avait pas encore su en déterminer la cause.

Sur la plate-forme recouverte de peaux, il y avait Alupa, le fils de Mingo, qui s'amusait à conduire un attelage de petits chiens de pierre, et son murmure d'enfant était le seul bruit qu'on pouvait entendre. Les femmes étaient là aussi, occupées à nettoyer les deux dernières peaux de caribou que les hommes avaient rapportées. Aputik semblait particulièrement boudeuse ce jour-là, et Youguini savait maintenant qu'il était l'objet de sa colère. Cet événement de la veille, au cours duquel il avait pris celle-ci pour Kinalik, en était certainement la cause. Car il n'y avait plus de doute possible, c'est avec elle qu'il s'était trouvé la veille et il avait ainsi offensé de la pire manière celle qui lui avait accordé ses plus belles faveurs. Il reconnut à regret qu'il lui faudrait beaucoup de temps pour se faire pardonner sa méprise.

Youguini s'efforça donc de penser à autre chose. Pendant un moment, il suivit des yeux la fumée de tabac qui faisait un nuage bleuâtre au-dessus de la lampe, puis, dévisageant un à un ses compagnons, il s'amusa à chercher pourquoi ceux-ci avaient pris un air aussi maussade. « C'est peut-être l'inquiétude », pensa-t-il d'abord. « Le troupeau tarde en effet à se montrer, et peut-être ces gens-là craignent-ils que les caribous ne passent pas par ici. »

Youguini regarda aussi du côté de Mingo qui était resté dans son coin, immobile, le regard fermé sur quelque pensée obscure. Chef du clan, ce dernier ne pouvait laisser transpirer son inquiétude, mais la responsabilité qu'il avait sur le groupe l'obligerait à prendre bientôt une décision. Si le troupeau n'allait pas passer par ici, il faudrait alors trouver par où, et vite. La survie de tous dépendait de lui. C'était tout un poids à porter et, derrière son front ridé et ce regard qui ne cessait de bouger, Mingo gardait bien enfouies toutes les préoccupations qui devaient l'assaillir.

Puis Youguini en vint à penser que cet air maussade leur venait peut-être plutôt des remords qu'ils se faisaient pour la veille. « Ils doivent se sentir coupables », se dit-il, « à cause de ce qui s'est passé pendant la fête. » Il se dit aussi qu'une pareille chose n'aurait rien de surprenant ; que c'est tellement courant, le remords. « Et bête aussi », s'avoua-t-il. « C'est vrai, c'est tellement bête de se culpabiliser pour si peu. Ce n'était qu'une fête après tout, juste pour rire. Et cette coutume qu'ils ont de s'échanger les femmes, à l'occasion, comme ça, n'est-elle pas pour ces malheureux un des rares plaisirs de la vie ? » Youguini était en effet convaincu que la veille, pendant qu'il s'était retrouvé avec Aputik, les autres avaient profité de l'obscurité pour s'amuser tout autant que lui, et il ne voyait là rien qui doive les faire rougir.

« Misère ! » se fit-il. « Et la vie qui est déjà si cruelle ! Tous les plaisirs leur sont refusés, pourquoi donc devraient-ils s'en vouloir pour si peu ? Ne serait-il pas cruellement injuste que ces malheureux en viennent à se détester au moment même où moi j'ai enfin décidé de ne plus m'en prendre à eux ! »

Ainsi donc, avec un louable enthousiasme, Youguini acheva de se convaincre qu'il devait se porter à la défense des Inuit, fût-ce contre eux-mêmes. « Misère », clama-t-il en lui-même, « je serai peut-être utile, après tout ! Si la famine doit nous emporter, pourquoi donc faudrait-il s'en faire pour si peu ? Il faut oublier ces quelques folies d'une nuit... »

Emporté donc par son élan, Youguini conçut alors une idée qui, espérait-il, allait réconcilier les Inuit avec eux-mêmes. « Et ça me fera pardonner pour tout le trouble que je leur ai causé », conclut-il. Alors il toussota pour rompre le silence, et annonça qu'il avait quelque chose à dire. Toutefois, ce qu'il avait à dire étant délicat, il crut bon de les prévenir. « Surtout, il ne faut pas vous fâcher si je parle de ça. » Les autres étaient restés perplexes mais ils s'étaient mis à bouger sur leur derrière, ce qui fit croire à Youguini qu'ils étaient intéressés.

« Mais je vous avertis », reprit Youguini, « ce n'est pas pour rire des Inuit. Les Qablunat parlent des Inuit avec beaucoup de respect, vous savez, et avec admiration. Car ils disent que la vie ici est bien difficile, et qu'il faut être bien fort pour survivre. » Youguini regarda à la ronde tous ces yeux qui le fixaient maintenant et enchaîna. « Les Qablunat parlent aussi beaucoup des femmes Inuit. Ils disent que, pour se consoler des cruautés de la vie, les hommes parfois s'échangent leurs femmes, ou encore qu'ils prêtent celles-ci lorsqu'un chasseur solitaire s'amène au camp. Mais je le répète : ils parlent de tout cela avec respect. Et ils ne cachent pas leur admiration pour vous parce que cette coutume est si inhabituelle. C'est quelque chose de si différent que... »

À cet instant, Aputik, qui avait rougi, l'interrompit brusquement. « Mais ces Qablunat sont donc tous stupides ! » explosa-t-elle. « Qu'est-ce qu'ils peuvent bien connaître des Inuit ? » Elle était très mécontente. Elle respirait rageusement en remuant sa grosse poitrine et faisait des gestes menaçants en direction de Youguini. « Ils disent vraiment n'importe quoi ! »

« T'as bien raison ! » lui fit Itsaya, conciliante, avant d'ajouter : « Mais laisse-le parler un peu, j'ai bien envie de savoir ce qu'on dit de nous, là-bas, chez les Qablunat. »

« Ça m'est bien égal qu'il parle », corrigea enfin Aputik, « je dis seulement qu'ils sont stupides ! »

Youguini se crut autorisé de poursuivre, mais il sentit néanmoins qu'il devait parler avec précaution.

« Un jour, avant de venir ici, le gouvernement nous avait tous rassemblés à Ottawa, ceux qui partaient pour l'Arctique et ceux qui en revenaient. Des gens donc qui connaissaient les Inuit, comme ce policier et ce commis de la Compagnie passé au service du gouvernement, et d'autres comme moi qui n'y connaissaient rien et qui devaient tout apprendre au sujet de leur mission et des Inuit. »

« On nous a donc expliqué tout ce qu'il fallait savoir, puis l'un de nous a demandé en rougissant si c'était bien vrai ce qu'il avait entendu dire au sujet des femmes Inuit... Il était si gêné de poser la question que ses pieds, qu'on apercevait sous la table, se balançaient et se tordaient dans tous les sens. Et il cherchait ses mots.

“ Vous savez ”, disait-il, “ ces histoires... enfin, ce qu’on dit parfois que les Inuit prêtent leurs femmes aux étrangers de passage, est-ce que c’est... est-ce que ça... ” »

« Le policier s’approcha alors de l’autre et, en riant, acheva la question que celui-ci n’arrivait pas à terminer. “ Vous voulez savoir si ça risque de vous arriver ! ” Nous nous sommes bien moqués de notre ami, mais au fond nous étions tous contents qu’il pose cette question. Je crois que nous l’avions tous en tête. C’est vrai, tous les Qablunat parlent de ça ! »

« Alors le policier nous a fait taire, puis il a dit. “ C’est possible. Ça ne m’est jamais arrivé ”, précisa-t-il en riant, “ mais on raconte que les Inuit font ça entre eux... ” Mais notre ami était maintenant revenu de son embarras et, soucieux de corriger l’impression qu’il avait laissée, il intervint à nouveau. “ Ce qui m’intéresse de savoir, c’est pourquoi ils font ça. Il doit bien y avoir une raison. Les Inuit constituent en effet une vieille civilisation, et il doit y avoir une explication à cette pratique si particulière... ”

« Le policier semblait avoir pris goût à la discussion. Il réfléchit un moment puis reprit : “ Sans doute que oui. Par exemple, celui qui prête ainsi sa femme espère toujours qu’on lui rendra la politesse un jour. Ils font de si longs voyages, parfois seuls, et, s’il se trouve un iglou sur leur chemin, les règles de l’hospitalité requièrent peut-être une telle pratique... enfin, c’est peut-être une explication. Et puis, je ne sais pas, je réfléchis tout haut maintenant, et peut-être cette coutume tient-elle au fait que les mariages chez les jeunes Inuit sont presque toujours arrangés par les parents. Ainsi, dès le bas âge, les jeunes sont promis par les parents, et cela se fait presque toujours parmi la parenté, entre cousins par exemple. De telles alliances servent à consolider les liens familiaux et à rassurer les parents quant à leur avenir. En effet, en laissant le mariage se faire au hasard, on court le risque d'amener dans la famille un inconnu qui peut s'avérer mauvais chasseur ou mauvaise couturière. Alors, vous comprenez qu'avec le temps ces mariages consanguins ont pu poser des problèmes que les Inuit, ces grands observateurs de la nature, n'ont pas manqué de voir. Alors, qui sait, cette coutume qu'ils ont développée de s'échanger leurs femmes à l'occasion, c'est peut-être pour favoriser le mélange du sang, si on veut... " »

Youguini, qui surveillait Aputik du coin de l'œil, avait bien remarqué que celle-ci branlait la tête. Elle semblait vouloir intervenir et il lui en laissa tout le temps.

« Je ne peux vraiment pas croire ce que j'entends ! Hé ! Pour mélanger le sang ! Avez-vous déjà entendu quelque chose de plus stupide, vous autres ? »

Ainsi, pendant qu'Aputik laissait éclater sa colère, Itsaya pour sa part avait l'air d'apprécier toute l'affaire. Elle se leva et, retenant mal son rire, elle interpela Youguini : « Regarde un peu ici », lui dit-elle. Puis elle se mit à se balancer le derrière et les hanches d'une manière qui ne pouvait être plus explicite et, en riant, elle déclara pour le bénéfice de toute l'assemblée qu'il ne fallait pas faire tant de mystère avec ces histoires-là. « Tu vois, Youguini, c'est comme ça qu'ils s'y prennent les Inuit pour faire des enfants et mélanger le sang ! »

La remarque et les gestes d'Itsaya se perdirent dans une tempête de rires et d'exclamations. Aputik approuvait bruyamment et les hommes se tapaient sur les cuisses. Mais Itsaya n'avait pas encore fini. « Hé, Youguini », demanda-t-elle, « dis-nous maintenant comment ils font ça, les Qablunat, hein. On m'a dit qu'ils font du bruit en faisant l'amour, est-ce que c'est vrai ? »

Les rires maintenant avaient tourné au gras, et cette dernière remarque d'Itsaya était d'autant plus appréciée que celle-ci passait pour s'y connaître en matière de Qablunat. Même la belle Kinalik, d'habitude si posée, ne se contenait plus, et on la voyait qui se tenait le visage à deux mains. La petite Mitiarjuk riait tellement qu'elle avait dû s'essuyer les yeux. Seul Youguini paraissait un peu décontenancé.

« Allez, Youguini », lui fit la fille qui riait encore, « tu sais bien que ce n'est pas méchant. On veut seulement s'amuser. Et toi aussi, tu nous amuses beaucoup. Grâce à toi, cette soirée finalement n'aura pas été ennuyante. Alors, vas-y, continue. Dis-nous ce que tu penses de tout cela. Tu as parlé des autres Qablunat. Alors, maintenant, dis-nous pourquoi, à ton avis, les Inuit prêteraient-ils leurs femmes à des étrangers ? »

Youguini réfléchit un instant puis reconnut qu'il y avait déjà pensé. « Cette coutume me semble venir du fond des âges », commença-t-il. « Elle est probablement le fruit d'une sorte de sagesse qui a mis des centaines d'années à se développer. Je pense même que les Inuit la pratiquent maintenant de façon naturelle, sans trop savoir pourquoi ils le font. Mais il y a une raison, et s'ils le font c'est précisément parce que les femmes sont tellement importantes pour les Inuit. Un bon chasseur se doit en effet d'avoir une femme à lui. S'il n'en trouve pas, il voudra peut-être tuer un autre chasseur pour lui voler la sienne. Alors, on se dit que, pour éviter le trouble, vaut mieux prêter sa femme que se la faire voler. Voilà ! »

Un silence suivit. Youguini regarda les autres et il lui sembla que s'ils ne disaient rien c'était peut-être qu'ils accordaient quelque crédit à son explication. Même Aputik s'était calmée. Mais comment savoir avec ces Inuit aux visages obscurs, maîtres dans l'art d'enfouir leurs pensées au plus profond d'eux-mêmes. Et de plus, il fallait encore compter sur Itsaya qui n'avait pas encore dit son dernier mot.

« Tu veux que je te dise, Youguini », fit-elle, les yeux pleins de malice, « il y a une explication encore plus simple. Tu vois, les hommes n'ont pas vraiment le choix. S'ils ne prêtaient pas leurs femmes, alors celles-ci seraient bien assez grandes pour se prêter toutes seules ! »

Sur le coup, les femmes ne surent comment réagir. Elles se regardèrent à la ronde puis, après un très bref moment d'hésitation, ce fut l'explosion. Une véritable explosion de cris et de rires de femmes, bruyants et aigus. Et elles jetaient en même temps en direction des hommes des regards chargés d'insolence, pendant que ces derniers, qui se seraient bien passés de cette remarque mais qui ne voulaient pas le faire voir, riaient sans aucun entrain, le regard morne et la bouche figée. Ainsi, pendant de longs moments encore, le rire sarcastique des femmes résonna dans le petit igloo de Mingo, et les hommes n'eurent pas d'autre choix que de subir en silence leurs railleries. Bientôt cependant, fatigués qu'ils étaient par le voyage, ils s'endormirent un à un, laissant les femmes à leur interminable bavardage.

29

LA FAMINE

Mais voilà, dans ce pays la misère n'est jamais bien loin et, après ces quelques jours de réjouissances, le spectre de nouvelles épreuves pointait déjà à l'horizon. Personne n'en parlait mais chacun savait, par le peu qu'il mangeait, que les réserves de nourriture n'allaient pas tarder à s'épuiser. De plus, à voir les chasseurs revenir la mine basse, il devenait de jour en jour plus évident que les caribous, ces bêtes imprévisibles et folles, ne passeraient pas de sitôt par les collines. Le moment vint donc où Mingo n'avait plus le choix et, un bon matin, il entraîna à sa suite la troupe qui abandonna ainsi à regret le camp des collines, pour s'enfoncer davantage vers l'intérieur.

Le long déplacement qui s'ensuivit s'étala sur plusieurs jours. Pendant le trajet, les hommes marchaient le long des attelages alors que les femmes somnolaient sur les traîneaux. Les chiens trop faibles ne couraient pas, et tout se déroulait lentement, en silence, sous un ciel blafard qui se confondait à la terre. On ne s'arrêtait que pour dormir et manger un peu, à peine, et on repartait aussitôt, le matin venu. Alors, il y avait toujours le même silence, le même horizon fermé, un désert sans fin dans lequel les belles résolutions de Youguini allaient subir un dur coup. Les premiers jours, cependant, il s'était étonné que ses vieilles inquiétudes ne reviennent pas le hanter, et qu'il lui était bien égal qu'on aille à droite ou à gauche. Il n'avait plus peur comme avant et cela le surprit.

Puis, au bout du trajet, lorsqu'on s'arrêta pour établir le dernier camp, les nouveaux lieux étaient si dépouillés qu'il se mit à regretter les collines qu'ils avaient laissées. Il n'y avait là, pour distinguer le ciel de la terre, qu'une formation de roches qui s'éparpillaient sur l'horizon et qui ressemblaient à une longue cicatrice sur le ventre blanc d'un mourant. C'est là que Youguini fit la connaissance d'un nouveau mal qui ne s'appelait ni la peur ni l'angoisse, mais simplement la lassitude. Un mal pire que le premier, car, plutôt que de s'attaquer à lui comme ces anxiétés qui lui nouaient la gorge et l'empêchaient d'avaler, ce nouveau mal s'en prenait à l'âme même de sa victime qu'il plongeait dans un bain de froide torpeur. Youguini ne se reconnaissait plus. Il en vint même à regretter ses hantises d'avant qui, à l'instar des collines, mettaient du relief dans sa vie. Avec ce nouveau malaise, il n'avait plus le goût à rien. Tout lui était égal.

Puis, la nourriture finit par manquer. Personne n'en souffla mot mais, ce soir-là, lorsqu'on s'installa chez Mingo pour manger, les femmes ne servirent que du thé. Et le lendemain encore, rien que du thé. Le petit Alupa, qui n'avait jamais connu la famine, sentit pour la première fois cette douleur qui lui rongeait l'estomac. « Maman », avait-il dit d'une voix doucement implorante, « j'ai faim ! » Aussitôt après, son jeune courage avait repris le dessus et, se reprochant peut-être d'avoir alarmé sa mère, il posa la tête sur ses genoux et l'assura qu'il pouvait attendre. « Rouyannaaluk ! » fit-il simplement, en brave petit chasseur qu'il était. « Ça ne me fait rien ! »

Sur ces mots, Mingo, qui était déjà de très mauvaise humeur, ne put alors réprimer de durs commentaires qu'il dirigea manifestement à l'endroit de Youguini. « Si les caribous ne sont pas là », sermonna-t-il, « c'est que malgré mes ordres quelqu'un a donné de la viande aux chiens. Il va falloir apaiser la colère des esprits maintenant. » Il s'arrêta un moment puis, sur un autre ton, il s'adressa cette fois à Alupa. « T'en fais pas, je vais arranger ça. Bientôt on pourra manger, et je ne laisserai plus personne causer le trouble... plus jamais ! »

La menace n'avait pas échappé à Youguini qui choisit néanmoins de ne pas répondre. Il se contenta de sourire. Un moment, l'idée lui vint de dire à Mingo que, s'il ne restait plus de viande, c'était simplement qu'ils l'avaient toute mangée. Mais il n'en fit rien. Il haussa seulement les épaules, et, les jours suivants, il évita d'aller chez Mingo. Il n'y avait que du thé à boire et Angutinguak en rapportait chaque soir en rentrant. Alors, ensemble avec Tania, les trois buvaient silencieusement, sans échanger un regard.

Un de ces soirs, Ukpik s'amena chez Youguini. C'était la première fois que le sculpteur le visitait mais, en mauvais hôte, c'est à peine si Youguini remarqua sa présence. L'autre ne voulut pas s'imposer. Il attendit un moment, puis il annonça qu'il venait de terminer une sculpture. « C'est un chien », dit-il, « et on dirait qu'il ressemble à Dragon. C'est bien la plus belle sculpture que j'aie jamais réussie... » Il attendit encore un moment puis, devant l'indifférence des autres, il disparut sous le portique. Youguini n'avait même pas pensé à lui offrir du thé.

Ce jour-là donc, les hommes étaient partis, et ils avaient emmené avec eux Angutinguak. Alors, pour éviter de rester seul avec Tania, Youguini s'était rendu chez Itsaya. Quand il est entré, celle-ci leva la tête, sans surprise, et continua de mâcher un morceau de peau qu'elle tenait dans la bouche. Elle le laissa s'asseoir puis, sans desserrer les dents, elle lui offrit un bout de peau que celui-ci refusa.

« Ça aide, tu sais. »

Il lui fit signe que non. Il s'adossa contre la plate-forme, pendant que la fille l'observait en silence. Elle était étendue sur un tas de fourrures, le ventre saillant. « Et ça ? » demanda-t-il, en lui montrant du doigt la plaque bleue qu'elle portait au-dessus de l'œil. « Qu'est-ce que c'est ? »

Elle cracha alors le morceau de peau qui tomba à ses côtés, puis elle esquissa un vague sourire. « Ça », lui dit-elle après un silence, « c'est Nuluki. Ça nous arrive de nous quereller... alors, c'est comme ça, il m'a donné un coup. Il a seulement voulu me punir. Ça n'a pas d'importance... »

D'un geste, elle signifia qu'il ne fallait pas en faire de cas, mais Youguini s'était mis à la regarder avec étonnement.

« Mais pour qui se prend-il, celui-là ? D'abord, il s'en prend à Dragon qu'il a battu pour je ne sais quelle raison. Et maintenant, voilà qu'il te bat. Est-ce qu'il pense vraiment que c'est la façon de régler ses problèmes ? Je voudrais bien qu'il s'essaie avec moi, celui-là ! »

« Mon pauvre Youguini », ricana-t-elle, « ne te mêle pas de ces histoires ! C'est à n'y rien comprendre. Si Nuluki m'a battue, c'est seulement qu'il m'a vue avec Dragon. Alors... »

« Qu'est-ce que tu veux dire, avec Dragon ? »

« Seulement qu'il m'a vue avec Dragon ! Il ne faut pas t'étonner ! Le mal existe, Youguini, tu n'as pas l'air de le savoir. Et depuis longtemps déjà », insista-t-elle en riant. Elle referma les yeux et un silence suivit.

« La vérité, c'est que Nuluki m'a frappée parce que je

lui ai fait du mal. Et moi, je lui ai fait du mal parce qu'il m'en avait fait avant. Et ça dure comme ça depuis toujours. Je ne sais plus qui a commencé. Peut-être le mal a-t-il commencé lorsque les Inuit étaient encore en Chine ! »

Pendant un moment, elle rit doucement de sa remarque, mais bientôt son visage allait changer d'expression. Cette fois, Youguini crut y déceler une pointe de tristesse.

« Depuis la mort de... depuis ce qui est arrivé à la petite, Nuluki ne me dit plus rien que des reproches, et il ne s'occupe plus de moi. C'est comme s'il m'accusait. Mais comment peut-il penser que j'ai voulu ce malheur ? C'était ma fille ! Pourquoi donc me faire des reproches ? C'est si cruel ! »

L'horreur passa en éclair dans son regard et elle couvrit de ses mains ses yeux en larmes. Mais elle se ressaisit aussitôt et se secoua vivement pour chasser les mauvais souvenirs. Youguini maintenant regardait la fille avec tendresse. Il y avait en effet dans l'expression de cette femme qui savait si bien le faire rire quelque chose qui pouvait tout autant l'émouvoir. Son beau visage était plus délicat que celui des autres femmes ; ses joues étaient aussi plus régulières et, depuis le malheur, ses yeux s'étaient enfoncés quelque peu, ajoutant encore plus de chaleur à son regard.

« Mais tu auras bientôt un enfant, et alors tout va s'arranger entre vous deux... Nuluki oubliera ce qui s'est passé. »

À son tour, elle le regarda avec affection. « Ce n'est vraiment pas le moment d'avoir un enfant, tu sais. Ce voyage peut devenir difficile... enfin, oublions ces histoires. Oublions le mal, Youguini. Ça ne donne vraiment rien d'y penser. Parlons plutôt de toi. Je te trouve bien pâle ces temps-ci, et tu me parais si malheureux. Dis-moi seulement : qu'attendais-tu de ce voyage ? Croyais-tu vraiment que ce serait facile ? Tu as l'air si déçu... »

Surpris, Youguini baissa les yeux et parut hésiter un moment. « Oh ! tu sais, j'avais peur de venir, mais c'est vrai, je trouve que le voyage est bien difficile. Je m'attendais à autre chose... qu'on arriverait quelque part, que tout irait bien, et qu'on retournerait. Maintenant, je ne crois même plus qu'on puisse retourner. Ça ne me fait plus rien mais tout est bien trop difficile. Et puis, où que mes pensées se tournent, je ne trouve que des regrets, que des remords... »

« Alors je regrette de t'avoir entraîné dans ce voyage... »

« Non, Itsaya, tu n'y es pour rien. C'est seulement la vie qui est comme ça. J'aurais dû le savoir plus tôt, on ne doit s'attendre à rien de la vie. J'ai pensé que ce serait une belle aventure, alors que ce n'est que misère. Dans ce cas, moi, la vie, je n'en veux plus... »

« Pauvre Youguini, tu m'étonneras bien toujours. Cela m'attriste de te voir ainsi, mais je ne peux m'empêcher de te trouver amusant. Allez, viens ! Viens un peu ici. » Elle lui tendait les bras. « Approche-toi et prends-moi comme tu sais si bien le faire. Fais-moi rêver, Youguini, ça nous fera du bien... »

« Non, Itsaya, pas maintenant... même pour ça, je n'ai plus de goût. Tu vois dans quel état je suis, hein ! Jamais je n'aurais cru qu'un jour je refuserais une femme ! Je les ai tant désirées. Je regrette, Itsaya, ça n'a rien à voir avec toi. »

« Mais tu dois faire quelque chose, Youguini ! » Elle le regardait maintenant avec compassion. « Va voir cette autre femme... va voir cette Kinalik, ça ne me fâchera pas. »

« Si tu savais, Itsaya ! Je ne pense même plus à Kinalik !

C'est bien pour te dire ! L'autre soir, j'ai pensé que je l'avais eue. J'étais avec une autre mais, dans l'obscurité, j'ai pensé que c'était elle et ça m'a mis au comble de l'extase. Hé ! Quelle futilité ! Tout ça n'est qu'illusion et déception. Il n'y a plus en dedans de moi qu'un grand vide. C'est comme si j'en avais fini de la vie. Je suis désabusé de tout, Itsaya. Tout m'est devenu égal. Je peux mourir maintenant, ça sera mieux que de vivre à regret. »

Youguini s'arrêta et leva les yeux vers la fille qui l'observait avec un sourire affectueux. « Je n'ai pas voulu t'offenser, Itsaya... c'est seulement que je n'ai pas le goût à ça. Il faut que je te dise aussi que tu es vraiment ma meilleure amie. C'est vrai, Itsaya. De toutes les femmes, c'est avec toi que je me sens le mieux. Tu m'amuses. Avec toi, j'ai le goût de parler et ça me fait du bien. Alors, tu vois, je regrette de ne pas combler tes désirs. Je voudrais pouvoir t'aider... »

Elle ricana doucement et ses yeux se remplirent de tendresse. « Mon pauvre petit Youguini ! C'est plutôt moi qui devrais t'aider, tu ne trouves pas ? Allez, oublie ces histoires. Ce n'est pas bon de penser à la mort, ça porte malheur... »

« Au contraire, Itsaya. C'est bien ma seule consolation ! je regarde les autres qui n'ont pas l'air de savoir qu'ils vont mourir, et je ne veux pas être comme eux. Je préfère vivre l'âme torturée par la vérité plutôt que d'être bêtement heureux... et puis la mort ne m'effraie pas. Ça non ! Elle peut bien se montrer, je suis prêt ! je n'ai plus le goût de me battre, Itsaya, je suis bien trop fier. Et si la vie ne fait pas de sens, qu'est-ce que j'en ai à faire, hein ? »

La fille choisit cette fois de ne pas répondre. Elle baissa les yeux et promena sa main sur son ventre. Celui-ci était si gros qu'il semblait qu'elle allait accoucher à tout moment.

« Tu me parais fatiguée, Itsaya, je vais te laisser dormir. »

« Alors, prends ce morceau de peau et mâche-le. Nous avons été chanceux jusqu'à maintenant. Nous n'avons pas vraiment connu la misère, et il faut désormais s'attendre au pire. Tu dois préserver tes forces, Youguini. Tu dois vouloir vivre, coûte que coûte. C'est comme ça ! Pour survivre, il faudra vraiment que tu le veuilles ! »

Youguini n'était pas convaincu. Il prit cependant le morceau de peau qu'il glissa dans sa poche et, lentement, sans un mot, il sortit pour se retrouver seul, au milieu de la nuit.

Dehors, il faisait un froid qui brûlait la peau, et Youguini s'empressa de relever le capuchon de son atigi. Il avait déjà remarqué que, les nuits de grand froid, les étoiles qui scintillaient si vivement lui paraissaient pourtant plus lointaines encore, enfoncées dans l'impénétrable obscurité de la nuit arctique. Il eut le sentiment que la solitude, aussi dense que le froid, s'était imposée à tout l'univers.

Soudain, près de lui, quelque chose se mit à bouger dans l'obscurité, et la sensation d'une présence le saisit d'une manière si subite qu'il en fut aussitôt glacé d'effroi. Il aurait voulu rentrer, mais ce qu'il sentait autour de lui était si intense qu'il resta cloué sur place, le corps secoué par un long frisson.

Il aperçut alors tous ces yeux qui l'entouraient et qui lançaient dans la noirceur de vifs éclairs. Au même instant, une première plainte s'éleva et creusa dans le silence de la nuit une interminable fissure ; puis, derrière, une deuxième se fit entendre, plus déchirante encore, et bientôt toute une clameur s'éleva autour de Youguini. C'est alors qu'il reconnut les chiens..En effet, seules dans l'obscurité, les malheureuses bêtes avaient dressé la tête et, dans un triste ensemble, avaient uni leurs hurlements aux gémissements du vent.

« Misère ! » gémit à son tour Youguini, « quel affreux concert ! » Ces longs cris de pur désespoir lui déchiraient l'âme mais il ne pouvait que s'apitoyer sur le sort de ces pauvres bêtes. Il se disait qu'en ce moment il était le seul témoin de leurs misères et que tous leurs gémissements allaient se perdre inutilement dans la froide obscurité. Un dieu les entendait-il quelque part ? « Bien sûr que non », se désola Youguini, « et ces tristes moments décrivent mieux que tout la terrible vanité de ce voyage ! » D'un coup de pied, il frappa le sol glacé et rentra chez lui, dégoûté, l'âme transie de froid.

Tania était là, qui avait l'air de l'attendre. Cette idée de se retrouver seul avec Tania lui déplut à l'extrême, car ce dernier, dans son silence morbide, provoquait chez Youguini un étrange malaise. En effet, après les quelques moments qu'avait duré la fête, Tania avait sombré à nouveau dans son délire habituel. Il ne bougeait presque plus de son lit, riait parfois en silence et n'émergeait de son isolement que pour troubler les autres en leur infligeant la vérité la plus crue, qu'il clamait avec le dépouillement de la folie.

Alors donc, quand Youguini s'amena, l'autre le suivit des yeux, froidement, attendit qu'il s'approche de la lampe puis, avec le plus parfait détachement, lui déclara : « Je sais comment ils vont s'y prendre pour te tuer, Youguini... Ils s'y mettront à deux. Ils viendront de chaque côté quand tu t'y attendras le moins. Chacun te saisira sous le bras et tu ne pourras plus bouger. Et, avant que tu ne comprennes, celui sur ta gauche te passera le couteau entre les côtes. Je sais que ça se passe ainsi. Tu n'auras pas le temps de crier. Tes jambes vont manquer aussitôt et, avant même de toucher le sol, tu seras mort... »

Pendant tout ce temps, surpris, Youguini était resté figé au-dessus de la lampe et, quand tomba le dernier mot, il ne put réprimer le frisson qui l'étreignait. Il rabattit la main sur la lampe et de ses doigts étrangla la flamme vacillante. « Misère de cul ! » se jura-t-il, « je vais le tuer, celui-là ! »

Un moment passa, puis à nouveau la voix de Tania, tendue comme une prémonition, perça le silence de l'iglou. « À moins que je ne tue Mingo avant... car je sais comment. Je suis le seul capable de le tuer... »

30

« CE N'EST PAS MINGO QUI A VOULU LE MAL. »

Le camp était devenu complètement immobile. On ne se visitait plus, et chacun, replié chez soi, ne pensait plus qu'à ménager ses dernières énergies, en dormant, ou en mâchant un peu de caribou séché. La lassitude s'était répandue partout, appesantie par un lourd silence. Même les chiens, qui ne semblaient plus rien espérer, ne se levaient que pour se recoucher de l'autre côté. Ils avaient l'air abattu.

Curieusement, dans cet état de stupeur mentale, le corps devient peu à peu insensible à la douleur. Il y a bien au début ce vide qui se creuse au fond de l'estomac mais, bientôt, l'âme se détache de tout pour errer quelque part, au-delà de l'accablement. Youguini languissait ainsi depuis quelques jours déjà. La présence à ses côtés de Tania lui rappelait parfois les menaces de Mingo, mais celles-ci lui paraissaient si lointaines qu'il avait le sentiment de rêver.

Puis, ce jour-là, les chasseurs sont revenus et, n'eût été d'Angutinguak qui s'était empressé de venir réveiller Youguini, ce dernier n'en aurait rien su. Le visage d'Angutinguak lui était apparu tout souriant et noirci par le reflet de la neige, et il l'entendit répéter : « On a rapporté de la viande, Youguini ! Viens voir ! » Il dut se secouer pour le croire.

Les hommes avaient en effet rapporté un caribou entier et quelques membres qu'il restait d'un deuxième. Cela signifiait le salut, du moins pour l'instant, mais chacun savait qu'il ne fallait pas se réjouir trop vite. Alors, quand la troupe se réunit chez Mingo pour manger, on était loin d'avoir la tête à la fête. Les chasseurs avaient pu manger mais ils étaient épuisés par le voyage, et le long jeûne avait affaibli tous les autres. Les hommes avaient donc le regard sombre et les femmes tâchaient en fredonnant de chasser l'inquiétude.

« Ataata'ai ! Est-ce qu'ils seront bientôt là, les caribous ? » C'était Alupa qui, de sa belle voix d'enfant, interrogeait son père, et qui semblait, lui aussi, avec son petit visage grave, partager l'inquiétude des autres. Mingo, qui voulait chasser toute crainte, répondit aussitôt.

« Aaa ! » fit-il d'une voix traînante qui exprimait tant de sérénité que même Youguini se sentit rassuré quelque peu. Et une fois encore, le courage tranquille des Inuit l'étonna.

« Tu verras, Alupa », fit à son tour Ukpik, avec un sourire que la fatigue rendait encore plus tendre, « il y aura bientôt tant de caribous par ici que tu ne sauras les compter ! Et tu ne pourras plus dormir, tellement les chiens seront excités par leur présence. »

Ainsi donc, la petite assemblée s'anima quelque peu. La conversation allait en douceur, clairsemée de silences et de tendres murmures que faisaient les femmes en servant leurs hommes. Youguini se sentait un peu mieux. Même Tania, qui s'était endormi dans son coin, semblait échapper pour l'instant à sa folie, tant il faisait bon de se retrouver dans la chaleur de l'iglou, au milieu de tous les autres. Au-delà de la lassitude, et en dépit de tout,

Youguini s'étonnait de ressentir à nouveau un peu d'espoir.

Puis on se dispersa et Youguini rentra chez lui avec Angutinguak, laissant derrière Tania qui ne s'était pas réveillé. Le froid de leur iglou rappela Youguini à la réalité et, profitant de ce qu'il était seul avec Angutinguak, il lui raconta ce que Tania lui avait dit à propos des menaces de Mingo. « Et je suis obligé de croire Tania », insista-t-il. « Je sais que Mingo me reproche nos malheurs. Et puis Tania est peut-être fou, mais il n'a pas pu inventer cette histoire. Il a bien dit qu'ils s'y prendraient à deux pour me tuer. Je suis certain qu'il les a entendus comploter contre moi... »

« Mais Youguini, tu ne peux pas faire attention à ce que dit ce fou de Tania ! »

Le pauvre Angutinguak, qui ne comprenait pas comment son meilleur ami pouvait ainsi penser tant de mal de son protecteur, aurait bien voulu calmer ses craintes.

« Écoute bien, Youguini », reprit-il en lui mettant la main sur l'épaule, « tu n'as vraiment rien à craindre de Mingo. Il va nous ramener à Taqralik, tu verras. Il faut que tu comprennes que Mingo se sent responsable de nous. S'il s'impatiente parfois, c'est qu'il a des problèmes. Tu sais, ce policier, il n'arrête pas de le poursuivre. On ne comprend pas ce qu'il fait celui-là, mais depuis notre départ de Taqralik il n'a pas cessé de nous suivre. Et Mingo en a assez de lui. Après tout, ce n'est pas Mingo qui a cherché le trouble. Ce n'est même pas lui qui a commencé cette histoire avec les Amassalik... Et s'il était aussi méchant qu'on le pense, alors pourquoi serait-il si malheureux ? Et pourquoi penserait-il tant de mal de lui-même, hein ? »

Il y eut un silence, puis Angutinguak, qui s'était reculé, parut tout à coup bien résolu de tout raconter à son ami.

« C'est une vieille histoire qui a commencé avant même que Mingo soit au monde. Alors, écoute bien, tu vas voir qu'il n'a pas voulu le mal qui est arrivé. Déjà, il y a très longtemps, le père des Amassalik était depuis toujours un ennemi du père de Mingo. Un jour, il a tué ce dernier et Mingo, qui n'avait que quinze ans, s'est retrouvé seul. Alors, tout le clan des Amassalik s'est mis à se méfier du jeune Mingo, pensant bien qu'il allait se venger comme il se devait de la mort de son père, parce que les querelles entre les deux familles duraient ainsi depuis plusieurs générations. Mais Mingo n'en fit rien, et ce sont les autres qui ont tout commencé. Un jour, ils se sont approchés de Mingo alors que celui-ci était occupé à tirer ses filets. Ce dernier ne se méfia pas mais, quand il s'est retourné, il comprit aussitôt ce que les autres lui voulaient, et il sut qu'il était trop tard pour lui. Sa carabine était restée sur la grève. Alors, il se redressa, regarda dans les yeux le plus vieux des Amassalik qui venait d'épauler son fusil, et il attendit. Un moment passa puis le coup partit. Aussitôt, la tête de Mingo fut prise d'une telle secousse que tous ses cheveux se dressèrent sur sa tête. Ses genoux plièrent aussi mais, à la grande surprise des autres, Mingo se redressa aussitôt, le regard rouge de colère et défiant à la fois. Il porta la main à la bouche et, lentement, à la vue de tous, il en sortit un bout de plomb que le sang avait rougi. Alors, tu peux t'imaginer la tête que firent les Amassalik ! Pendant un long moment, ils sont restés cloués au sol, d'abord incrédules, puis bientôt saisis d'épouvante. Celui qui avait tiré échappa son fusil et commença à fuir en reculant. Mingo tenait toujours le plomb entre ses doigts et il le montrait rageusement aux autres qui fuyaient dans toutes les directions, en jetant vers le chamane des regards effrayés...

» Alors, tu vois, Youguini, ce n'est pas Mingo qui a

voulu ce qui est arrivé, et il regrette. Il est fatigué de toute cette histoire. Il est trop fier pour se plaindre, mais une fois il a dit que, s'il en avait eu le choix, ce mal-là n'aurait pas existé et sa vie aurait été bien différente. »

Jamais Youguini n'avait entendu parler Angutinguak avec tant de conviction. Même que des gouttelettes de sueur étaient apparues sur son front et, dans son visage noirci, ses yeux d'habitude fatigués brillaient d'un éclat nouveau. Angutinguak ne pourrait jamais oublier que c'était Mingo qui l'avait recueilli lorsque sa famille avait dû l'abandonner, et il témoignait une loyauté indéfectible à l'égard de son bienfaiteur.

Angutinguak n'aimait pas se rappeler le souvenir de ses propres malheurs, s'estimant par ailleurs bien chanceux d'avoir survécu à tout, mais comment aurait-il pu oublier en effet ce qui s'était alors passé. Il revoyait alors Mingo, plus jeune, qui était venu visiter ses parents, et il entendait ceux-ci se plaindre qu'ils ne pouvaient plus se nourrir, à cause de la famine. Et sa mère avait ajouté qu'elle ne pouvait plus garder l'enfant, et qu'elle serait forcée de l'abandonner. Angutinguak était jeune à l'époque, mais il se rappelle encore la douleur qu'il ressentit lorsque ses parents étaient partis, le laissant seul avec Mingo. Puis il se dit qu'il n'y avait rien de bon à se rappeler ces mauvais souvenirs et se tourna à nouveau vers Youguini.

« Alors, tu vois, Youguini, c'est bon de savoir ce qui s'est passé. Je ne te fais pas de reproche, parce que tu ne pouvais pas connaître cette histoire. C'est difficile pour toi de comprendre Mingo. C'est un homme tellement seul et qui parle si peu. Et il n'a personne sur qui compter, lui. Nous, c'est différent, on sait qu'avec lui on va s'en sortir. Mais lui n'a personne, Youguini. Personne ! Est-ce que tu te rends compte ? Il n'a personne au-dessus de lui pour l'aider. Il doit trouver tout seul le moyen de nous aider.

Alors tu t'imagines le poids qu'il a sur les épaules ! Moi, je ne sais vraiment pas comment il peut vivre comme ça. Il doit être très fort. Très fort et très seul ! »

Il y eut alors un silence et Youguini prit une longue respiration. Puis il hocha la tête, faiblement. « Tu as bien fait de me raconter cette histoire », dit-il. « Tu vois, Angutinguak, ça doit être la fatigue. On est resté longtemps sans manger et puis je... enfin, ça va aller mieux, maintenant. Je vais dormir, je vais manger et ce sera oublié. Mais je regrette, Angutinguak. C'est vrai, je... j'étais seul ici avec Tania et, quand tu n'es pas là, c'est bien différent. Personne ne m'explique les choses comme toi. Je crois que ce n'est pas très bon pour moi quand tu pars longtemps. Tu devrais essayer de rester au camp... » Youguini ne put terminer. Il baissa la tête.

Sur le moment, Angutinguak ne sut quoi dire, tant il était ému. Jamais on ne lui avait parlé ainsi. Jamais personne ne lui avait fait un si beau compliment. Et jamais de toute sa vie il ne s'était senti aussi utile et aussi grand qu'en ce moment. Il se balançait sur ses genoux devant son ami, incapable même de l'enlacer tellement les sentiments qu'il éprouvait lui étaient inconnus. « Alors ça, vraiment, Youguini ! » qu'il répétait. « Marialuk ! Tu es vraiment mon meilleur ami ! Vraiment ! Et tu peux compter sur moi, je vais rester avec toi, je ne partirai plus, Youguini ! Ça n'arrivera plus... »

31

LA SCULPTURE DE DRAGON

Quand Ukpik aperçut Youguini sous le portique de son iglou, il était seul avec sa femme Tunuk et, fort surpris d'avoir un visiteur par pareil temps, il le salua en riant. « Mais regarde-moi donc, Tunuk, ce malappris de Youguini qui ne nous rend jamais visite ! » Le rire chaleureux du sculpteur accompagna ce dernier reproche et Youguini se sentit aussitôt à son aise.

Tout cela tombait bien. Ce matin-là, le camp s'était en effet réveillé sous la tempête, et les chasseurs, qui avaient espéré repartir aussitôt, durent à regret retarder leur voyage. Mais la mauvaise température n'allait pas affecter l'humeur de Youguini. Au contraire. Le fait que les autres dussent rester au camp lui procurait un certain sentiment de bien-être. Ainsi donc, s'étant rappelé ce que lui avait dit Ukpik au sujet de sa sculpture, et bien au regret d'en avoir fait si peu de cas, il avait résolu de lui rendre visite.

Il s'était toujours bien entendu avec Ukpik et, cette fois, avec la tempête qui rageait dehors, Youguini n'était pas encore assis qu'il appréciait déjà la douce tranquillité qui régnait dans son iglou. Il était content d'être là.

« J'ai seulement voulu voir cette sculpture que tu viens de terminer », annonça-t-il à Ukpik. Au même moment, Tunuk, qui semblait polir quelque chose, s'arrêta, et

Youguini aperçut alors une pierre noire qui luisait au creux de sa main.

« C'est celle-là », lui dit Ukpik. Il prit la sculpture des mains de sa femme et la remit à Youguini qui s'émerveilla aussitôt de sa beauté. La petite sculpture avait en effet de belles proportions et un fini si lustré qu'elle avait l'air de vivre.

« Oh ! » fit Youguini. « Elle est magnifique ! Je n'ai jamais rien vu d'aussi beau ! Tu as bien raison d'en être fier, Ukpik ! »

La sculpture, qui ne mesurait pas plus de quinze centimètres, reproduisait avec beaucoup de réalisme un chien au repos : étendu de tout son long sur la poitrine et le côté, en demi-cercle ; la tête relevée et la bouche ouverte, il avait l'air si bien et tellement vrai, on aurait dit qu'il souriait. Son regard surtout était dessiné avec une telle précision qu'il paraissait habité par la vie.

« Oh ! C'est tellement bien, Ukpik, on dirait le vrai Dragon ! » Youguini était visiblement impressionné, et le sculpteur surveillait avec amusement ses réactions. Tunuk s'empressa alors de leur servir du thé.

« C'est vrai », fit Ukpik, en portant la tasse fumante à ses lèvres, « voilà bien ce que j'ai fait de mieux ! » Il se complimenta de façon si naturelle que cela fit sourire Youguini. « Mais jamais une si petite pierre ne m'aura fait tant travailler ! Demande seulement à Tunuk. Je n'arrivais pas à la terminer parce que je trouvais qu'il y manquait toujours quelque chose. Je n'étais jamais satisfait. Je ciselais un peu ici, je limais un peu là, rien à faire, ça ne vivait pas. La pierre restait inerte et la vie n'en sortait pas. À la fin, je commençais à m'impatienter et je ne pensais plus qu'à cela. Même que Tunuk me reprochait de la négliger et de ne m'occuper que de la pierre... »

Ukpik s'arrêta pour échanger un sourire avec sa femme,

et il reprit aussitôt. « Puis, un matin, c'est arrivé, juste comme ça, alors que Tunuk dormait encore. Je ne me souviens même plus ce que j'ai pu faire à la pierre... je travaillais avec le tranchant du silex, et je limais le visage en prenant soin de ne rien enlever de trop. Tout à coup, j'ai vu se transformer le regard du chien. Je venais de souffler une dernière fois pour enlever la poussière, et soudain, la vie a surgi d'en dessous. C'était comme si j'avais touché à la chair du chien et qu'il s'était réveillé. Son regard exprimait enfin quelque chose. Il avait l'air si vrai que je pouvais le voir se lever et se secouer, comme font les chiens. J'étais si troublé et si content à la fois. J'ai même crié et j'ai réveillé Tunuk qui s'est encore fâchée... »

Les deux se regardèrent à nouveau et le rire affectueux de Tunuk vint se mêler à celui de son mari. Youguini s'émut de les voir si proches l'un de l'autre et prit plaisir à se retrouver ainsi au milieu d'une si tranquille harmonie.

« Depuis ce temps, Tunuk s'est mise à polir la pierre. Moi, j'en ai terminé, il n'y a plus rien que je puisse y ajouter. Tu vois, cette sculpture est vraiment ce que j'ai pu faire de mieux, et pourtant elle n'est rien à côté du vrai Dragon. Cette petite pierre, qui m'a fait tant travailler, ne vaut même pas la queue de Dragon ! C'est comme ça ! Et tu peux bien la garder, moi j'en ai fini. »

Ukpik s'arrêta un moment et, pendant qu'il riait, toute la peau de son visage se mit à faire des plis autour de ses yeux. « Mais ça ne fait rien », reprit-il. « Même si ça donne peu de chose, je vais continuer de sculpter. Je ne peux plus m'empêcher de chercher ce qui se cache dans la pierre, je suis ému chaque fois que je trouve. Mais chaque fois le plaisir passe et je dois recommencer. Et Tunuk qui s'impatiente à chaque fois ! Hiii ! »

Youguini écoutait l'autre en faisant tourner la petite pierre entre ses doigts. « Je n'ose pas la garder, Ukpik. Elle est bien trop belle ! »

« Mais j'en ai vraiment fini, Youguini. Ce n'est rien du tout, mais si elle te plaît tu peux bien la garder... »

Youguini ne dit rien mais il était visiblement ému. Pour Ukpik, ce petit présent n'avait pas d'importance, et il décida plutôt de changer de sujet. « C'est à ton tour de parler, Youguini. Tu écris toujours dans ton livre, n'est-ce pas. Itsaya raconte que tu n'écris plus de la même façon... enfin, elle n'a pas très bien compris, mais tu lui as dit que tu as changé quelque chose. »

« C'est vrai. Je n'écris plus de la même façon. Ça n'allait pas à mon goût et j'ai changé des choses. Maintenant, quand je parle de moi, je fais comme si c'était quelqu'un d'autre. J'essaie de me voir de haut, comme si j'étais sorti de moi. Mais, quand je parle d'un autre, j'essaie alors de me mettre en lui. »

Ukpik n'avait pas l'air de comprendre, et Youguini dut reconnaître que son explication n'était pas très simple en effet. « Écoute plutôt ceci, Ukpik : quand je parle de moi maintenant, je dis " Youguini " et non plus " je " comme avant. Alors, j'écris par exemple " Youguini et Angutinguak sont partis ensemble à la chasse ", et non pas " je suis allé chasser avec Angutinguak ". Je sors de moi, tu comprends, et je trouve que c'est bien plus facile. Je vois ainsi beaucoup mieux ce qui se passe en dehors de moi... je vois plus de choses. »

« C'est donc mieux ainsi », risqua Ukpik.

Youguini hésita. Il réfléchit un moment puis fit signe que non avant de se reprendre. « C'est-à-dire que oui, dans un sens, c'est mieux. Je crois que je me comprends mieux, et que je comprends mieux les autres aussi. Mais je ne suis toujours pas satisfait. Ce que j'écris n'est jamais aussi bien que la réalité. Il y manque toujours quelque chose... »

« Mais ça viendra », lui dit Ukpik, en faisant un geste de la main. « À la fin, il t'arrivera la même chose qu'à moi. Mais à la fin seulement ! »

« Je le souhaite vraiment, et je t'envie, Ukpik. J'aimerais écrire comme toi tu sculptes. J'aimerais tenir le monde dans le creux de ma main, moi parmi les autres, et nous voir tous avec détachement, comme des objets. Il faudrait ainsi que je puisse voler au-dessus de nous, et que je sois libéré des inconvénients du voyage. Je voudrais n'avoir plus qu'à nous regarder vivre, tu comprends. Comme si j'étais un esprit... »

Youguini s'arrêta et regretta un moment qu'un tel souhait fût inaccessible. Il étendit devant lui les jambes et s'appuya contre la plate-forme où se trouvait Tunuk. Cette discussion lui plaisait et il se sentait bien. « Ce voyage est plein de distractions qui me détournent l'esprit, et je n'arrive pas à faire ce que je voudrais vraiment. Le plus difficile, c'est de pouvoir écrire de belles choses à propos des Inuit. C'est vrai, Ukpik ! Je ne voudrais écrire que de belles choses, les grandes émotions, les beaux sentiments, mais il y a plein de distractions qui m'en empêchent. Ou bien je me fâche contre Angutinguak, ou encore j'ai peur qu'on soit perdus, ou alors plus rien ne m'intéresse, je suis las de tout. Quand cela m'arrive, je ne trouve plus rien de beau à dire, et ce que j'écris alors ne vous rend pas justice. Vous êtes en réalité bien plus grands que ce que je dis de vous. Et ça me fâche beaucoup ! »

Ukpik s'était mis à bouger et il semblait d'accord avec ce qu'il entendait. « Aaa ! » fit-il. « Tukisivunga. Je comprends. Chaque fois, il m'arrive la même chose. Il n'y a rien à faire, Youguini. C'est comme ça ! Ce que tu fais ne sera jamais aussi beau que la vie. Essaie encore et, à la fin, tu t'en rapprocheras et cela te fera crier de joie, comme moi ! »

Cette dernière remarque les fit rire tous les deux et Tunuk en profita pour leur servir à nouveau le thé. Ainsi donc, Ukpik et Youguini continuèrent de parler jusque tard dans la nuit, chacun prenant un grand plaisir à la conversation. À la fin cependant, Youguini dut s'en retourner chez lui et, au passage, il put remarquer que la tempête s'était calmée. Cela voulait dire que le lendemain les chasseurs allaient pouvoir repartir et, avant de s'endormir, Youguini se surprit à souhaiter que le voyage soit quand même retardé, regrettant déjà d'être laissé seul au camp avec les femmes et, surtout, craignant d'être livré une nouvelle fois à la lassitude, ce mal plus dangereux encore que la peur de mourir.

32

ARNAINAUGMAT ! PARCE QUE CE N'ÉTAIT QU'UNE FILLE !

Le matin venu, la tempête s'était en effet calmée et les hommes s'apprêtèrent à repartir aussitôt. Il n'y avait pas de temps à perdre. Sous la lueur blafarde du jour, Nuluki s'en fut déneiger les traîneaux dont il reglaça soigneusement les patins. Pendant ce temps, Ukpik partit rassembler les meilleurs chiens qu'il divisa en deux attelages. Seul de son côté, Mingo travaillait à déglacer les courroies. Malgré le grand froid, ses doigts couraient agilement sur les lanières de cuir, et on voyait ses mains nues qui fumaient dans l'air glacial.

Youguini, qui était venu assister au départ des chasseurs, ne pouvait s'empêcher de s'émerveiller devant une telle manifestation d'énergie. « Ils sont increvables ! » pensa-t-il. « De véritables surhommes ! » Il sortit brièvement la main de sa mitaine et aussitôt il sentit la morsure du froid sur sa chair blanche. Pendant ce temps, les doigts de Mingo, toujours fumants et aussi souples que le cuir, repoussaient la couche de glace qui s'était formée sur les courroies.

« C'est une sorte de miracle de la vie ! » s'émerveilla Youguini. « Celle-ci a réservé aux Inuit le sort le plus cruel, mais elle les a aussi pourvus d'une force surhumaine. » Puis, regardant au loin les étendues glacées, à demi obscures, il s'avoua que, s'il était abandonné à lui seul dans ce désert, il n'y survivrait pas même une journée.

« Pendant des siècles », pensa Youguini, « la nature a fait parmi eux une impitoyable sélection, écartant sans cesse les plus faibles. De cette façon, d'une génération à l'autre, seuls les plus forts sont parvenus à survivre et à se reproduire, engendrant à la longue le seul type d'homme capable de survivre dans de pareilles conditions. J'ai devant moi des surhommes ! »

Mais ce phénomène de sélection naturelle ne pouvait expliquer que la grande endurance physique des Inuit. Youguini ne comprenait toujours pas d'où leur venait cette étonnante détermination, ce désir qu'ils ont de vouloir toujours vivre plus, en dépit de tant de misères. Pour survivre ne serait-ce qu'une journée de plus, ils iraient jusqu'à tout sacrifier, abandonnant à leur sort les bouches inutiles, et poursuivraient sans regarder en arrière leur folle quête d'éternité. Alors que lui, Youguini, se laisserait plutôt mourir à la première épreuve, il était convaincu que les Inuit n'abandonneraient jamais. « Ils ne s'arrêteront que lorsqu'ils auront conquis l'éternité. Peut-être qu'un jour, après toutes ces souffrances, et pour l'avoir tant désirée, celle-ci leur sera enfin concédée. Qui sait ? Peut-être bien qu'au bout de leur épuisante migration, passé le dernier détroit, ils trouveront enfin ce qu'ils cherchent... »

Ainsi, pendant que Mingo s'affairait à refaire les cordages, les mains toujours nues, Youguini se sentit transpercé de froid, et il fut pris de regret à la pensée que lui, il n'y arriverait pas. Il n'avait pas cette pressante volonté qu'ont les Inuit de s'accrocher à la vie, et il savait qu'il serait parmi les premiers que celle-ci écarterait.

À la fin donc, les hommes partirent. Il les regarda

s'éloigner un moment puis, se rappelant qu'il n'avait pas vu Itsaya ce matin-là, il décida de lui rendre visite. Celle-ci, qui était à la veille d'accoucher, avait son propre iglou qu'elle partageait avec Nuluki. Le jour cependant, il n'était pas rare de voir les autres femmes s'y rassembler car elles ne détestaient pas la compagnie d'Itsaya.

Ainsi, quand Youguini fit irruption sous le portique, il y avait là Itsaya, Aputik et Kinalik qui semblèrent sur le coup bien embarrassées de le voir. Elles étouffèrent une sorte de rire nerveux, tout en s'empressant de cacher quelque chose. Youguini n'y porta pas vraiment attention, mais Aputik lui sembla fort mécontente, et il la vit qui tirait sur ses genoux une peau de caribou. Kinalik avait le visage tout rouge et elle évitait le regard de Youguini. C'est Itsaya qui, la première, s'adressa à lui. Les cheveux défaits, elle paraissait épuisée. « Tu n'es donc pas parti avec les autres, toi... », lui dit-elle d'une voix lasse.

Youguini réalisa donc qu'avant son arrivée les femmes devaient être occupées à quelque chose d'important, et que sa présence les gênait. Il se dit qu'il allait repartir à la première occasion, et qu'il ne resterait que le temps de s'excuser d'être venu.

« Je viens de voir partir les hommes », fit-il, « et je dois vous avouer que la force physique des Inuit m'étonne à chaque fois. Misère ! Quelle endurance ils ont ! Je n'ai jamais rien vu de pareil ! Et je pense comprendre maintenant pourquoi les Inuit sont si forts. J'ai ma théorie, vous savez... » Youguini s'arrêta un instant, et regarda les femmes à la dérobée, espérant que l'une d'elles lui demanderait de s'expliquer. Ce fut en vain. Les trois paraissaient au contraire pressées d'en finir avec lui.

Youguini reprit néanmoins. « Si les Inuit sont aussi forts », dit-il avec l'idée de conclure rapidement, « c'est que les faibles n'ont jamais pu survivre. C'est comme ça.

Depuis que vos ancêtres sont partis de Chine, les faibles ne résistent pas aux difficultés, et ils disparaissent sans laisser d'enfants. Seuls les plus forts se reproduisent et, de cette façon, la nature opère une rigoureuse sélection. Ainsi donc, avec tout le temps qui s'est écoulé, les Inuit sont devenus un peuple de surhommes. Voilà ! »

Itsaya prit un air incrédule mais elle consentit néanmoins un vague sourire qui rassura Youguini. Les deux autres femmes ne bougèrent pas.

« J'ai pensé à autre chose », reprit Youguini. « Depuis le temps que les Inuit sont par ici, il y a eu beaucoup de générations, et chacune a dû affronter les plus grands dangers. La mort était si présente que les chances de survie étaient le plus souvent laissées aux seules lois du hasard. Si Ukpik était mort jeune, par exemple, ou s'il n'avait pas pris Tunuk pour femme, toi Itsaya, tu ne serais pas ici. Ou encore, si un de tes lointains ancêtres était mort avant de prendre femme, il n'aurait donc pas laissé de descendants, et alors Ukpik ne vivrait pas, et toi non plus... »

Youguini leva les deux mains, en signe d'impuissance, et, devant les femmes qui n'avaient toujours pas bronché, il s'empressa de conclure. « Je crois que la vie est bien précaire, et que nous la devons au moindre hasard. Nous sommes si petits... en fait, nous ne sommes rien ! »

Sur ces mots, Itsaya ne put contenir son impatience : « Il faudra que tu te fasses une idée, Youguini. Tu commences par dire que nous sommes des surhommes, et tu prétends ensuite que nous ne sommes rien. Hé ! »

« Mais dis-lui donc plutôt de partir ! » implora Aputik qui venait de se tourner vers Itsaya et dont le visage était couvert de sueur.

« C'est ça, Youguini », fit alors cette dernière. « Tu

reviendras prendre le thé plus tard. Mais fais d'abord un peu d'ordre dans tes idées ! »

Youguini se retira donc, sans demander son compte, et c'est un peu plus tard, ce même jour, qu'il apprit le terrible drame qui venait de se jouer en sa présence. Et il fallut encore que ce fût par la bouche de Tania. Ce dernier, en effet, après la tombée du jour, était sorti brièvement et, à son retour, il interpella Youguini à sa manière habituelle. « Les femmes disent que tu as bien failli les surprendre en train de se débarrasser du bébé... »

Youguini sauta d'un coup sur ses pieds. « Quoi ? » s'exclama-t-il, devant un Tania surpris. Il mit du temps à rassembler les faits mais, se remémorant la scène du matin, il dut bientôt se rendre à l'évidence. Et même s'il refusait d'y croire, tout maintenant concordait. Itsaya, qui déjà n'était pas très heureuse d'accoucher pendant ce voyage, venait d'avoir l'enfant et, comme il arrive aux Inuit de le faire lorsque les conditions ne se prêtent pas à la venue d'un bébé, elle avait ainsi choisi de s'en débarrasser.

« C'est donc ça », gémit Youguini, « devant mes propres yeux ! » Il mesurait désormais toute l'étendue de l'horreur et il se sentait soudainement pris d'étourdissement. « Mais Tania », protesta-t-il, en levant les mains au ciel. « Il aurait fallu me le dire plus tôt ! J'aurais peut-être pu sauver cette malheureuse victime... »

Youguini venait de saisir Tania par la veste et celui-ci paraissait frappé soudainement de stupeur. « Tania ! Y as-tu pensé ? Un enfant ! Une petite victime sans défense ! Aurais-tu aimé qu'on te fasse la même chose ? »

Youguini repoussa alors Tania et courut chez Itsaya, fou de rage. À son arrivée, les trois femmes étaient encore là et, à la vue de Youguini qui faisait ainsi irruption, elles appréhendèrent le pire. Celui-ci paraissait en effet hors de lui.

« Pourquoi ? » cria-t-il sèchement, en fustigeant Itsaya du regard. « Pourquoi as-tu fait cela ? »

Celle-ci comprit aussitôt et décida qu'il ne fallait pas faire de mystère. Elle ne lui devait rien à celui-là, et elle n'avait pas à lui cacher la vérité. Et pourquoi faisait-il cette tête-là ? N'était-ce pas là quelque chose que tant d'autres femmes avant elle avaient dû faire ? Elle n'avait pas à se sentir coupable. Tout s'était passé correctement, même si Youguini avait montré le nez au mauvais moment. Elle n'avait surtout pas à lui rendre des comptes.

Ainsi, elle le regarda droit dans les yeux et lui répondit sur le ton le plus froid : « Arnainaugmat ! »

C'était donc vrai. La vérité était trop dure pour Youguini qui parut chanceler un instant sur ses pieds. La main sur le front, il se trouva incapable de parler. Ainsi, « parce que ce n'était qu'une fille », comme elle venait de l'avouer, elle avait sacrifié l'enfant. Et il avait fallu que cela se passe au moment où le pauvre Youguini s'était mis à leur parler précisement de la précarité de la vie. « Ah ! » gémit-il. « C'est trop affreux ! Tuer ainsi un enfant sans défense ! Vous devriez avoir honte ! »

La réplique d'Itsaya ne se fit pas attendre. « Attends un peu, toi. Mais pour qui donc te prends-tu ? J'aurais bien voulu t'y voir, toi... même si je te l'avais demandé, t'aurais été bien incapable de faire ce que nous avons dû faire... tu ne comprends vraiment rien aux Inuit. Alors va-t'en ! »

« Tu te trompes », cria l'autre, « je commence au contraire à en savoir beaucoup sur les Inuit, et je peux t'assurer en effet que je n'aurais jamais fait une chose pareille ! »

« Je sais trop bien que tu ne le ferais pas », rétorqua Itsaya, « même si c'était nécessaire. Tu es bien trop faible.

Même si je t'implorais de me tuer, tu ne le pourrais pas. Va-t'en, je ne veux plus te voir. Je te déteste ! Tu te crois bien meilleur que nous et, parce que c'est ainsi, tu es encore plus méchant que nous. Alors va-t'en, j'en ai assez de toi... »

Aputik se leva subitement et jeta vers Youguini un regard lourd de haine. « C'est moi », clama-t-elle, « qui ai dû étouffer l'enfant, parce qu'il le fallait. Tu n'as pas à nous dire quoi faire, tu n'es qu'un Qablunat stupide ! »

« Ah ! Tu vas me faire vomir... c'est donc ça que tu cachais sous ton gros derrière ! » Youguini criait maintenant. « C'est affreux, Aputik, je ne te pardonnerai jamais. Quand j'y pense, sous ton gros derrière... j'imagine le bébé avec ses petites mains qui a dû vainement essayer de te repousser... c'est révoltant ! Tu n'as donc pas de... »

Le pauvre Youguini n'a jamais pu terminer sa phrase. Aputik s'était mise à hurler subitement et, dans sa colère, elle avait empoigné la lampe de pierre pour la balancer en pleine figure de Youguini qui n'eut pas le temps de l'éviter. Sur le coup, il s'écroula sans un murmure, et les deux autres femmes eurent fort à faire pour empêcher Aputik d'achever le malheureux qui gisait au sol, inconscient.

33

IMIALUK

Youguini faisait peine à voir. Il avait sur l'épaule une grande marque bleue et, sur le côté de la mâchoire, une blessure ouverte où le sang noirci se mêlait aux poils de sa barbe. C'était là que, dans sa rage, Aputik avait lancé la lourde lampe de pierre. Elle aurait pu le tuer, et Youguini regrettait qu'elle ne l'ait pas fait.

Depuis qu'il s'était traîné jusque chez lui, à demi inconscient, il était en proie aux pires tourments. Au milieu des ronflements de Tania et d'Angutinguak, les pensées les plus folles s'étaient glissées en lui, telles des démons des ténèbres, et l'avaient assailli sans pitié. De toute sa vie, et même aux pires moments du voyage, jamais Youguini ne s'était senti aussi misérable.

Ainsi à l'aube, quand apparut la toute première lueur du jour, Youguini était déjà au bord de l'abîme. Soumis à une incessante agitation, son corps était recouvert de sueur, et il avait l'âme en feu. Plusieurs fois au cours de la nuit, il était venu près de chavirer. Il avait même pensé sombrer dans la folie mais, au dernier moment, une force cruelle l'avait ramené à ses tourments. Chaque fois, il avait regretté de n'être pas mort.

« Je ne pourrai plus être de ce monde », s'entendait-il répéter sans arrêt. « Jamais je n'accepterai qu'on touche aux enfants ! Même si la survie en dépend, jamais ! Je préfère mourir ! »

Chaque fois qu'il lui semblait voir le visage de l'enfant, grimaçant sous le poids qui l'empêchait de respirer, il était saisi par une envie irrésistible de hurler son dégoût. Comment pouvait-on faire une chose aussi répugnante ? Et qui en sont les coupables ? Les Inuit ? Non... ce crime est bien trop grand. Ils ne savent pas vraiment ce qu'ils font. Comment blâmer ces derniers en effet, si la vie ne leur laisse pas le choix ? Mais alors, s'il faut plutôt blâmer la vie, comment peut-on s'élever contre elle ?

Youguini avait déjà lu ces légendes anciennes, quand il était chez le père Gaillard, et il connaissait bien la pressante nécessité de tous les jeunes couples d'engendrer au plus tôt des enfants mâles. Il savait combien il était impérieux pour ceux-ci de former de jeunes chasseurs qui sauraient bientôt prendre la relève et assurer leurs vieux jours. C'est pourquoi, dans les moments difficiles surtout, il leur arrivait de devoir sacrifier les premiers enfants si, par malheur, ceux-ci s'avéraient être des filles.

D'un autre côté, le mal était si évident pour Youguini, et ne pouvait être justifié d'aucune manière. « Ce qui est mauvais pour moi doit bien l'être pour tous. Et si les Inuit sont coupables, alors je les changerai ! Je les changerai malgré eux. Je ne les laisserai plus faire. Je les tuerai s'il le faut, mais ils ne feront plus le mal... »

Ses pensées s'agitaient ainsi dans la plus grande confusion, et il sentait en lui un mélange de dégoût et de honte qui lui brûlait tout l'intérieur. Comment pouvait-il donc échapper à ce cauchemar. Il regarda sa carabine qui était appuyée sur la paroi de l'igloo, juste aux pieds d'Angutinguak, et il entendit plus d'une fois l'appel pressant de la mort. « Si la vie est coupable d'un tel crime, alors j'y mettrai fin. Je me l'enlèverai, misère ! » Sa propre voix était aussi froide que la mort, et déjà elle semblait lui parvenir de l'au-delà.

C'est alors que Youguini aperçut, près de la carabine, cette boîte qu'il n'avait pas ouverte de tout le voyage, et dans laquelle il se rappela subitement avoir mis la bouteille de rhum de Chalá. Aussitôt, il crut avoir trouvé le remède à son mal. Son cauchemar n'avait que trop duré, et le besoin d'y échapper était si grand que la décision de s'enivrer s'imposa à lui d'un seul coup. Il se précipita donc vers la boîte et, nerveusement, se mit en frais de dégager la bouteille qu'il avait enroulée dans une peau de phoque.

À la fin, il saisit des deux mains la bouteille qui lui parut aussi lourde et froide qu'une arme mortelle. « Aguardiente », put-il lire en levant celle-ci devant ses yeux. « Voilà ce qu'il me faut ! » Les matelots du *Veracruz* lui avaient déjà fait goûter à cette « eau ardente », et il connaissait déjà bien l'effet que pouvait avoir cet alcool plus brûlant encore que le feu.

Quand Youguini ouvrit enfin la bouteille, des vapeurs malsaines s'en dégagèrent et il eut un premier mouvement de dégoût. Mais il était déjà décidé. C'était cela ou pire encore. Il but donc une pleine gorgée qu'il avala d'un coup. Aussitôt sa poitrine se contracta violemment, comme s'il avait avalé une boule de feu, et il sentit une vive douleur à l'estomac. Il cala la tête entre les deux jambes et garda la bouche ouverte, espérant ainsi que le mal s'atténue. Le feu s'étendit lentement jusqu'au fond de son ventre et, bientôt, une sensation de bien-être se substitua aux premiers effets de la boisson. Il put alors respirer. En lui, la chaleur se propageait et lui procurait un soudain réconfort. « Ahhh... », fit-il, d'une voix qui lui parut plus grasse que d'habitude. Il allongea les jambes, s'appuya sur la plate-forme derrière, et avala une autre gorgée qui le fit encore grimacer. Mais cela n'avait plus d'importance désormais, puisqu'il se sentait mieux à chaque nouvelle gorgée.

Ainsi, quand les deux autres s'éveillèrent, déjà le regard de Youguini n'était plus le même. Ses yeux brillaient d'une étrange lueur et c'est Tania qui comprit le premier ce qui se passait. Il voulut disparaître, mais l'autre lui barra le passage. « Ne t'en va pas comme ça », lui lança Youguini, en le retenant de la main, « j'ai des choses à te dire... » Il empestait déjà la boisson et, avec ce rire mauvais qu'il avait, Tania comprit qu'il devait s'attendre au pire.

« On a quelque chose en commun, nous deux », commença Youguini, la main agrippée à la veste du jeune homme. « On a le même mal. Tu comprends, nous sommes tous les deux de pauvres malheureux. C'est ça ! Deux types inutiles ! Mais il y a quand même une grande différence entre nous deux, car toi, tu es malheureux et tu ne sais pas pourquoi. Moi je sais. Moi, au moins, je sais pourquoi je ne suis pas heureux. Et tu devrais savoir. Dans la vie, mon pauvre Tania, il faut se connaître, sinon... hip... »

Youguini recula un moment pour avaler une bonne gorgée d'alcool. Pendant ce temps, Tania resta planté sur place, l'air penaud, en attente du verdict. Il était évident qu'il aurait préféré partir, mais Youguini ne lui en laissa pas le loisir.

« Mon pauvre toi », reprit-il sur un ton de pitié. « Tu n'es pas un Inuk, et tu n'es pas un Qablunat non plus. J'ai bien peur que tu ne sois rien du tout. Voilà pourquoi tu es malheureux ! Tu vas devoir te décider... hip... et ça va te prendre beaucoup de courage. Je me demande vraiment si tu pourras y arriver. Mais dis-toi seulement que tu n'as pas le choix. Tu ne pourras pas vivre indéfiniment comme ça, comme un être inutile... »

Soudainement Tania parut proche de l'effondrement. Il

s'était retourné contre le mur de l'iglou et fuyait le regard de Youguini. Ce dernier se fit alors compatissant. « Allez, Tania, tu n'es pas le seul, on est tous malheureux. Moi, par exemple, je le suis parce que j'en ai assez du mal. Si je n'arrive pas à changer la vie, je me l'enlèverai. Alors, tu vois, Tania, je me suis décidé. Je ne resterai pas ici plus longtemps, à supporter une vie que je n'aime pas. Si je ne peux pas empêcher les Inuit de faire le mal, alors je me tuerai. Aussi simple que ça ! Piff ! Parti, Youguini ! Ah ! Si tu savais, Tania, comme j'en ai assez de toujours laisser faire les autres. C'est fini maintenant, ça va changer. Tu n'as qu'à bien me regarder, et tu vas voir comment un homme décide de se prendre en main... »

Tania, qui n'avait pas soufflé mot, s'était mis à trembler et on l'entendait qui respirait difficilement. Cela acheva de soulever l'impatience de Youguini qui crut de son devoir de secouer le jeune homme. « Misère de c..., Tania ! Mais de quoi as-tu donc peur ? Regarde-toi, mon pauvre vieux ! Est-ce que c'est une vie, ça ? Tu ne fais rien, tu ne vaux rien... tu serais aussi bien mort ! Ton existence est inutile, qu'est-ce que tu attends pour y mettre fin ? Fais comme moi, Tania, décide-toi... sois un homme, ou alors, meurs ! »

Sur ces mots, Tania fit entendre une sorte de gémissement sourd, et il se précipita vers la sortie. Son regard était affreusement bouleversé, et il avait la bouche ouverte, comme s'il avait voulu crier, sans en être capable. Youguini fut si surpris de la réaction du jeune homme qu'il s'en trouva refroidi quelque peu et, recouvrant un moment ses esprits, il regretta d'y être allé aussi fort avec lui. À la fin cependant, il préféra oublier cette affaire, et acheva de se convaincre que cette dure leçon n'aurait plus tard que de bons effets sur Tania.

Pendant ce temps, Angutinguak, qui avait pu réaliser ce

qui se passait, s'était bien gardé de bouger tant l'attitude de Youguini l'inquiétait. Mais quand Tania fut parti, il ne put s'empêcher de manifester son désaccord. « Imialuk », soupira-t-il faiblement, « piugnitualuk ! » Le pauvre homme paraissait au désespoir, et il répétait en branlant la tête : « Cette eau forte est bien mauvaise. » Depuis l'arrivée des premiers Qablunat, les Inuit avaient en effet appris à craindre les terribles effets de cette eau-de-vie qu'ils avaient baptisée « imialuk », et l'attitude de Youguini semblait confirmer les pires appréhensions d'Angutinguak.

« Allez donc, Angutinguak », lui fit l'autre pour le rassurer, « ce n'est pas mauvais du tout. Tiens, goûte un peu... hiii... »

Youguini parlait sur un ton enjoué, mais Angutinguak se garda bien de lui répondre. Il baissa la tête.

« Allez, mon vieux », fit encore Youguini, « tu n'as rien à craindre de moi. Je suis ton ami ! Même que je suis mieux qu'avant. Parce que c'est décidé, Angutinguak, dorénavant je vais prendre les choses en main. Comme ça, je n'aurai plus à me fâcher puisque tout va se passer comme je le veux. Les Inuit vont maintenant vivre comme je le dis, et il n'y aura plus de ce désordre qui m'exaspère tant. Je ne laisserai plus personne faire le mal... »

Youguini s'arrêta pour arroser son discours puis, levant bien haut le doigt, il reprit aussitôt. « Je ne laisserai plus faire l'insouciance, Angutinguak, et ce sera bien mieux qu'avant, tu peux me croire. Je ne serai plus le seul à me préoccuper. À partir de maintenant, chacun devra prendre sa part d'inquiétude et on va tout régler d'avance. Comme ça, il n'y aura plus de famine, puisqu'on aura tout prévu. Et si on se tient tous ensemble, on viendra aussi à bout du mal. Est-ce que tu te rends compte, Angutinguak, il n'y aura plus de mal, si seulement on le veut ! »

Angutinguak était loin d'être convaincu et, sans regarder son ami qu'il ne voulait pas provoquer, il esquissa un vague sourire. Youguini n'avait cependant pas tout dit. Il tenait à ce que tout soit bien clair.

« Mais alors », reprit-il en brandissant la bouteille comme une menace, « attention au désordre ! Tiens, toi par exemple, regarde où tu mets tes bottes. Tu vois, il y en a une là, et une autre par là. Tu ne les mets jamais au même endroit. Et les chaussettes aussi. Regarde-les, elles traînent partout. Est-ce que tu crois qu'on peut vivre comme ça, hein ? »

Youguini regardait maintenant son ami avec insistance, pendant que la colère l'envahissait lentement. Il lui mit un doigt accusateur sous les yeux et reprit ses remontrances.

« Et tes besoins, alors ! Oui, toute cette merde que tu éparpilles autour de l'iglou ! T'es-tu jamais demandé sur quoi je mets les pieds quand je dois sortir la nuit ?

Angutinguak prit un air repentant et Youguini se calma. Il reprit sur un ton plus conciliant.

« Allez, Angutinguak, rassure-toi. Quand il y aura de l'ordre, je n'aurai plus à me mettre en colère comme ça. Ce sera mieux, tu verras. Et ce sera facile aussi. Tu n'auras qu'à remettre tes bottes au même endroit. Tiens, là, toujours là », insista-t-il en désignant un endroit près du portique. « Et si tu prends la carabine, tu n'auras qu'à la remettre au même endroit. Et de la merde qui traîne partout, je n'en veux plus. C'est pourtant simple, non ? C'est comme ça qu'on aura de l'ordre... »

Le regard tout contrit, le malheureux Angutinguak ne savait pas quoi faire pour contrer les effets de l'alcool et se réconcilier son ami. Il dit seulement, sur un ton repentant : « Je ferai ce que tu dis, Youguini, si seulement je peux me rappeler de tout. C'est beaucoup de choses quand même, tu vas peut-être devoir me les répéter... et il ne faudra pas te fâcher si j'oublie... »

Alors, comme il lui arrivait toujours lorsqu'il sermonnait son ami, Youguini s'en voulait maintenant de l'avoir traité aussi durement. Il se calma et se laissa tomber sur la plate-forme. Il avala une autre gorgée d'eau-de-vie et ferma un moment les yeux. Quand il les rouvrit, Angutinguak n'était plus là, et il resta ainsi seul jusqu'à la tombée du jour.

Bientôt cependant, le petit iglou dans lequel il grelottait allait se remplir de tous ces démons et mauvais esprits qui ne demandaient pas mieux que de conseiller cet homme seul, et de lui inspirer les plus mauvais gestes.

34

YOUGUINI VEUT METTRE DE L'ORDRE DANS LE CAMP...

Après le départ d'Angutinguak, Youguini n'avait pas cessé de boire, et il en fut ainsi jusqu'au retour des chasseurs. Aussitôt arrivés cependant, ces derniers furent prévenus de ce qui se passait, et ils entrèrent sans tarder dans l'iglou de Mingo où, déjà, les femmes s'étaient réfugiées. Tous craignaient les terribles effets de l'alcool, et ils n'avaient pas tort puisque Youguini, dont l'âme était désormais sous l'emprise du mal, était bien décidé à imposer sa loi sur le camp.

Ainsi donc, dès qu'il entendit l'aboiement des chiens qui rentraient, Youguini se mit en frais de se remettre sur ses jambes. Après quelque difficulté, il parvint à se relever et, encore chancelant, il ramassa la bouteille qu'il avait déposée sur le bord de la plate-forme, et gagna la sortie.

Dehors, il n'y avait plus personne, et il y faisait un tel silence qu'il pensa un moment que les autres avaient déserté le camp. Cette idée l'inquiéta bien un peu, mais, en dépit de la peur de se retrouver seul, il entendit son rire gras résonner dans la nuit. Il se reconnut à peine.

Puis il aperçut les chiens qui l'observaient plus loin, et leur présence le rassura. Il y avait aussi près de l'iglou de Mingo un harpon qu'on avait planté dans la neige et, à sa vue, une idée s'empara de Youguini. Tenant sa bouteille d'une main, il saisit l'arme de l'autre et, lentement, il l'enfonça dans la paroi de l'iglou. Une fois traversé le mur, il agita vers l'intérieur la pointe du harpon et, malicieusement, il se mit à se tordre de rire, rien qu'à penser à la tête que devaient faire les autres en dedans. Il retira ensuite l'arme et répéta son geste un peu plus loin, jusqu'à ce qu'il eût fait le tour complet de l'iglou, riant comme un diable.

Mais pendant ce temps, rien ne bougeait à l'intérieur et, à nouveau, Youguini fut pris d'inquiétude. Il laissa tomber le harpon et se mit en frais de dégager le bloc de neige qui bouchait l'entrée de l'iglou. Il se laissa ensuite tomber et, tenant sous son ventre la bouteille d'alcool, il s'enfonça tête baissée sous le portique.

Quand il émergea de l'autre côté, Youguini était en sueur et respirait comme une bête. Et c'est alors qu'il aperçut les autres qui, pour éviter la pointe du harpon, s'étaient entassés au milieu de l'iglou. Ils étaient tous là, le visage grave et tendu, et, pendant que Youguini se relevait en ricanant, ils reculèrent lentement. Mitiarjuk se faufila derrière les autres et, tirant le petit Alupa par la main, elle disparut sous le portique. Au fond, sur la plate-forme, les femmes se serraient les unes contre les autres, immobiles.

Tania, lui, prostré dans son coin, avait l'air de trembler encore, et Youguini se rappela les remontrances qu'il lui avait faites plus tôt, ce jour-là. Ce souvenir lui inspira une grimace de dégoût. Pendant ce temps, tous les autres fuyaient son regard, sauf Angutinguak. Ce dernier, fort inquiet, semblait implorer son ami qui continuait de l'ignorer.

« Hiii ! » s'exclama Youguini. « Voilà donc où vous vous cachiez ! Et je vois aussi que vous tremblez... hé ! Mais vous avez bien raison, il faut avoir peur parce que moi, je vous le dis, je ne vous laisserai plus faire comme avant. C'est moi qui vais devenir le chef et, à partir de maintenant, je ne tolérerai plus le désordre ici. »

Ces premières paroles parurent satisfaire Youguini qui s'arrêta un moment pour en laisser porter le poids. Puis, apercevant Nuluki qui était resté de glace, il lui mit le poing juste en dessous du nez. « Toi, mon gros », prononça-t-il d'un air sévère, « fais bien attention à toi ! Que je ne te voie plus jamais frapper Dragon, ni ta femme, ou alors tu auras affaire à moi ! »

Puis s'adressant aux autres, il ajouta, le doigt pointant le coupable : « Ce gros mal élevé de Nuluki frappe tout ce qui lui déplaît. C'est comme ça qu'il croit pouvoir régler ses problèmes. Hé ! Laisse-moi te dire ceci », fit-il en se tournant à nouveau vers Nuluki. « Si c'est la violence que tu veux, je vais t'apprendre, moi ! » Et, pour bien appuyer ses paroles, Youguini donnait sur la mâchoire de sa victime des petits coups de poing qui faisaient bif... bif... « Si je te vois frapper quelqu'un, tu vas goûter à ça, mon gros ! »

Pendant tout ce temps la grosse tête de Nuluki n'avait pas bronché d'un pouce. Il n'avait même pas daigné regarder l'autre. Plus loin, cependant, Itsaya, qui surveillait la scène avec amusement, ne put s'empêcher d'échapper un rire. Elle parvint toutefois à se contenir et Youguini, qui avait la situation bien en main, préféra ignorer l'incident. Il but une grande gorgée d'alcool et songea qu'il était plus facile de s'imposer comme chef qu'il ne l'avait d'abord pensé. Il suffisait en effet de le dire avec autorité, et voilà que les autres se mettaient à trembler.

Youguini aperçut alors Mingo qui feignait d'ignorer toute l'affaire. « J'allais l'oublier, celui-là », dit-il en le désignant du doigt. « C'est pourtant lui qui est la cause de tout ce désordre. C'est lui qui nous a menés jusqu'ici, et c'est lui qui nous a fait tourner en rond depuis notre départ. Tout cela parce que notre petit sorcier ne veut pas faire face à la justice. Il fuit. Il pense ainsi pouvoir échapper à la culpabilité, mais il se trompe ! On n'échappe pas au poids des remords », acheva-t-il d'une voix sentencieuse.

Alourdi qu'il était par l'alcool, Youguini sentit le besoin de reprendre son souffle. Mais la colère grandissait en lui et cela ajoutait encore à son autorité. « Et vous », reprit-il en s'adressant aux autres, « pauvres naïfs que vous êtes ! Vous iriez n'importe où avec ce faux sorcier. Bien sûr, avec lui, vous n'avez pas à vous préoccuper. Il s'occupe de tout, Mingo. Il parle aux esprits et il va tout arranger. Hé ! Quelle naïveté. Non, que dis-je, quelle irresponsabilité ! »

Le regard de Youguini était soudainement transformé par une juste colère et, devant la petite assemblée que ses paroles avaient réduite au silence, celui-ci affirmait sa nouvelle autorité en prenant le plus grand plaisir à imposer, pour une fois dans sa vie, sa vision des choses.

« Ah ! Mais vous pouvez me croire, tout cela va changer désormais », déclara-t-il en agitant le doigt devant l'assistance. « À partir de maintenant, fini la confiance ! Vous allez tous devoir vous préoccuper pour l'avenir. Je n'accepterai plus de porter seul le fardeau de l'inquiétude. Chacun ici devra prendre sa juste part d'angoisse, et ensemble nous allons apprendre à nous méfier de l'avenir. C'est ça, misère ! On se méfiera ! Quand il y aura de la viande, s'il n'est pas déjà trop tard, on en gardera pour les jours de famine. Comme ça, il n'y aura plus de famine. Vous voyez, c'est très simple ! Il suffisait d'y penser ! Et nous ferons la même chose avec le malheur, nous prévoirons tout. Nous ne laisserons plus rien au hasard, et alors la vie se déroulera dans l'ordre. Nous repousserons ainsi les limites mêmes de la mort... »

Là, Youguini dut s'arrêter. Il était à bout de souffle et la voix lui manquait. Son regard cependant brillait et ses yeux gonflés se promenaient avec autorité sur la petite assemblée qu'il tenait subjuguée. Même les femmes, d'habitude impertinentes, étaient restées silencieuses. Ainsi donc, Youguini se sentit rassuré. Il allait désormais faire la loi et son autorité ne serait pas contestée. Il but une gorgée d'alcool, balança un moment sur ses jambes mais reprit aussitôt son équilibre.

« Alors, voilà ce que nous allons faire : à partir de maintenant, c'est moi qui vais commander la troupe. Le règne du chamane est terminé, c'est un échec, n'en parlons plus. Hip... C'est moi qui vais devenir le chef, parce que moi, j'ai des inquiétudes. Je suis préoccupé par tout et cela me fait tout prévoir. Je suis même capable de prévoir le malheur. Alors moi, je pourrai l'écarter de notre chemin. Moi, je vous sauverai... »

Cette fois, c'en était trop pour Itsaya qui avait bien de la peine à se contenir, et le fou rire qui lui secouait les épaules menaçait de se propager aux autres femmes. Flairant le désastre, Youguini décida qu'il était temps de s'occuper de celles-ci. Il avait du reste quelques reproches à leur faire. Il se campa donc droit devant elles, le regard sévère et, après s'être servi une autre fois à la bouteille, il entreprit de se vider le cœur.

« Vous pouvez bien rire, femmes », sermonna-t-il, « mais la vie va changer pour vous aussi ! Sachez bien que je ne permettrai plus jamais ce qui est arrivé. Et surtout ne faites pas les sottes ! Vous savez très bien de quoi je parle ! »

Le calme était revenu chez les femmes et Youguini en profita pour prendre une longue respiration. Il prit soin aussi de bien mesurer ce qu'il allait dire.

« Je n'ai pas de mots pour qualifier ce que vous avez

fait. Je trouve en effet qu'il n'y a rien de plus hideux que de... enfin, les mots me manquent... un crime si affreux! »

Mais il dut s'arrêter. Aputik était soudainement gonflée de colère et son regard courroucé s'était enfoncé dans celui de Youguini qui figea net. Il décida néanmoins de poursuivre en prenant cette fois un ton plus conciliant.

« Sachez seulement que cela ne devra plus se produire. Et c'est très simple. Si vous ne voulez pas avoir d'enfant, ou si les circonstances ne s'y prêtent pas, alors vous n'en faites pas, c'est tout! C'est facile à comprendre, n'est-ce pas. Les femmes qui ne veulent pas d'enfant n'ont qu'à ne pas en faire. De cette façon, elles n'auront pas à... elles n'auront pas besoin de... enfin, vous savez quoi. »

Itsaya, toujours la même, avait dû à nouveau se retourner. Elle n'en pouvait plus de se retenir, et il semblait qu'à tout moment elle risquait de provoquer à sa suite un fou rire généralisé. Réalisant le danger qu'une telle chose faisait courir à son autorité, Youguini essaya de trouver grâce auprès de la belle Kinalik. Une telle manœuvre, espérait-il, en plus de lui gagner le soutien de celle qu'il désirait tant, lui assurerait la paix avec les autres femmes.

« Ai! Kinalik ai! Je veux que tu le saches, je ne t'en veux pas. Tout ça n'a rien à voir avec toi... Toi, c'est différent, je... »

Mais Kinalik se serait bien passée de ce privilège et déjà, devant l'insistance de l'autre, elle ne savait plus où réfugier le regard. Ses joues s'étaient subitement teintées des couleurs les plus vives.

Pendant tout ce temps, à l'insu de Youguini, Mingo s'était rapproché de l'endroit où pendait sa carabine et, s'il avait repris un air indifférent, il ne perdait toutefois rien de ce qui se passait.

Ainsi donc, incapable de soutirer un regard a la belle

Kinalik, Youguini s'était remis à boire à pleine gorgée. Il respirait fort et chancelait sur ses pieds. Il avait les yeux gonflés par l'alcool et sa langue pesait lourd dans sa bouche pâteuse. C'est alors qu'il aperçut Mingo qui campait maintenant près de sa carabine.

« Eh ! Eh ! » fit-il sur un ton moqueur. « Tu veux donc me tuer, vieux sorcier, hein ! Alors, je t'en prie, vas-y, Mingo ! Allez, tire ici. » D'une main, Youguini venait de remonter sa veste et il montrait à l'autre sa poitrine. « Qu'est-ce que tu attends, Mingo ? Tu as déjà tué des gens. Un meurtre de plus ne pèserait pas plus lourd sur ta conscience. »

Imperturbable, Mingo ne daignait même pas regarder Youguini, mais ce dernier s'était avancé si près de lui qu'il pouvait sentir son haleine qui empestait l'alcool.

« Vieux sorcier, va ! Tu n'as pas fini avec moi... hip ! Je vais te rendre la vie impossible. Tu connais sattanasi, n'est-ce pas. Oui, le diable ! Ne fais pas semblant d'ignorer. » Youguini s'arrêta et fit entendre un rire si mauvais qu'il fit trembler l'assistance. « Écoute, Mingo. Pendant que tu vas tenter d'apaiser les esprits, moi je vais me faire l'ami de sattanasi, et je vais leur faire du trouble à ces stupides créatures. Je vais leur apprendre à se mêler de nos affaires. Ils seront tellement en colère que tu ne pourras plus les apaiser. Le ciel alors n'aura plus qu'à bien se tenir, misère ! J'en ai bien assez de ces sottises, moi. Je vais mettre de l'ordre ici, et le désordre chez les esprits ! »

Mais, comme il fallait s'y attendre, Youguini avait tant bu qu'il finit par perdre l'équilibre et il s'écroula de tout son long sur Mingo, en aspergeant copieusement ce dernier d'alcool. Sur le coup, le chamane se raidit mais demeura imperturbable. Youguini, lui, s'était mis à rire.

« Oh là ! Mais t'en veux un peu, hein, mon petit

chamane ? Tiens, prends-en une bonne gorgée... » Youguini, qui semblait avoir perdu ses esprits, avait maintenant pris un ton enjoué. Il secouait en riant la bouteille au-dessus de Mingo et aspergeait le malheureux d'alcool dont l'odeur se répandit maintenant dans tout l'iglou. Au même instant, il conçut une idée que lui parut si drôle qu'il se mit à rire comme un possédé. Il riait tant qu'il dut mettre un genou par terre pour ne pas tomber à la renverse.

« Attendez », finit-il par annoncer, « je vais vous faire un petit spectacle. » Les épaules encore secouées par le rire, il s'approcha de la lampe d'où il prit la mèche qui brûlait au bout de ses doigts. De là, péniblement, il revint vers Mingo qu'il aspergea à nouveau d'alcool en lui visant cette fois le derrière. Le diable en personne n'aurait pas ri plus méchamment.

Mais si Youguini s'amusait de l'affaire, l'inquiétude s'était emparée des autres, et ceux-ci suivaient avec appréhension chacun des gestes qu'il posait. À cet instant, Youguini approcha de Mingo le feu de la mèche, et aussitôt une lueur bleuâtre se mit à courir sur le derrière de celui-ci. Quoique vacillante, la flamme était bien réelle, et le chamane, qui aurait bien voulu ignorer l'affaire, commença subitement à s'inquiéter.

On vit d'abord les yeux de Mingo s'agrandir, et ses narines palpiter, comme s'il essayait de flairer quelque chose. Youguini, qui ne tenait presque plus sur ses pieds, était devenu railleur, et ses moqueries faisaient encore plus mal à Mingo que le feu.

« Hé, vous autres », ricanait-il, « qu'est-ce que vous diriez d'un morceau de cul de chamane bien cuit ? »

Il riait tant qu'il devait se tenir le ventre, mais les autres commençaient visiblement à s'inquiéter et on les entendait murmurer. Quant à Mingo, il était devenu clair qu'il en avait assez de cette histoire. On le vit pivoter subitement et, alors que le feu lui faisait un rond bleu sur les fesses, il frappa Youguini d'un coup sec à la bouche. Bac ! Ce dernier s'écroula aussitôt de tout son long, sans un murmure, comme un sac trempé.

Ainsi, pendant que Mingo se précipitait vers la sortie, prenant bien soin de se frotter le derrière aux parois du vestibule, les autres firent entendre un soupir de soulagement. Pour l'instant, semblait-on dire, on avait pu éviter le pire.

Quant aux femmes qui n'étaient qu'à moitié rassurées, elles ne savaient plus s'il fallait rire ou pester contre ce mal élevé de Youguini. Ainsi, pendant que ce dernier gisait inconscient sur le sol de l'iglou, Aputik s'était approchée et lui avait donné un bon coup de pied au derrière. S'il n'en tenait qu'à elle, on pouvait bien l'achever, celui-là !

35

TANIA CHOISIT

Le pire malheureusement restait à venir...

Ainsi donc, le lendemain, Youguini ne put s'éveiller de lui-même, et il dormit d'un sommeil long et agité, encore assommé par l'alcool et la blessure que lui avait infligée Mingo. À la fin de la matinée cependant, Angutinguak se pencha au-dessus du corps de son ami, hésita un instant puis, n'y tenant plus, il réveilla celui-ci.

« Ilaniugnituk, Youguini », suppliait-il, « excuse-moi mais il faut vraiment te réveiller. C'est à cause de Tania... »

Youguini ne fit que bouger faiblement. Il ouvrit les yeux à demi et ressentit une vive douleur à la mâchoire. Il se rappela ce premier coup que lui avait porté Aputik, puis se rappela cet autre coup de Mingo. Il reprit alors ses esprits et, d'un coup, les images de la veille firent irruption en lui, le submergeant de honte. Il voulut bouger la tête mais il sentit au front une douleur plus grande encore et il se rappela avec dégoût tout l'alcool qu'il avait bu.

« Laisse-moi dormir, Angutinguak », implora-t-il faiblement.

Mais l'autre insistait. « C'est à cause de Tania. Il est parti avec ton fusil et il n'a pas l'air bien. Il a dit qu'il allait tuer Mingo... il faut te lever, Youguini, vite ! »

Youguini aurait bien voulu rêver, mais la douleur qui l'accablait ne faisait que rendre les souvenirs encore plus réels et, dès qu'il entendit ces paroles, il comprit qu'il avait peut-être lui-même poussé Tania au bord du précipice. Une fois encore la honte l'envahit. Il ramassa alors ce qui lui restait de force et il parvint à se redresser sur un coude.

« Mais qu'est-ce que je peux bien faire, Angutinguak ? »

« Il faut vite aller voir, Youguini », répondit l'autre avec empressement, soudain soulagé, « on doit empêcher Tania, il faut le trouver... »

Il fallut encore un bon moment avant que Youguini puisse se lever. Le pire de tout, c'était cette nausée qui l'envahissait chaque fois qu'il bougeait. Quand il put enfin se tenir debout, il se sentit pris de sueurs froides et leva la main pour indiquer la sortie. Sans perdre un instant, Angutinguak lui ouvrit alors le chemin et les deux se retrouvèrent dehors, sous un froid intense. Sur le coup, les sueurs se glacèrent sur son front et Youguini se sentit vaguement mieux. Pour chasser la nausée, il se mit à respirer profondément et cela lui procura un premier réconfort.

Il y avait là, devant, Mingo et Nuluki qui s'affairaient au milieu des chiens. Quand Youguini put enfin voir, il aperçut le chamane qui dépeçait à coups de hache un des chiens qui gisait à ses pieds. Puis, un à un, il lançait les morceaux de viande que les autres chiens attrapaient à la volée et qu'ils croquaient aussitôt avec voracité. Bientôt, il ne restait plus aux pieds de Mingo qu'un petit tas de fourrure noire. Alors, il s'approcha d'un autre chien, posa solidement le pied sur le bout de la corde qui le retenait au collier et, d'un formidable élan, il enfonça sans hésiter la hache dans le cou de l'animal qui ne put rien faire. Le coup était si vif que la bête n'eut pas même le temps de se plaindre. La hache fendit l'air à nouveau et, en moins d'une minute, il ne restait plus rien de la malheureuse victime.

Mais Mingo n'avait pas encore fini. Nourrir autant de chiens était devenu, dans les circonstances, non seulement une corvée mais encore un danger pour la survie du groupe, et il avait décidé de sacrifier un attelage complet. Il se rapprocha donc d'un autre chien mais Youguini choisit cette fois de fermer les yeux. Il entendit le bruit sourd de la hache, en même temps qu'une dernière plainte de la bête, et la nausée lui revint.

« Je rentre, Angutinguak. Tu vois bien qu'il ne se passe rien avec Tania. Il est seulement parti chasser et il n'aura voulu que te faire peur... »

Avant que l'autre ne puisse protester, il rentra et se laissa tomber sur les peaux où il s'endormit aussitôt. Combien de temps passa-t-il ainsi à lutter contre le dégoût, il ne pouvait le savoir. Il se réveilla et se rendormit à plusieurs reprises, et ce n'est que plus tard qu'il entendit des bruits de pas et des voix qui s'approchaient. Mais, dès qu'il vit entrer la troupe, il comprit à leur visage ahuri qu'un drame venait de se produire.

C'est Mingo le premier qui fit ainsi irruption dans l'iglou, suivi aussitôt de Nuluki, Aputik et Angutinguak. Aputik avait les cheveux dressés sur la tête et son regard paraissait brisé par un mélange de douleur et de colère. Quant à Mingo, jamais Youguini ne l'avait vu dans un pareil état. Il semblait fou de rage. La carabine à la main, il se dirigea droit vers Youguini en criant : « Debout, stupide Qablunat ! Debout, je vais te tuer ! »

Vivement Youguini sauta sur ses pieds, jeta à la ronde un coup d'œil stupéfié pendant que les autres braquaient sur lui un regard lourd de haine. Il fallait que ce fût grave. Jamais Mingo n'avait daigné le regarder ni même l'interpeller directement. Rudement le chamane lança la carabine qui frappa Youguini à la poitrine avant de retomber à ses pieds. Celui-ci reconnut alors son arme.

« Tu as tué Tania », explosa Mingo, les yeux brûlants de rage. Il avait autour de la bouche une écume blanche et ses lèvres tremblaient. « C'est ta faute, tu l'as tué, et je vais te tuer maintenant. » À ses côtés Aputik criait en se tirant les cheveux.

Youguini était stupéfait, incapable de bouger. Le chamane reprit alors la carabine et la lui braqua en pleine face. Youguini sentit le métal froid du canon peser sur sa lèvre, juste sous le nez, et ferma les yeux, espérant que tout se passerait vite. Il y eut alors un moment de silence et, quand il ouvrit les yeux, son regard croisa celui du chamane. Au lieu de la fureur, il crut y déceler cette fois une profonde détresse. Il avait baissé l'arme et paraissait s'être calmé un peu. Sa voix semblait brisée maintenant.

« Tu parles beaucoup, Qablunat, mais vraiment tu ne vaux rien... »

Ce disant, il mit la carabine dans les mains de Youguini et en pointa le canon sur sa propre poitrine.

« Allez, tire ! Montre-nous vraiment qui tu es. »

Au même instant, Nuluki, qui s'était avancé, vint frapper rudement Youguini à l'épaule. « Tire, si seulement t'en as le courage ! »

Aputik ne voyait pas les choses de la même façon et elle s'était mise à frapper Youguini au visage.

« Si tu oses toucher à Mingo, c'est moi qui vais te tuer, stupide Qablunat ! » Et elle continua de frapper jusqu'à ce que Mingo la retienne.

« Laisse-le tirer, je veux voir ce qu'il a en lui... »

Le silence revint. Youguini sentit alors le poids de l'arme entre ses mains et ses doigts se nouèrent autour de son métal froid. Les yeux de Mingo étaient maintenant enfoncés dans les siens et le défiaient avec une dure insolence. Une fois Youguini voulut baisser le canon du fusil, mais aussitôt Mingo l'empoigna et le pointa à nouveau sur lui. « Tire », répéta-t-il sèchement.

Alors Youguini comprit qu'il n'était plus maître de rien. Une force supérieure s'était imposée en lui, qui ne le laisserait plus décider. Il sentit son regard se durcir et se lever pour affronter celui de Mingo. Dans sa poitrine qui gonflait, son cœur s'était mis à battre comme si tout son être à son insu avait déjà décidé. Sa main glissa sur l'arme et son doigt se noua de lui-même autour de la gachette. À cet instant, les yeux de Mingo s'illuminèrent et un vague sourire apparut au coin de sa bouche.

C'est alors que le coup retentit. Au milieu du silence glacial, le bruit était si percutant que les genoux de Youguini plièrent sous le choc, et aussitôt une fumée bleuâtre envahit l'iglou. Dans la confusion qui suivit, le regard triomphant de Mingo n'avait pas quitté un seul instant celui de Youguini, et ce dernier comprit à la fin qu'il venait de succomber à la ruse du chamane. Pour le tromper, Mingo avait en effet chargé la carabine à blanc. Aputik aussi venait de comprendre et se précipita à nouveau sur Youguini.

« Tu es mauvais », dit-elle, le regard courroucé. « Tu es bien assez mauvais pour tuer. On a la preuve maintenant. Et tu ne pourras plus jamais nous regarder de haut ni faire tes beaux discours ! Tu ne vaux rien, Qablunat ! »

Mais à la fin, les trois allaient partir, suivis bientôt d'Angutinguak qui paraissait bien malheureux, et Youguini se retrouva seul, en proie au plus grand désarroi. Jamais de sa vie il ne s'était senti aussi méprisable et, comme dans un cauchemar, il paraissait incapable de faire le moindre geste. Il ne put même pas crier, et sa douleur resta emprisonnée sous sa poitrine. Il sentit que pour la première fois son âme s'était révélée à lui dans toute sa laideur, baignant dans un mélange de fiel et de dégoût.

Il tomba à genoux et resta ainsi prostré de longs moments, incapable de bouger. Il était la proie d'une si effroyable tourmente qu'il ne pouvait plus fermer ni les yeux ni la bouche. Alors, à nouveau et pour la dernière fois, il sentit l'irrésistible appel de la mort. Le dégoût qui s'était mêlé à la nausée, une lassitude incommensurable et le désespoir le plus noir conjuguèrent leurs forces, et le sort implacable se noua au-dessus de Youguini qui n'eut plus qu'à suivre son destin. Cette fois, il sentit que le désir de la mort était aussi vif que l'appel, et qu'il ne voulait plus ni ne pourrait supporter le poids affreux de la vie.

Alors vivement il déposa la carabine sur les peaux où couchait Angutinguak, de même que ses meilleures chaussettes et le manuscrit dans lequel il avait pris l'habitude de consigner ses notes de voyage. Il se vêtit rapidement et, sans un seul moment d'hésitation, il sortit d'un pas décidé pour disparaître dans le blizzard qui se levait. Pas une seule fois Youguini ne regarda en arrière. Il n'y avait plus en lui qu'un seul et ardent désir, celui d'en finir au plus tôt avec cette misère.

36

YOUGUINI SUR SON LIT DE MORT

L'air accablé, Angutinguak attendait depuis un long moment déjà lorsque enfin, comme au sortir d'une nuit agitée, Youguini émergea de son inconscience. Il bougea d'abord faiblement, puis ses yeux s'ouvrirent avec peine, cherchèrent autour, confusément, et s'arrêtèrent sur Angutinguak qu'il dévisagea longuement, essayant de comprendre. Puis, un à un, les souvenirs lui revinrent à la mémoire : son départ précipité du camp, sa course épuisante dans le blizzard, et après, ce n'était plus clair, il avait dû tomber de fatigue et s'endormir. Il se rappela encore cet homme qu'il n'avait pu reconnaître, et qui portait de grosses bottes blanches comme celles de Kamialuk, le policier.

Puis les autres souvenirs refirent surface : la mort de Tania, la querelle avec Mingo, le coup de feu. C'en était trop. Le dégoût le reprit alors et il s'efforça de ne plus penser.

« Aiaiai ! Angutinguak ! » gémit-il en remuant faiblement la tête, « dis-moi que je suis mort, je t'en prie... »

« Oh ! Ça non ! » protesta l'autre en laissant éclater sa joie. « Tu vas vivre et j'en suis bien heureux ! Ça ne sera plus comme avant, tu verras. Il y aura bientôt les caribous et le printemps, et tu pourras reprendre ta carabine aussi, Youguini. On oubliera tout... »

« Ah ! Misère ! » gémit encore l'autre. « Pourquoi m'a-t-on sauvé ? Je ne voulais plus vivre... » Ce disant, Youguini essaya de se lever, mais il ressentit de vives douleurs sur tout le corps et se laissa retomber aussitôt. Il avait subi des engelures aux deux joues et à tous ses doigts et la douleur était aussi ardente qu'une brûlure. Il y avait aussi le pied qui lui faisait très mal.

C'est alors qu'il s'aperçut qu'il ne sentait plus son pied droit. Il y porta fébrilement la main et réalisa aussitôt que le pied ainsi que la jambe jusqu'au genou étaient complètement insensibles. Pour s'en assurer, il frappa à nouveau sa jambe avec le poing et celle-ci lui fit la sensation d'être plus dure que la glace. Il en frissonna d'horreur.

« Angutinguak », s'écria-t-il, « est-ce que tu as vu ça ? J'ai le pied gelé ! »

L'autre lui fit signe qu'il savait mais il s'empressa de le rassurer : « Mingo est venu et il l'a vu aussi... »

« Mais tu réalises ce que ça veut dire, Angutinguak ? C'est la gangrène ! Je vais mourir ! » Youguini maintenant hurlait. L'idée de mourir de gangrène le répugnait tant qu'il parut sur le point de suffoquer. « C'est une horreur ! » s'écria-t-il.

« Attends, Youguini, calme-toi. Mingo va sûrement pouvoir t'aider. Il peut tout faire. »

Angutinguak se voulait rassurant et il avait posé les deux mains sur les épaules de son ami, mais ce dernier était hors de lui.

« C'est que tu ne comprends pas, Angutinguak ! Rien ne pourra plus arrêter la gangrène, pas même Mingo. Je vais mourir et personne n'y pourra rien. Mais c'est horrible, Angutinguak, tu dois faire quelque chose ! »

Le pauvre Angutiguak était aussi impuissant que désolé. Pour son ami, il aurait bien volontiers donné sa propre jambe, mais il ne put que mettre la main sur son front, pour le calmer un peu. Youguini ferma les yeux, et la terrible vérité continua de s'enfoncer en lui. Il gémit à nouveau et secoua vivement la tête, comme s'il pouvait encore y échapper.

« Non ! C'est trop horrible ! J'ai voulu mourir mais pas comme ça. Il faut arrêter le mal... »

Youguini finit néanmoins par s'endormir et, quand il se réveilla plus tard, les autres s'étaient rassemblés autour, comme pour une veillée des morts. Ils étaient tous là : près de lui, à côté de la plate-forme, il y avait Mingo et Kinalik, tous les deux le visage grave. Plus loin, derrière, il y avait Nuluki, Itsaya, Aputik, Tunuk et Ukpik. De l'autre côté de la lampe, il y avait le petit Alupa, bien sage, Angutinguak, Mitiarjuk et ce nouveau venu dont il n'avait qu'un vague souvenir. C'est lui qui avait retrouvé Youguini gisant à demi mort sur la neige, et qui portait des bottes comme celles de Kamialuk.

Tous ces yeux étaient braqués sur Youguini qui reprenait peu à peu ses sens. En même temps, les douleurs sur son corps s'éveillèrent et se manifestèrent une à une, chacune ondulant au rythme des pulsations sanguines. Puis, pire encore que toutes les douleurs, cette effroyable absence de sensation à la jambe droite revint à nouveau le hanter. « C'est donc vrai », pensa-t-il en refermant les yeux, « je vais mourir... »

Il regarda les Inuit autour de lui et leur présence silencieuse lui apporta malgré tout un peu de réconfort. Il revit le beau visage inquiet de Kinalik dont les yeux fuyaient toujours les siens, et Mingo à ses côtés, qui paraissait lui aussi préoccupé. Il pensa à tout le mal qu'il leur avait fait et se dit qu'il ne méritait pas tant de sollicitude. Il songea aussi avec regret qu'ils auraient dû le laisser mourir, mais il se garda bien de leur en tenir rigueur. En effet, comment ces malheureux auraient-ils pu connaître ses véritables intentions si, tantôt, Youguini affichait une peur maladive de la mort et de tout ce qui s'en rapprochait, et, tantôt, affirmait à qui voulait l'entendre qu'il ne pouvait plus supporter la vie et qu'il y mettrait un terme.

« Je regrette tout le mal que je vous ai fait », murmura-t-il, la voix encore faible. Il y avait cependant un si profond silence dans l'iglou que le moindre soupir aurait été entendu. Youguini se tourna vers Mingo qui avait les yeux baissés. « Je regrette pour Tania... je ne savais pas... je regrette ce qui est arrivé. C'est ma faute. » Sa voix parut s'étouffer un moment puis il reprit, s'adressant à nouveau à Mingo. « Le père Gaillard avait bien raison. Tu es un homme fier, Mingo. Et moi je ne vaux rien. Est-ce que tu pourras seulement me pardonner ? » Encore une fois, Youguini s'arrêta, sa voix tremblait. « Ah ! Misère ! Pourquoi faut-il attendre de mourir pour enfin comprendre ? C'est seulement maintenant que je voudrais vivre, et c'est maintenant que je vous comprends. Ce n'est pas ma faute si avant je ne comprenais rien ! »

Un sursaut d'énergie l'avait fait se dresser sur ses coudes, et sa voix était plus forte aussi. « Ce que je regrette le plus de ce voyage, c'est de m'en être pris à vous. Je vous ai accusés de tous les maux alors que vous n'étiez coupables de rien. Vous n'avez pas choisi votre sort, et vous n'avez pas voulu cette misère, ni ce mal qui arrive. C'est plutôt Dieu qui l'a voulu ! C'est lui qui a fait le mal et la misère. Cet affreux chaos, ce n'est pas vous, c'est lui ! Ah ! Quand j'y pense ! Je vous en ai voulu de m'avoir amené jusqu'ici, mais quelle erreur ! C'est Dieu qui a tracé mon destin, pas vous. C'est lui le coupable ! »

Youguini avait le regard chargé d'indignation et il pointait la main vers le ciel qu'il accusait avec véhémence. Ses paroles tonnaient au milieu de la petite assemblée pendant que les autres, silencieux, suivaient du regard ses moindres gestes. Après cette première charge contre le ciel, il se laissa retomber sur son lit pour reprendre son souffle.

« Je comprends maintenant pourquoi les matelots du *Veracruz* pestaient tant contre Dieu. Eh ! Vous savez ce qu'ils disaient quand ils étaient en colère contre le ciel ? Ils disaient comme ça, en serrant les dents : “ *Me cago en Dios !* ” Ça veut dire : “ J'emmerde Dieu ”, oui, exactement, “ Je chie sur Dieu ”. Voilà ! »

Ces dernières paroles soulevèrent un murmure dans la petite assemblée, de même que quelques rires embarrassés, surtout chez les femmes qui se regardaient à la ronde.

« Oui, je sais », reprit Youguini, « cela vous gêne que je dise de telles choses, mais vous êtes trop bons. Vous respectez le nom de Dieu, et vous honorez la mémoire de vos esprits, mais avez-vous songé aux supplices qu'ils vous font subir ? Et vous savez le pire ? C'est que vous vous sentez coupables de tout le mal qui vous arrive. Voilà qui est le comble. C'est eux qui font le mal, et c'est vous qui vous sentez coupables. Mais y avez-vous pensé ? C'est un véritable piège ! Je trouve que c'est indigne, et moi je dis que j'emmerde ce Dieu-là ! »

Youguini dut encore s'arrêter pour reprendre son souffle. La colère l'avait enflammé et il était couvert de sueur. C'est alors qu'il aperçut Itsaya dont les yeux brillaient dans l'obscurité et qui avait du mal à se retenir.

« Excuse-moi si je ris, Youguini, mais c'est que je n'ai jamais vu mourir quelqu'un de cette manière. Ce qui t'arrive est bien triste, mais ce que tu dis est si drôle et si juste aussi. C'est vrai, j'ai parfois le même sentiment. Je passe tout mon temps à penser du mal de moi, et je me fais des reproches pour tout ce qui arrive, même si je ne l'ai pas voulu... »

« C'est bien ce que je dis, Itsaya. Vous êtes meilleurs que Dieu. Il ne vous mérite pas », dit-il encore d'une voix vibrante. « Il abuse de vous, mais il ne perd rien pour attendre, celui-là ! Quand je serai mort, vous allez m'entendre lui botter le cul, et je vais remettre de l'ordre dans le ciel ! »

Un frisson parcourut la petite assemblée qui était comme subjuguée par ces paroles inhabituelles. Ce n'était pas tous les jours en effet qu'on mourait de cette façon et ils allaient certes se rappeler de ce drôle de Youguini. Celui-ci était maintenant très agité et la fièvre s'amplifiait. Son corps était secoué comme s'il avait été pris de convulsions. D'une main tremblante, il dégagea sa chemise, et sa poitrine apparut fumante de fièvre.

Il se tourna alors vers Mingo qui maintenant le regardait et, d'une voix haletante, il l'implora de le tuer avant qu'il ne souffre. « Ne me laisse pas mourir de gangrène, je ne veux pas empester, ce serait trop humiliant... c'est déjà bien assez de mourir ! Dès que je serai inconscient, frappe ici, Mingo. » Il fit alors un geste de la main, juste à la hauteur du cou, et réprima en même temps un sanglot.

« Vous voyez, Dieu a vraiment pensé à tout pour m'humilier. Alors, Mingo, ne lui donne pas cette joie, tue-moi avant. Surtout, découpe-moi en morceaux que tu donneras aux chiens. Éparpille-moi, Mingo, je ne veux plus que ce fou de Dieu puisse me refaire. Je veux me soustraire au destin. Ah ! Plus jamais ! Plus jamais je ne veux être poursuivi par la honte ou le regret pour le mal que je n'ai pas voulu ! Je veux mourir pour de bon ! Que la mort règle tous mes comptes, misère ! »

Youguini dut encore interrompre son discours. Il était au bord de l'épuisement. Pendant ce temps Itsaya le regardait avec émoi. Après les dernières paroles de Youguini, elle ne put se contenir plus longtemps et, profitant du nouveau silence, elle voulut lui témoigner son affection.

« Alors, toi, Youguini, tu vas nous surprendre jusqu'à la fin... je vais vraiment m'ennuyer de toi, tu sais... » Elle baissa la tête et parut tout à coup très émue.

Toujours étendu sur son lit de fourrure, Youguini se tourna vers la fille qu'il regarda longuement. « Tu es vraiment merveilleuse, Itsaya, je te le dis, vraiment. Je suis bien content de t'avoir connue, merci Itsaya... »

Ces paroles achevèrent de bouleverser la fille qui ne put que baisser la tête, submergée de tendresse.

« Vous êtes tous magnifiques », reprit Youguini d'une voix faible. « Toi aussi, Aputik. Je t'ai fait de la peine, pardonne-moi... »

À l'instant, le visage de la femme se transforma à son tour, surprise par cette soudaine attention, et ce qui aurait pu rester en elle de colère se dissipa pour de bon. Elle regarda Youguini et lui fit un signe avec les yeux. Puis elle baissa la tête, en proie elle aussi à la plus vive émotion.

« Et toi aussi Kinalik... non, ne détourne pas les yeux. Je vais mourir et je ne veux pas te cacher plus longtemps mon affection. » Youguini s'interrompit un moment, ferma les yeux, puis, quand il les rouvrit, son regard se perdit dans celui de Kinalik. Comme il regrettait maintenant de n'avoir pas parlé plus tôt. « Tu es si belle, Kinalik ! Je peux te le dire maintenant, si ma vie était à refaire... » Le regard doux de la femme, qui exprimait tant de choses, se couvrit alors d'émotion, et Youguini dut s'arrêter.

Il y avait maintenant un grand silence dans la pièce, et on n'entendait plus que le mourant qui respirait difficilement. Il bougeait la tête et ses yeux qui cherchaient autour ne semblaient plus voir.

« Non, vous pensez bien, vous n'avez plus rien à craindre de moi. Je ne vais pas m'en prendre à Dieu. Je vous ai déjà fait assez de mal, je ne voudrais pas que le ciel vous punisse à cause de moi. Non. Je me jetterai plutôt aux pieds de Dieu, s'il le faut. Je lui demanderai pitié pour vous. Vous êtes si bien, vous ne méritez pas cette misère. Je lui dirai que même les enfants souffrent. Je dirai : mais regarde un peu, Dieu, même quand ils sont petits, ils connaissent déjà l'horreur. Ça ne peut plus durer... »

Les paroles de Youguini leur semblaient si émouvantes que les autres s'attendaient à tout instant à ce que le ciel se manifeste. Il l'aurait fait que ceux-ci n'auraient pas été surpris, car ce Dieu dont leur avait parlé Noudapie paraissait en effet si puissant. Rien n'y fit toutefois, et les paroles de Youguini allèrent se perdre dans un lourd silence. Pendant ce temps, la fièvre avait encore renforcé son emprise sur le mourant qui ne bougeait presque plus.

« Quand j'y pense, moi qui vous ai blâmés pour tout, vous ne m'avez jamais fait un seul reproche. Vous avez de si grandes qualités, alors que moi... Je suis prêt à mourir maintenant, pourvu qu'on me laisse vous sauver. Je voudrais tant vous aider... je parlerai pour vous... j'essaierai d'émouvoir le ciel... aahh ! Ce ne serait rien de mourir, si je pouvais vous sauver. Ce serait bien de mourir pour vous... Mais n'oublie pas, Mingo... n'attends plus, et toi, Angutinguak... la carabine... garde-la... »

Pendant de longues minutes encore, il sembla lutter contre le sommeil qui l'envahissait. Il murmurait des mots que les autres, même tendus, avaient peine à entendre. À la fin, son souffle s'apaisa et il parut enfin se reposer. Un moment passa puis Kinalik interrogea Mingo du regard. Celui-ci prit une longue respiration, les yeux fermés. La décision lui retombait encore sur les épaules et il semblait si fatigué.

À la fin cependant, il remua. Il fit signe à Nuluki qui lui remit une hache et un long couteau à neige. Les autres alors comprirent et, un à un, ils quittèrent la pièce, silencieusement, en jetant vers Youguini un dernier regard. Angutinguak, dont les doigts s'étaient noués nerveusement au bas de sa veste, hésita longuement puis, malheureux, se résigna à suivre les autres.

Ainsi Mingo se retrouva seul avec le mourant. La sueur coulait abondamment sur le front du chamane et ses mains tremblaient. Il n'avait jamais fait ce qu'on attendait de lui et il respirait lourdement. Mais il n'avait pas le choix, lui seul pouvait le faire. Alors ses yeux et son front se contractèrent, son visage se durcit et une irrésistible détermination s'empara de lui. Il n'avait plus un instant à perdre.

Il souleva donc la hache bien au-dessus de sa tête et, comme il l'avait fait pour les chiens, il la rabattit d'un formidable élan sur le corps inerte de Youguini. Sur le coup, la chair tendue du mourant s'ouvrit comme un volcan et un torrent de sang en jaillit aussitôt, couvrant de gouttelettes rouges le corps de Mingo, ainsi que la voûte de l'iglou.

Quatrième partie

L'ÉBLOUISSEMENT

37

DRAGON

Ceux qui l'avaient connu jeune se rappelaient de Dragon comme d'un chien très enjoué, fort et bagarreur, mais aussi très affectueux. Il avait un regard à la fois doux et ardent et, très tôt, il allait se révéler un chef de bande exceptionnel. Avec les autres chiens il était aussi magnanime que sévère, et savait corriger les fautifs, mais, dès que ceux-ci se rendaient, il s'empressait de lécher leurs blessures. Il était aussi d'une loyauté sans faille envers ses maîtres et, contrairement à plusieurs de ses congénères, plus sournois que lui et plus loups que chiens, il n'aurait jamais touché à un enfant.

Il n'y avait d'ailleurs pas meilleure preuve de cela que ce qui était arrivé à Mitiarjuk et, par cet acte de bravoure, le noble Dragon s'était rendu célèbre dans tout l'Arctique. L'histoire de son courage avait d'abord couru sur les ondes de tous les postes radio sur lesquels opéraient les missionnaires Oblats puis, quand le père Gaillard l'avait amené avec lui à Iglulik, tous les Inuit de la région étaient venus voir le chien qui avait sauvé la vie à l'enfant. Beaucoup d'entre eux insistèrent aussi pour l'accoupler avec leurs chiennes, si bien que toute sa vie Dragon avait été très choyé, et il était devenu le père de nombreuses portées de chiots, aussi beaux que lui.

Mais il se faisait vieux maintenant et, lors de ce voyage, il s'était fait corriger par d'autres plus robustes que lui. Au fond, il était bien fatigué et n'avait plus le goût de ces longs voyages. Tout ce qu'il voulait maintenant, c'était retrouver son maître, ce vieux loup de Noudapie qui n'aurait pas dû le prêter à Youguini. Au fait, celui-là, où est-ce qu'il était donc passé ? Depuis plusieurs jours déjà qu'on ne le voyait plus, ça devenait inquiétant...

Depuis le malheur de Youguini en effet, plusieurs jours s'étaient écoulés au cours desquels, lentement, la clarté avait pu reprendre le terrain qu'elle avait cédé à l'obscurité. Le ciel tournait au bleu maintenant, et le temps devenu plus clément donnait à penser que le printemps serait bientôt là. On avait aussi aperçu plusieurs caribous qui défilaient par petites bandes devant le camp, et on commençait à croire que le troupeau allait bientôt se montrer.

Ce jour-là donc, un peu avant l'aube, Dragon et les autres chiens s'étaient mis à hurler comme une meute de loups et, plus tard, quand Mingo et les autres mirent le nez dehors, ils aperçurent les chiens qui tiraient vivement sur leurs cordes. Dans leur excitation, les bêtes semblaient flairer la présence imminente du troupeau.

« Ça ne devrait plus tarder maintenant », opina Ukpik qui venait de rejoindre les autres, les deux mains dans les poches et le dos un peu courbé. « On a beau dire, les caribous sont vraiment imprévisibles et on ne sait jamais par où ils vont passer. Mais ça ne fait rien, on les aura, et je dis pas plus tard que dans trois jours. Qu'est-ce que t'en penses, Mingo ? »

Ce dernier scruta l'horizon et ne répondit pas tout de suite. Comme les autres, il était sorti sans son atigi et, parce que le temps était encore froid, il gardait lui aussi les mains dans les poches. « Sila piujuk », finit-il par dire, en se tournant vers le ciel. « Avec les jours qui rallongent et le beau temps, le troupeau peut couvrir de longues distances et je ne serais pas étonné s'il arrivait d'ici trois jours. Tu as peut-être raison. »

Nuluki, qui parlait moins que les autres, ajouta seulement : « Ce qui est cerain, c'est qu'il y en aura beaucoup. »

L'espoir était donc revenu dans le camp et les hommes rentrèrent auprès de leurs femmes, sauf Angutinguak qui était resté là à retourner entre ses mains la carabine que lui avait laissée Youguini. Pendant ce temps, Dragon s'était mis à errer autour du camp. Il marchait péniblement et ne semblait pas savoir ce qu'il voulait. Il était inquiet. Quand il passa près d'Angutinguak, ce dernier s'aperçut que quelque chose n'allait pas avec le chien de Noudapie.

« Qaigit, Drakku ! » De sa voix chaude, il interpella le chien qui s'amena et se laissa tomber à ses pieds. « Allez, mon vieux Dragon, il ne faut pas être triste comme ça. » Il souleva la tête du chien et lui caressa le cou à pleines mains. « Je vais m'occuper de toi maintenant. Tu vois, Youguini m'a laissé sa carabine, alors c'est bien normal que je m'occupe de toi aussi. Tu verras, Dragon, il ne t'arrivera rien et je te ramènerai à Noudapie. » Lorsqu'il entendit le nom de son maître, Dragon ouvrit la bouche et parut sourire.

« Je vois que tu as pris des leçons des Qablunat », lui lança alors Mingo qui s'amenait par-derrière. « Est-ce que tu vas attraper cette manie stupide de parler aux chiens, maintenant ? »

Surpris, Angutinguak ne sut que répondre. « Non, c'est seulement qu'il a l'air si malheureux... » Il se mit alors à piocher dans la neige avec le bout du pied puis, après un moment, il releva la tête.

« Écoute, Mingo, il y a quelque chose que je veux te demander. Mais il ne faut pas te fâcher, hein. Et si tu ne veux pas, je ferai comme tu dis. C'est quelque chose d'important pour moi, j'ai voulu t'en parler avant... mais, dis-moi d'abord que tu ne te fâcheras pas. » Angutinguak interrogea le chamane du regard puis, voyant que ce dernier commençait à s'impatienter, il décida d'y aller.

« Tu vois, Mingo, c'est à cause de Kinalik. Voilà ! C'est Kinalik. » Après cet aveu, la poitrine d'Angutinguak se dégonfla comme s'il venait d'être soulagé d'un lourd secret. « Si tu savais, Mingo, comme je l'aime, celle-là. Je pense à elle tout le temps. Je la veux tellement que j'oublie tout le reste et, si je l'avais pour moi, je pense que mes pieds ne porteraient plus par terre. Et je ne demande pas beaucoup, Mingo, je suis prêt à l'avoir juste un peu, comme ça, de temps en temps... »

Il s'arrêta pour questionner l'autre du regard. Mais le chamane était resté impassible.

« Si elle hésite, Mingo, je comprendrai. Je ne lui demanderai pas de coudre mes habits ! J'ai toujours fait mes bottes aussi, et je continuerai. C'est elle que je veux, rien que ça ! » Le regard d'Angutinguak se faisait implorant. « Mais est-ce que t'as vu les seins qu'elle a, hein ? J'en ai tellement le goût... si je pouvais seulement les embrasser. J'ai un fusil maintenant, Mingo. J'irai chasser tous les jours et je lui donnerai toutes les peaux. Moi, j'ai tout ce qu'il me faut, elle pourra garder toute la fourrure pour elle. »

Jamais Mingo n'avait vu Angutinguak dans un pareil état. Ce dernier était lui-même surpris d'en avoir tant dit et, le regard enflammé, il attendit le verdict du chamane. Mais celui-ci paraissait si fatigué maintenant, et plus taciturne encore depuis la mort de Tania. Il avait vieilli. Alors il bougea la tête, faiblement, et répondit : « Tukisivunga. Je comprends. Mais il faut demander à Kinalik, c'est elle que ça regarde. » Mais l'autre insistait encore du regard et il ajouta : « Si elle veut, moi je suis d'accord. Alors va la voir. Elle comprendra ce que tu veux, les femmes comprennent ces choses-là. Tu n'auras pas besoin de lui dire... »

C'était bien ce qu'Angutinguak voulait entendre. Alors, pour remercier Mingo, il lui mit les deux mains sur le bras et prit en riant le chemin de l'iglou de Kinalik. Mingo resta donc seul avec Dragon. Il regarda l'autre s'éloigner puis se tourna vers le chien qu'il se mit à dévisager.

« T'as vraiment pris un coup de vieux, toi », fit le chamane. « Non, ne t'inquiète pas, je ne te battrai plus. Si je l'ai fait, c'est parce que tu excitais les autres chiens, tu comprends. Mais je suis content que t'aies fait des chiots à ma chienne. Ce seront peut-être tes derniers, hein. Tu vois, toi et moi, c'est pareil. On achève, tous les deux... »

Pendant ce temps, avec sa façon d'hésiter à propos de tout, Angutinguak n'était pas allé très loin. Il avait une envie folle de courir chez Kinalik et de l'embrasser, mais ce rêve lui paraissait si peu accessible qu'il n'avait pas fait dix pas qu'il était déjà revenu. Il se planta devant Mingo en balançant les bras.

« Elle ne voudra pas, elle est trop bien pour moi, et je ne veux surtout pas qu'elle me refuse. Tu comprends ? »

« Mais tu ne le sauras jamais si tu n'y vas pas. »

La simplicité de l'argument eut un grand effet sur la pensée d'Angutinguak dont le visage s'éclaira aussitôt. « Mais ça c'est bien vrai », dit-il à l'autre. « Alors je vais y aller, je ne te dérangerai plus avec cette histoire. Mais, dis-moi Mingo, est-ce que tu n'étais pas en train de parler avec Dragon, juste avant que je revienne... »

Bien entendu, avec toutes les responsabilités qu'il avait sur les épaules, le chamane était parfois désagréable dans ses rapports avec les gens ordinaires, et Angutinguak comprit aussitôt qu'il venait de dire une sottise. « Ne sois pas si stupide ! » se fit-il répondre sèchement. « Le jour où les chamanes se mettront à parler aux chiens, je me demande ce qu'il restera des Inuit ! »

Angutinguak repartit donc vers l'iglou de Kinalik et, avec Dragon à ses trousses cette fois, il entreprit de se convaincre que rien ne pouvait lui arriver. Mingo devait avoir raison, pensa-t-il. Et puis Kinalik n'était pas comme cette griffeuse d'Itsaya qui n'en faisait qu'à sa tête avec les hommes. Kinalik n'avait jamais rien demandé aux hommes, même qu'elle n'avait pas été chanceuse avec ces derniers. Elle en avait déjà perdu deux, et les autres femmes racontaient qu'elle n'avait jamais pu avoir celui qu'elle aimait vraiment. « Elle ne dira pas non, elle n'a jamais rien refusé aux hommes, elle n'est pas comme ça, Kinalik... »

Ainsi donc, Angutinguak acheva de se convaincre et il se retrouva à sa grande surprise dans l'iglou de Kinalik où une bonne odeur de bouillon de caribou l'accueillit. Dragon se faufila lui aussi à l'intérieur et Angutinguak remit le bloc de neige dans l'entrée.

Kinalik était là et ne parut nullement surprise à la venue d'Angutinguak qu'elle salua gentiment. Elle était assise au milieu de la place, une peau sur les genoux. Au-dessus d'elle, un rayon de lumière traversait la glace qui tenait lieu de fenêtre, et ses cheveux brillaient d'un vif éclat.

« Est-ce que le troupeau sera bientôt là », demanda-t-elle à son visiteur.

« Mingo dit que oui. Rien qu'à voir les chiens, ça ne devrait pas tarder. »

Elle sourit et se remit à nettoyer la peau de caribou. Pour cela, elle utilisait le « ulu », une sorte de couteau qui ressemble à un quartier de lune et qui, par sa forme, se prête bien à cette tâche. Elle s'arrêtait parfois pour brasser légèrement le bouillon et, à l'occasion, elle saluait Angutinguak, rien que pour le mettre à son aise. Parfois elle le regardait en coin et souriait doucement.

« Angutinghak'ai, suviit ? À quoi penses-tu donc ? » lui demanda-t-elle à la fin. Sa voix était si douce que l'autre en rougit d'émotion.

« Moi ? À rien. Je venais seulement te visiter, je n'ai besoin de rien... »

« Mais tu dois bien vouloir quelque chose », insista-t-elle doucement, maternelle et un brin moqueuse à la fois. « Es-tu certain que tu ne veux rien ? Tiens, prends donc un peu de bouillon... »

« Non... enfin oui, peut-être. Ai, nakurmik, Kinalik. » Il prit la tasse qu'elle lui tendit, et une première gorgée lui permit de retrouver un peu de ses sens. « Tu sais, j'ai une carabine maintenant. Alors, j'ai pensé... je n'aurai pas besoin de toutes ces peaux, si tu veux, je te les donne toutes. C'est vrai, Kinalik, je te donnerai tout ce que j'aurai si tu veux... »

Il avait dit cela d'un seul coup, comme si les mots lui avaient brûlé la langue. Mais, si sa générosité était bien reçue, la femme cependant ne pouvait accepter une telle offre.

« Tu en auras besoin, Angutinguak. Ce n'est pas une bonne idée de donner ainsi tout ce que tu as. Regarde un peu tes vieilles bottes, elles sont trouées, tu dois bien geler, non ? Tiens, apporte-moi seulement ce qu'il faut de fourrure et je t'en ferai de nouvelles, mais rien que ce qu'il faut, hein. »

Du coup Angutinguak se trouva submergé par l'émotion. Il se souleva sur ses genoux puis, tendant les mains vers Kinalik, il essaya de trouver les mots.

« Ah ! Non, Kinalik. Moi je ne veux rien. Tout ce que je veux, moi, c'est toi... tout ce que j'ai, c'est pour toi. C'est seulement toi qui comptes, moi je suis rien, c'est pour toi... »

Les beaux yeux ronds de Kinalik se posèrent sur les siens et il dut s'arrêter. Sa voix s'était brisée et seuls ses mains et son regard restaient tendus vers la femme. Quand, à la fin, elle lui dit de s'approcher, il crut d'abord rêver et pensa qu'il n'aurait jamais le courage.

« Viens », insista-t-elle, « viens, si tu veux. » Elle souleva sa tunique, et ses seins retombèrent comme un voile de soie sur sa poitrine blanche. Elle regardait maintenant mais ne semblait plus le voir. Ses yeux aussi s'étaient voilés. « Viens », murmura-t-elle encore.

C'est alors qu'Angutinguak réalisa ce qui lui arrivait. Il se secoua vivement et se mit à se dévêtir en toute vitesse pour se laisser tomber sur Kinalik. Il courut réfugier sa grosse tête chevelue entre les seins de la femme qui lui ouvrait ses bras, et laissa échapper un long soupir de soulagement. C'est comme s'il avait dit : enfin !

Pendant tout ce temps, Dragon était resté derrière, près de la sortie, prenant bien soin de ne pas déranger. Il avait posé le museau sur une botte qui traînait par là, et regardait sans faire de cas les grands pieds osseux d'Angutinguak qui se tortillaient de plaisir dans leurs chaussettes trouées.

Un peu plus tard, Angutinguak se revêtit, le regard bas et un peu confus. Pour chasser ce curieux sentiment de gêne qu'il éprouvait, il reprit ses promesses antérieures. « Je dois rejoindre Mingo, il m'attend. Mais je te donnerai toutes les peaux que je rapporterai, c'est promis. »

« Tu es bien généreux », lui répondit-elle. « Je prendrai ce qu'il me faut pour tes bottes, mais tu devras rapporter les autres avec toi, dans ton iglou. »

Angutinguak baissa les yeux et il comprit. Elle lui avait dit les choses doucement mais fermement. Cela lui fit mal un peu, mais il se secoua aussitôt et se dit qu'il n'avait aucune raison de se plaindre. « Est-ce que je n'ai pas tout ce qu'un homme peut désirer ? » se disait-il pour se convaincre. « De quoi un homme comme moi pourrait-il bien se plaindre, hein ? » Et il sortit, suivi de Dragon.

Dehors, il s'étira un peu les bras, comme s'il venait de s'éveiller, puis, apercevant le chien à ses côtés, il décida qu'il était le plus chanceux des hommes. « Tu vois, Dragon, comme c'est facile d'avoir une femme, hein. T'as vu, j'ai même pas eu à demander. »

Le bon chien parut acquiescer et alors, tous les deux, à grands pas, ils s'en allèrent rejoindre Mingo qui s'apprêtait à partir.

38

UNE DEUXIÈME VIE

Puisque l'arrivée du troupeau de caribous était attendue d'un jour à l'autre, Mingo et les autres avaient décidé de rester sur place et d'agrandir un peu le campement.

Il fallait d'abord loger le nouveau venu qui, semblait-il, s'était joint à la troupe pour de bon. Il s'appelait Putulik. Il était plus grand que les autres, et il avait fière allure avec ses cheveux longs et noirs qu'il secouait en marchant. Depuis le temps qu'il rôdait autour de Mingo pour avoir Mitiarjuk. Il avait même fait en solitaire le voyage vers l'intérieur dans l'espoir d'y croiser la troupe du chamane, et convaincre ce dernier qu'il méritait la jeune fille. C'est lui qui avait retrouvé Youguini gisant dans la neige, et Mingo avait fini par lui consentir Mitiarjuk qui en fut ravie. Il fallut donc loger les nouveaux mariés.

Juste à côté, on fit un deuxième iglou qu'on relia à celui de Kinalik et où on transporta le corps inerte de Youguini. Ce dernier, après l'intervention désespérée de Mingo, se trouvait si mal en point qu'on ne le comptait plus pour vivant. On l'avait donc laissé là, seul au milieu de l'iglou et bien enveloppé dans de chaudes fourrures, en attendant que la mort termine son travail. On avait néanmoins prévu un petit passage entre cet iglou et celui de Kinalik, si bien que de temps à autre celle-ci venait jeter un coup d'œil sur l'état du mourant.

Kinalik était toutefois bien trop généreuse pour laisser la mort travailler à sa guise. Le premier jour, elle était venue pour repartir aussitôt, un peu effrayée par ce long corps et cette jambe ensanglantée que Mingo avait coupée en haut du genou. Dès le lendemain cependant, son instinct de femme s'était révélé plus fort que la peur, et elle avait conçu un plan pour secourir le jeune homme. Elle prépara donc un riche bouillon de sang de caribou et se mit à le nourrir à la goutte.

Ce travail exigeait beaucoup de temps et de patience, mais Kinalik ne manquait ni de l'un ni de l'autre. Elle laissait tomber une goutte de bouillon sur les lèvres du mourant, la regardait rouler sur les bords séchés de sa bouche, puis recommençait en prenant soin de ne pas engorger son patient.

Elle s'occupa ainsi de Youguini pendant de longues journées. Celui-ci demeura aussi inconscient qu'au premier jour, mais la fièvre avait baissé, et Kinalik avait maintenant la certitude de pouvoir le sauver. Mais elle n'en parlait à personne, pas même à Mingo, car elle aurait jugé inconvenable de tenter ainsi le sort. C'était un secret et, pour ne pas irriter l'esprit des morts, les autres respectaient son silence.

Ces derniers temps, elle pouvait lui servir le bouillon à la tasse. Il avalait beaucoup mieux maintenant et c'était plus commode ainsi. Elle le soulevait délicatement puis portait la tasse à ses lèvres, versant lentement le bouillon chaud dans sa bouche. Youguini avait perdu beaucoup de poids et elle le tenait près de son sein, un bras passé sous son cou, comme s'il avait été aussi léger qu'un enfant. Elle passait ainsi de longs moments à le soigner et à le regarder avec tendresse. Youguini était devenu son enfant.

À quelques reprises déjà, celui-ci avait ouvert les yeux, brièvement, pour les refermer aussitôt. Ce matin-là, alors qu'elle était occupée à le nourrir, il ouvrit à nouveau les yeux. Il parut d'abord confus, inquiet, puis son regard se posa sur celui de Kinalik et il fut rassuré. Il sentit le bras chaud qu'elle avait posé sous sa nuque et eut le sentiment qu'on le berçait. Ses craintes s'étaient dissipées. Il en fut de même pendant les jours qui suivirent.

Un matin, il s'éveilla avant son arrivée. La lueur du jour pénétrait par la fenêtre de glace et son lit de fourrure était inondé de clarté et de silence. Il se sentit tout à coup seul et fut bien vite saisi par l'angoisse. Quand elle arriva, elle le prit comme d'habitude sous son bras et approcha la tasse de ses lèvres. Mais brusquement Youguini détourna la tête, sans desserrer les lèvres. Il n'était que vaguement conscient de son état mais, dans la confusion de ses sentiments, il ressentait une sourde colère à l'égard de cette femme qui l'avait ainsi abandonné.

Kinalik parut comprendre. Elle posa la tasse près d'elle et, s'aidant de ses deux bras qu'elle avait noués autour de son corps, elle le berça doucement. Elle était si près de lui qu'il pouvait sentir son haleine qui lui effleurait le front. La colère se dissipa aussitôt et il retourna son visage contre sa poitrine. Il prit alors une longue respiration et huma du coup les parfums doux de son corps. Il se sentit renaître.

C'était la première fois qu'il était si conscient, et tout lui paraissait soudainement si doux. Les longs cheveux aux reflets bleus de Kinalik tombaient au-dessus de lui et venaient tamiser la clarté un peu crue de l'iglou. Cela lui rappela la lumière doucement orangée que faisaient les chandelles sur les boiseries de la maison du père Gaillard. Il appuya faiblement la main sur le corps de Kinalik et, lentement, il en suivit les contours, de son ventre jusqu'à ses seins. Plus tard, après avoir bu tout son bouillon, la main tremblante de Youguini s'arrêta, et il s'endormit à nouveau, dans les bras de la vie nouvelle qui s'offrait à lui.

39

UNE SPLENDEUR NOUVELLE : « IL NE FAUT PAS REGARDER LE SOLEIL »

Au cours des jours qui suivirent, la conscience de Youguini s'enrichit de nouvelles sensations. Des bruits lui parvenaient de l'extérieur, des éclats de voix, il crut reconnaître celle d'Alupa, puis des hurlements de chiens, une animation qui lui parut familière et lointaine à la fois. Il s'éveillait tôt maintenant, longtemps avant l'arrivée de Kinalik, et n'en finissait plus de languir après elle.

Ce matin-là, elle arriva toute souriante et, à la manière qu'il avait de la regarder, elle sentit qu'il avait fait de nouveaux progrès.

« Tu pourras peut-être venir dehors aujourd'hui, si tu le veux. Il fait un temps magnifique. Il y a aussi Angutinguak qui sera bien content de te voir. Depuis qu'il sait que tu vas mieux, il vient tous les jours prendre de tes nouvelles. » Elle s'arrêta pour vider un peu de bouillon dans une tasse. « On dirait que le printemps est arrivé, tellement la clarté fait mal aux yeux. Tu seras surpris... »

Pendant ce temps, Youguini avait regardé la femme en silence. Quand elle s'approcha de lui avec le bouillon, il ferma les yeux.

« Tu ne dois plus me laisser, tu dois rester ici avec moi. » Puis il la regarda et la vit sourire, comme si elle s'attendait à ce reproche. « C'est vrai, pourquoi te faut-il vivre là-bas et moi ici ? Reste avec moi toujours. » Et il étendit la main sur sa poitrine, comme pour la retenir.

« Tu es bien comme un enfant », lui dit-elle en se penchant au-dessus de lui.

Il but alors le bouillon et sentit que ses forces se refaisaient en lui. Il remit la main sur la poitrine de la femme et essaya vainement de soulever sa tunique. « Découvre-toi », lui dit-il, « je veux te toucher. »

Elle sourit à ce nouveau caprice et fit comme il disait. Elle posa la tasse à côté puis, étirant les deux bras, elle souleva sa tunique. Aussitôt elle se laissa tomber sur lui, et ses seins lourds et chauds se posèrent sur la poitrine nue de Youguini. Elle prit soin de ne pas heurter sa jambe mais, pour le reste, elle s'abandonna tout entière entre ses bras.

« Kinalik ! Oh ! Kinalik ! Je t'ai tant désirée. » Il parlait d'une voix frémissante. « Ne me laisse plus seul... » Ses mains ne savaient plus où se poser et couraient sur le corps de la femme. Pendant qu'il enfouissait la tête dans la poitrine charnue de celle-ci, il porta fiévreusement la main jusqu'à son ventre et là, faisant le geste qu'il fallait pour se faire comprendre, il l'implora de venir au-dessus de lui. « Viens, je te veux tellement... »

Elle fit donc tout pour lui. Elle se dressa d'abord au-dessus de lui, les genoux calés dans les fourrures puis, s'écartant de son mieux de sa jambe blessée, elle descendit lentement sur lui. Pendant tout ce temps, Youguini retint son souffle et l'attente lui parut le plus doux des supplices. Jamais il n'avait tant désiré qu'on le prenne.

À la fin, quand la femme le couvrit, il sentit comme une délivrance ses chairs tendres et fermes se nouer autour de lui, et tous ses désirs furent comblés. « Ahhh ! » gémit-il, « c'est comme un rêve. Je ne peux pas le croire. Si je pouvais, je me mettrais tout en toi ! » Et il se mit à l'embrasser et à murmurer des choses qu'elle ne pouvait comprendre, mais qui la faisaient néanmoins frémir.

Quand vint l'explosion, la douleur et le désir se mêlaient si étroitement qu'il pensa un moment perdre conscience. Il gisait presque inerte sous le corps palpitant de la femme. Quand celle-ci lui demanda s'il avait terminé, il eut peine à répondre tant il était épuisé. Il s'endormit aussitôt, la mâchoire tombante.

Ce même jour, Youguini fit sa première sortie, et la clarté dehors était si vive qu'il pensa un moment perdre la vue. Il n'avait jamais ressenti un tel éblouissement. Le plateau, qu'il avait connu jusque-là sous la noirceur, avait resurgi couvert de lumières. Le ciel pâle s'était remis à vibrer sous de nouvelles couleurs, alors qu'au sol chaque brin de neige paraissait vouloir éclater. La clarté du jour était si vive que Youguini dut porter la main à ses yeux. Il fut dès lors convaincu que la vie lui était redonnée de nouveau et que, cette fois-ci, elle se révélait à lui sous une splendeur nouvelle.

Il avait encore la main sur les yeux lorsqu'il entendit Angutinguak s'approcher. Ce dernier salua rapidement Kinalik, mais c'était manifestement vers lui qu'il était tourné.

« Ah, Youguini, voilà si longtemps que j'attendais. Hiii ! Tu es enfin revenu. Je ne peux pas le croire. J'ai même pensé un moment que je ne te reverrais plus et j'ai eu peur... Ah ! C'est bon de te revoir ! »

Surpris, Youguini ouvrit les yeux mais, dans l'éblouissante clarté, la silhouette de son ami lui apparut comme une grosse tache sombre. Il chercha de la main celui-ci. « Excuse-moi, Angutinguak, mais je ne vois plus rien. Je suis bien content de te revoir, et j'ai le goût de vivre, si tu veux savoir ! »

Angutinguak étreignit un moment son ami, sans dissimuler son affection. « Attends un peu, Youguini, j'ai ce qu'il te faut. Tiens, prends ces lunettes, moi je n'en ai pas vraiment besoin. » Il mit lui-même les lunettes en place pendant que l'autre attendait, appuyé contre l'épaule de Kinalik. Avec ça, tu ne vois que ce qu'il te faut, tout le reste est caché. »

Youguini ouvrit lentement les yeux, gardant par précaution la main pas très loin de son visage. Sa vue émergea alors dans une petite chambre obscure au bout de laquelle deux fentes étroites taillées à l'horizontale, donnaient sur l'extérieur. Au même moment, sa main toucha la monture en os de phoque, et il se mit à regarder autour.

« Eh bien ! Angutinguak, c'est vrai, je vois beaucoup mieux. »

Angutinguak s'était mis devant le champ de vision de son ami et lui souriait sans arrêt. « Alors, garde-les, Youguini. Tu vois, le printemps c'est bien beau mais il y a des choses que les yeux ne peuvent pas voir. » Puis, faisant un geste vers le ciel, il ajouta, en branlant la tête : « Surtout pas le soleil, hein ! Tu ne dois pas regarder le soleil, Youguini, ça peut te brûler les yeux. »

40

LES CARIBOUS SONT LÀ !

Avec le temps plus doux qu'il faisait et l'abondance de la viande, les jours coulaient paisiblement pendant que Youguini se remettait lentement de l'amputation qu'il avait subie. L'énorme blessure, juste au-dessus du genou droit, avait fini par cicatriser, et Youguini pouvait désormais se déplacer librement, en s'appuyant le plus souvent sur l'épaule d'Angutinguak.

Un matin, les chiens se remirent à hurler et une soudaine agitation s'empara du campement. C'est le petit Alupa qui sonna l'alerte et qui s'amena vers l'iglou de Youguini.

« Viens voir, Misardakku, viens vite ! Les caribous sont là ! »

Youguini reconnut aussitôt la voix de l'enfant. Ce dernier était en effet le seul du groupe qui l'appelait de ce nom. Quand il put enfin se pointer dehors, le petit faisait des gestes désespérés vers l'endroit où se déplaçait le troupeau.

« Regarde par là. Ils sont si nombreux... Amisualuit ! »

L'enfant exhortait Youguini à faire vite et, sous l'effet de l'excitation, sa petite poitrine se gonflait et exhalait aussitôt. Puis, se rappelant soudainement quelque chose, il courut vers l'iglou où, l'instant d'avant, il avait posé la béquille que son père avait fabriquée à l'intention de Youguini.

« Tiens », dit-il en revenant, « mon père l'a faite pour toi. Fais vite ! »

Terminant à la hâte de se vêtir, Youguini saisit la béquille que lui tendait l'enfant puis, tant bien que mal, il se lança à sa poursuite. Un peu inquiet, Angutinguak, qui venait de se joindre à eux, se mit aussi de la partie, les mains tendues vers son ami.

À l'entrée du campement, Mingo, qui pensait à tout, avait disposé les attelages de chiens de manière à former une défense sur le passage du troupeau. Quand il aperçut devant la gigantesque masse d'animaux qui se mouvait vers les iglous, Youguini comprit que cette précaution n'était pas superflue et que, sans les chiens qui maintenant jappaient à s'arracher la poitrine, le troupeau n'aurait pas manqué de piétiner le camp.

Pour mieux voir la scène, ils allèrent donc rejoindre les autres qui étaient montés sur le rocher derrière le campement. Quand Youguini parvint au sommet, l'excitation était à son comble, et chacun salua à sa façon son arrivée.

« Regarde un peu par là », lui lança Ukpik, « tu ne verras jamais autant de bêtes de ta vie ! »

« Allez, Youguini », reprit en riant Itsaya, « tu n'as qu'à te servir. Prends ta béquille et fais ton choix, le repas est prêt ! » Elle n'avait pas manqué de noter en effet que la béquille qui lui avait préparée Mingo n'était rien d'autre qu'un harpon aux extrémités duquel celui-ci avait ficelé deux coussinets de fourrure.

« Irk ! » protesta Aputik qui partageait la bonne humeur des autres, « avec une seule jambe, tu n'irais pas très loin ! »

Plus exhubérant que les autres, Putulik, le nouveau

venu, trépignait d'impatience. « Tuktuualuit ! » criait-il, « ça sera toute une chasse ! »

En bas et à perte de vue, le troupeau défilait dans l'ordre, en apparence immuable, faisant juste un crochet pour éviter les chiens, puis reprenait aussitôt la même direction, comme si une force supérieure avait guidé ses pas. Les bêtes allaient silencieusement en formant une longue colonne qui se perdait à l'horizon, les nouveau-nés au centre et les adultes sur les flancs. Il devait y avoir là plusieurs milliers de bêtes, et l'ensemble dégageait dans le ciel une impressionnante traînée de buée blanche. Sur ce plateau, autrefois vide et morne, jamais Youguini n'aurait pu imaginer que la vie allait exploser de si éclatante façon. Devant son regard ahuri, le troupeau se déployait en force, et toute la terre que les sabots martelaient en même temps semblait frémir d'une agitation nouvelle.

« Les loups sont par là », lança alors Nuluki qui avait lui-même des yeux de loup, « regardez de l'autre côté, par là ! »

En effet, de l'autre côté du troupeau, sur la crête d'un rocher, les taches blanches et grises des loups s'étaient détachées de l'horizon. Un des loups s'approcha et chargea sans conviction un des flancs du troupeau. Pendant un bref instant, celui-ci se déplaça sur le côté, comme si un frémissement l'avait parcouru, mais le loup, qui ne pouvait rien contre la discipline du troupeau, dut retraiter devant les ruades, et la cohésion revint aussitôt.

Toutefois, les loups affamés allaient bientôt repérer une bête affaiblie qui s'était détachée un instant du troupeau. Avivés par la faim, ils bondirent sur leur proie qu'ils écartèrent encore plus du groupe. Imperturbables, les autres caribous poursuivirent leur chemin, mais pour la malheureuse bête tout allait se jouer rapidement. Une fois encerclée, elle fut aussitôt attaquée de tous côtés et vite terrassée, impuissante devant l'assaut concerté des loups.

La pauvre bête se roula sur le dos et, dans un dernier et pitoyable effort, elle agita ses pattes raides pendant que les loups, indifférents, lui déchiraient le ventre. Le sang coulait abondamment et la fumée sortait de ses entrailles chaudes. L'animal ne pouvait plus rien. Il regarda une dernière fois les têtes affamées qui lui fouillaient le ventre puis, alors que ses entrailles coulaient sur ses flancs, il posa la tête sur le sol et expira. De sa vie il ne restait plus maintenant qu'une petite buée blanche qui allait vite se perdre au-dessus, dans l'immensité du ciel.

Youguini fit la grimace. Dans la fente de ses lunettes, la scène avait eu un effet saisissant. Quand les autres s'apprêtèrent à descendre pour chasser, il décida qu'il ne voulait pas en voir davantage, et, prétextant tout à coup la fatigue, il redescendit vers son iglou, évitant au passage le regard moqueur d'Itsaya.

41

LA MORT DE DRAGON

Dragon était donc arrivé au bout de sa vie. Un matin, il comprit qu'il ne reverrait plus jamais son Noudapie, et alors, sans une plainte, il alla se réfugier derrière quelques roches pour attendre la mort que, d'instinct, il savait proche.

Habitués à observer ces choses, les Inuit du camp s'étaient bien rendu compte que ça n'allait plus pour le vieux Dragon. Ils le virent d'abord qui rôdait piteusement au pied des rochers puis, quand il disparut derrière ceux-ci, ils comprirent. Alupa aussi comprit et, comme les autres, il sut qu'il fallait le dire à Youguini qui, assurément, ne pouvait pas comprendre ces choses-là.

Alupa se présenta donc chez Youguini, avec son idée bien arrêtée. L'autre était alors occupé à refaire le pansement sur sa jambe, et il décida de lui parler sans tarder.

« La chienne de mon père a eu ses chiots, Misardakku, est-ce que tu le savais ? »

Youguini riait chaque fois qu'il entendait l'enfant l'appeler de ce nom. Cette fois cependant, il était à serrer le pansement et, grimaçant, il ne porta au jeune qu'une vague attention. « Non », fit-il, la pensée manifestement ailleurs, « je ne savais pas... »

« C'est Dragon le père, tu sais. Il y a même un des chiots qui est tout comme lui. Mon père et les autres disent que c'est un nouveau petit Dragon, tellement il lui ressemble. »

Youguini parut cette fois s'intéresser à ce que lui racontait l'enfant, et il leva vers lui le regard. « Il doit être beau alors, ce chiot. Tu me le feras voir. »

D'un geste des yeux, le garçon fit signe que oui. Il réfléchit ensuite un moment puis reprit. « Celui-là qui ressemble à Dragon, tu pourras le garder, je n'en ai pas besoin. Mon père m'a dit que je pouvais te le donner. »

Sur ces mots, Youguini se redressa et regarda l'enfant qui avait déjà un visage bien sérieux pour son âge. « C'est vrai, Alupa, ton père a vraiment dit cela ? » L'autre acquiesça d'un geste de la tête. « Eh bien, mon gars, je suis touché ! Dis à ton père que je le remercie. Pour ça, et pour la béquille aussi qui me va très bien. Enfin, pour tout ce qu'il a fait pour moi, car tu sais, sans lui, je ne serais plus ici. Ton père m'a sauvé la vie, Alupa, et je ne suis pas certain de mériter tant d'égards... Tu peux être fier de lui, c'est un homme magnifique ! C'est vrai, Alupa, magnifique ! Je n'ai pas toujours compris ce qu'il faisait, mais c'est différent maintenant... »

Le petit garçon bougea faiblement et regarda ailleurs. Il était déjà bien fier de son père et il imitait d'ailleurs chacun de ses gestes. Comme lui, il avait dans son regard d'enfant quelque chose de grave qui le rendait impénétrable et, quand il souriait, il tournait la tête comme si la chose n'était pas bien. Il aurait aussi voulu accompagner son père à la chasse, mais, puisque ce n'était pas encore possible, il restait au camp et s'affairait autour des iglous, solitaire et sérieux, comme s'il avait déjà de lourdes responsabilités.

« Je veux te dire aussi, Alupa, qu'il n'arrivera rien à ton

père. Je sais maintenant ce qui s'est passé, et, même si ce policier le poursuit, je défendrai ton père. Et Noudapie aussi sera avec lui. Je t'assure, rien ne lui arrivera. »

Cette fois, le regard de l'enfant s'arrêta sur celui de Youguini et son visage s'éclaira subitement. En entendant ces mots, le petit nuage d'inquiétude qui s'y cachait s'était aussitôt dissipé, et l'enfant parut sourire, silencieusement, avant de baisser la tête.

Youguini continua de le regarder et s'émerveilla des qualités déjà présentes chez un si petit homme. « Je finirai peut-être par dire que les Inuit ont de bonnes méthodes d'éducation », s'amusa-t-il à penser, en se rappelant les critiques qu'il avait maintes fois exprimées à l'égard de celles-ci. Car les Inuit donnent l'impression en effet d'abandonner leurs enfants à leur propre sort, et ces derniers font tout ce qu'ils veulent. On les voit courir dehors à moitié vêtus, même par temps froid, et se chamailler entre eux comme des petits loups. Ils dorment et mangent quand bon leur semble et, jusqu'à l'âge de quatre ou cinq ans, ils boivent au sein de leur mère qu'ils attrapent sans scrupule et sans ménagement, quand l'envie leur vient. Tout leur est permis.

On les voit aussi manipuler dangereusement les armes de leurs parents, et personne pour les mettre en garde. Les autres les regardent ainsi jouer, avec l'air de se dire que, s'ils doivent faire une erreur, alors vaut mieux que ça se fasse tôt et qu'ils apprennent. Évidemment, s'ils en meurent, on dira qu'on n'y pouvait rien, que c'est la vie et que les autres en tout cas retiendront la leçon. Mais s'ils se blessent seulement, alors c'est une volée de sarcasmes qui s'abat sur les malheureux qui apprennent ainsi très tôt qu'il ne faut jamais, mais jamais, se tromper.

Jim, le commis du magasin, n'approuvait pas ces

manières. « Ça m'étonne qu'il ne s'en tue pas plus », maugréait-il.

Et cela impatientait Itsaya qui était plus que familière avec les critiques que formulaient les Qablunat. « Mais vous ne pouvez pas être plus dans l'erreur », s'insurgeait-elle. « Vous pensez qu'on traite nos enfants comme des chiots, qu'on n'exige rien d'eux, c'est vraiment tout le contraire ! Ils sont libres, c'est vrai, mais très jeunes déjà on leur confie des tâches et on leur en demande toujours plus. Mais comment pourrait-il en être autrement ? »

Youguini reconnut qu'il y avait une part de vérité dans ce qu'Itsaya lui avait dit. Et puis, se dit-il, si les Inuit étaient vraiment avec leurs enfants ces êtres imprévoyants et indisciplinés qu'ils nous donnent l'impression d'être, la mort, qui ne cherche que ça, les aurait tous éliminés. C'est que, dans leur cas, les apparences sont trompeuses, car leurs méthodes éducatives, si étroitement liées à la vie, passent le plus souvent inaperçues. Mais elles n'en sont pas moins efficaces et, très tôt, les enfants peuvent se débrouiller tout seuls, comme si la vie à tout instant risquait de leur ravir leurs parents. Au fond, conclut Youguini, s'il est un enseignement qui compte avant tout pour les Inuit, et qu'ils apprennent dès le plus jeune âge, c'est qu'on est seul dans la vie, et que celle-ci ne fait de faveur à personne.

Youguini en était là dans ses réflexions lorsque le petit Alupa, qui commençait à désespérer de lui faire comprendre les choses, fit une nouvelle tentative. « Alors Misardakku, c'est toi qui décide. Si tu veux le chiot, je te le donne. Comme ça, tu auras un chien à rapporter quand tu retourneras chez Noudapie... »

Youguini avait presque oublié cette histoire de chiot, mais la dernière remarque de l'enfant l'alerta quelque peu. « Attends un peu, Alupa. Ce que tu dis là, c'est pour

Dragon, n'est-ce pas? Tu veux dire qu'il est arrivé quelque chose au vieux Dragon, c'est ça ? »

Le garçon ravala sa salive et fit signe que oui, d'un geste des yeux. Enfin, sembla-t-il se dire, Youguini a compris. Il en avait mis du temps, et c'était donc vrai que ces Qablunat ne comprennent pas vite.

La vérité s'était donc imposée à Youguini. Ces derniers temps en effet, Dragon avait passé le plus clair de son temps à dormir bien au chaud, sans manger, puis depuis ce matin il ne l'avait plus revu. « Tu crois que c'est la fin pour lui ? » Une autre fois, l'enfant lui fit signe que oui, et aussitôt Youguini se leva, saisit sa béquille et prit la direction des rochers.

Dans son état, le chien n'avait pas pu aller bien loin. Juste derrière le campement, il y avait un amas de roches et c'est à cet endroit que Dragon avait trouvé son dernier refuge. Après quelques moments, Youguini l'aperçut caché à moitié dans un des replis du rocher, et s'en approcha lentement.

« C'est moi, Dragon », dit-il doucement en posant le genou par terre. « N'aie pas peur, c'est seulement moi... non, ne bouge pas, Dragon, repose-toi. » Il mit la main sur son poil épais qu'il caressa doucement. « Je vais rester avec toi, Dragon, il ne t'arrivera rien. Tu vas te reposer un peu puis, après, on retournera voir Noudapie. Alors, qu'est-ce que tu en dis, hein ? Tu veux revoir Noudapie ? »

Sur ces mots, le chien remua faiblement la queue, alors que tout le reste de son corps restait inerte. Même mourant, il savait encore faire des gentillesses.

« Tu es un bon chien, Dragon. Attends seulement de retourner chez Noudapie, tu verras comme ce sera bien. Est-ce que tu te rappelles la musique et les chandelles, hein, Dragon ? Alors, je te le promets, mon vieux, on retournera chez Noudapie... »

Youguini caressait encore le poil dense du chien mais celui-ci ne bougeait plus. Sous les caresses de l'autre, il avait fermé les yeux et s'était endormi pour toujours, sans une plainte. Au contraire, jusqu'au dernier instant, il avait paru si paisible. Pendant un long moment, Youguini resta agenouillé près du corps de Dragon et, alors qu'il ajoutait quelques pierres autour de son cercueil, il s'émerveilla à l'idée que, dans ce pays, même les chiens savaient s'incliner devant leur destin. Quand il se retira, un peu plus tard, il croisa le nouveau venu Putulik qui s'amenait par là. Ces deux-là ne s'étaient jamais adressé la parole. Leurs regards se croisèrent brièvement puis, montrant de la main le chien qui gisait sous les pierres, Putulik lui demanda : « C'est pour Mitiarjuk, elle aimerait bien avoir la fourrure du chien pour le capuchon de son atigi. Tu crois que je peux la prendre ? »

Youguini se rappela que c'était Dragon en effet qui avait jadis sauvé la vie de Mitiarjuk, et il se dit que, si le brave chien avait pu avoir une dernière volonté, il aurait sans doute autorisé que la jeune femme le porte ainsi autour de son cou, en signe de reconnaissance. Alors, Youguini regarda Putulik et lui fit signe que oui. Mais en même temps il se retourna vivement et accéléra le pas.

42

LE FILS DE DRAGON

Alupa avait l'air d'être seul dans son petit monde de chasseur. Le visage grave, il parcourait les collines autour du campement en fouillant l'horizon du regard. Parfois, il disparaissait un instant derrière quelque rocher et alors, sans trop le faire voir, les femmes, qui l'observaient de loin, s'inquiétaient jusqu'à ce qu'il réapparaisse.

C'était beau de le voir. De loin, on aurait dit Mingo, les mêmes gestes, et surtout le même caractère solitaire. Mais le plus remarquable, c'était de voir avec quelle aisance il maîtrisait les chiots. Ceux-ci avaient en effet grandi un peu et pouvaient maintenant le suivre. Toutefois, ils n'étaient pas encore dressés et on se serait attendu à ce qu'ils n'obéissent à rien ni personne, et qu'ils s'éloignent de leur maître.

Les femmes continuaient d'observer en s'amusant la scène et s'étonnaient entre elles de l'autorité qu'exerçait Alupa sur les petites bêtes.

« En voilà un qui sera tout un homme », fit Itsaya qui regardait le petit avec des étincelles dans les yeux. « Si tu veux, Aputik, je te remets ton Nuluki et en retour tu me donnes celui-là ! »

La mère du petit savoura comme les autres la remarque d'Itsaya mais n'y répondit pas. Les mains sur les hanches, elle regardait son fils qui s'en revenait. « Ouiai ! Regardez-moi les grosses perdrix qu'il rapporte ! »

Kinalik se trouvait là aussi et ne disait rien, mais elle regardait avec envie le petit chasseur qui restait insensible à tous ces regards qui le suivaient. N'était-ce pas le rêve de toutes les femmes d'avoir un fils qui serait un jour grand chasseur, et qui s'occuperait de vous, le temps des vieux jours venus ? Kinalik soupira. Elle mit la main sur son ventre et sembla se dire qu'elle avait encore le temps.

Tunuk, la timide, fit seulement remarquer qu'à part Mingo elle ne connaissait personne qui puisse maîtriser aussi bien les chiens qu'Alupa. « Lui si jeune, et des chiots encore, pas même dressés. C'est bien étonnant ! »

La chose était en effet remarquable, et il fallait bien connaître les chiens esquimaux pour l'apprécier. Ces derniers sont de véritables loups qui n'ont pas de maître et qui peuvent très bien se dévorer les uns les autres, pour autant qu'on les laisse en liberté.

Pendant ce temps, Alupa marchait comme un seigneur au milieu de la joyeuse bande de chiots. Parfois, il s'arrêtait pour scruter l'horizon et alors, attentifs à ses moindres gestes, les chiots s'arrêtaient à ses pieds, les plus forts écartant sans retenue les plus faibles. Puis, quand il repartait, la petite bande se remettait à ses trousses, en se chamaillant de plus belle, les plus hardis qui couraient de reculons devant lui.

Superbe sous ses peaux de phoque, le visage bruni par les reflets du soleil, Alupa menait sans un mot sa troupe, et il s'approcha ainsi des femmes qui l'attendaient devant l'iglou d'Aputik. Celle-ci, fière comme seule une mère pouvait l'être, le reçut avec les compliments d'usage. « Alupa'ai, comment as-tu pu attraper de si belles perdrix si tu n'as pas même de fusil ? Eh, vous autres, vous avez vu ce qu'il me rapporte là, mon grand gars ? »

Alupa sourit à peine aux compliments de sa mère. Son père l'avait déjà prévenu qu'avec les femmes il fallait savoir se tenir. « La règle est simple », lui avait-il dit, « quand un homme parle, les femmes doivent se taire. Et quand les femmes parlent, vaut mieux ne pas trop entendre ! » Ainsi le petit Alupa ne prêta qu'une vague attention aux compliments que lui faisaient les femmes. De plus, c'était bien connu que les perdrix sont des bêtes stupides qui se laissent attraper par le premier venu. Alors, pourquoi faire tant d'histoires !

Plus loin, devant son iglou, Youguini prenait le soleil et observait la scène, appuyé sur sa béquille. Alupa l'aperçut et aussitôt s'en approcha, toujours suivi de la meute de chiots.

« Regarde un peu, Youguini », dit-il en désignant de la main un des chiots, « c'est celui-là dont je t'ai parlé. Tu vois ? Il est bien comme Dragon, n'est-ce pas ? »

La ressemblance était en effet très grande. C'était le vrai Dragon, en plus petit. Le même regard vif et noble, les mêmes couleurs. « C'est incroyable », s'exclama Youguini, « on dirait Dragon ! » Il se pencha pour caresser le chiot qui se mit aussitôt à lui mordiller la main. « Oh là ! » gronda Youguini, « on va devoir te dresser, mon gros ! Et pour commencer, tu dois savoir répondre à ton nom. Alors, tu t'appelleras Dragon, comme ton père. » En parlant, Yougini pointait le doigt vers le chien qui l'attrapait aussitôt et le mordillait sans honte.

Mais déjà Alupa s'apprêtait à partir. Il se tourna vers Youguini en lui montrant du doigt le chien : « Ne t'en fais pas, Misardakku, je vais te le dresser et puis, quand il n'aura plus besoin de sa mère, il sera à toi. Tu pourras le garder avec toi. Et si tu le donnes à Noudapie, ce sera comme tu veux... »

Les hommes étaient partis depuis plusieurs jours déjà avec un premier chargement de viande et de peaux. La chasse en effet avait été si colossale qu'on ne pouvait tout emporter d'un seul voyage, sans compter qu'on avait dû sacrifier quelques chiens au moment de la famine. Ils n'allaient pas se rendre jusqu'à Taqralik évidemment, mais ils devaient faire une première cache à une dizaine de jours de marche, quelque part entre le campement et le village.

Or, depuis le départ des autres, Angutinguak, qui était resté au camp, avait semblé quelque peu triste. Il n'était plus le même, et Youguini, qui n'avait pas manqué de s'en apercevoir, décida ce jour-là qu'il était temps de s'enquérir de ce qui n'allait pas avec son ami. Il laissa donc Alupa s'éloigner puis s'approcha d'Angutinguak qui était alors assis sur le bout d'un traîneau, un couteau à neige dans les mains. Il semblait perdu dans ses pensées.

« Angutinguak'ai ! Ça n'a pas l'air d'aller, mon vieux. Voilà des jours que tu n'as pas dit un seul mot, ça m'inquiète ! Allez, dis-moi ce qui ne va pas. »

L'autre parut tout à coup embarrassé et il se mit à bouger les pieds dans la neige. « Moi ça, mais je n'ai rien, Youguini. Non, il n'y a rien. Et pourquoi y aurait-il quelque chose, hein ? C'est seulement comme ça... tu vois, cette carabine, elle n'est pas vraiment à moi. Tiens, reprends-la, je ne peux pas la garder... »

Angutinguak tendit alors la carabine à Youguini, qui fut à son tour surpris. « Mais c'est donc pire que je pensais, Angutinguak. Pourquoi me remettre cette carabine ? elle est à toi. » L'autre baissa la tête et parut bien malheureux. « Mais je ne comprends pas, mon vieux. Qu'est-ce que j'ai bien pu te faire ? Serais-tu fâché contre moi ? Tu dois parler, Angutinguak. »

Ce dernier s'empressa alors de répondre. « Non, ce n'est pas toi, Youguini. Ça n'a rien à voir avec toi, tu es mon ami et tu ne ferais rien contre moi. C'est les autres... ils disent que cette carabine ne sera jamais à moi, puisqu'elle est à toi. Il se moquent toujours quand je m'en sers... »

« Mais de quoi se mêlent-ils donc, ceux-là », explosa Youguini. « Je t'ai donné cette carabine, c'est ma décision, ils n'ont rien à redire. Attends qu'ils reviennent, ceux-là, je vais leur parler. »

Angutinguak paraissait toutefois bien résigné à se départir de la carabine. « Non, laisse-les, ils ont raison. Tu vois, Yougini, une carabine, ce n'est pas comme une femme, ça ne se prête pas. Chacun a ce qu'il a, c'est comme ça. Je vais pouvoir chasser malgré tout... »

Youguini sourit à l'argument de l'autre, mais il demeura bien résolu de régler la question une fois pour toutes. « Voilà justement pourquoi cette carabine est à toi », reprit-il avec conviction. « Je ne suis pas chasseur, moi, et toi tu l'es. Alors, qu'est-ce que je ferais d'une carabine, hein ? Et avec une seule jambe. Me verrais-tu courir en béquille après un ours ? » Les deux se mirent alors à rire puis, après un moment, Youguini acheva de rassurer son ami. « Je ne chasserai plus jamais, Angutinguak, et je serais content si tu acceptais cette carabine. Elle est à toi, à toi seul et pour toujours. »

Angutinguak regarda longuement son ami et il comprit que celui-ci était sincère. « Je suis vraiment chanceux d'avoir un ami comme toi, Youguini », lui confia-t-il. « Tu sais, avant de te connaître, jamais je n'aurais pu imaginer que la vie me réserverait une telle surprise, et tu comptes bien plus pour moi que la meilleure arme. »

« Allez, mon vieux, n'en parlons plus. Et si les autres se moquent, c'est parce qu'ils sont jaloux. »

Angutinguak demeura incertain pendant un moment. Il bougea encore les pieds dans la neige puis se ressaisit. Youguini devait avoir raison, et puis les autres finiront bien par s'habituer, sembla-t-il se dire. Il reprit l'arme de ses deux mains et la déposa droit devant lui. « Avec ça », dit-il en s'esclaffant, « je vais tuer tant de caribous qu'ils vont devoir se payer un autre voyage ! »

43

UN SIGNE DU CIEL

Il régnait autour du campement un joyeux désordre que Youguini observait avec amusement. Appuyé sur sa béquille, les cheveux inondés de soleil, celui-ci regardait en silence les hommes et les chiens qui tournaient autour des attelages. Déjà les traîneaux étaient lourdement chargés et, malgré qu'on ait déjà fait un premier voyage, on avait dû sacrifier quelques morceaux de moindre importance. C'est ainsi que plus loin on avait fait une pile de pattes de caribou qu'on avait dépecées et laissées là pour les loups.

C'est par là que s'étaient rassemblés les chiots, et on les voyait se disputer entre eux des os bien trop grands pour leurs petits crocs. Dragon le fils s'amena alors parmi les autres et, fonçant au milieu de la mêlée, il imposa son autorité aux plus faibles qui se lancèrent à sa suite vers d'autres occupations. Amusé, Youguini les vit ensuite grimper sur les traîneaux et fouiller avec leurs petits museaux dans les tas de peaux que les hommes y avaient disposées. À cet âge, on leur permettait encore tout.

Pendant ce temps, les autres chiens se mouraient d'impatience. Ils étaient bien nourris désormais et, avec le temps plus clément, ils dormaient mieux et ils avaient le goût de tirer sur les charges. Alors, ils regardaient avidement les préparatifs qui allaient bon train et, au moindre geste, ils sautaient chaque fois sur leurs pattes, prêts à partir.

Les chiens n'étaient pas seuls à vouloir décamper. La chasse avait été colossale, et tous s'étaient enrichis, même Angutinguak qui était rayonnant de joie, et maintenant que le troupeau de caribous s'était éloigné, plus rien ne les retenait ici. On n'avait plus qu'une envie, retourner au plus tôt à Taqralik. Les femmes aussi voulaient rentrer. Elles se plaignaient que les iglous soient devenus plus humides et moins confortables, à cause de la couche de glace qui s'était formée peu à peu à l'intérieur.

Le jour du départ, tous s'étaient rassemblés dehors, au milieu des traîneaux, des peaux et des carcasses de caribous, des armes et de tout ce qu'il fallait charger. Il y avait là, pêle-mêle, tant de choses que les hommes, une fois les charges bien ficelées, durent encore faire des liasses de peaux qu'ils enroulèrent et qu'ils s'attachèrent sur le dos. Ils durent aussi préparer d'autres charges qu'ils fixèrent sur le dos des femmes. Même Alupa, qui en était ravi, reçut sa petite part du fardeau.

Ce matin-là donc, l'air était particulièrement bon et tous étaient heureux de se mettre en marche. Itsaya, qui ne manquait pas une occasion de rire, observait depuis un moment Angutinguak. Ce dernier venait en effet de rouler un énorme ballot de fourrures et, au moment de le monter sur son dos, Itsaya avait pu voir ses longues jambes plier sous le poids.

« Ce n'est vraiment pas le temps de te faire mourir à la tâche », lui lança-t-elle, sarcastique. « Tu es riche maintenant et, qui sait, peut-être pourras-tu cette fois t'acheter une femme à la Kuppanie ! »

Angutinguak se rappela en riant cette histoire de femme qu'il avait voulu acheter par catalogue. Il était riche en effet et il ne cachait pas sa fierté d'avoir pu abattre autant de caribous, pas plus qu'il ne cachait les plans qu'il avait en tête : il voulait d'abord se faire une tente bien à lui, dès son retour à Taqralik, et ensuite il voulait se dénicher une femme. Maintenant qu'il était devenu riche, il n'avait que plus de chances d'y parvenir. Il portait aussi ce jour-là les bottes que venait de lui faire Kinalik, et, avec tout ce bonheur qui lui était tombé dessus, il se disait qu'il n'avait plus rien à attendre de la vie. Alors, les autres pouvaient toujours rire...

Mitiarjuk était là aussi, rayonnante de joie depuis que Mingo l'avait donnée en mariage à Putulik. Elle était très jolie aussi avec ce nouveau collet de fourrure que lui avait apporté ce dernier. C'était la peau du défunt Dragon. Parfois elle y mettait la main et ses doigts se perdaient dans son poil dense. « Tu m'as bien sauvé la vie », semblait-elle dire à l'oreille du chien, « alors je vais te ramener à Taqralik, et tu reverras Noudapie. »

Pour Youguini, rien de ce départ n'était comparable au premier départ de Taqralik. Cette fois, il sentait son cœur palpiter de joie à la pensée de reprendre la route, et même s'il n'avait plus qu'une jambe, il était lui aussi prêt à bondir, comme les chiens, au premier signal de Mingo. Quand celui-ci fut enfin donné, les chiens alors donnèrent un coup sec au bout des longs cordages, et les traîneaux, sur lesquels les hommes poussaient, se mirent à glisser lourdement sur la glace.

Youguini s'en alla aussitôt rejoindre les femmes qui se tenaient sur le côté et qui s'amusaient aux commentaires que faisait alors Itsaya sur le compte de Putulik, le nouveau venu. Même si celui-ci était marié à Mitiarjuk, Itsaya ne se privait pas de lui faire de l'œil.

Nuluki avait l'habitude et il ne s'énervait pas pour si peu. Il se disait probablement que si la chose allait trop loin, si ce Putulik allait s'amuser avec sa femme sans son consentement, il verrait alors à corriger l'un et l'autre. Même si Putulik était plus grand et plus fanfaron, ce qui n'était pas sans plaire à Itsaya, Nuluki n'avait jamais connu la défaite et il avait la tranquille certitude qu'il aurait le dessus sur l'autre. Pour le moment, il ignorait les incartades d'Itsaya et s'occupait à conduire son attelage.

Le plateau se trouvait alors tout inondé de soleil et, à perte de vue, des formes étincelantes de couleurs jaillissaient du sol, donnant à l'horizon les plus brillants reliefs. Des jours passèrent donc ainsi, dans la plus douce harmonie. La troupe défila d'abord le long de hautes collines sur lesquelles des perdrix blanches se réchauffaient paresseusement au soleil. Puis on s'enfonça dans des gorges profondes au fond desquelles sommeillaient des rivières enneigées que bientôt le printemps allait libérer. De chaque côté, des falaises majestueuses se regardaient, l'une à l'ombre, l'autre inondée de soleil, et se renvoyaient gaiement l'écho clair des voix d'hommes et des aboiements de chiens.

Pour Youguini, plus rien n'était pareil. Ces endroits qu'il avait déjà vus une première fois, dans l'angoisse, ne lui inspiraient plus maintenant que pure joie. Il goûtait désormais chaque moment du voyage et il n'était plus pressé d'arriver. Quand la troupe s'arrêtait pour faire reposer les chiens, les hommes alors se pressaient autour des femmes, et on buvait ensemble du thé. Tous les visages étaient radieux, même celui de Mingo qui était méconnaissable.

Le soir venu, chaque fois Youguini s'en remettait à la douce chaleur des bras de Kinalik, et chaque fois il était comblé de bonheur. Alors il prenait dans ses mains le visage de celle-ci et, délicatement, il embrassait ses yeux, ses joues et ses lèvres en lui murmurant des mots doux.

« Ah ! Kinalik », disait-il entre deux baisers, « comment ai-je pu te mériter, toi qui es venue de si loin, toi, mon joli présent de Chine... » Elle se laissait dire ces choses douces en souriant, et elle ouvrait parfois les yeux mais les refermait aussitôt. Par moments, dans ce regard furtif qui disait tant de choses, Youguini décelait une pointe de regret, et alors il se disait que peut-être cette femme n'était pas pour lui, qu'elle était trop bien pour lui. Mais cela ne durait pas. Kinalik semblait tout comprendre. Elle passait alors ses bras autour de Youguini qui retrouvait aussitôt ses ardeurs. Les chairs gonflées par le désir, Youguini se mettait alors à frémir au-dessus d'elle. « Prends-moi, Kinalik, je veux venir en toi. »

Il se plaisait à lui parler ainsi, sachant que chaque fois ces mots la faisaient rougir. Mais en même temps il sentait dans son cou son souffle s'accélérer, et ses doigts se nouer dans la chair de son dos. Chaque fois, le désir la soulevait d'un coup comme si ces mots avaient mis le feu à son corps.

Toute sa vie, les circonstances l'avaient obligée à faire ces choses dans le plus grand silence, mais voilà qu'avec ce Youguini, qui faisait tant de bruit, elle échappait parfois elle aussi un soupir et, quand cela lui arrivait, le moindre son l'excitait autant qu'il la gênait.

Mais voilà, ce bonheur était bien trop grand pour durer, et le ciel qui, de haut, guettait la petite troupe, allait bientôt se manifester pour rappeler à Mingo qu'il lui faudrait rendre des comptes.

Ainsi, ce matin-là, on avait repris la marche dès l'aube et on était passé juste devant l'endroit où, une vingtaine de jours plus tôt, les hommes avaient fait une première cache de viande. On s'y était arrêté un instant puis, comme la mer ne devait plus être qu'à une dizaine de jours, les hommes convinrent de laisser là la viande et de revenir lorsque le convoi aurait atteint le haut du glacier. La troupe put donc repartir.

C'est à ce moment-là que le bruit se fit entendre, un bruit si lointain au début que seuls les chiens s'en inquiétèrent. Puis Alupa aperçut quelque chose. Il s'arrêta sur place et, pointant le bras à l'horizon, il se mit à crier : « Qanaqtayuk ! » C'était en effet un avion. Le minuscule point dans le ciel s'approcha lentement devant la troupe immobile et, peu à peu, on put percevoir les formes de l'appareil. Lorsqu'il aperçut à son tour le groupe d'Inuit au sol, l'avion alors ralentit et se mit à décrire un long cercle au-dessus d'eux.

Pendant ce temps, les autres étaient figés sur place et regardaient en silence l'avion qui passait et repassait au-dessus d'eux, en battant légèrement des ailes. Mingo était resté à l'écart et, après un moment, il s'était mis à regarder par terre. Il paraissait soudainement atterré, comme si l'œil accusateur de Dieu avait fondu sur lui pour l'accabler de sa colère. En fait, Mingo avait tout compris.

Quant à Youguini, il finit aussi par comprendre qu'il s'agissait de l'avion de la Gendarmerie, et que c'était précisément Mingo qu'on poursuivait. « Je les avais oubliés, ceux-là », regretta-t-il. « Mais ne peuvent-ils donc pas le laisser tranquille un seul instant ? »

Pendant ce temps, l'avion continuait de tourner autour de la troupe, et il y avait dans ce simple mouvement, qui semblait destiné à les clouer sur place, quelque chose d'inexorable dont ils ne pouvaient se soustraire. Il fallut que Putulik se mettre en colère pour les secouer un peu. Brandissant son arme vers l'avion, il exhorta les autres à le suivre. « Nous n'avons rien à voir avec la police », cria-t-il, « on n'a pas de comptes à leur rendre. Qu'ils retournent chez eux ! »

Il avait une voix puissante, ce Putulik, et, dans son

visage que le soleil avait noirci, son regard paraissait encore plus lourd de colère. « Allons-y », criait-il, « ne leur faisons pas de cas ! »

À la fin, la troupe que Putulik venait de secouer se remit à bouger, et l'appareil esquissa une dernière manœuvre. Comme un ultime avertissement, le moteur se remit alors à gronder, et lentement prit la direction de la mer. Inquiet, le petit Alupa s'était rapproché de son père qui se redressa aussitôt et, le visage plus fermé que jamais, se remit lui aussi en marche. Il allait ainsi, silencieusement, dans la même direction que l'avion, comme s'il ne pouvait plus désormais échapper au destin.

44

MORT SUR LA BANQUISE

Depuis le passage de l'avion, la morosité s'était installée parmi les membres de la troupe, et, à partir de ce jour, sans avoir à se le dire, ceux-ci décidèrent de hâter le pas. On arriva donc en moins de dix jours à l'extrémité du plateau, juste au sommet du glacier, où on choisit de faire escale. Il fallut rester sur place de nombreux jours encore, le temps que les hommes retournent chercher la viande qu'ils avaient laissée auparavant sous un tas de pierres.

Mais dès leur retour, comme s'il leur tardait d'en finir avec cette histoire, la troupe entreprit aussitôt la descente du glacier. Cette fois, les chiens n'avaient plus à tirer, mais il leur fallait plutôt freiner les traîneaux qu'on avait chargés encore plus. On ne voulait faire qu'un seul voyage. On avait donc attaché les attelages en arrière, et les hommes autant que les chiens unirent leurs efforts pour retenir les lourdes charges.

À cause de sa jambe, on fit asseoir Youguini à l'arrière d'un traîneau et, à l'aide d'un morceau de bois qu'on avait fixé en travers des barreaux et qu'il tirait comme un frein, il faisait sa part pour ralentir la descente.

Au pied du glacier, juste devant, un spectacle grandiose s'offrait alors à la vue. Sur tout l'horizon, la mer incandescente laissait échapper de longues colonnes de vapeur qui montaient droit dans le ciel pour former, sur un fond de platine, d'énormes masses de nuages blancs. Pendant ce temps, un long cortège de banquises glissait au milieu des eaux vaporeuses, tel un défilé de voiliers blancs. Les hommes continuaient de dévaler ainsi les longues pentes de glacier, les membres tendus par le poids qu'ils retenaient, et bientôt ils disparurent dans le brouillard qui remontait les côtes.

La troupe parut enfin se ranimer lorsque au bout d'une laborieuse descente, elle atteignit le niveau de la mer. On installa alors le camp sur un joli promontoire qui faisait face à la mer et où, jadis, avant l'arrivée à Taqralik de la Compagnie de la baie d'Hudson, les Inuit venaient passer les mois d'été. Cela réveilla donc de nombreux souvenirs et, ce soir-là, on parla jusque tard dans la nuit.

Bientôt cependant, au milieu d'une conversation qui se faisait à mots couverts, comme s'il y avait eu des choses à cacher, Putulik laissa éclater son impatience : « Ces policiers ne nous ont rien apporté de bon », commença-t-il. Il avait une voix fortement gutturale qui tonnait contre les parois de l'iglou. « Et comment peuvent-ils prétendre nous empêcher de passer ? Ils n'étaient pas plus que deux dans cet avion, et nous, nous avons des armes ! Moi je vous dis que je n'hésiterais pas à tirer, s'il le fallait. Je ne connais pas un seul Qablunat qui me ferait peur. Même Kamialuk ne me faisait pas peur... »

« Et qu'est-ce que ça donnerait de tuer aussi ces deux-là ? » Nuluki, qui n'avait pas beaucoup de patience envers l'autre, l'avait soudainement interrompu. En effet, depuis qu'il s'était joint au groupe, ce Putulik avait pris beaucoup de place et cela semblait agacer Nuluki. De plus, Itsaya, qui aimait la nouveauté, n'avait d'yeux que pour l'autre, et Nuluki sentait qu'il aurait bientôt à faire un maître.

« Déjà, ce qui s'est passé avec Kamialuk n'était pas une bonne idée. Moi, je dis qu'on n'a qu'à passer, comme si de rien n'était. Après tout, on ne fait que retourner à Taqralik, et, s'ils veulent nous suivre jusque là-bas, ils n'ont qu'à venir. Qui a dit qu'on avait peur ? »

Les deux hommes échangèrent un regard mauvais et Mingo décida d'intervenir. « Nuluki a raison », trancha-t-il. « Nous passerons là où ils nous attendent, nous n'avons pas le choix. Rien ne nous arrivera. De toute manière, cette histoire ne concerne que moi, et je verrai à ce que rien ne vous arrive... »

Aputik s'inquiéta de cette dernière remarque et se tourna vers son homme, le regard inquisiteur. Le petit Alupa aussi avait le visage grave. Son père comptait tant pour lui, il ne pouvait s'imaginer qu'il lui arrive quelque chose.

« Il ne m'arrivera rien à moi non plus... », fit alors Mingo, pour rassurer tout le monde. À la fin, un à un, ils s'endormirent, épuisés par la longue descente du glacier.

Le lendemain, la troupe resta sur place et Youguini, qui était d'humeur à bouger, s'en fut à la recherche d'Angutinguak qui se promenait autour du nouveau campement. C'était une autre belle journée de printemps et la marée qui montait faisait craquer les glaces. Cela faisait un bruit d'enfer. Mais, comme il arrive souvent lorsque le destin choisit de frapper un grand coup, le temps lui-même semblait s'être arrêté de couler. Le vent était mort et les colonnes de brouillard restaient suspendues au-dessus de la mer. Un coup de feu retentit alors derrière le camp et Youguini sut que son ami se trouvait par là.

« Angutinguak », cria-t-il lorsqu'il aperçut celui-ci,

« j'aimerais aller près de la mer, j'ai tellement le goût de la voir. Allez, viens avec moi... »

Mais l'autre parut subitement gêné et ne sut que répondre. « Je ne sais pas, Youguini... c'est que... bien, tu vois, c'est plein de perdrix ici, et puis regarde, on voit bien la mer d'ici, non ? »

« Laisse donc un peu les perdrix, elles sont stupides, et puis, là-bas, si on est chanceux, on tuera peut-être un phoque. Voilà qui serait bien. »

Angutinguak hésitait encore. Regardant la mer au loin, il mit la main derrière la nuque et bougea sur ses jambes, comme il le faisait lorsqu'il ne savait pas quoi faire. Il était visiblement embarrassé. Peut-être eut-il alors une prémonition de ce qui allait arriver, comment le savoir. Mais l'autre se faisait pressant et, à la fin, il acquiesça.

« Passons prendre le harpon », fit alors Youguini, « quelque chose me dit qu'on verra des phoques. Tu ne le regretteras pas », ajouta-t-il pour rassurer son ami. Et les deux prirent la direction des glaces.

Ainsi, dans la grande mer du nord, les marées entassent sur les rives d'énormes quantités de glace qui s'y amoncellent et rendent ainsi bien difficile l'accès à la mer. Ces glaces de toutes dimensions forment une imposante muraille de pics et de crevasses, et nos deux hommes durent peiner de longues heures avant d'apercevoir enfin l'eau qui s'ouvrait devant eux.

Mais le spectacle en valait le coup. « C'est magnifique », s'exclama Youguini qui s'était arrêté pour reprendre son souffle. « Tiens, regarde par là, on peut s'avancer encore. » « Près de l'eau, l'air était chargé de minuscules cristaux qui étincelaient sous les feux du soleil, pendant qu'au loin s'échappaient de longues volutes de vapeur qui couvraient tout le fond de l'horizon. La mer charriait un lourd convoi de banquises qui, en se frottant les unes contre les autres, faisaient entendre un vacarme ahurissant. « Ouaii ! » s'exclama à nouveau Youguini, « je n'ai jamais rien vu de pareil ! »

Les deux hommes avaient atteint l'extrémité de la banquise et contemplaient en silence le bouleversant spectacle. Ils restèrent là un long moment, étonnés tous les deux que la mer, même au repos, fasse entendre un pareil bruit.

Malheureusement pour eux cependant, Angutinguak et Youguini s'étaient avancés trop loin. Peut-être que, s'il avait eu de bons yeux, Angutinguak, qui connaissait le danger des glaces mouvantes, aurait pu prévenir le malheur, mais il ne vit rien. C'est Youguini qui aperçut le premier la vapeur qui maintenant s'élevait derrière eux et, ne comprenant pas encore que leur sort était en train de se jouer, il en fit comme ça la remarque à son ami : « Tu as vu, Angutinguak, nous sommes entourés de vapeur, c'est magnifique ! »

À ces mots, Angutinguak, qui n'avait pas cessé d'être inquiet, s'exclama à son tour : « De la vapeur derrière, tu as bien dit ? Alors vite, Youguini, il faut retourner ! » Angutinguak prit aussitôt les devants et, pressant son ami de faire vite, il courut en direction de la rive. « Vite, Youguini, nous sommes en danger ! » lança-t-il en se retournant vers l'autre qui, alerté maintenant, se débattait de son mieux pour le suivre.

Mais il était déjà trop tard. La marée qui s'était mise à baisser avait détaché de la rive la banquise sur laquelle se trouvaient les malheureux et ceux-ci voguaient maintenant vers le large. Ils eurent beau s'agiter comme deux ours en cage, ils étaient entourés d'eau. « Misère de c... », grommela Youguini, dégoûté. Il réalisait encore mal la gravité de la situation, mais un coup d'œil du côté d'Angutinguak acheva de le convaincre. Celui-ci en effet avait pâli sous le choc et, la bouche ouverte, il semblait cloué sur place. Puis il tenta de se ressaisir et fit une dernière fois le tour de la banquise, cherchant dans le brouillard un passage vers la rive. Quand il revint vers Youguini, il tenta de rassurer ce dernier et lui fit un sourire qui avait l'air d'une grimace et qui eut plutôt pour effet de l'alarmer.

« Mais parle, ne reste pas comme ça, Angutinguak, dis-moi ce qui se passe ! »

Le pauvre Angutinguak ne put que balancer les bras. « C'est comme ça, Youguini. Les glaces sont comme ça. J'aurais dû te prévenir. La marée parfois les détache, mais tu verras, s'il n'y a pas de vent contraire, alors la nouvelle marée nous ramènera. T'inquiète pas, Youguini, à la prochaine marée, on va pouvoir rentrer. »

Youguini cependant ne l'entendait pas de cette façon, et l'assurance qu'essayait de montrer son ami ne faisait que soulever son impatience. « Tu es fou, Angutinguak ! Ne me dis pas qu'on va devoir attendre la prochaine marée ! Rester prisonnier sur cette île de misère, ça non ! Angutinguak, il faut sortir d'ici tout de suite ! »

Youguini était devenu furieux, mais à la fin il dut se calmer. Il n'y avait rien à faire. Impuissant, il se laissa tomber sur un bloc de glace qu'il prit comme siège, et se mit à maugréer contre le sort qui s'acharnait sur lui. Il paraissait si dégoûté. De son côté, Angutinguak était si malheureux de ne pas l'avoir prévenu qu'il se mit à arpenter la banquise, dans l'espoir de trouver une sortie.

Angutinguak s'éloigna donc, scruta l'horizon un moment puis, apercevant quelque chose, il se dressa vivement et lança le harpon devant lui. L'arme frappa durement une pointe de glace qui faisait surface, et retomba à l'eau. Angutinguak comprit alors que ce qu'il avait pris pour une tête de phoque n'était qu'un morceau de glace et, se tournant vers Youguini qui observait la scène, il essaya de s'excuser. « C'était si pareil à un phoque... et le harpon de Mingo, en plus, je dois vraiment le récupérer. »

« Laisse tomber », lui fit Youguini, « tu vois bien que le destin se moque de nous ! Misère de c..., tout ce voyage pour venir mourir bêtement ici, tout près de Taqralik, sur une île de glace ! Il a vraiment fallu que le ciel s'en mêle ! Alors, moi, je ne bouge plus, Angutinguak, c'est bien trop ridicule. » Ainsi donc, pendant que l'autre se mettait en frais de récupérer le harpon qui flottait juste à côté de la banquise, Youguini retourna à ses pensées et au dégoût qui l'habitait.

Il faut dire cependant qu'au printemps le soleil décrit un grand cercle dans le ciel arctique et qu'il se traîne ainsi de longues heures à l'horizon avant de disparaître brièvement. Les jours sont alors démesurément longs, et on a l'impression que le temps s'arrête, provoquant ainsi une sorte de mal de l'âme. Sous l'effet de ce mal, la colère de Youguini avait donc fait place peu à peu à un profond ennui, et il se trouvait ainsi à languir sur son bloc de glace, lorsque subitement un bruit le fit sursauter. Il regarda du côté d'Angutinguak mais ce dernier avait disparu. Il se précipita sur le bord de la banquise et l'aperçut enfin qui émergeait de l'eau, le visage grimaçant. »

« Attends », lui cria-t-il, en se portant vivement à sa rescousse, « je vais te tirer de là... »

Tremblant, le visage blanc de douleur, Angutinguak attrapa les mains de Youguini, puis reposa un instant la tête sur le bord de la banquise. « Attends », gémit-il, « attends un peu... »

Allongé près de lui sur la banquise, Youguini passa un bras sous les épaules de son ami, et il le laissa reprendre son souffle. Puis, doucement, il entreprit de le sortir de l'eau. L'autre paraissait souffrir, et chaque mouvement le faisait grimacer. À la fin, ses mains tremblantes agrippées sur l'atigi de Youguini, il put sortir de l'eau. Il replia alors les jambes et laissa tomber la tête sur la poitrine de son ami. Au même moment, Youguini aperçut le sang sur la glace.

« Mais qu'est-ce qui a bien pu t'arriver ? » s'écria-t-il. « Il y a du sang, Angutinguak, dis-moi vite que tu n'as rien ! »

L'autre avait mis les deux mains contre son ventre et respirait difficilement. « T'inquiète pas », souffla-t-il. « Je vais me reposer un peu... après, ça ira... t'inquiète pas. »

Youguini pressentit que ça n'allait pas du tout. Il y avait d'abord cette traînée de sang qui coulait de sous son atigi. Puis, Angutinguak était mouillé des pieds à la tête et, malgré le temps clément qu'il faisait, il n'allait pas tarder à geler si rien n'était fait pour sécher ses vêtements.

« Laisse-moi m'occuper de tout, ne te préoccupe plus, laisse-moi faire, Angutinguak... » Mais, précisément, Youguini ne savait pas quoi faire, et il avait peur. Il essaya avec les mains de réchauffer son ami, mais il se rendit compte que ce geste dérisoire ne pourrait jamais le sauver. « Je vais te prêter mes vêtements, on se partagera ce que j'ai, le temps de faire sécher ton linge. Tu verras, dans peu de temps, on rira de tout ça. Allez, Angutinguak, on va te déshabiller... »

Angutinguak mit alors une main sur celle de Youguini et lui sourit faiblement. Ses lèvres tremblaient. « Ce n'est pas la peine, Youguini », finit-il par murmurer. « Tu es si gentil avec moi, mais je crois que c'est terminé pour moi. »

Il se tourna à nouveau sur le côté et s'arrêta un moment de respirer. Les yeux fermés, il replia faiblement les jambes. Il tremblait de douleur. Après un moment, le mal parut s'apaiser et Angutinguak put enfin respirer.

« Ahhh... ! » souffla-t-il, le regard épuisé, « ça va mieux maintenant, je ne sens plus le mal... je ne sens plus les jambes, ni le ventre. Tu vois, ça sera facile... je suis quand même chanceux... »

« Tais-toi, Angutinguak, ne dis plus rien, repose-toi plutôt. » Youguini mit alors le bras autour de la chevelure trempée de son ami, et découvrit en même temps toute l'affection qu'il éprouvait pour lui. « Repose-toi, et après, je te ramènerai. Tout va s'arranger. Mingo va s'occuper de tout. »

Angutinguak répondit par un faible murmure et un sourire bien pâle. « Quelle chance j'ai eue, Youguini... quelle chance ! Je ne m'attendais tellement à rien de la vie. Quand mes parents sont partis, j'ai eu si mal, j'ai fait semblant de dormir. J'ai pensé que la vie était finie... je ne m'attendais plus à rien. Mais tu as vu comme j'ai été chanceux, Youguini ? La vie m'a tout donné. Et après, tu es venu. Oh, Youguini, la joie que j'ai eue, quand tu es devenu mon ami... Youguini ! » Les lèvres blanches d'Angutinguak tremblaient en même temps que le souffle de sa voix. Et ses yeux étaient mouillés.

« Ne parle plus », implora Youguini, « repose-toi. » Et sa voix aussi tremblait.

Angutinguak essaya de sourire à son ami. « Comment dit-on merci, Youguini ? »

« Comme ça, merci, pourquoi ? »

« Je veux dire, dans la langue de Noudapie, c'est à Dieu que je veux dire merci. »

« Tu dis merci, simplement, il comprendra... »

Alors Angutinguak ferma les yeux et sembla se recueillir un moment. Puis il murmura : « Marsi, marsi... » Quand il émergea de son recueillement, son visage était pâle et sa voix transformée, comme s'il venait de s'éveiller. « Tu crois aussi qu'il y a un ciel, Youguini, et qu'ils sont là, les autres... ma mère... tu le crois ? »

« Oh oui, Angutinguak ! Il y a un ciel. Et ils seront tous là, les autres, pour te recevoir. Et ta mère aussi viendra te recevoir. Tu peux me croire. »

Angutinguak sourit un moment puis son visage s'assombrit quelque peu. « Non, elle ne pourra pas me reconnaître. Moi oui, je n'ai jamais oublié son visage, elle était si belle, Youguini... mais elle ne pourra pas savoir qui je suis, il y a si longtemps et j'ai trop changé... Mais ça ne fait rien, Youguini, quand tu viendras, moi, je serai là, je t'attendrai, tu verras... » Il chercha Youguini du regard mais ses yeux ne semblaient plus voir. « Ne t'inquiète pas, Youguini, tu t'en sortiras, la vie sera bien pour toi... occupe-toi de Kinalik, garde-la, c'est si important une femme, Youguini. Ça m'a manqué, tu sais... »

Une dernière fois, Angutinguak ouvrit tout grands les yeux, puis cherchant son ami, il essaya de murmurer son nom, mais ne put que lui sourire. Et il mourut ainsi, en souriant. Sans le savoir, comme toujours, Angutinguak venait de rendre un dernier hommage à la vie qu'il avait aimée encore plus que celle-ci n'avait jamais su le faire. Lentement, son visage se détendit et ses traits s'adoucirent. Il semblait dormir. Puis, subitement, comme si la mort avait voulu confirmer son emprise, sa bouche s'emplit d'un flot de sang noir qui déborda le long de sa joue.

45

L'INUKSUK

À la vue de la mort qui s'imposait ainsi devant ses yeux horrifiés, Youguini s'était d'abord dégagé précipitamment, laissant tomber sur la glace la grosse tête chevelue d'Angutinguak, puis, frappé de stupeur, il resta agenouillé un long moment près du cadavre, incapable de bouger.

Ainsi livré à lui-même, seul au milieu d'un immense champ de glace, Youguini se sentit bien petit. Il avait le sentiment que toutes les forces de la nature s'étaient entassées autour de lui, sous l'effet de pressantes marées, et qu'elles attendaient de lui son ultime reddition. Autour de lui, un silence lourd, comme si tout l'univers en suspens guettait un signe, pendant que sous son corps ses ongles grattaient vainement la glace durcie de la banquise. Un moment, il crut qu'il allait devenir fou mais, à la place, un torrent de sanglots jaillit de sa poitrine, le libérant aussitôt d'un terrible poids et, à sa surprise, ses pleurs étaient si forts qu'ils lui semblaient couvrir tout le silence. Dans tout l'univers, il n'y avait plus que lui et sa peine qui le remplissait tout entier, et autour les lieux étaient si déserts qu'il ne pouvait plus attendre de secours que du ciel.

Il continua ainsi de pleurer, incapable de s'arrêter, et il s'épuisa tant qu'à la fin il s'endormit, comme un enfant qui finit par se consoler seul. Il trouva un tel réconfort à se laisser glisser ainsi dans le sommeil qu'à un moment il craignit d'être retenu malgré lui à la surface de son épave. À la fin, il sentit tous ses membres frémir, comme s'il traversait un passage agité, puis un souffle bienfaisant l'accueillit et il put enfin s'abandonner tout entier aux forces supérieures qui l'entouraient. Youguini perdit ainsi conscience, et le sommeil libérateur marqua son premier triomphe sur la mort.

Quand plus tard il reprit conscience, le silence qui pesait sur lui, de même que la lumière qui inondait sa banquise, étaient si intenses qu'il se crut dans un autre monde. Il se pensait mort. Mais au même moment il ressentit un léger malaise à la jambe, une faible démangeaison qui le rappela néanmoins à la vie. Il se leva aussitôt.

C'est alors que, sur le fond de neige d'une clarté étincelante, il aperçut son ombre, noire et parfaitement dessinée, qui lui révélait avec une vive netteté les contours précis de lui-même. C'était la première fois que la vie lui déchirait tant la vue, et qu'elle lui apparaissait enfin dans sa vérité nue. Jamais n'avait-il pris aussi vivement conscience de l'inéluctable solitude dans laquelle le tenait enfermé l'ombre silencieuse qu'il dessinait sur la neige.

Autour de lui, l'immense champ de glaces se remit alors à bouger, écorchant le silence d'un bruit strident, et il put mesurer à nouveau la supériorité des forces qui l'entouraient. Seul sur son épave, avec la mort comme unique compagnon, il dérivait lentement, sous l'écrasante lumière de l'éternité. Il sentit à nouveau la solitude, mais cette nouvelle vérité qui s'enfonçait en lui ne lui faisait plus peur. Même la mort, qui l'avait d'abord terrassé, était venue par la suite le consoler, comme Dragon le magnanime qui léchait les plaies des chiens qu'il devait corriger.

C'est ainsi que Youguini comprit qu'il avait fait la paix

avec son destin, au beau milieu d'un désert de glace, et qu'il ne serait plus jamais le même homme. Il alla s'asseoir alors près du corps d'Angutinguak qu'il considéra avec affection.

Puis il posa sa tête inerte sur son genou et se prépara à attendre que viennent les autres. Il ne savait trop comment, mais il avait désormais la certitude qu'ils viendraient.

Ceux-ci en effet ne tardèrent pas à arriver et, aussitôt venus, ils comprirent ce qui s'était passé. Mingo alla récupérer le harpon près de l'endroit où était tombé Angutinguak. Là, il aperçut le tranchant de glace rouge de sang sur lequel celui-ci en tombant s'était déchiré le ventre. Les trois autres se joignirent à lui, et ensemble ils se recueillirent un moment devant le corps d'Angutinguak. À la fin, Mingo bougea et on se prépara à repartir. On fit asseoir Youguini sur le bout arrière du traîneau, juste à côté d'Angutinguak, et on repartit à la hâte vers le camp.

De tous les endroits qu'avait connus Youguini, le petit promontoire sur lequel on avait établi le camp était le plus joli. Il se dressait fièrement à une vingtaine de mètres au-dessus du niveau de l'eau et, lorsqu'on y accédait, on pouvait y voir la mer qui s'étendait devant, à demi engourdie et frissonnante sous ses nuages de brouillard ; puis derrière, on voyait le glacier sur lequel coulait une longue masse de glace qui ressemblait à de la lave blanche.

C'est là qu'on avait enterré les restes d'Angutinguak. Une sépulture modeste, faite de pierres rondes qu'on avait disposées autour du cadavre puis au-dessus de lui, de manière à protéger ses restes contre les animaux prédateurs. Quand la brève cérémonie fut terminée, chacun en silence vint donner la main à Youguini, qui était l'ami le plus proche du défunt. C'était la coutume. Puis, chacun à la ronde donna la main aux autres et, au bout d'un moment, on s'apprêta à partir lorsque Youguini, rompant le silence, décida de s'adresser à la troupe.

« Je veux vous demander quelque chose », annonça-t-il simplement. Les autres ne semblèrent pas surpris. Ils se retournèrent et regardèrent Youguini. Ils étaient tous là, en demi cercle, silencieux. Les femmes avaient revêtu leurs robes fleuries qui battaient doucement dans le vent, et les hommes leurs atigis blancs.

« Celui-là était plus que mon ami. Il avait l'air de rien parfois, mais il m'a appris beaucoup de choses. Alors je voudrais qu'on se rappelle de lui pour toujours, et qu'on érige un inuksuk, ici, juste à la tête de son tombeau. » Pour désigner l'endroit, Youguini fit un geste de la main. « Je voudrais aussi que la montagne derrière porte son nom, pour toujours. Comme ça, quand vous repasserez par ici, vous direz : regardez la montagne d'Angutinguak, c'est par là le chemin vers l'intérieur. »

Youguini s'arrêta et interrogea les autres du regard, la main toujours pointée vers le glacier. Itsaya sortit alors du groupe et s'approcha de Youguini, au pied du tombeau. Elle souriait. « Si tu y tiens, Youguini, on fera comme tu veux. C'est si facile. Mais tu ne trouves pas que ce serait un peu exagéré. Après tout, ce n'était qu'Angutinguak... il en serait peut-être gêné lui-même. »

« Je sais, Itsaya. Je sais. Avec un nom comme le sien, ça vous fera drôle au début de parler de la montagne de " celui qui prétend être un homme ", et peut-être serait-il gêné qu'on lui érige un inuksuk, il était si simple. Mais moi, je l'ai vu mourir, j'ai vu son triomphe sur la mort. Je crois qu'il mérite notre reconnaissance. E vous qui l'avez vu vivre une vie de misères, dites-moi, l'avez-vous jamais entendu se plaindre ? Jamais, n'est-ce pas ? La vie n'a rien donné à cet homme. Il lui a pourtant dit merci, chaque jour, et même lorsqu'il est mort, le ventre crevé. Alors, moi, je dis qu'il a été plus grand que son misérable destin. Il s'est élevé au-dessus de tout, et ce n'est que justice si la montagne la plus haute porte son nom. Il le mérite. »

Les autres regardaient Youguini en silence. Ils étaient indécis car cette requête leur était si peu familière. Ils étaient en effet habitués à respecter l'esprit de leurs morts, mais dans le silence seulement. De plus, quand ils érigeaient un inuksuk, cette structure de pierres qui a la forme d'un homme, ce n'était pas pour commémorer le souvenir d'un des leurs, mais bien pour indiquer l'endroit où se trouvait le gibier. L'inuksuk est en effet une sorte de statue qu'on aperçoit de loin, et qui sert de repère aux chasseurs.

Youguini croyait cependant à sa cause, et ainsi, dressé sur le promontoire qui surplombait la mer, il eut le sentiment de s'adresser non seulement aux hommes devant lui réunis, mais à toute la création et même au ciel.

« S'il n'en tenait qu'à moi », reprit-il d'une voix forte, bien droit sur sa jambe et sa béquille, « le ciel aussi porterait son nom ! Je proclame de toutes mes forces qu'Angutinguak s'est mérité le ciel et, au nom de tous les hommes, j'exige qu'il y soit reçu avec tous les honneurs ! »

Youguini tremblait maintenant de ferveur. Ses bras qu'il pointait vers le ciel n'en finissaient plus de battre l'air, et son corps était si agité qu'à la fin sa béquille s'était enfoncée dans la neige et qu'il avait dû interrompre son discours pour se remettre d'aplomb.

Mais qui va donc consoler Mingo ?

Itsaya riait maintenant et considérait l'autre avec affection. « Tu es si drôle, Youguini ! Mais pourquoi donc faire tant d'histoires parce qu'il est mort sans se plaindre ? Il n'a fait que ce qu'il fallait. »

Au même moment cependant, il se passa quelque chose que personne n'aurait pu imaginer. Mingo, qui n'avait rien dit jusque-là, s'amena lentement à côté de Youguini puis, regardant les autres, il leur dit : « Youguini a raison, on va faire l'inuksuk... » Jamais Mingo n'avait daigné prononcer le nom de Youguini, encore moins pour lui donner raison. Mais Mingo n'était plus le même homme désormais. Il avait vieilli. Il se tenait devant les autres, la tête basse et, dans son regard que la fatigue accablait, il y avait une indicible douleur.

Mingo fit un geste de la main. « La montagne aussi portera son nom, et on fera cela pour Angutinguak, et pour tous les Inuit aussi. Quand vous passerez par ici, vous vous rappellerez du passé, et vous le direz à vos enfants pour qu'ils se rappellent aussi. Car, vous le voyez maintenant, tout a changé pour les Inuit. Rien n'est plus comme avant. Il faut donc se rappeler le passé. »

Les autres, surpris, regardaient Mingo qui avait pris un air décidé. Son regard s'arrêta un moment sur celui d'Aputik, puis se tourna au loin, vers le large. « Il a fallu aussi que je prenne une décision, je n'avais pas le choix. Avec tous ces changements, il n'y a plus de place pour les chamanes. C'est comme ça, on n'y peut rien. Voilà aussi pourquoi il faut se rappeler. Nous allons faire cet inuksuk et alors, quand vous passerez par ici... »

Le chamane ne put terminer, mais les autres semblèrent

comprendre. Alors, ensemble, pendant que résonnait encore l'écho des dernières paroles de Mingo, ils érigèrent le plus bel inuksuk qu'on n'avait jamais vu dans tout le pays, et si grand qu'on pouvait l'apercevoir de tous les coins de l'horizon.

46

LA CONFESSION DE MINGO

Mingo avait conduit Youguini sur la crête d'une colline qui était située derrière la tombe d'Angutinguak, et qui surplombait tous les environs. Une fois sur place, sans un mot, il étendit le bras vers l'horizon. Il y avait là, en direction de Taqralik, une grande baie recouverte de glace, sur laquelle ils pouvaient apercevoir la silhouette de l'avion de la Gendarmerie et, tout près, celle des deux policiers qui attendaient le passage de Mingo et de sa troupe. Après un silence, le chamane se tourna vers l'autre.

« Quand tu leur parleras, tu pourras leur dire que je vais me rendre. Mais dis-leur bien que je n'irai pas avec eux... c'est ici qu'ils devront faire de moi ce qu'ils ont à faire. Insiste, Youguini, ces deux-là doivent comprendre que je ne les suivrai pas. Et tu diras aussi qu'ils devront laisser passer les autres, ils n'y sont pour rien. »

La décision de Mingo devait mûrir depuis longtemps déjà car Youguini put lire dans son regard une grande détermination, ainsi qu'une profonde résignation. Il tenta néanmoins de l'en dissuader. « Mais nous sommes si près de Taqralik... il suffirait de passer par-derrière les collines, ils n'y verraient rien. Et puis là-bas, Mingo, on te défendrait, Noudapie et moi, et tous les autres. »

« Non, Youguini. Non. Ça n'a rien à voir avec les policiers, ce serait si facile de leur échapper. Non, c'est moi. C'est le regret, la fatigue, je ne sais pas, j'en ai assez... » En disant ces mots, le chamane ferma les yeux et secoua lentement la tête. Une indicible tristesse était descendue sur son visage. « Je n'ai pas souhaité ce mal, je n'y pouvais rien. Mais tout s'est passé à cause de moi, même si je ne l'ai pas voulu. Ilaniugnituk kisiani ! Je ne peux que regretter ! »

Pendant un moment, Mingo chercha autour de lui où s'asseoir, le poids des souvenirs paraissait en effet si lourd. Il resta néanmoins debout pendant que, devant lui, sa main bougeait faiblement. Tout cela le dépassait. Il avait gardé si longtemps le secret de tant de choses qu'il ne pouvait plus se contenir, et ainsi, au sommet de la colline, il entreprit de tout raconter à Youguini.

« Si seulement j'avais pu choisir, je n'aurais pas eu d'ennemis. Mais voilà, ils étaient là avant moi. Mon père était déjà dressé contre celui des Amassalik, et même avant eux leurs parents se querellaient pour tout. Quelqu'un, il y a très longtemps, a dû commettre une faute grave et, depuis, tout le poids du mal est retombé sur moi. Même quand je ne serai plus là, si mes fils me vengent, ce sera encore à cause de moi. »

Un sourire triste éclaira le visage de Mingo, qui le rendait encore plus humain. « Tu vois, Youguini, je ne suis pas coupable de ce terrible agencement, puisque je ne l'ai pas voulu. Mais je m'en sens aussi coupable que si j'avais tout arrangé moi-même... »

Mingo s'arrêta et ferma les yeux un moment. Son visage que le soleil inondait était ravagé par la fatigue, et de profondes rides s'y étaient creusées. « Je dois prendre ma part de responsabilité pour ce que j'ai fait, ou ce que je n'ai pas pu empêcher de se produire. Ah ! Ces fous d'Amassalik ! Ceux-là sont morts parce que je n'ai jamais compris qu'ils me craignaient tant. » Mingo hocha la tête comme s'il ne pouvait lui-même croire ce qui s'était passé. « Quand je les ai surpris sur la banquise, ils s'attendaient si peu à me voir, ils ont pensé que je leur voulais du mal et ils se sont mis à trembler, ces pauvres idiots. Et ils n'auraient jamais dû m'écouter, c'était seulement pour me moquer d'eux. J'ai seulement dit, comme ça, sans y penser, que s'ils croyaient vraiment au Dieu de Noudapie, alors ils n'avaient rien à craindre de moi. Ces gens-là s'étaient convertis à la religion des Qablunat. " On ne te craint pas, Mingo ", qu'ils ont rétorqué, " notre Dieu est bien plus fort que tous les chamanes ! " Hé ! Ces pauvres idiots ! Et moi, quelle mauvaise idée j'ai eue ! »

Mingo se remémorait en branlant la tête ces affreux souvenirs et il ne savait plus ce qu'il fallait en penser. « Je ne voulais que me moquer d'eux. Alors j'ai dit : " Si votre Dieu est si fort que vous le dites, alors déshabillez-vous et jetez vos vêtements par ici. Vous n'avez rien à craindre, n'est-ce pas ? " Ah ! Je ne peux pas le croire ! Encore aujourd'hui, je n'arrive pas à le croire ! Ces pauvres fous ont fait tout ce que je leur ai dit. Je les ai entendus se consulter puis, à ma grande surprise, ils se sont dévêtus. J'étais si surpris que je suis resté un moment sans pouvoir refermer la bouche. Alors, ces fous se sont mis à leur tour à se moquer de moi. J'avais beau crier : " Mais rhabillez-vous, idiots, vous savez bien que le Dieu de Noudapie ne fera rien pour vous... " Plus je criais, plus ces fous se moquaient de moi. J'aurais dû me taire. Je les voyais grelotter déjà, et j'ai voulu remettre sur la banquise les habits qu'ils avaient jetés sur la grève. Mais ils me les lancèrent à nouveau, en se moquant de moi. À la fin, j'ai pensé que ce serait mieux si je partais, et qu'ils feraient le nécessaire pour se sauver. Je n'ai jamais souhaité qu'ils meurent... »

Mingo prit une longue respiration. Il semblait que cela lui faisait du bien de parler. « Tu vois, les autres ont toujours pensé que j'avais de grands pouvoirs. Quand ils ont essayé de me tuer, ils n'ont jamais compris que la balle m'avait ravagé la gencive, et que le hasard seulement m'avait sauvé la vie. Ils ont plutôt pensé que j'avais de grands pouvoirs. S'il fallait qu'ils apprennent ce que je suis vraiment ! »

Mingo porta la main au front puis fit un geste de dépit. C'était le passé, il n'y pouvait plus rien mais il regrettait. « Tu diras aussi aux policiers que c'est moi qui ai tué Kamialuk, ils n'ont pas besoin de savoir la vérité... »

« Kamialuk ? Mingo, tu as dit Kamialuk ? » C'était donc ça, pensa Youguini : ce Putulik qui portait des bottes comme celles de Kamialuk ; puis cet avion de la Gendarmerie. Mingo avait tué le policier, c'était donc la fin pour lui. On ne pouvait plus rien pour lui. Youguini était stupéfié.

« Kamialuk était un homme, un vrai. Inummarik », insista Mingo. « Je regrette beaucoup pour lui, mais au moins lui il sait que ce n'est pas moi qui l'ai tué. Ce jour-là, quand il m'a surpris, je lui ai dit qu'il pouvait m'arrêter. J'étais d'accord. J'ai dit aussi qu'il pouvait me tuer mais j'ai vu dans son regard qu'il ne le ferait pas. Pendant tout ce temps, il m'avait poursuivi, et maintenant que j'étais prêt à me rendre il ne savait plus. J'ai pensé qu'il voulait parler, tout ce temps si seul. Je ne sais pas ce qu'il aurait fait si Putulik n'était pas arrivé à ce moment-là. Il pensait bien faire, celui-là, et il voulait tellement Mitiarjuk. Alors, il a tiré par-derrière et je n'ai pu rien faire. J'ai essayé de crier, quand je l'ai aperçu, mais il était trop tard. »

Mingo se recueillit un moment et il parut revivre la scène. « Ça m'a fait mal de voir tomber ce géant. J'ai couru vers lui en criant, mais je ne pouvais plus rien. Je l'ai étendu sur la neige et j'ai tenu sa tête. Lui me regardait sans colère, il a souri, et il a rendu le dernier souffle. Il avait l'air de se reposer, tellement son visage s'était adouci... C'était un homme vrai. Un inummarik. »

Il y eut un nouveau silence, puis Mingo se tourna du côté de la baie, là où l'attendaient les policiers. « Ne dis rien à ces deux-là à propos de Putulik. Dis seulement que c'est moi qui ai tué Kamialuk, je lui dois bien ça. De toute façon, c'est à cause de moi qu'on l'a tué. C'est toujours à cause de moi... »

Après un moment, Mingo se retourna du côté de la mer. On apercevait, devant, l'inuksuk près du tombeau d'Angutinguak, qui se détachait si nettement dans l'horizon, et, tout près, le petit campement qui brillait sous le soleil. Mingo semblait perdu dans ses pensées.

« Avant la naissance de Tania, j'ai eu une fille qui était bien plus forte que les filles de son âge. Elle n'avait que six ans mais déjà elle aimait chasser avec moi. Nous étions si bons amis. Mais il a fallu que la maladie l'emporte et je n'ai pu rien faire. Quand elle a compris que la vie lui serait enlevée, une fois, une seule et terrible fois, elle m'a regardé et m'a supplié, avec les yeux, de la sauver. Elle avait si confiance en moi. Oh ! Jamais je n'oublierai son regard d'enfant qui m'implorait. En mourant, elle a emporté avec elle sa déception. Elle savait que je ne pouvais rien... Tania avait bien raison. Je ne suis rien. Toute ma vie, j'ai dû inventer pour cacher la vérité aux autres, mais je n'ai pu rien cacher à mes enfants. Ces deux-là sont morts et ils ont emporté avec eux le secret... »

Mingo leva la tête vers le ciel, en gémissant. « Je suis fatigué de me cacher, je suis las de tout... » C'était la première fois que Youguini voyait des larmes dans les yeux de Mingo et il en fut bouleversé. « Toute ma vie n'a été que mensonges. » Sa voix n'était plus qu'un murmure, et les traits de son visage étaient alourdis par un amer chagrin. « Tania avait raison... »

Mingo secoua la tête un moment et sembla retenir ses sanglots. « Tania, mon propre fils, s'est tué à cause de moi, pour me faire mal... Mais comment ai-je pu être si dur envers mon propre fils. J'ai crié : " Tue-moi, Tania, tue-moi plutôt. " Et il a hurlé à son tour. " Je ne te crois pas, tu ne m'as jamais dit une seule bonne parole ! Tu ne m'as jamais aimé ! " » Le chamane s'était mis à remuer les mains devant ses yeux, comme pour chasser de sa mémoire l'horrible souvenir. Sa voix était brisée par les sanglots. « Il s'est tué juste devant moi, pour me punir, et il m'a bien eu. Je méritais pire encore. Souvent, j'aurais voulu lui parler, il aurait eu besoin que je l'encourage. Il n'était pas comme les autres. Ah ! Jamais je n'avais ressenti une telle douleur, ni pareil dégoût. Je ne veux plus vivre avec tous ces regrets, c'est trop, je veux me reposer maintenant... »

La voix éteinte, le visage enfoui dans ses deux mains, le chamane alors se mit à pleurer comme jamais il ne l'avait fait de sa vie, et la peine qu'il avait contenue jusque-là jaillit comme un torrent irrésistible. Youguini n'avait jamais vu un tel déferlement de douleur, et il en resta interdit. Il lui aurait été plus facile d'arrêter la tempête que de consoler Mingo, tant sa peine lui parut grande. Et il pleura ainsi un long moment, seul, au sommet de la colline.

Puis les sanglots parurent se tarir et Youguini entendit le chamane murmurer, comme s'il s'était parlé à lui-même : « Naakusaamariipuk tuukuriiamik. » Et il répétait la même phrase, comme une incantation, d'une voix qui n'était plus qu'un souffle. « Comme ce serait bon de mourir ! Comme elle serait bien accueillie, la mort ! » À la fin, la voix du chamane se perdit et Youguini sentit que la vie du chamane, tel un torrent impétueux qui vient s'éteindre dans les eaux calmes de la baie, était arrivée à son terme.

Aussitôt cependant, Youguini se redressa et se dit que cela ne pouvait être. Puisque Mingo pouvait tout expliquer, se dit-il, il pourrait aussi se défendre. « Mingo, tu dois te relever. Je serai avec toi, et le père Gaillard aussi. Ensemble, nous te défendrons, et tu t'en sortiras, Mingo. » Le chamane ne fit que sourire tristement, le visage encore mouillé de larmes. « Tu sais aussi que j'écris, Mingo. Alors, je parlerai de toi dans mon livre, et tout le monde saura ce qui est arrivé. J'irai partout, je raconterai ton histoire à tous, et on comprendra. J'irai même en Chine, s'il le faut, Mingo. C'est vrai, j'irai partout, jusqu'en Chine ! Partout, on saura que tu n'as jamais voulu ce qui est arrivé. Je dirai que j'ai vu ton chagrin, et que ton regret est encore plus grand que le mal. Tu dois me croire, Mingo. Je ne sais pas comment je m'y prendrai, mais je saurai bien émouvoir les hommes ! »

Mingo, malgré sa peine, ne put que sourire devant tant de sincérité. Il leva alors le visage vers Youguini et, pour la première fois de sa vie, il se livra au regard de quelqu'un. De toute sa vie, en effet, jamais le regard de Mingo n'avait cessé de bouger, et personne n'avait pu y pénétrer, sauf en cet ultime moment de sa vie. Ainsi, sous son front que la douleur écrasait, ses yeux apparurent à cet instant comme stupéfiés par la cruauté du sort. Il était aussi désemparé qu'un enfant, et il ne put que dire : « Merci, Youguini. Seulement, tu sais bien que les hommes n'y pourront rien. C'est plutôt Dieu qu'il faudrait émouvoir... »

« Alors, dans ce cas, j'écrirai pour le ciel, et je saurai bien émouvoir Dieu ! » Youguini avait ainsi répondu, sans trop y penser, mais aussitôt l'idée lui parut bien au-delà de ses moyens. De son côté, Mingo sembla penser la même chose et les deux, à l'instant, échangèrent un regard qui était chargé de résignation.

Mingo retourna son visage contre le ciel et parut se reposer un instant. Il se sentait mieux d'avoir ainsi parlé et pleuré, et ça se voyait aux traits adoucis de son visage. « Ce serait facile de dire que je ne suis coupable de rien. Je suis tenté. Après tout, si j'avais pu choisir ma vie, je n'y aurais prévu que du bien. Je me serais donné un grand destin, sans le moindre mal. Mais que faire, Youguini ? Je me sens coupable de tout, et c'est cela qui compte. C'est cela qui me pèse, et c'est de cela que je vais mourir. Je vais mourir de regrets, Youguini, du poids des regrets. »

Mingo parut trembler un moment, puis il murmura à nouveau : « Comme ce sera bien de mourir, comme ce sera bien... rien que d'y penser, je me sens déjà mieux... » Youguini aurait voulu le prendre dans ses bras, mais la douleur du chamane était si grande qu'elle lui parut inconsolable.

« Dis-moi encore une chose, Youguini, avant de partir. Ce Dieu de Noudapie, est-ce qu'il... est-ce que tu crois qu'il comprendra que je regrette ? Est-ce que ça suffira, tu crois, pour qu'il me reçoive ? »

En entendant ces paroles, Youguini put à peine contenir son émotion. « Ah ! Mingo ! Bien sûr que oui ! Même moi qui ne suis rien, je le sais ! Regarde-toi, Mingo : ton visage brisé par le chagrin, ton âme aussi, ravagée par le regret. Dieu qui voit tout n'aura qu'à te regarder, tu n'auras pas à le dire, il comprendra tout ! » Youguini s'approcha et mit les deux mains sur les épaules de Mingo. « Tu es magnifique, Mingo ! Je te le dis et c'est vrai, tu es magnifique ! Je vais le dire partout où j'irai. Et tu vivras aussi, quoi qu'il t'arrive. La mort ne pourra rien contre toi. »

Sur ces mots, une lueur était apparue dans le regard de Mingo. « Tu diras aussi à Noudapie qu'il pourra prier au-dessus de ma tombe, s'il le veut. »

« Je lui dirai, Mingo, et il viendra, j'en suis certain. Il sait ce qu'il faut dire pour que les fautes soient pardonnées. Il fera ce qu'il faut... »

Mingo parut rassuré et esquissa un sourire. « Merci, Youguini, je te crois. Mais le temps est venu, et tu dois partir maintenant. Assure-toi bien qu'il n'arrive rien aux autres... et parle aussi à Alupa. Il se sentira bien seul. Allez, maintenant, va voir les policiers. » La voix de Mingo avait retrouvé un peu de sa fermeté.

Une dernière fois donc, Youguini regarda le chamane et il comprit que sa décision était sans appel. Il prit alors place sur le traîneau, et les chiens aussitôt se mirent à tirer. Plus loin, quand il se retourna, il aperçut la silhouette sombre de Mingo qui s'effaçait lentement, seul au sommet de la colline. Déjà, autour de lui, la mort qui semblait présente s'était mise à l'œuvre et l'avait isolé du reste de la vie.

47

L'EXÉCUTION DU CHAMANE

Youguini avait déjà tout raconté lors de la précédente rencontre, et ils n'avaient plus rien à se dire. Ils se tenaient donc là, tout près de l'avion, à s'épier en silence. Des quatre, seul Mingo paraissait insensible à ce qui se déroulait. Son visage était redevenu insondable.

Le plus vieux des deux policiers avait une moustache dense et noire, et un regard ardent qui rappelait celui de McCormick. Il était appuyé contre le fuselage de l'avion, tout près du poste de pilotage, et là, radio en main, il tentait depuis un moment de rejoindre ses supérieurs à Frobisher Bay. Il était de mauvaise humeur.

« Ton ami me complique drôlement les choses », dit-il à l'intention de Youguini, tout en désignant Mingo du regard. « Il n'a pas l'air de s'en rendre compte, mais ce n'est pas une décision facile. Et avec cette saloperie de radio qui nous lâche maintenant ! » Visiblement irrité, il indiqua de la main le poste de radio qui pendait sous la console. « Vous savez d'où elle vient, cette musique ? De l'Union soviétique ! C'est toujours comme ça, au printemps. Les ondes deviennent folles. On entend clairement la musique russe, mais pas moyen de communiquer avec Frobisher Bay, à deux petites heures d'ici. »

Par la porte de la cabine du pilote, on entendait en effet

un air russe qui filtrait dans le silence arctique et qui, par son étrangeté, ajoutait à la solennité du moment. Le policier remit l'appareil sur le siège et retourna à ses pensées. Pendant ce temps, le deuxième policier, un blond qui paraissait plus jeune que l'autre, s'était mis à tourner autour de l'avion. Il était visiblement nerveux et il tenait la main sur l'arme qu'il portait à la ceinture. Il passa sous l'aile de l'avion, regarda furtivement Mingo, puis s'arrêta devant la porte arrière de l'appareil. À l'intérieur, on pouvait voir l'extrémité d'un traîneau qu'on avait recouvert d'une épaisse couverture, mais tout le reste baignait dans l'obscurité.

« Es-tu bien certain qu'il comprend ce qui va lui arriver ? » demanda à nouveau celui qui paraissait en autorité. « J'ai mes ordres, tu sais. S'il ne vient pas avec nous, je n'aurai pas le choix. Alors demande-lui encore, je veux le lui entendre dire. »

Youguini se tourna alors vers le chamane et fit ce qu'on lui demandait. Il s'exprima lentement, plus encore pour être compris du policier que de Mingo, en faisant les gestes qu'il fallait pour être clair. L'autre répondit sans hésiter. « Aaa ! C'est mieux comme ça. » On comprit alors qu'il ne changerait pas d'idée.

« Est-ce qu'il sait qu'on a retrouvé McCormick ? » Youguini parut surpris et le policier comprit qu'il ne savait pas. « Il est là », dit-il, en montrant le traîneau à l'intérieur de l'appareil, « si vous voulez le voir. Il l'a eu d'une balle dans le dos, une belle saloperie ! » Le policier prit un air dégoûté et Youguini fut bien tenté de parler. Cela lui paraissait en effet si injuste que l'on fasse porter sur Mingo l'odieux d'un crime qu'il n'avait ni commis ni même souhaité.

« Il regrette », put-il seulement dire, « il regrette

beaucoup ce qui s'est passé. Il respectait beaucoup cet homme, vous savez... »

Incrédule, le policier secoua la tête et le silence revint. On n'entendait plus que cette musique lointaine qui semblait s'être égarée au-dessus des vastes étendues de l'arctique, et qui venait enfin, à bout de souffle, trouver refuge dans la radio du petit avion. Autour, tout paraissait désormais immobile, écrasé sous l'éclat de la lumière, et l'air de balalaïka, qui venait s'y échouer, remplissait les lieux de mélancolie.

Ils restèrent ainsi un long moment sans bouger, subjugués par l'intensité du silence et par cette fragile musique qui ne faisait qu'en accentuer la pureté, puis le policier à la moustache parut se décider. Il s'amena sous l'aile de l'avion qu'il empoigna solidement des deux mains, et s'y laissa pendre de tout son long. Sous le poids, l'appareil pencha et les pieds du policier touchèrent le sol. Il lâcha prise et se mit à réfléchir. Puis, se tournant vers son compagnon, il lui demanda de dégager les deux traîneaux qui se trouvaient à l'intérieur. « J'aurai aussi besoin de votre traîneau », fit-il encore, s'adressant cette fois à Youguini.

Les deux policiers disparurent dans l'obscurité de la carlingue et, après un moment, un premier traîneau apparut dans la porte de côté, et le policier blond sauta sur la glace pour l'en retirer. Quand le deuxième traîneau fut dégagé, l'autre gendarme sauta à son tour sur la glace et fit aussitôt signe à Youguini de détacher les chiens. Il paraissait pressé d'en finir. « Toi », fit-il à l'intention de son compagnon, « occupe-toi du prisonnier. »

Youguini était soudainement inquiet. Il jeta un coup d'œil du côté de Mingo qui paraissait indifférent, puis il amena le traîneau près des deux autres. Tout allait désormais se dérouler rapidement et le policier, dont les manières brusques rappelaient celles de Kamialuk, se mit au travail avec une sorte de rageuse intensité. Il empoigna tour à tour les deux premiers traîneaux qu'il dressa debout, l'un en face de l'autre, et qu'il fit tenir en place par ses compagnons. Il prit ensuite à bout de bras le dernier traîneau et le déposa au-dessus des deux autres, de manière à former une sorte d'échafaudage. Il vérifia ensuite la solidité de la structure et, satisfait, il disparut à nouveau sous la carlingue de l'avion. Quand il réapparut, il tenait à la main une corde au bout de laquelle on apercevait un nœud coulant. La potence fut ainsi dressée et aussitôt le sombre nœud se mit à se balancer sinistrement dans le ciel clair.

Mais déjà le policier aux cheveux blonds ne tenait plus en place. « Je crois qu'on devrait l'amener de force avec nous », dit-il à son compagnon. « Ce serait mieux pour lui, et je suis convaincu qu'il ne va pas résister. Je lui ai passé les menottes et il n'a rien fait... »

Youguini sursauta et voulut aussitôt protester. « Mais pourquoi des menottes ? Cet homme s'est rendu librement, non ? Il est prêt à mourir, il vous l'a dit. Pourquoi l'humilier ? » Un coup d'œil du côté de Mingo acheva de soulever sa colère. Ce dernier se tenait en effet tête basse, les mains solidement menottées dans le dos. Youguini ne put supporter une telle humiliation et, tout en protestant, il s'était emparé d'une carabine qui se trouvait près de l'avion. D'un air menaçant, il pointa l'arme sur le plus vieux des policiers qui n'eut pas le temps de bouger. « Cet homme va mourir les mains libres, misère de c... ou alors, je n'hésiterai pas à vous tuer tous les deux. » Youguini paraissait bien décidé, et qui sait ce qu'il aurait été capable de faire si Mingo lui-même n'était pas intervenu.

Celui-ci avait en effet réagi devant le geste de Youguini. Sorti subitement de son indifférence, il s'approcha de celui-ci et, doucement, il abaissa d'une main le canon de la carabine. « Laisse tomber », dit-il tranquillement. « Ce qui doit arriver arrivera. Je l'ai voulu ainsi. » En même temps, et à la surprise de tous, il tendit de l'autre main les menottes dont il s'était lui-même libéré.

Les autres mirent un bon moment à revenir de leur étonnement et ils regardaient, médusés, le chamane s'en retourner bien tranquillement vers l'échafaud. Le policier en autorité finit toutefois par retrouver sa contenance et reprit les choses en main. Il plaça sous la corde une caisse de bois et fit signe à Youguini de faire monter le chamane. Ce dernier comprit et, sans se faire prier, monta sagement sur la caisse. Il passa ensuite le nœud autour de son cou et attendit, en regardant droit devant.

Les deux policiers avaient maintenant pris place de chaque côté du chamane, et retenaient l'échafaud, les épaules solidement appuyées contre celui-ci. Pendant ce temps, Youguini, que l'incident avait ébranlé et qui n'était plus sûr de rien, questionnait Mingo du regard. « Que faire maintenant ? » implorait-il.

« Retire le caisson », lui cria le policier, « il faut en finir ! »

« Il a raison », fit pour sa part Mingo, « tout est vraiment terminé. Tu les aideras, Youguini, je veux seulement que ça se passe vite. Et tu parleras à Alupa, n'oublie pas... » Son regard insistant croisa celui de Youguini et ce dernier lui fit signe qu'il n'y manquerait pas. Alors Mingo ferma les yeux et attendit.

À la fin, Youguini se décida. Il posa une main contre la caisse et, avec l'aide de Mingo qui leva les pieds pour lui faciliter la tâche, il put dégager celle-ci. Et c'est ainsi que Mingo fut pendu, les mains libres le long du corps, en aidant ses bourreaux du mieux qu'il put. Mais le sort voulut encore qu'il ne mourût pas tout de suite. Il pendait en effet lourdement au bout de la corde mais de si court que son cou solide avait pu résister, et il était resté aussi vivant qu'une truite au bout de l'hameçon.

Ainsi donc, la mort tardait à venir et le malheureux commençait à grimacer. Au début, il s'était tenu droit, le corps raide, espérant une fin rapide. Puis ses jambes commencèrent à s'agiter et ses mains se mirent à battre contre son corps. Le visage bleu et grimaçant de douleur, il semblait implorer la mort de faire vite. « ... Inii », gémissait-il, les yeux exorbités.

Horrifié, le policier blond avait détourné le regard et implorait son compagnon de mettre fin au supplice. Youguini fut bien tenté d'y mettre fin lui aussi en se ruant sur l'échafaud, mais il se rappela l'ardent désir de Mingo de mourir. Il regarda ce dernier qui continuait de se tordre au bout de la corde et qui gémissait : « ... inii. » Cette plainte était aussi pressante que si Mingo l'avait imploré de le tuer, et il sut dès lors qu'il fallait l'aider.

Il passa donc les deux bras autour des épaules du chamane qu'il empoigna ainsi solidement et, sans hésiter, il se laissa pendre de tout son poids sur le corps de celui-ci. Il sembla que Mingo n'espérait que cela et, dès que Youguini se fut accroché à lui, il le saisit à son tour par les épaules. Aussitôt, sous le poids des deux hommes, l'échafaud craqua, et les deux corps ainsi unis se balancèrent vers l'arrière.

C'est ainsi que mourut enfin Mingo, dans les bras de Youguini. En effet, au retour du balancier, lorsque le poids des deux hommes fut à son plus lourd, le cou du chamane se rompit, faisant un bruit sourd que Youguini sentit dans tous ses membres, et aussitôt les bras de Mingo retombèrent sans vie le long de son corps. Youguini resta encore un long moment dans les bras du supplicié, pendant que la vie fuyait le corps tremblant de ce dernier.

Puis à la fin, après un long moment de silence, on libéra Mingo de la potence et on le fit reposer sur la neige, aux pieds de Youguini. Déjà son corps était refroidi mais des gouttelettes de sueur mouillaient encore son front, rappel silencieux de la dure épreuve qu'il venait de traverser.

« Repose-toi, Mingo », faisait Youguini qui avait mis sur son genou la tête du chamane, « repose-toi maintenant. » Et il épongeait doucement la sueur sur son front pendant qu'à ses côtés le policier blond pleurait. On entendit alors une nouvelle mélodie russe, si fragile et pourtant si claire, qu'elle fit frissonner un moment le temps qui s'était arrêté. On aurait dit l'âme de Mingo qui se déployait, soulevée par un souffle léger. Au même instant, une fine brume, qui s'était amenée de la mer, couvrit d'un voile blanc toute la baie, et les trois hommes s'apprêtèrent à y passer la nuit, à veiller le corps de Mingo.

48

L'ENTERREMENT DE MINGO

La malheureuse Aputik étant brisée par le chagrin qui l'avait frappée, c'est donc le père Gaillard, avec l'aide de Kinalik, qui avait fait les arrangements pour les funérailles, et ainsi, parce que les Inuit n'avaient pas l'habitude de ses manières, le cortège funèbre avait mis un peu de temps à s'organiser.

Les uns après les autres, ils étaient donc sortis de la petite chapelle, la mine basse, et s'étaient regroupés dehors, près du corps de Mingo, attendant un signal. Mais le père Gaillard ne semblait lui-même pas vraiment à l'aise avec ces cérémonies, et on le vit retourner à la chapelle pour en revenir aussitôt, avec l'air de chercher quelque chose.

« Ah ! Mais nom de pie ! » grogna-t-il, en se grattant la tête. « Où donc ai-je pu mettre ce missel ? Quelqu'un l'aurait vu quelque part, mon livre noir ? »

« Voilà qui est bien de toi, Noudapie », remarqua en riant Itsaya. « Tu perds toujours tout. Moi, je dis que c'est une femme qu'il te faut et, si tu veux, je peux t'arranger ça ! »

Le ton railleur de la fille n'avait pas manqué de faire rougir le père Gaillard qui ne fit que protester faiblement. « Toi, tu ferais mieux de me retrouver ce missel... »

Au même moment, Kinalik sortit rejoindre les autres à l'arrière de la chapelle, portant à la main le missel qu'elle alla remettre au père Gaillard.

« Tu vois », reprit aussitôt Itsaya, « je te l'avais bien dit, Noudapic, c'est une femme qu'il te faut. »

Cette fois, Kinalik se mit à rougir autant que le père Gaillard, et un grand rire éclata au milieu de la petite assemblée. Dans les circonstances, cela faisait du bien de rire et tous y allèrent avec joie, en gardant cependant pour le défunt, qui reposait sur les planches, juste ce qu'il fallait de retenue. Le silence revint aussitôt, puis quelques hommes, Ukpik en tête, s'approchèrent du corps de Mingo, prêts à le porter. Nuluki passa alors la main sous le bras de sa mère et le cortège allait se mettre en marche.

C'est à ce moment qu'on entendit le premier coup de feu. Le coup venait des alentours de la maison du commis du magasin, et tous se regardèrent, surpris qu'on chasse si près du village. Puis un deuxième coup retentit qui fit sursauter Youguini. Cette fois, il avait compris. « Alupa ! » s'écria-t-il. « Je pourrais le jurer. C'est Alupa sûrement qui veut s'en prendre aux policiers... »

Mais personne ne broncha. On vit cependant apparaître une lueur de fierté dans le regard d'Aputik, la mère du petit, qui semblait tout à coup bien fière qu'on venge ainsi son mari. Quand on lui avait appris la mort de Mingo, à son retour à Taqralik, la malheureuse s'était effondrée sous la douleur. Elle s'était mise à crier à s'en fendre l'âme puis, après un moment, elle s'était redressée et, depuis, elle n'avait plus dit un seul mot, renfermant à jamais sa terrible peine.

Youguini regarda à la ronde tous ces visages qui s'étaient refermés. Ils avaient l'air de dire que si cela devait arriver, alors que pouvaient-ils y faire. Youguini voyait cependant les choses d'une autre manière. « Laissez-moi y aller », décida-t-il. Il empoigna sa béquille et fila aussi vite qu'il le put.

C'est bien Alupa. Il était là, droit comme une sentinelle, et, fusil en main, il montait la garde devant la maison de Jim. Il promenait un regard courroucé sur la façade de la maison, et défiait les deux policiers, qui, bien incapables de riposter à l'enfant, avaient dû s'y réfugier.

« Arrête, Alupa », lui cria Youguini en l'apercevant, « ne fais pas ça, laisse tomber ! » Mais le jeune homme ne lui consentit même pas un regard, et Youguini comprit qu'il aurait à argumenter longtemps. Il se laissa tomber sur une grosse pierre qui se trouvait tout près, et il reprit son souffle.

« Ce n'est pas ce que ton père aurait souhaité », reprit-il. « Tu vois, il a parlé de toi, juste avant de... il a insisté pour que je t'explique. Tu dois comprendre, Alupa, c'est ton père qui a décidé ce qui est arrivé. S'il n'avait pas voulu, ces deux-là n'auraient pu rien faire, il était bien trop fort. Alors, tu vois, ce n'est pas une bonne idée de vouloir le venger, ce n'est pas ce qu'il voulait. »

Le petit s'était arrêté et paraissait considérer ce que lui disait Youguini. « Allez, viens t'asseoir, Alupa. Garde ton fusil si tu veux, mais viens ici. » Youguini lui montra de la main la pierre où il s'était assis, et l'autre, hésitant, s'approcha. Il resta toutefois debout, face à Youguini, l'arme au pied. Il était bien malheureux.

« Je vais te raconter ce que m'a confié ton père. C'est très important, et il a vraiment insisté pour que tu le saches. Ton père, Alupa, est toujours vivant, vrai comme je te dis. Je sais, mon gars, ça te paraît bien difficile à croire, mais tu le connais, ton père, rien ne lui était impossible. Et tu vas voir, maintenant, tu vas l'entendre te parler en dedans de toi. Attends seulement et tu verras. Il sera désormais toujours à tes côtés, même si tu ne le vois pas. Mais tu l'entendras, et il va t'emmener là où il y a du gibier. Il va faire de toi le plus grand des chasseurs... »

L'enfant regardait par terre et on voyait à son petit visage tremblant qu'il luttait contre les larmes. Youguini lui prit alors la main. « Regarde un peu, Alupa, comme ils ont peur de toi, ces deux malheureux ! Tu sais bien que ton père n'en aurait fait qu'une bouchée, hein, s'il avait vraiment voulu. Allez, avec lui à tes côtés maintenant, plus rien ne pourra t'arriver. La vie sera magnifique, mon gars, tu vas voir... »

L'enfant avait écouté Youguini, en silence, bougeant seulement le pied dans la rocaille. « Mais je l'ai vu sur les planches, Misardakku... » Il détourna aussitôt le regard et sembla réprimer un sanglot. « Ce ne serait pas une bonne idée si on me mentait... »

« Non, Alupa, je ne te mens pas. Je ne fais que répéter ce que m'a dit ton père, et tu sais bien que lui ne t'aurait jamais menti. Allez, mon gars, je sais bien ce que tu ressens : moi aussi j'ai perdu mon père. Ça m'a fait vraiment mal, tu sais. Je m'en suis voulu parce que je ne pouvais rien faire pour lui. Et après, on se sent tellement seul... » Youguini reprit la main de l'enfant dans la sienne. « Tu ne verras plus ton père comme avant, ça c'est vrai, mais songe seulement qu'il ne te quittera plus jamais. Tu l'entendras te parler et tu le sentiras toujours à tes côtés. Tu sauras me le dire. »

De grosses larmes roulaient sur les joues brunes d'Alupa qui faisait de son mieux pour les cacher. Contrairement au pauvre Tania qui n'avait pas eu de chance avec son père, Alupa avait toujours été près de lui. C'était comme ça, et le départ de celui-ci l'avait laissé si désemparé qu'il s'était senti tomber dans un grand vide.

Mais qui va donc consoler Mingo ?

Les paroles de Youguini lui firent alors du bien. Il passa la main sur ses joues puis, rassemblant son jeune courage, il regarda du côté du cimetière, là-haut sur la colline, et décida de lever le siège.

Quand Alupa et Youguini purent rejoindre les autres sur la colline, déjà le corps de Mingo avait été recouvert de pierres, et Youguini pensa que pour le petit c'était mieux ainsi. L'enfant s'approcha de sa mère qui le prit contre elle, et il regarda le tas de pierres à ses pieds.

Le père Gaillard était alors à réciter une prière que les autres reprenaient en chœur après lui. Toute la communauté était là, même ceux de la famille des Amassalik auprès de qui le père Gaillard avait insisté pour qu'ils viennent. Les querelles avaient assez duré, avait-il dit à tous, et, si Mingo pouvait encore parler, c'est ce qu'il aurait voulu. Une cérémonie où tous les Inuit pourraient enfin se réunir.

Ensemble donc, ils faisaient un grand cercle autour de la tombe de Mingo. Leurs visages étaient graves et recueillis, même ceux des enfants qui imitaient sagement leurs parents, avec leurs petites mains croisées. Après la prière, le père Gaillard jeta un peu d'eau bénite sur la tombe, remit le vase à Kinalik qui se tenait tout près, et se recueillit un moment, les yeux clos.

D'où il était, il dominait en hauteur l'assemblée qui l'entourait et, pour l'occasion, il avait revêtu une chasuble blanche qui battait doucement dans le vent, comme un étendard. À la fin, il ouvrit les yeux et promena le regard autour de lui. « Vous savez, mes amis, nous subissons ici-bas bien des épreuves, et bien des misères. La mort est un grand mystère aussi, et je serais bien incapable de vous l'expliquer. Mais je vous dis qu'il ne faut pas désespérer de Dieu car il n'abandonne jamais les siens. Gardez la foi et bénissez le Seigneur pour tout. Pour la nourriture qu'il nous donne, pour la vie, et pour la mort aussi, car avec celle-ci il nous délivre du mal, et nous rappelle auprès de lui. Alors, unissons-nous pour bénir le Créateur, nous tous, ses créatures, les " baleines et les monstres marins " aussi, comme il est dit dans la Bible, bénissons notre Seigneur car il nous aime tous, et nous recevra tous quand le temps sera venu. »

Le père Gaillard se recueillit à nouveau. Comme tous les autres, le soleil du printemps et les reflets de la neige avaient bruni sa peau qui faisait un fort contraste avec le blanc de sa chasuble.

« Reçois notre ami, Seigneur, reçois Mingo dans ta demeure. Quand il nous a laissés, son âme était bien en peine à cause de tout le mal qu'il a connu et qu'il regrette. Pour cela, Seigneur, tu devras le consoler, il en a grand besoin. »

Autour du missionnaire, les Inuit qui s'étaient recueillis suivaient dans le plus grand silence la prière que celui-ci adressait au ciel. C'était une prière fort simple, qui n'avait rien de nouveau pour eux. Mais, dans la bouche du père Gaillard qui ne maîtrisait pas toutes les complexités de la langue des Inuit et qui devait simplifier son discours, celle-ci n'en paraissait que plus vraie, et plus émouvante aussi.

« Je te le demande, Seigneur », reprit-il, « reçois auprès de toi notre ami Mingo et console sa peine. Car si toi, Seigneur, tu ne le fais pas, qui d'autre alors pourra le consoler ? »

Après ces paroles, le père Gaillard pensa qu'il valait mieux chanter et que la musique, mieux que les mots, saurait ouvrir à Mingo les portes du ciel. Pendant ce temps, Kinalik et Itsaya avaient distribué à chacun un feuillet sur lequel étaient inscrites les paroles d'un cantique. Le père Gaillard toussa légèrement, et donna lui-même le ton.

Au début, on n'entendit que sa voix, un peu enrouée mais forte, puis, peu à peu, timidement d'autres se joignirent à la sienne. On entendit d'abord celles des femmes, plus hardies que les hommes, mais bientôt ces derniers allaient renforcer le chœur de leurs voix gutturales. Le recueillement était à son comble et l'émotion se lisait sur tous les visages. Tous chantaient maintenant avec force, les yeux clos, le visage tourné vers le ciel.

C'est alors que se produisit une sorte de miracle. Comme il arrive souvent au printemps, un banc de brume qui s'était détaché du large était venu se poser sur la colline du cimetière, juste au-dessus de l'assemblée. Les voix jusqu'alors gutturales se feutrèrent aussitôt et, sous l'effet de ce voile de brume qui descendait sur elles, on entendit alors leur écho claironner sur les parois enneigées du fjord. Et au même instant, alors que l'écho venait doubler les premières voix, comme si tout à coup un chœur d'anges s'était joint à celui des hommes, un grand voilier d'outardes se trouva à passer par là, juste au-dessus, et leurs voix qui éclataient dans le ciel vinrent aussi se mêler au chant de la terre. C'était comme si toute la création, répondant à la prière du père Gaillard, s'était unie pour honorer d'une seule voix son Créateur.

L'effet devait être bien émouvant, car même les chiots qui couraient autour mirent fin à leur chamaillage et, encore haletants, écoutaient surpris le chant de leurs maîtres. Le fils de Dragon, qui était toujours chef de la petite troupe, s'était amené jusqu'aux pieds du père Gaillard et, lui aussi, une patte d'en avant encore suspendue, comme si la surprise l'avait saisi en pleine action, il semblait envoûté par la beauté du chant.

Les yeux clos par l'émotion, le père Gaillard battait doucement la mesure et fit ainsi durer le chant aussi longtemps qu'il fut possible, tant et si bien qu'à la fin les âmes qu'avait désolées le départ de Mingo se trouvèrent quelque peu consolées. Chacun donna alors la main à chacun, en commençant par Aputik, et silencieusement on entreprit de se disperser. Alupa glissa la main dans celle de sa mère et ensemble, avec Nuluki, ils s'éloignèrent.

Ils étaient donc tous repartis maintenant, et seuls étaient restés Kinalik et le père Gaillard, debout tous les deux devant la tombe de Mingo. Il y avait longtemps que ces deux-là n'avaient pu se retrouver ainsi, seuls, et le père Gaillard réalisa combien cela lui avait manqué. Pendant tout l'hiver qu'il avait passé à Igloulik, le visage de cette femme était venu troubler sa pensée, remuant en lui des désirs qu'il s'était acharné à refouler. Ce matin-là donc, il était bien heureux de sentir sa présence à ses côtés, et le silence ne lui pesait pas. Le vent parfois soulevait doucement l'étoffe de sa robe et celle-ci qui le touchait lui rappelait combien sa présence lui était chère.

C'est Kinalik qui parla la première. Elle aurait voulu le remercier pour ce qu'il avait fait pour Mingo, et les paroles qu'il avait adressées au ciel, mais elle ne sut comment. Elle dit seulement : « Yuli'ai, à quoi penses-tu donc ? » Kinalik était la seule du village à appeler le père Gaillard de son prénom, et elle prononçait « Jules » à la manière Inuit, avec une tendresse qui n'échappait à personne et qui, chaque fois, causait quelque frisson au père Gaillard.

« Oh ! Je pensais que, depuis un moment déjà, je voulais te parler de quelque chose. C'est tout réfléchi, mais je n'ai pas eu l'occasion de t'en parler. Tu sais, je vais agrandir la mission... quand le bateau viendra, je vais recevoir des matériaux et je pourrai ajouter une salle à la maison, pour enseigner, et pour faire la fête aussi, quand les gens voudront. Alors tu vois, ma maison, qui est déjà bien grande pour moi tout seul, j'ai pensé que toi, puisque Mingo n'est plus là, que tu attends un enfant maintenant, je me suis dit que tu pourrais... je ne sais pas, la maison est si grande... »

Bien sûr, Kinalik avait compris, car les femmes comprennent ces choses-là. Et depuis le temps qu'elle espérait ces paroles, elle pensa rêver. Cette maison chaude et qui sentait si bon, quelle femme en effet n'y aurait pas emménagé avec joie. Ne plus jamais craindre le froid, ni le vent ni la pluie d'automne alors que les peaux humides sont soulevées par la bourrasque. Il y avait aussi cet enfant qu'elle sentait en elle maintenant, et qu'elle espérait depuis si longtemps. Et ce Yuli ! Depuis la première fois qu'elle l'avait vu, son cœur sourdement s'était mis à battre pour lui, et elle n'avait pas cessé de languir après lui. Aucun autre homme ne lui avait jamais inspiré une si grande confiance, et, maintenant qu'il lui offrait sa maison, elle crut qu'elle ne pourrait plus contenir sa joie.

Elle fut d'abord incapable de répondre. L'émotion l'étreignit mais, bien davantage encore, elle craignait que cela ne fût qu'un rêve. « Yuli », soupira-t-elle, inquiète, « crois-tu vraiment que je pourrai ? »

« Bien sûr que oui, Kinalik, puisque je te le dis. Toi et l'enfant, vous prendrez la plus grande des chambres. Moi, j'irai dans un coin, j'en aurai bien assez. Et puis, tu n'auras pas à faire le ménage, hein, je suis déjà assez habitué, tu sais... »

« Mais Yuli », protesta Kinalik, « je ne suis pas paresseuse. Il y a bien un peu de désordre chez toi, je m'en occuperai. Et il te faudra un nouvel atigi, je t'en ferai un. Je peux travailler, Yuli. »

« Ce sera comme tu voudras, Kinalik. Ce sera ta maison autant que la mienne », l'assura-t-il. « Je serai bien content que tu viennes, et je serai aussi comme un père pour l'enfant. Ça vous fera un foyer à tous les deux. »

Ainsi donc, les deux restèrent encore un long moment près de la tombe de Mingo, incapables de mettre fin à la joie qu'ils éprouvaient l'un et l'autre de se retrouver enfin, après en avoir tant rêvé. Si la vie fait souvent les choses de cruelle façon, elle avait néanmoins prévu une douce exception pour ces deux êtres que le destin avait réunis, au bout d'un long et périlleux chemin. Combien de dangers en effet avaient dû être écartés, combien de fois l'ordre s'était-il conjugué au désordre pour que cette femme, dont le regard portait encore le délicat reflet de l'Orient, puisse enfin trouver sur sa route cet homme, son Yuli, ce bon et doux colosse d'Alsace.

49

LE CORPS DU CHAMANE DISPARAÎT

Que le petit Alupa ait crié à s'en fendre les poumons n'avait rien de bien étonnant pour les habitants de Taqralik. En effet, il n'était pas rare à ce temps de l'année que les enfants aient ainsi à sonner l'alerte chaque fois que les bélugas se manifestaient dans la baie. C'est que, dans leur migration, les baleines suivent toujours le littoral de la mer et, quand une baie s'ouvre devant elles, elles y entrent et se rendent jusqu'au fond de celle-ci avant de revenir à la mer. Or, quand elles passent ainsi devant Taqralik, les gens ne manquent pas de les apercevoir. Ils s'empressent alors de mettre leurs kayaks à l'eau pour leur couper le retour et les surprendre avant qu'elles ne regagnent la mer. La colline du cimetière, derrière le village, était aussi le meilleur endroit pour faire le guet et, justement, c'est de là qu'avait surgi Alupa, en criant et agitant les deux bras.

Mais ce n'était pas les bélugas qu'il avait vus et, à bien penser, l'enfant ne criait pas de la façon coutumière. Il paraissait hors de lui et dévalait la colline à toutes jambes. Les gens finirent donc pas comprendre que quelque chose de grave s'était produit et, un à un, surpris, on les vit sortir de leurs abris.

Le petit criait de plus belle : « C'est mon père ! Il n'est

plus là ! Mon père n'est plus là... ! » Il traversa ainsi toute la place et se rendit jusqu'à la maison du père Gaillard. « Noudapie ! Misardakku ! Venez, mon père n'est plus là ! Venez vite ! »

L'enfant semblait si bouleversé par ce qu'il avait vu là-haut que tous comprirent qu'il fallait y accourir. Youguini empoigna sa béquille et, tant bien que mal, il entreprit de gravir lui aussi le sentier qui menait au cimetière.

Quand il y arriva, il retrouva tous les autres que la consternation avait réduits au silence. Il n'entendait que le souffle de quelques poitrines haletantes et, au milieu des visages hagards, il aperçut la tombe vide du chamane. Au pied de la tombe, là où le jour de l'enterrement se tenait le père Gaillard, s'élevait maintenant un mystérieux inuksuk, fait de pierres de forte taille. L'œuvre devait bien mesurer plus de deux mètres et sa tête semblait même toucher les nuages qui couraient au-dessus.

À cet instant, un coup de vent balaya la colline, et il s'en trouva plus d'un dans l'assemblée pour penser que c'était l'âme de Mingo qui s'était glissée parmi eux. On entendit alors un long murmure et Youguini se sentit frissonner.

« Tu as vu, maman ? » exultait Alupa qui ne se contenait plus. La poitrine haletante que l'on voyait battre sous sa tunique de printemps, il dansait autour de la tombe vide. « Je le savais ! Youguini me l'avait dit. Mon père n'est pas mort ! C'est vrai, il n'est pas mort, demandez à Youguini. Allez, Youguini, dis-leur... »

Les visages se tournèrent alors vers Youguini qui ne put que montrer son étonnement. Il avait lui-même l'air si stupéfait qu'il n'eut pas à s'expliquer. Mais Alupa était plus certain que jamais.

« C'est comme tu l'as dit, Youguini, j'ai entendu mon père parler en dedans de moi, plus d'une fois. Je sais maintenant qu'il n'est pas mort. » Puis, se tournant vers les autres, il affirma avec une telle conviction qu'il les étonna tous : « Mon père ne mourra jamais, il me l'a dit. Jamais ! »

La petite foule était bien sûr consternée, non seulement par les paroles du petit, mais encore par la vue de ce trou béant et de cet inuksuk qui leur paraissaient un bien grand mystère. Aputik, la veuve de Mingo, ne savait que penser, et, sur son beau visage que le chagrin avait marqué, on lisait tour à tour l'étonnement, l'inquiétude et parfois une étincelle de fierté. À ses côtés, Nuluki paraissait incrédule, et son regard cachait une sourde colère.

Itsaya flairait quant à elle une ruse. Médusée, elle regardait d'un air soupçonneux le père Gaillard et Youguini, et semblait se dire que ça elle n'aurait pu le prévoir. À cet instant, Putulik s'avança vers la fosse et, la voix chargée de colère, il commença par jurer que celui qui avait osé faire ça le paierait de sa vie. La veille, Nuluki lui avait infligé une solide correction, à cause d'Itsaya, et il en portait encore les marques, au-dessus de l'œil. Mais cela n'avait plus d'importance. Putulik se sentait maintenant membre à part entière du clan du défunt, et il n'hésiterait pas un instant à venger l'honneur de ce dernier. Ainsi donc, un œil qui roulait rageusement dans le noir, il promenait sur la foule un regard lourd de menace. « Quelqu'un a souillé la tombe de Mingo », tonna-t-il, « si je le trouve, je le tue ! »

Le père Gaillard, qui était resté jusque-là silencieux, choisit alors d'intervenir. Il fallait éviter à tout prix à ces querelles familiales de reprendre. « Écoute-moi plutôt, Putulik, écoutez-moi tous. Je vous connais bien maintenant, vous êtes des hommes fiers et vous êtes bien capables de venger l'honneur de Mingo. Mais songez-y bien avant de vous en remettre à la vengeance. Ce n'est pas une bonne idée, et ce n'est pas ce que Mingo a souhaité. Il l'a dit, le mal doit cesser. Voilà ce qu'il veut. » Le père Gaillard s'arrêta un moment et les regarda un à un. « Déjà, la vie a changé pour vous. Rien n'est plus comme avant. D'autres changements viendront encore, mais je sais que vous saurez vous y faire. Pendant toutes ces années passées, vous avez su vous adapter à tout. À l'avenir, vos séjours à Taqralik seront plus fréquents, et vous y vivrez en plus grand nombre aussi, au lieu de vivre dispersés sur le territoire. Vous devrez donc vous habituer à vivre ensemble, en paix avec tout le monde, et songer aussi que chacun de vous est le fils de Dieu. Vous êtes tous faits à son image, tous aussi magnifiques que lui... »

« Mais tu vois aussi bien que nous, Noudapie ! » Nuluki s'était avancé subitement et montrait de la main la tombe vide à ses pieds. « Quelqu'un nous a menti ! » Nuluki n'était pas un homme méchant, loin de là. Il avait une nature renfermée, et il n'exprimait que rarement ses sentiments. Cette fois cependant, c'était bien visible, la mort de son père l'avait frappé durement parce qu'il n'avait pu rien y faire. Voilà que de plus on avait souillé sa tombe. Il n'arrivait pas à comprendre, et, lorsque son regard croisa celui du père Gaillard, celui-ci put voir la douleur qui s'y cachait et il résolut aussitôt de le rassurer.

« Mais alors ça, Nuluki, ça, qu'est-ce que tu en fais ? » De la main, le père Gaillard frappait sur la pierre plate de l'inuksuk. « Si on avait voulu se moquer de Mingo, vous pensez bien qu'on n'aurait pas fait cet inuksuk. Si quelqu'un a menti, alors pourquoi l'inuksuk ? » Il s'arrêta pour laisser aux autres le temps de considérer la question. Nuluki paraissait ébranlé ; il regarda ailleurs. « Et qui, voulez-vous me dire, aurait pu inventer une idée pareille ? Quant à moi, je vous le dis, si cela est un mensonge, alors c'est réussi, hein ! » Il fit une nouvelle pause, puis reprit. « Non, mes amis, je crois plutôt que c'est le plus grand honneur qu'on ait pu faire à Mingo. Ce trou vide que vous voyez ici ne se remplira plus jamais. Alupa a raison, vous savez, Mingo ne mourra plus jamais. Et cet inuksuk se dressera sur la colline tant qu'il y aura une colline. Quand les hommes passeront par ici, ils parleront avec respect de Mingo. Ils diront comme Alupa qu'il n'est pas mort. »

Les paroles du père Gaillard avaient un effet visible sur la petite foule. Il était si sincère et on avait si envie de le croire. Dans le fond obscur du regard de Nuluki, une flamme s'était allumée et la colère parut retraiter. La malheureuse Aputik s'était redressée elle aussi, et dans ses yeux que la peine avait creusés on aperçut une lueur nouvelle.

Un voilier d'outardes passa au même instant, leurs ailes argentées qui brillaient dans le soleil, pendant que des nuages ronds, qu'on ne voyait qu'au printemps, filaient dans l'autre direction. Cela faisait une belle animation dans le ciel où tournaient en dansant l'ombre et la lumière. La joie du petit Alupa était à son comble, et son bonheur d'enfant était si pur que tous en furent remplis. On rit encore longtemps et on pleura aussi à le regarder danser de joie, alors que sous sa tunique on voyait battre sa jeune poitrine. On comprit aussi que dorénavant, et en dépit de tout, Alupa ne cesserait plus de croire à la vie.

50

LE BAPTÊME D'ALUPA

« Ah ! Mais qu'est-ce que je vois là, nom de pie ? Vous avez vu ça, vous autres ? Le petit sacripant ! »

Comme sous l'effet d'un coup de tonnerre, le chiot avait figé sur place et tremblait, écrasé sur ses pattes de derrière, en voyant le père Gaillard qui s'approchait à grandes enjambées. Il se savait fautif. « Attendez que je vous apprenne les bonnes manières, mon jeune ami ! »

La grosse main de son maître s'abattit sur lui et il fut prestement soulevé dans les airs, les pattes raides et le regard penaud. Quand il fut déposé sur le seuil de la porte, le doigt accusateur du maître s'agita encore devant son museau, appuyant un nouveau concert de reproches. Le chiot en effet ne s'y trompait pas, son maître était en colère. « Nom de pie », grommelait-il encore, « vous avez idée, uriner dans la chapelle ! Petit mécréant ! C'est votre père qui serait fier de vous ! »

Les colères du père Gaillard ne duraient cependant jamais longtemps, et celle-là en particulier faisait bien rire les trois femmes qui, ce matin-là, s'étaient rassemblées dans la chapelle pour le baptême d'Alupa. Ce dernier, pour sa part, avait suivi la scène, et, avec son petit air sérieux, il offrit gentiment son aide au père Gaillard : « Ne t'en fais pas, Noudapie, je lui apprendrai bien, tu verras. »

En effet, la maîtrise qu'exerçait Alupa sur les chiens était bien connue et, s'en étant remis à celle-ci, le père Gaillard put revenir aux choses plus sérieuses de son ministère.

Pendant ce temps, Kinalik avait essuyé le plancher et il ne restait plus rien du sacrilège de Dragon le fils. Ce dernier, rassuré maintenant que l'orage était passé, avait pu poser tranquillement le museau sur le seuil ensoleillé de la porte. Il était tout le portrait de son père et déjà, en dépit de quelques reproches sporadiques, il avait droit à toute l'affection de son maître.

« Allez, Noudapie, laisse tomber ce chiot ! Je suis venue voir comment tu fais le baptême... » C'était évidemment Itsaya qui n'était pas connue pour sa patience, et qui avait accompagné Kinalik et Aputik pour la cérémonie. Le père Gaillard, qui avait l'habitude des remarques d'Itsaya, se laissa gentiment rabrouer, et il revint prendre place à côté du garçon qui, pour la cérémonie, avait revêtu sa tunique la plus blanche.

Les cheveux fraîchement coupés, la peau bien bronzée par les multiples sorties de chasse qu'il avait faites ces derniers jours avec le père Gaillard, Alupa rayonnait de santé. Sa veste blanche déjà lui serrait le cou et les épaules, et la gravité qui se lisait sur son visage rappelait tristement les manières de son père. Il regarda avec confiance le père Gaillard qui fouillait dans son missel et, tranquillement, il attendait que l'autre fît un geste.

Youguini se tenait quant à lui à l'écart. Ces derniers jours, sa jambe avait enflé et il était resté assis en arrière, juste sous la corde qui servait à actionner la cloche. Mais il ne manquait rien de la scène. Devant l'autel, près d'Alupa et du père Gaillard, se tenaient les trois femmes. Pour l'occasion, Kinalik avait revêtu sa longue robe aux couleurs vives qui mettait en évidence les formes généreuses de son corps ainsi que la beauté singulière de son visage. À ses côtés, Itsaya se mordait les lèvres d'impatience.

Quant à la mère du petit, Aputik, qui avait une mèche de cheveux curieusement frisée qui lui retombait sur le front, elle attendait avec un peu d'inquiétude ce qui allait suivre. Elle avait encore ses doutes sur l'opportunité de ce baptême, mais elle voulait aussi ce qu'il y avait de mieux pour son fils. Alors, pressée par la curiosité d'Itsaya, et rassurée par le calme de son fils qui lui avait dit que cela ne lui faisait pas peur, elle avait fini par consentir. Ainsi donc, ils étaient tous prêts.

Le père Gaillard referma le missel et considéra le petit avec affection. Ces jours derniers, on les avait vus souvent ensemble, ces deux-là, qui chassaient par les collines. Ils étaient chaque fois suivis d'une bande de chiots que Dragon le fils menait avec autorité, et ils revenaient le soir les bras chargés de gibier. Dans cette amitié qui ne cessait de grandir, l'un trouvait chez l'autre un fils qu'il avait toujours rêvé d'avoir, tandis que l'enfant retrouvait un père qu'il avait perdu trop tôt.

« Je crois qu'il ne me reste plus rien à t'apprendre sur Dieu, mon garçon. Tu sais déjà tout sur Jésus et, de plus, tu as confiance en la vie, tu crois. Voilà qui est bien. Ce n'est pas facile de croire, tu sais. Quand on se sent seul et misérable, alors parfois on désespère. Mais toi, mon gars, tu as du courage, je le sais. Tu es déjà un fameux petit chasseur, parce que tu crois en tes moyens et que tu écoutes les voix qui te conseillent en dedans. Tu seras donc un homme bien, Alupa, un vrai fils de Mingo, et de Dieu aussi. »

Pendant ce temps, le visage de l'enfant était demeuré bien tranquille, mais celui de sa mère rayonnait de fierté. Alors, le père Gaillard ouvrit son missel et entreprit cette fois de réciter une prière que les autres ne pouvaient comprendre. Tous les regards étaient cependant tournés vers lui, comme subjugués tout à coup par le mystère, et il avait pris un air si recueilli qu'il parut transporté dans un autre monde. Itsaya ne manquait pas un de ses gestes.

Cachées sous une forte barbe, les lèvres du père Gaillard bougeaient lentement en prononçant des mots qui leur paraissaient magiques. Pendant ce temps, les dentelles qui pendaient aux fenêtres remuaient doucement sous le souffle léger de la brise et, dans la petite chapelle, les chauds parfums du printemps entraient se mêler à ceux des boiseries et des chandelles qui brûlaient.

À la fin, le père Gaillard rouvrit les yeux et sembla revenir parmi les autres. Il prit un vase d'eau qu'il inclina sur la tête d'Alupa et, lentement, il lui en versa quelques gouttes sur le front. Il s'adressait maintenant à l'enfant, dans la langue des Inuit : « Alupa Yusipie, fils de Mingo et d'Aputik, je te baptise au nom du Père, du Fils et du Saint-Esprit. »

Youguini agita au même instant la corde, et aussitôt la petite cloche se mit à claironner dans le silence du matin. L'eau coulait maintenant sur le front et les joues de l'enfant qui, sur le coup, dut réprimer une grimace. « Voilà, mon gars, c'est fait. Tu t'appelleras désormais Alupa Yusipie, comme le père de Jésus. »

Les femmes laissèrent éclater leur joie et chacune voulut toucher le petit qui affichait maintenant un sourire radieux. Aputik se sentait rassurée et riait plus que les autres. Itsaya ne cachait pas son admiration. « Alupa'ai, Alupa Yusipie, mais te voilà un autre homme ! Je veux être baptisée aussi, Noudapie », dit-elle alors, en se tournant vers le père Gaillard. « C'est vrai, je le veux, baptise-moi ! »

Mais le père Gaillard, qui ne la prenait pas toujours au sérieux, voulut d'abord la taquiner. « Tu n'y penses pas,

Itsaya ! Dans ton cas, pour que ça marche, il me faudrait beaucoup d'eau, hein ! »

Itsaya voulut bien rire comme les autres, mais son idée était faite et elle y revint aussitôt. « Je suis sérieuse, Noudapie. Je veux être baptisée. » Son regard en effet ne trompait pas, elle était déterminée, et le père Gaillard se trouva dans l'embarras. Il avait bien quelques doutes, mais en même temps il y avait une si soudaine ferveur dans les yeux de la fille qu'à la fin il parut se décider. Après tout, sembla-t-il se dire, je suis ici pour amener ces enfants auprès de Dieu. « C'est bon », dit-il alors. « Mais, si ça ne marche pas, c'est le bon Dieu qui devra s'arranger avec toi. Après tout, c'est lui ton père, non ? »

Mais Itsaya ne voulut pas se satisfaire d'une demi-mesure et elle insista si fort que cette fois le père Gaillard ne trouva plus à redire. Il ouvrit alors le missel et, au grand plaisir de la fille, on le vit se recueillir profondément.

« Attendez, père Gaillard », interrompit alors Youguini. « Je voudrais seulement ajouter un peu de musique à la fête. »

« Mais c'est que nous n'avons que la Piaf », protesta le père Gaillard. « Ce n'est pas très approprié mais... enfin, si vous voulez, mais pas trop fort, hein ! »

Le père Gaillard se recueillit à nouveau, mais, quand la voix de la Piaf perça le silence de la chapelle, ses paupières tremblèrent légèrement et il dut redoubler d'efforts pour se renfermer dans ses pensées. Puis ses lèvres remuèrent et les mots vinrent se mêler cette fois à la musique qui emplissait l'enceinte de la chapelle.

Ce fut au tour d'Itsaya de trembler. Ses lèvres aussi remuèrent, comme si elles avaient suivi celles du père Gaillard. Sous le soleil qui filtrait jusqu'au pied de l'autel, ses yeux brillaient et ses cheveux reluisaient d'un vif éclat de bleu.

Puis, doucement, le père Gaillard fit couler l'eau sur le front de la fille qui avait incliné la tête. « Itsaya, fille d'Ukpik et de Tunuk, je te baptise au nom du Père, du Fils et du Saint-Esprit. Et tu porteras désormais le beau nom de Miayie, comme la mère de Jésus... voilà. »

Au même instant, Youguini se mit à balancer la corde à toute volée et le son de la cloche fit sursauter Itsaya qui semblait perdue dans un rêve. « C'est vrai, Noudapie ? C'est bien vrai, ça ? Je m'appellerai Itsaya Miayie ? Hé, vous autres, vous avez entendu ça ? Je me sens toute neuve ! » Le regard d'Itsaya était rempli d'émotion, et les deux autres femmes, attendries, vinrent aussitôt lui toucher le bras. Puis la fille saisit la main du père Gaillard et l'embrassa avec tant de ferveur qu'il en fut saisi. « Merci, Noudapie », lui dit-elle, « merci. C'est si bon ! Je voudrais que tu me baptises une autre fois ! »

Bien entendu, le père Gaillard se contenta de rire. « Une fois suffit ! » s'amusa-t-il à lui dire. « Voyons d'abord comment réagira le ciel ! » Et la fête continua ainsi sous la musique et les rires. Kinalik apporta alors un cabaret qu'elle avait pris soin de préparer avant la cérémonie, et on s'offrit un joyeux festin de thé et de biscuits secs.

51

LE RETOUR DU *VERACRUZ*

Youguini parut hésiter un moment, puis, lentement, il laissa descendre le bout qu'il lui restait de la jambe dans une chaudière où, l'instant d'avant, il avait mélangé une solution désinfectante. La douleur n'était pas vraiment forte et de plus, pensa-t-il, tout était si différent pour lui désormais. Il s'adossa donc et prit plaisir à goûter la bienfaisante quiétude dont il se sentait maintenant envahi.

Au-dessus de lui, le ciel du matin s'était coloré d'un jaune pâle qui reflétait doucement le tranquille passage du temps, et Youguini pensa que seul l'Arctique pouvait produire de si claires couleurs. Devant lui, de l'autre côté de la mission, les tentes se gonflaient légèrement sous le vent d'été et, dans le silence qui pesait sur le village, seul le chant d'un oiseau se faisait entendre, petite voix solitaire qui creusait un sillon minuscule dans le vide de l'éternité. Il y avait aussi, derrière, un torrent d'eau froide qui dévalait les collines sur son lit de pierres, et qui s'agitait une dernière fois avant de se noyer dans l'écume de la mer, rappel incessant de la brièveté de toutes les choses. Youguini savoura ainsi pleinement la quiétude de l'été arctique et de ce matin si limpide qu'il lui donnait le goût de s'y fondre.

Mais qui va donc consoler Mingo ?

Puis il entendit des voix sur la plage ainsi que des aboiements de chiens. Il y avait là des gens qui s'y étaient rassemblés et qui fouillaient la mer du regard, dans l'espoir d'y apercevoir le *Veracruz*. Celui-ci en effet avait fait son entrée à l'aube, présence qu'il avait annoncée d'un bruit feutré de sirène. Mais, pour l'instant, il se trouvait juste en dessous d'un banc de brume et on ne pouvait en apercevoir que le bout du mât. Le soleil était déjà chaud cependant, et le brouillard n'allait pas tarder à se dissiper. À ce moment-là, la sirène du navire se fit entendre à nouveau et le bruit résonna sourdement dans le brouillard opaque. On aurait cru entendre le chant plaintif d'une baleine.

Pour Youguini, le temps était donc venu de partir. Il s'était levé, avait renversé la chaudière d'eau et, comme il s'apprêtait à rentrer, il entendit les pas de quelqu'un qui s'amenait par-derrière l'infirmerie. C'était Ukpik. Il le reconnut à son sourire railleur et à son regard tout rond de hibou. Ukpik l'avait aperçu à son tour et, comme il en avait pris l'habitude, il trouva aussitôt prétexte à disputer Youguini. « Eh ! toi, là-bas », dit-il en faisant semblant de le gronder, « je ne savais pas que tu partais ! Je viens de voir tes bagages sur la grève. Irk ! Unaaluk ! Ce malappris ! Mais si j'avais su au moins, je t'aurais fait une sculpture ! »

La remarque fit sourire Youguini. Tous les Inuit du village savaient qu'il devait partir, y compris Ukpik. Mais c'était sa façon à lui de dire au revoir sans en avoir l'air, et de dissimuler juste ce qu'il fallait l'affection qu'il éprouvait pour Youguini. Les Inuit n'aiment pas les longs adieux qui sont supposés leur porter malheur. C'est donc dire qu'avec eux les départs ne traînent pas, et ils sont tout à fait capables de faire semblant d'ignorer tout de l'affaire rien que pour conjurer le malheur. Pourtant, comme

Ukpik venait de le faire, ils savent aussi témoigner de leur affection, pour autant qu'on puisse la découvrir sous des remarques parfois résolument malicieuses.

Youguini savait tout cela et il sourit à Ukpik, sans pour sa part dissimuler rien de son affection. « Regarde », dit-il, « j'ai déjà un beau souvenir de toi. » Il lui montra la petite sculpture du chien Dragon qu'il sortit de sa poche. « Tu vois, je la porte avec moi partout où je vais. Ce sera comme ça jusqu'à la fin... »

Ukpik était habitué aux choses qui se disent discrètement. Il parut apprécier ce qu'il entendit mais n'en demanda pas plus. « Le gros bateau est déjà là », reprit-il pour changer le sujet. « Dès qu'on aura terminé le déchargement, je partirai avec Tunuk pour le camp d'été. Les poissons remontent déjà les rivières et j'ai bien le goût d'en manger. Nuluki sera là, ainsi que Putulik et Mitiarjuk, et d'autres encore. Ce sera bien. Alors, si tu décides de rester, tu n'auras qu'à venir, il y aura beaucoup de poissons. »

« J'irai peut-être », répondit Youguini. « Peut-être... »

« Irk ! Je dois y aller. Je te reverrai plus tard sur la plage. Youguini'ai ! »

Il disparut alors comme il était venu, et le silence fit à nouveau le vide autour de Youguini. Il regarda devant lui, sur la colline du cimetière, l'inuksuk qui s'élançait droit dans le ciel. Quelques nuages paradaient lentement autour de la statue, forte et solitaire comme l'avait été Mingo. Il se rappela aussi les autres, Angutinguak et Tania, dont la mort lui semblait déjà si lointaine, presque irréelle.

Quel étrange sentiment, s'avoua-t-il, de se retrouver aussi serein alors que la fin approche. Il se savait arrivé au bout du voyage, pourtant il était sans regrets, si bien d'être lui-même. Avec la mort des autres, chaque fois, il s'était senti grandir. C'était à chaque fois comme si un morceau de lui-même était parti en le rapprochant de sa propre vérité, comme ces éclats de pierre qui sautent sous le ciseau du sculpteur et découvrent un peu plus la vivante vérité qui s'y cache.

Même Tania n'était pas mort en vain, pensa-t-il. C'était un morceau de lui-même qui s'était arraché, pour mieux le grandir. Grâce à ceux qui étaient partis, Youguini n'avait plus peur et n'avait plus de regrets. Quelle paix ! Un flot continu se mouvait en lui, riche des émotions les plus vives. Est-ce bien possible tout cela, se demandait-il ? La vie serait-elle si bien faite qu'au moment où elle arrive à son terme elle apparaisse enfin dans la lumineuse sérénité et qu'alors, comme au bout d'un long voyage, la fatigue vienne à bout des derniers regrets. Youguini sourit intérieurement à la pensée que les regrets puissent ainsi mourir eux aussi de fatigue.

La douleur à la jambe était revenue, familière, et, à l'autre bout de lui-même, Youguini savait que ses poumons ne faisaient plus ce qu'il fallait pour purifier le sang. Il était perdu. Pourtant, comme il était étrange, se répétait-il, cet appétit de vivre qui ne cessait de grandir en lui et qui ressemblait à une vive célébration intérieure. « C'est maintenant que je vaux si peu que je n'ai jamais été si bien d'être moi ! »

La vie avait le même éclat que le diamant et Youguini en savourait chaque instant. Les majestueux pics enneigés, la pureté du ciel arctique, les parfums discrets de l'été, et la douce mélancolie de l'inuksuk qui, de là-haut, régnait sur tout. Chaque chose et chaque moment soulevaient en lui les plus vives émotions. « Comme ils seront doux, ces souvenirs », pensa-t-il. « Et la fatigue aussi. Quelle douce et curieuse chose que la fatigue ! »

Au même instant, un bruit qui venait de derrière le fit

sortir de ses pensées, et il reconnut aussitôt le père Gaillard. Celui-ci s'amenait en effet en maugréant à l'endroit de son chien et, quand il aperçut Youguini, il continua de grogner comme un vieil ours. « Tu n'as pas idée, nom de pie ! Cette petite boule de poils lève le nez sur la viande de baleine ! » Il pointait en parlant un doigt accusateur en direction du petit chien qui n'avait pas l'air de s'inquiéter de l'affaire. « Ce petit bâtard a bien de quoi retenir, son père serait mort de faim plutôt que d'avaler un seul morceau de baleine. Mais avec ça, nom de pie, je suis bien servi, moi. Il me faudra trouver autre chose maintenant. »

Youguini se contenta de sourire. Il fallait bien sûr remplacer la viande de baleine qui était la plus abondante à ce temps-là de l'année, mais cela était un inconvénient mineur pour le père Gaillard, et une raison de plus pour lui d'aimer son nouveau chien qui, à chaque jour qui passait, ressemblait davantage à l'autre Dragon.

Pendant ce temps, Youguini avait fait un dernier ajustement à son pansement et, quand il se redressa, il vit que le père Gaillard avait pris soudain un air préoccupé. « Il faudra te soigner, mon gars. Je n'aime pas du tout ce que je vois », dit-il, en montrant la jambe de Youguini. « Et ce voyage tombe bien mal, nom de pie ! »

« Allez, père Gaillard », lui fit l'autre pour le rassurer, « ce voyage n'est que la suite. Rappelez-vous ce que vous me disiez de la petite sainte Thérèse. »

« C'est pourtant vrai, je me rappelle. Et toi aussi alors ? »

« Oui, je n'ai rien oublié. Je suis même un peu étonné de ce qui m'arrive. Vous savez, je ne me fais plus d'illusion, je sais ce qui va m'arriver, et pourtant je n'ai jamais été aussi bien. Je n'ai plus de regrets, je n'ai plus peur. Je me sens si exalté à l'idée de ce nouveau voyage que parfois je me surprends d'en frémir. J'ai même peur que ce soit mal d'être si heureux... »

Le père Gaillard regarda alors le jeune homme avec affection. « Bien sûr que non », insista-t-il, « ce n'est pas mal d'être enfin heureux. " Le chemin qui mène au ciel, c'est le ciel. " Ce que disait la petite sainte Thérèse est si vrai, et la vie, si bien faite, n'est-ce pas ? »

« Je reviens pourtant de si loin... », reprit Youguini. Il s'était maintenant levé et regardait au loin le plateau, derrière l'inuksuk de Mingo. « Je crois bien être passé par l'enfer... enfin, un enfer que je me suis créé moi-même. Au départ, j'étais si mal préparé. Je m'attendais à tant de choses de la vie que j'ai été bien vite déçu. » Youguini s'arrêta un moment alors que l'évocation de ces souvenirs le fit sourire. « On m'avait pourtant prévenu, mais bientôt j'allais succomber à la pire des tentations, j'allais m'en prendre aux autres. J'ai ainsi désespéré de moi et des autres, j'ai désespéré de la vie et de Dieu, de tout ! J'ai voulu ne plus croire au ciel, et j'ai blasphémé le nom de Dieu. J'ai cru un temps que je pourrais imposer ma colère et le bien sur toute la création... j'ai lutté avec Dieu, mais à la fin c'est lui que j'ai trouvé. Quand la solitude a enfin eu raison de moi, d'un coup toutes mes folles croyances sont tombées et je me suis retrouvé à genoux devant lui, à essayer de le prier. Je voudrais maintenant apprendre à prier, je le voudrais vraiment, père Gaillard. C'est ce qui me reste à faire. » Youguini mit la main sur le bras de l'autre et ajouta sur un ton qui ne laissait pas de doute : « Je suis si heureux. Je n'ai plus de doute, ce doit être ça, le ciel. Je sens vraiment que je vais partir pour un merveilleux voyage... »

Le père Gaillard, qui était resté songeur, sembla approuver d'un geste de la tête. « Je vois que tu es bien disposé... je veux dire pour la prière. Les mots viendront tout seuls maintenant. » Puis l'inquiétude le saisit à nouveau. « Tout de même, nom de pie, ce voyage tombe bien mal. L'avion conviendrait mieux, non ? »

« J'ai déjà demandé à Jim, père Gaillard. Il n'y en a pas aux alentours. De toute façon, dans une semaine, je serai à l'hôpital, et puis je me soignerai sur le bateau... »

Youguini voulut alors parler d'autre chose et son regard se tourna vers la colline derrière, là où s'élevait l'inuksuk. « Je n'arrive pas à le croire », dit-il. « Et vous, père Gaillard, croyez-vous que Mingo soit vraiment disparu ? »

« Ah ! Ce sacré Mingo ! » fit l'autre en se retournant à son tour. « Rien de lui ne me surprend ! Tu vois, je ne peux simplement pas croire qu'il soit disparu de lui-même, ce serait un trop grand mystère. Pourtant, s'il s'agit d'une mystification, comme je le pense, alors il nous a bien eus ! C'est un mensonge bien réussi ! »

Les deux rirent doucement mais évitèrent de se regarder. Ils savaient que le moment était venu de se séparer.

« Allez, petit, sauve-toi. Je ne suis qu'un vieil idiot. Allez, va, je te retrouverai plus tard sur la plage. »

Le père Gaillard se retourna donc et s'éloigna lentement, accompagné de Dragon qui le suivait en remuant la queue et en regardant son maître d'un air rempli de loyauté. « Viens à la maison, Dragon », qu'il lui dit, « il doit bien me rester un peu de saumon fumé. Ton père en raffolait, tu sais... » Paul-Eugène les regarda ainsi s'éloigner et il sut qu'il ne les reverrait plus. C'était mieux comme ça, car lui non plus n'aimait pas ces longs adieux.

Sur la plage, il y avait maintenant un peu d'animation. La marée était montante et la barge allait sans doute apparaître d'un moment à l'autre. Les Inuit étaient là qui attendaient celle-ci et, parmi eux, Itsaya avait aperçu Youguini qui s'amenait et, vivement, elle se porta à sa rencontre.

« Est-ce que tu as vu ? » demanda-t-elle, radieuse, en se tenant les deux mains sur le ventre. « Je vais avoir un enfant ! » Son ventre en effet montrait déjà quelque forme et elle en paraissait toute ravie. Elle s'amusa de la surprise de Youguini et, taquine, l'assura que l'enfant n'était pas de lui. « Ne prends pas cet air-là, c'est Nuluki le père ! Et je vais le garder, celui-là, même si c'est une fille... »

Il aurait été bien difficile pour Youguini d'échapper au charme de cette fille qui avait l'habitude de dire tout ce qui lui passait par la tête. Quelle belle innocence, pensa-t-il. Il était chaque fois subjugué par ce regard qui pétillait d'intelligence et de malice et qui savait tout aussi bien porter la tendresse la plus troublante. « Itsaya », dit-il, ému, « je te trouve si magnifique ! C'est vrai », insista-t-il, « tu es magnifique ! Je suis tellement content de t'avoir connue... »

Le visage de la fille se changea à nouveau et se couvrit d'émotion. Elle sourit mais offrit quand même quelque résistance. « Ah ! Youguini ! Mon petit Youguini ! Mais tu dis cela de tout le monde ! À t'en croire, tous les Inuit sont magnifiques. Allez, ça ne fait rien, ces mots-là ont l'air si vrais dans ta bouche que ça fait du bien de les entendre. Moi, j'en ai bien besoin, en tout cas. Je désespère si souvent de moi. C'est vrai, tu l'ignores peut-être, mais moi, je me déteste. Je ne suis jamais contente. Eh ! Tu l'as vu, si je m'écoutais, moi, ce serait toujours l'amour. Toujours ! C'est vrai, Youguini, c'est comme ça que je suis ! Il doit bien y avoir quelque chose de mauvais en moi pour que je ne pense qu'à ça. »

Le visage de la fille s'était à nouveau attendri. « Avec ce que tu viens de me dire, Youguini, je me sens toute retournée en dedans. Tu pourrais faire de moi ce que tu voudrais... c'est comme ça, Youguini. Alors tu vois, il y a de quoi désespérer de moi. J'aime Nuluki, c'est un bon chasseur et, avec lui, je sais que je ne manquerai de rien. Et toi, mon pauvre Youguini, tu serais bien incapable de me nourrir mais je t'aime, et je serais prête à mourir de faim rien que pour t'avoir. Alors, tu vois bien, je suis folle... »

« Non, Itsaya, tu n'es pas folle, tu es... magnifique, c'est vrai ! » Youguini s'était rapproché de la fille qui semblait refouler ses larmes, et lui saisit les mains qu'il pressa contre lui.

« Moi aussi je t'aime, Itsaya. Je t'ai toujours aimée. Tu ne m'es jamais apparue aussi belle que maintenant. En ce moment, je te vois entourée de grands rayons de lumière, comme si tu étais une étoile... »

« C'est seulement que tes yeux sont remplis de larmes... »

« Tu éclates de beauté, Itsaya. Ton ventre tout rond, tes lèvres charnues qui tremblent à la première émotion, et tes yeux, Itsaya, tes yeux qui brûlent... si j'avais su plus tôt... mais je vais revenir, Itsaya, je te le promets. Et on parlera tous les deux à Nuluki. On saura bien le convaincre de me laisser te prendre. Il sera d'accord, je le sais, et je te prendrai seulement quand il le voudra. »

« C'est bien vrai, Youguini. Quand tu reviendras, je parlerai à Nuluki... » La fille baissa un moment les yeux, puis reprit. « Mais si tu ne reviens pas, je ne t'en voudrai pas, je comprendrai. Et je ne t'oublierai jamais... » Les lèvres de la fille s'étaient mises à trembler et son regard s'était couvert d'une tendre résignation. « Même quand je serai devenue une vieille édentée, je penserai encore à toi. Je ferai encore des rêves de toi que je ne pourrai raconter à personne. » Elle rit tristement pendant qu'une larme roulait lentement jusqu'à ses lèvres.

« Itsaya », fit alors Youguini, la voix étreinte par l'émotion. « Je reviendrai, tu verras. Mais il faut se quitter maintenant. » Ses yeux se perdirent dans le regard ardent de la fille et tous deux comprirent à regret qu'ils devaient se séparer. « Je reviendrai... », fit une dernière fois Youguini, en libérant les mains de la fille. Alors celle-ci se retourna et, sans un mot, elle courut vers la plage.

Pendant ce temps, près du *Veracruz,* le chargement de la barge, avec ses bruits de treuil et de moteur, se faisait derrière un large rideau de brouillard, alors que les Inuit sur la grève attendaient avec impatience l'apparition de celle-ci, comme le début d'un spectacle longtemps attendu. À la fin, au milieu des exclamations de joie, une masse blanche perça le brouillard et la barge apparut, surchargée, sur les flots sombres.

« La voilà ! »

« Ah ! Regardez comme elle est chargée ! »

« C'est vrai, il y a encore plus de choses que l'année dernière. Ouai ! »

« Il ne faudrait surtout pas qu'elle renverse ! »

Les commentaires et les rires fusaient ainsi de toutes parts.

Jim était là aussi, planté bien droit sur la plage, le regard brillant qui ne perdait rien de la manœuvre. Il avait toutes les raisons d'être satisfait car la barge était en effet bien remplie, et cela voulait dire de bonnes affaires en vue. Il regardait avidement la masse qui se rapprochait et dont les contours se précisaient à chaque instant, et il répondait en riant aux taquineries des Inuit.

« Vous payer pour le déchargement », qu'il dit en réponse à une proposition de Putulik, « vous n'y pensez pas ! Si je le faisais, alors je devrais augmenter tous les prix. Vous n'y gagneriez rien. »

Mais Putulik, qui s'affirmait de jour en jour comme un véritable chef et qui avait la repartie facile, n'allait pas rater l'occasion de montrer à tous qu'il ne s'en laissait pas imposer par ce petit Qablunat. « Si tu augmentes tous les prix », rétorqua-t-il, « alors donne-nous un meilleur prix pour nos fourrures, on ne s'en plaindra pas. » Les autres approuvèrent bruyamment et Jim ne sut que répondre. « Je vais demander aussi au capitaine du bateau de nous payer », poursuivit Putulik. « Dans mon cas, quelques bouteilles d'eau-de-vie feraient bien l'affaire. » Il se trouva alors plus d'un homme pour approuver sa dernière suggestion, mais celle-ci souleva un concert de protestations chez les femmes.

Itsaya montra de la main Youguini qui venait de se joindre au groupe et, avec son mordant habituel, s'attaqua aux propos de Putulik. « Si t'as vraiment le goût de faire le drôle, demande d'abord à Youguini ce qu'il pense de l'eau-de-vie ! » L'évocation de ce souvenir du voyage et les mimiques que faisait Itsaya soulevèrent un nouvel éclat de rires.

Pendant ce temps, la barge s'était rapprochée du rivage et, lentement, les hommes et les femmes, à qui on avait lancé de gros câbles, l'avaient tirée jusqu'au bord de la grève. Dès lors le déchargement se fit rondement. Jim avait l'habitude de ces corvées et les Inuit, qui aimaient bien rivaliser entre eux, prenaient sur leurs épaules des charges de plus en plus lourdes. On les voyait alors qui allaient déposer en riant leur fardeau à l'abri des eaux, leurs jambes arquées sous le poids.

Ainsi, on eût tôt fait de vider la barge et, à la fin, on aperçut derrière les derniers caissons le capitaine qui attendait patiemment, un bras appuyé sur la rampe. C'était bien Chalá, avec le même sourire et sa façon à lui de ne regarder personne.

On souleva alors Youguini qui se retrouva sur la barge, un peu chancelant, et, sans tarder, parce que la marée était favorable, on repoussa l'embarcation vers le large.

Pour Youguini, c'était la fin du voyage, et un nouveau départ. Il n'osait pas regarder Chalá, ni les autres, l'émotion était trop vive. Il alla s'appuyer contre la rampe et se retourna vers la rive, là où les Inuit s'étaient entassés.

Ils étaient tous là, le regard tourné vers l'embarcation qui dérivait lentement. Youguini revit la belle Kinalik, avec ses joues brunies et ses petites fossettes qui lui donnaient l'apparence d'un fruit. Itsaya était encore là, toujours rieuse. « Regarde par là, Youguini », lui cria-t-elle en faisant un geste de la main. Il y avait là Putulik et Nuluki, chacun monté dans son kayak, qui rivalisaient d'adresse en faisant un tour complet dans l'eau. Ils faisaient d'abord chavirer leur petite embarcation en plongeant de côté dans l'eau, l'épaule en premier, puis, en s'aidant d'un solide coup de rame, ils remontaient aussitôt à la surface après avoir fait un tour complet. Ils secouaient alors vivement la tête et l'eau giclait au bout de leurs longs cheveux noirs, pendant que les autres, debout sur la plage, saluaient bruyamment chaque nouvel exploit.

Youguini aurait été bien incapable de parler. Il ne put que saluer de la main pendant que la barge s'éloignait. Une dernière fois il regarda l'inuksuk sur la colline au fond de la baie et il eut une ultime pensée pour Mingo. Puis il entendit la musique qui venait de chez le père Gaillard, la voix de la Piaf qui pénétrait si clairement le silence de l'arctique. Il ne distinguait plus très bien maintenant, la barge s'était en effet éloignée et ses yeux paraissaient mouillés, mais il lui sembla apercevoir le père Gaillard et Dragon près de la mission qui l'observaient en silence.

Chalá et Paul-Eugène ne s'étaient encore rien dit. Ils n'avaient pas eu à le faire. Avec son regard lucide, un peu usé, le vieux loup de mer avait compris que son ami avait vécu toute une vie depuis qu'ils s'étaient laissés l'année précédente. De toute façon, pendant la traversée, ils auraient tout le temps pour se raconter...

Ainsi donc, pendant que le silence revenait, la barge se retourna et se dirigea vers le *Veracruz*. Au même moment, des nuages paradaient dans le ciel bleu alors que plus bas, près des pics enneigés des montagnes, les bancs de brume épars semblaient se reposer au soleil, accrochés aux parois humides du fjord.

Et c'est ainsi que par ce matin frais, dans la paisible majesté de l'Arctique, la barge regagna le large et, contre le lent défilé des nuages qui se reflétaient sur les eaux sombres, elle alla se perdre derrière le rideau de brouillard d'où elle était venue.

TABLE DES MATIÈRES

Première partie

YOUGUINI CHEZ LES INUIT
L'ÉMERVEILLEMENT

Deuxième partie

LE VOYAGE VERS L'INTÉRIEUR
LE DÉSENCHANTEMENT

Troisième partie

LES MISÈRES DU VOYAGE

Quatrième partie

L'ÉBLOUISSEMENT

Romans français
chez Robert Laffont

Gilbert Bordes
LA NUIT DES HULOTTES

François Céresa
LE GUERRIER DE CRISTAL

Muriel Cerf
JULIA M. ou LE PREMIER REGARD

Christian Combaz
BAL DANS LA MAISON DU PENDU

Marie-Hélène Corbin
UN PRINTEMPS ACIDE

François Coupry
L'ÉNORME TRAGÉDIE DU RÊVE

Jacques Folch-Ribas
PREMIÈRE NOCTURNE

Françoise Hamel
LA SEMAINE DES PETITES DOULEURS

Frédéric Lenormand
LES FOUS DE GUERNESEY

Dominique Noguez
LES DERNIERS JOURS DU MONDE

Christian Signol
LE ROYAUME DU FLEUVE

Denis Tillinac
L'HÔTEL DE KAOLACK

Photo de couverture : Queen's University Archives, A.A. Chesterfield.